北欧文学译丛

我曾拥有那么多

Så mye hadde jeg

Trude Marstein

[挪威] 特露德·马斯坦 著

邹雯燕 译

中国国际广播出版社

"北欧文学译丛"
编委会

主　编

石琴娥（中国社会科学院外国文学研究所）

副主编

徐　昕（北京外国语大学欧洲语言文化学院）
张宇清（中国国际广播出版社有限公司）
田利平（中国国际广播出版社有限公司）

编　委
（以姓氏汉语拼音为序）

李　颖（北京外国语大学欧洲语言文化学院芬兰语专业）
王梦达（上海外国语大学德语系瑞典语专业）
王书慧（北京外国语大学欧洲语言文化学院冰岛语专业）
王宇辰（北京外国语大学欧洲语言文化学院丹麦语专业）
余韬洁（北京外国语大学欧洲语言文化学院挪威语专业）
赵　清（北京外国语大学欧洲语言文化学院瑞典语专业）
凭　林（知名学者）
张娟平（中国国际广播出版社有限公司）

绚丽多姿的"北极光"

——为"北欧文学译丛"作的序言

石琴娥

2017年的春天来得特别地早,刚进入3月没有几天,楼下院子里的白玉兰已经怒放,樱花树也已经含苞待放了。就在这样春光明媚、怡人的日子里,我收到中国国际广播出版社文史编辑部主任张娟平女士打来的电话,想让我来主编一套当代北欧五国的文学丛书,拟以长篇小说为主,兼选一些少量有代表性的短篇小说、诗歌等,篇目为50部左右。不久之后,中国国际广播出版社负责人和张娟平主任又郑重其事地来到寒舍,对我说,他们想做一套有规模、有品位的北欧文学丛书,希望能得到我的支持,帮助他们挑选书目、遴选译者,并担任该丛书的主编。

大家知道,随着电子阅读器和智能手机的普及,越来越多的人通过电子设备来阅读书籍。在目前的网络和数码时代,出现了网络文学、有声书和电子书,甚至还出现了人工智能创作的作品,纸质书籍受到极大冲击,出版纸质书籍遇到了很大困难。有的出版社也让我推荐过北欧作品,但大都是一本或两本而已,还有的出版社希望我推荐已经过版权期的作品,以此来节省一些成本。而中国国际广播出版社却希望出版以当代为主的作品,规模又如此之大,而且总编辑又亲临寒舍来说明他们的出版计划和缘由,我被他们的执着精神和认真态度所感动,更被他们追求精神品位的人文热情所感动。我佩服出版社的魄力和勇气。面对他们的热情和宝贵的执着精神，我怎能拒绝，当然应该义不容辞地和他们一起合作，高质量、高品位地出好这套丛书。

大家也许都注意到，在近二三十年世界各国现代化状况的各类排行榜上，无论是幸福指数，还是GDP或者是人均总收入，还是环境保护或者宜居程度，从受教育程度和质量、医疗保障到养老、失业等社会保障，还有从男女平等到无种族歧视，等等，北欧五国莫不居于世界最前列，或者轮流坐庄拿冠夺魁，或是统统包圆儿前三名，可以无须夸张地说，北欧五国在许多方面实际上超过了当今世界霸主美国，而居于当今世界发达国家最前列，成为世界现代化发展中的又一类模式。

大家一般喜欢把世界文学比作一座大花园，各个时期涌现出来的不同流派中的众多作家和作品犹如奇花异葩，争妍斗艳。北欧文学是这座大花园里的一部分，国际文学中，特别是西欧文学中的流派稍迟一些都会在北欧出现。北欧的大自然，由于地理位置、自然环境和气候条件，没有小桥流水般的婀娜多姿，而另有一种胜景情致，那就是挺拔参天、枝叶茂盛的大树，树木草地之间还有斑斓似锦的各色野花和大片鲜灵欲滴的浆果莓类。放眼望去，自有一股气魄粗犷、豪放、狂野、雄壮的美。北欧的文学大花园正如自然界的大花园一样，具有一股阳刚的气概、粗豪的风度。它的美在于刚直挺立、气势崴嵬。它并不以琴瑟和鸣般珠圆玉润和撩拨心弦的柔美乐声取胜，却是以黄钟大吕般雄浑洪亮而高亢激昂的震颤强音见长。前者婉转优雅、流畅明快，后者豪迈恢宏、气壮山河。如果说欧洲其余部分的文学是前者的话，那么北欧文学就是后者。正如鲁迅所说，北欧文学"刚健质朴"，它为欧洲文学大花园平添了苍劲挺拔的气魄。以笔者愚见，这就是北欧五国文学的出众特色，也是它们的长处所在。

文学反映社会现实。它对社会的发展其功虽不是急火猛药，其利却深广莫测。它对社会起着虽非立竿见影却又无处不在的潜移默化作用。那么，北欧各国的当代文学作品中是如何反映北欧当代社会的呢？它对北欧各国的现代化发展是不是起了推动促进作用了呢？也许我们能从这套丛书中看到一些端倪。

北欧五国除了丹麦以外，都有国土位于北极圈或接近北极圈。北极光是那里特有的景象。尤其到了冬天夜晚，常常能见到北极光在空中闪烁。最常见的是白色，当然有时也能见到五彩缤纷、绚丽多姿的北极光。北欧五国的文学流派众多，题材多样，写作手法奇异多姿，犹如缤纷绚丽的北极光在世界文坛上发光闪烁。

北欧包括 5 个国家：丹麦、芬兰、冰岛、挪威和瑞典。讲起当代的北欧文学，北欧文学史上一般是从丹麦文学评论家和文学史家勃朗兑斯（Georg Brandes，1842—1927）于1871年末在丹麦哥本哈根大学所作的《十九世纪文学主流》算起，被称为"现代突破"。从19世纪的1871年末到目前21世纪一二十年代的150年的时间里，一大批有才华的作家活跃在北欧文坛上。在群英荟萃之中，出现了几位旷世文豪，如挪威的"现代戏剧之父"亨利克·易卜生，瑞典文学巨匠——小说家、戏剧家斯特林堡和荣获诺贝尔文学奖的第一位女作家、新浪漫主义文学代表塞尔玛·拉格洛夫，丹麦1944年诺贝尔文学奖获得者约翰纳斯·维尔海姆·延森，芬兰批判现实主义作家尤哈尼·阿霍以及冰岛1955年诺贝尔文学奖获得者哈多尔·拉克斯内斯等。本系列以长篇小说为主，也有少量短篇和戏剧作品。就戏剧而言，在北欧剧作家中，挪威的亨利克·易卜生开创了融悲、喜剧于一体的"正剧"，被誉为"现代戏剧之父"，是莎士比亚去世三百年后最伟大的戏剧家。瑞典的奥古斯特·斯特林堡所开创的现代主义戏剧对世界戏剧产生了重大影响。戏剧是文学的一部分，所以我们在选编时也选了少量的戏剧作品。被选入本系列中的作家，有的是北欧当代文学的开创者，有的是北欧当代文学中各种流派的代表和领军人物，都是北欧当代文学中的重要作家，他们的作品经历了时间考验。

在北欧文坛中，拥有众多有成就有影响的工人作家是其一大特色。有的还获得了诺贝尔文学奖，成为世界级的大文豪。这些工人作家大多自身是农村雇工或工人，有过失业、饥饿或其他痛苦的经历，经过自学成为作家。他们用笔描写自己切身的悲惨遭遇，对地主、资产阶级的剥削和压榨写得既具体细腻又深刻生动。正是他们构成了北欧20世纪以来现实主义文学的主流。在这些工人作家中最突出的有丹麦的马丁·安德逊·尼克索和瑞典的伊瓦尔·洛-约翰松等。对这些在北欧文坛上占有重要地位的工人作家的作品，我们当然是不能忽略的，把他们的代表作选进了这套丛书之中。

除了以上这些久享盛誉的作家外，我们也选了新近崛起的、出生于1970和1980年代的作家，如出生于1980年的瑞典作家乔安娜·瑟戴尔和出生于1981年的挪威作家拉斯·彼得·斯维恩等。他们的作品在北欧受到很大欢迎，有的被拍成电影，有的被搬上舞台。这些作品，虽然没有经历过时间的考验，但却真实地反映了目前北欧的现状，值得收进本丛书之中。

从流派来看，我们既选了现实主义作品，也不忽略浪漫主义、超现实主义和意识流的作品，力求使读者对北欧当代文学有个较为全面的印象。从作家本人的情况看，我们既选了大家公认的声誉卓越的作家的作品，也选了个别有争议的作家的作品，如挪威作家克努特·汉姆生，他是现代挪威、北欧和世界文坛上最受争议的文学家。他从流浪打工开始，1920年成为诺贝尔文学奖得主，晚年沦为纳粹主义的应声虫和德国法西斯占领当局的支持者，从受人欢呼的云端跌入遭国人唾骂的泥潭，而他毕竟是现代主义文学和心理派小说的开创者和宗师，在20世纪现代文学中扮演了承上启下的转型角色。我们把他的"心理文学"代表作《神秘》收进本丛书。这部作品突破传统小说的诸多常规要素，着力于通过无目的、无意识的内心独白，以及运用思想流、意识流的手法来揭示个性心理活动，并探索一些更深层次的人生哲理。1978年诺贝尔文学奖得主、美国作家艾萨克·辛格说："在我们这个世纪里，整个现代文学都能够追溯到汉姆生，因为从任何意义上他都是现代文学之父……20世纪所有现代小说均源出汉姆生。"我们把这位有争议的作家的作品选入我们的丛书，一方面是对北欧和世界文学在我国的译介起到补苴罅漏的作用，另一方面也可进一步了解现代文学的来龙去脉，以资参考借鉴。

20世纪60年代中期，瑞典出现了一种新兴的文学——报道文学。相当一批作家到亚非拉国家进行实地调查，写出了一批真实反映这些地区状况的报道文学作品。这批从事报道文学的作家大都是50年代和60年代在瑞典文坛上有建树的人物。如瑞典作家扬·米尔达尔是这种新兴文学——报道文学的代表人物之一，他的《来自中国农村的报告》（1963）成为当时许多国家研究中国问题的必读参考材料，被译成十几种文字多次出版。他的这本书材料详尽、内容真实、记载细腻而风靡一时。还有福尔盖·伊萨克松通过访问和实地采访写出了报道中国20世纪70年代真实状况的作品。这些文字优美、内容详尽的作品为西方读者了解中国起了很好的桥梁作用。他们的作品是在我国改革开放之前来中国写的，今天再来阅读他们当时写的作品，从中也能领略到时代的变化、改革开放的伟大成就。

总之，我们选材的宗旨是：尽量把北欧各国文学史中在各个时期占有重要地位的作家的代表作收进本丛书。本丛书虽有45部之多，是我国至今出版北欧丛书规模最大的一部，但是同150年的时间长河和各时期各流派的代表作家与作品之多比起来，45部作品远不能把所有重要作家的作品全部收入进来。

本丛书中的所有作品，除了极个别以外，基本都是直接从原文翻译，我们的目的是想让读者能够阅读到原汁原味的当代北欧文学。同英语、俄语、法语等大语种翻译比起来，我们直接从北欧语言翻译到中文的历史不长，译者亦不多，水平不高，经验也不足，译文中一定存在不少毛病和欠缺之处，望读者多多包涵，也请读者给我们提出宝贵的建议和意见，便于我们改进。

本丛书能够付梓问世，首先要感谢中国国际广播出版社执行董事张宇清先生和副总编田利平先生，田总编是在本丛书开始编译两年后参与进本丛书的领导工作的，他亲自召开全体编委会会议，使编委们拓宽思路，向更广泛的方向去取材选题。没有他们坚挺经典文化的执着精神和开拓进取的勇气，这部丛书是不可能跟读者见面的。我还要感谢本书所有的编委，是他们在成书过程中做了大量工作，从选材、物色译者到联系有关国家文化官员和机构，都付出了辛勤的劳动。不仅如此，他们还亲自翻译作品。没有他们的默默奉献和通力合作，这部丛书是难以完成的。在编选过程中，承蒙北欧五国对外文化委员会给予大力帮助和提供宝贵的意见，北欧五国驻华使馆的文化官员们也给予了热情关怀，谨向他们致以衷心的感谢。对编选工作中存在的疏漏和不足，还望读者们不吝指正。

2021 年 10 月

于北京潘家园寓所

石琴娥，1936年生于上海。中国社会科学院外国文学研究所北欧文学专家。曾任中国－北欧文学会副会长。长期在我国驻瑞典和冰岛使馆工作。曾是瑞典斯德哥尔摩大学、丹麦哥本哈根大学和挪威奥斯陆大学访问学者和教授。主编《北欧当代短篇小说》、冰岛《萨迦选集》等，为《中国大百科全书》及多种词典撰写北欧文学、历史、戏剧等词条。著有《北欧文学史》《欧洲文学史》(北欧五国部分)、"九五"重大项目《20世纪外国文学史》(北欧五国部分)等。主要译著有《埃达》《萨迦》《尼尔斯骑鹅旅行记》《安徒生童话与故事全集》等。曾获瑞典作家基金奖、2001年和2003年国家图书奖提名奖、第五届(2001)和第六届(2003)全国优秀外国文学图书奖一等奖、安徒生国际大奖(2006)。荣获中国翻译家协会资深荣誉证书(2007)、丹麦国旗骑士勋章(2010)、瑞典皇家北极星勋章(2017)、翻译文化终身成就奖(2024)等。

译　序

  一位挪威当代最优秀的作家交出了一本给人留下深刻印象、让人觉得刺痛、有关自由和责任的小说。

——《世界之路报》

  "所有不好的小说都是相似的，但每一本精彩的小说都有自己的精彩。"挪威书评人在《世界之路报》的读书专栏中说："托尔斯泰笔下有安娜·卡列尼娜，福楼拜笔下有包法利夫人，而在挪威女作家特露德·马斯坦（Trude Marstein）的《我曾拥有那么多》（Så mye hadde jeg）中，我们认识了挪威女人莫妮卡。"将特露德·马斯坦与世界文坛顶级作家相提并论或许有些言过其实，但从另一个侧面表现了挪威文坛对她的赞誉——毫无疑问，她已经成为她这一代挪威作家中的领军人物。

  特露德·马斯坦出生于1973年，在挪威东南部的小城镇滕斯贝格长大，目前生活在首都奥斯陆。她曾在挪威泰勒马克大学学院研习创意写作，后在奥斯陆大学继续进修教育、心理学和文学研究。她发表的第一部散文集——《强烈的饥饿，突然的恶心》出版于1998年，并在当年斩获塔耶·维萨斯最佳新人奖，在文坛崭露头角。此后特露德·马斯坦陆续出版了小说、散文集，还有儿童小说，均获得了读者和评论家的好评。2006年的小说《做得好》为她赢得了挪威文学评论家奖。

  2018年出版的《我曾拥有那么多》是她迄今为止影响

最广的作品。该作品聚焦女性，直面文学和人类历史中最重要的议题：自由和不自由，情感与理智之间的冲突。

在特露德·马斯坦第一人称视角的叙述中，挪威女人莫妮卡从13岁到58岁的生命画卷在读者面前缓缓展开，连同她生命中出现的家人、姐妹、朋友、同事，还有男人们。她与他们的关系虽看似亲密，但又带着疏离，似乎一切都落不到她所希望的位置上。

《我曾拥有那么多》的女主人公莫妮卡来自挪威小城市弗莱德里克斯塔德。她出生于一个普通家庭，是家里年龄最小的女儿，上面还有两个姐姐。姐姐们都选择了传统的职业，然后结婚、生子，生活稳定。可莫妮卡一直想要不同的追求，她追求自由，心里总有一种不安的情绪，害怕自己落入固定的生活模式，于是她总是向往远方，向往不一样的生活。高中毕业后，她离开家乡去首都奥斯陆求学，先是学法律，后来又转学文学，还做过老师、自由撰稿人和广告公司的文案写作者。她谈过一段又一段的感情，一度很抗拒生孩子，但后来还是有了女儿麦肯。她虽然向往自由，但却又一直在寻求激情和男人的肯定，单身的时光很短暂。

特露德·马斯坦用细腻的笔触描绘出主人公和周遭世界以及人与人之间微妙和敏感的关系，揭开了莫妮卡刻意戴上的满不在乎的面具，让读者能够走进她的内心世界。她将渴望、欲望、不安、失落、欢欣、幻想、自由和家庭责任的冲突不加修饰地展现在读者的面前。莫妮卡在追求自我和满足他人的期望、离经叛道和循规蹈矩之间来回摇摆。她有可爱的一面，也有可恨的一面，她自私、任性，她一直在寻找和追求生命真正的意义，但看着身边的朋友、家人安定下来，过着日常规律但无趣的生活时，又时不时生出羡慕和自我怀疑。在每一段亲密关系中，她都想追逐，抓住自己想要的东西，可希望又一次次破灭，失望，背叛，转身离开。

莫妮卡的不完美和真实，拉近了读者和她的距离，轻易从她的身上看到自己或是身边人的影子以及自己不敢宣之于口的念头。

《我曾拥有那么多》在挪威新生代作家的创作中很有代表性——他们诚恳地书写普通人的小故事。他们不再那么专注反映时代变化的大命题、大叙事，不追求强烈的矛盾和戏剧冲突，而是将目光投射到普通的人、普通的事上，用朴实的语言讲平凡的人生——微澜见深意。虽然这部小说从1973年写到了2018年，但作者选取的叙事角度都集中在主人公和周遭人的关系以及具体的事物上，不寻求展现挪威社会经济和政治方面的变化。但是，这样的选择并没有削弱作品的时代性——作品中人物的思想、情绪和面对生活情状做出的不同选择，很好地展现了挪威在这个时代的特性。

从特露德·马斯坦身上我们能看到挪威当代文坛近年来另一个最显著的变化——女性作家创作的文学作品的质量和获得认可的程度呈跳跃式上升。挪威最重要的文学奖项，不再是男作家统治的世界，越来越多的女作家，无论是刚刚崭露头角的作家，还是成名已久却在此前没有得到评论家应有重视的作家，开始打破垄断，斩获各大文学奖项。在作品的受欢迎程度上，2022年，挪威畅销书排名前100名中（包括虚构和非虚构作品），50%为女性作者的作品，而在2013年，这项数据仅为31%。这是因为女作家们的创作质量很高，是不可忽视的文学声音，但同时也和评论界将更多注意力放到了女性作者身上，更多的文学评论家选择为她们发声有很大的关系。

《我曾拥有那么多》是特露德·马斯坦被译为中文的第一部作品。希望通过这部作品能让更多中国读者认识这位挪威当代女作家，进而对更多挪威女性作家的作品产生兴趣。

译者简介：邹雯燕，毕业于北京外国语大学西班牙语专业，挪威奥斯陆大学挪威语专业。自2013年起从事挪威文化在中国的推广工作，现已翻译出版挪威儿童文学及当代文学作品20余本，其中包括《在我焚毁之前》（中国国际广播出版社，2019年版）、《神之子》（中国国际广播出版社，2020年版）。

目 录

土地和香草 / 001

不朽 / 021

人曾经相信的 / 039

长途 / 064

老男人 / 108

青涩的人 / 130

一时一地 / 154

亲爱的小孩 / 169

将生命交与他人之手 / 185

分享快乐，快乐就变成为双倍 / 215

孩子 / 232

所有幸福的童年都是相似的 / 262

为你疼痛 / 305

美好的人生 / 331

戏精 / 359

所有人类的感情我都不陌生 / 390

舒适和抵抗 / 424

土地和香草

1973年8月

天太热了,这个夏天一直是这样。客厅里太亮了,阳光在沙发背面画出方格,窗外摇晃着的枫叶投出晃动的阴影。苍蝇撞着窗玻璃。丽芙姨妈坐在那里翻着相册,手指上有覆盆子染出的红色。她坐在椅子边缘,好像时刻准备要站起身来做点什么。她的东西散落在周围:电话桌上的指甲油,凳子上搭着绿色的针织衫。爸爸看的报纸放在茶几上,阳光和阴影把头版分割成两半。

爸爸对丽芙姨妈说玫瑰花上都是虫子,说妈妈因为偏头痛在卧床休息。丽芙姨妈听了大概有半个小时了。她有点担心,满怀思绪,手放在臀部上面。小时候,我觉得丽芙姨妈总是在听别人说,把一切发生的事情都放在心里,但不会出声安慰。不过,后来的我渐渐明白,她会用自己的方式安慰别人。我的房间里挂着一幅画,上面有两个并排坐在秋千上的女孩,下面写着一句话:分享快乐就有双倍的快乐,分享悲伤就只剩下一半的悲伤。

丽芙姨妈翻看着那个夏天的照片,那时候贝内迪克特还活着。其中有一张是丽芙姨妈和哈尔沃在车站,他们推着一辆大大的童车,贝内迪克特坐在里面。照片的一角是橘黄色的。看上去，哈尔沃不太高兴自己变成哥哥的样子。他走在微笑着、推着童车的丽芙姨妈身后几步远的地方。另外一张照片里，贝内迪克特躺在换尿布的台子上，爱丽瑟站在一边低头看着她。

"小心脖子，脖子。"在我们想去抱贝内迪克特的时候，妈妈总是这么说，尤其是对我。

"没事，她能自己撑住一点儿了。"丽芙姨妈说。

还有一张照片是我们所有的小孩在一起拍的。爱丽瑟抱着贝内迪克特，稳稳地托着她的头，克里斯汀站在她旁边，哈尔沃和我在最前面。我已经想不起来当时我们在一起时怎么玩的：想要的东西都一样，想法都那么相似。"克诺尔和图特①来了。"爸爸总是这么说。虽然哈尔沃比我大一岁，但在照片上我们看起来一样高。现在他14岁，我13岁，他比我高很多，也强壮很多，我们两个人就像陌生人一样。这本相册里没有贝内迪克特葬礼的照片，但丽芙姨妈家里有一张照片，上面有个很小很小的棺材。

昨天，丽芙姨妈答应我要给我梳个法式的辫子，但后来太晚了，妈妈催我睡觉。"等明天吧。"丽芙姨妈说。

妈妈已经起床了，她刚往碗里打入一个鸡蛋，丽芙姨妈就进了厨房，把活抢过去了。

"你去休息吧，艾尔瑟，"她说，"让我来吧。"

妈妈稍微推辞了一下，但丽芙姨妈没有放弃，她从来不放弃的。

"你都汗流浃背了，艾尔瑟，"她说，"亲爱的，去躺一会儿吧。"

---

① 美国漫画人物。

丽芙姨妈穿着吊带裙，肩膀晒得很黑，金色的头发扎成一个马尾，是用我一个旧的带红色塑料球的发绳扎着的。我对丽芙姨妈有点恼火，因为她太美了，遇到如此的不幸还那么美。她的美胜过了我妈妈。不过那个时候我不明白，其实真正让我恼火的是妈妈，因为她的美太复古了，对我来说那种安静的复古的美是不够的。我小时候曾经有一次对她说，"你是世界上最糟糕的妈妈，我真希望丽芙姨妈是我妈妈。"当时妈妈站在客厅的窗帘前，双手遮住脸大哭。我后悔得要死。

这个夏天，丽芙姨妈和哈尔沃是第二次来了。这两次中间我们去了小木屋，去野营，还去了瑞典的游乐场。妈妈的偏头痛是在我们去野营地的时候发作的，昨天又发作了一次，几乎在床上躺了一整天。厨房的料理台上摆放着杯子，所有的杯子上都有一层粉色的覆盆子果酱。炉子旁边放着两袋番茄汤，妈妈讨厌这种袋装方便食品，但丽芙姨妈特别喜欢这种便捷的食物，还有所有好吃的食物。她从袋子里倒出一点儿面粉，停了一下，再倒了一点儿，又倒了一点点。

我在浴室里换上了骑马穿的衣服。我的胸一个大一个小，不过没关系，之后会长均匀的。我骑马的时候乳头会因为摩擦而疼痛，所以我在那上面垫上纸巾。我该开始穿胸罩了。丽芙姨妈的洗漱包放在台面上，她的牙刷是红色的，她有一瓶看上去很贵的护肤霜。有一次，妈妈对爸爸说，丽芙姨妈花太多钱在化妆品和衣服上了。"这都是为了男人。"她说。

骑马的裤子非常紧。在我回房间的路上，我推开哈尔沃和丽芙姨妈的房门。哈尔沃平躺在床上。

他的手放在短裤里面。

他赶紧翻过身趴着,一张照片从他的另一只手中掉到了床上,不过我一下子看到了那是张爱丽瑟和她朋友兰蒂穿着护士服的照片,是他们护士学校的男同学用宝丽来相机拍的。我拉开门,看到丽芙姨妈的旅行箱平铺着放在地上,里面放着几乎透明的碎花连衣裙和衬衣。我用手挡着脸走到了房间,我大笑着,腋下出着汗。我把脸重重地埋进枕头,随后站起身,在窗边看着爸爸在花园里,他把水管拖到草地,让水浇到几米远的地方。我的腋窝里都是汗。爸爸走到覆盆子丛边的爱丽瑟那里,他们说了点什么,爱丽瑟笑出声来。水柱浇过去,一直浇到了篱笆那,我突然好想像小时候那样跑过去,跑到水雾里,穿过光线,好像那样就能打败无穷无尽的炎热。哈尔沃和我几乎是一起长大的,我能让他在地板上挪动小娃娃,用尖细的声音同他讲话,或是在我们在垃圾场造小房子的时候逼他做我的奴隶。所有事情都有终点,新的事情总会发生。

那张照片的特别之处,在于几乎看不出那是爱丽瑟。照片里,兰蒂坐在爱丽瑟写字桌边的椅子上,爱丽瑟在兰蒂身后更高的位置,她坐在窗框上。她的脚放在暖气上,制服的裙摆堆在膝盖上,整个大腿几乎都露了出来——又长又光滑的大腿。我第一次看到这张照片的时候,还以为照片上是她的两个护士朋友,但我认出了在黑暗中闪光的数字手表,那是爱丽瑟的18岁生日礼物。

院子里的阳光很刺眼,浆果丛闪着光,覆盆子悬垂在篱笆上,摘起来特别慢。我受不了了,昨天我摘了满满一桶覆盆子,但爸爸说:"这还不满呢,莫妮卡。"我每采一桶梅子可以得到1克朗①，现在我也不知道我得了多少了。克纳滕向我扑过来，想要和我玩。丽芙姨妈做的大理石蛋糕的碎屑放在露台桌子上的一个冰盒子里，我用手指捏起了一些放进嘴里。水壶里红色的果汁，保温壶里长长的吸管。爱丽瑟总是会存下她所有的钱。一克朗可以买10块大的方形焦糖，或者一块大巧克力，或是20颗覆盆子口味的糖果。爱丽瑟一直站在覆盆子丛旁，克里斯汀偷偷跑了，说她和安德雷有约。丽芙姨妈和哈尔沃刚来的时候，我就听到妈妈和他们说："我是想到要找人帮忙做果酱了。"

"你心想事成呀，"丽芙姨妈说，"我想着也到这个时候了。"

门厅里搅拌机的声音一直在响，丽芙姨妈走了出来。

"你要去马厩吗，莫妮卡？"她说，"我们打算4点吃煎饼喝汤，我和克里斯汀也说了，她出去了。我们要坐今天晚上9点的车，爱丽瑟也和我和哈尔沃坐同一班车。"

"那个马厩的主人，总是让我去骑蓝天。"我说，"那是一匹寄养在那里的马。"

"它个头大吗？"丽芙姨妈问。

"很大，"我说，"而且还很有主意。"

阴影慢慢遮住了姨妈的脸、脖子和胸部，还有她的手臂和肩膀。在姨妈的脸上，我能看到些许妈妈的影子，圆润的牙齿，强硬的眉毛，鼻翼的阴影，还有下巴和下嘴唇的样子。妈妈的容貌更温柔，但同时又好像更厉害，腿上的肉更少，皮肤更薄。丽芙姨妈的头发有点乱，妈妈的头发很光滑，刘海整理得很整齐，就像是窗帘一样。丽芙姨

---

① 挪威克朗是挪威王国的货币名称。

妈在说话和笑起来的时候比妈妈漂亮，不过当两个人安静严肃地坐在一起的时候，妈妈显得更漂亮。

"你的辫子一会儿肯定会散的。"丽芙姨妈说。

她小时候住在美国的时候学会了编法式麻花辫，除了法式麻花辫，还有美式华夫饼。可是妈妈只想吃挪威式的薄薄的煎饼。

丽芙姨妈看着我，好像她忘记了给我那些她知道我真的很需要的东西。她顺了顺我的头发，把它挂到耳后，微笑着。我应该洗个头的，我甚至都没用梳子梳通头发。

"你看起来很专业的样子，"她说，"专门的骑手裤。不过，你不热吗？"

"热，但如果我穿短裤，大腿那里会被磨伤。"

"哦，"丽芙姨妈说，"小莫妮卡和大马，想起来就觉得有点吓人。你一定要小心，它们是情绪化的动物。姨妈有点为你担心。这世界上有什么是你害怕的吗？"

妈妈和丽芙姨妈长大之后，外婆变得越来越像小孩，她经常离家出走。她会放下自己正在做的事情，洗衣、做饭，甚至自己的女儿。每次外公必须出去找她，妈妈和丽芙姨妈就只能自己待在家里。夏天的时候她们会坐在石头台阶上，冬天的时候她们坐在厨房的桌子旁边，透过窗帘看着外面。妈妈会舔一下手指，然后把手插进糖罐，然后隔一会儿给丽芙姨妈舔一舔，自己再舔一舔。这是丽芙姨妈说的。

有一次，妈妈和丽芙姨妈待了一整个晚上，外公骑着车到处找外婆。到了清晨天亮的时候，外婆才坐着他的自行车回来。妈妈12岁生日的那一天。两姐妹晚上没有睡到自己床上去，就在客厅的沙发上睡的。她们一听到自行车轧过石子路的声音马上就醒了,然后听到外婆像孩子一样在哭泣。姐妹俩站在楼梯上等着他们。那一整天外公都在哄外婆,自然也没有庆祝什么生日。

"那时候我很不开心,"丽芙姨妈说,"没有人知道为什么外婆会变成那个样子,我觉得外公也不知道。"

不过,我问妈妈的时候,她说没有这回事。

"但是,丽芙姨妈这么说的。"我说。

"莫妮卡啊,我12岁的时候,你的丽芙姨妈才4岁。她怎么可能记得那么清楚?"

"可是真有过那样的事吗?"我又问。

"丽芙姨妈的想象力总是很丰富。"妈妈说。

马厩里的空气又热又潮湿,新鲜的马粪,蓝天站在最角落里。我走过那些空的马栏的时候,它点着脑袋,耳朵前后摇晃着,充满了活力。然后我把它的门打开,带它出来,清扫一下属于它的格子。他的耳朵往后摆,露出了牙齿和白色的眼睛。它的后腿交叉,肚子挨着水桶,想要用屁股对着我。我抓住了缰绳,拉着它走过走廊系上钩子,心跳得很厉害。我知道这种恐惧会让我发出一种特别的汗味,只有马儿能感觉到。我把手伸到马肚子底下系上了马鞍。

人在跑步的时候很难思考。我真希望奥瑟让我们穿过操场跑的时候能再多想一下,我真希望在英恩贝格说她要请班里所有女生参加她的花园派对的时候,自己不要回答得那么雀跃、那么假。现在距离我和安娜·洛维瑟绝交已经有两个多月了。这一切的开始是英恩贝格和奥瑟组建了一个秘密俱乐部,课间时在女生厕所见面。那里容不下所有人,安娜·洛维瑟和维贝克没能参加。"跑。"奥瑟说,然后我们就跑,好像受了惊的马一样。但安娜·洛维瑟没有受邀,她一直想强行加入。每次下课铃一响,她会跑着穿过学校,想要赶在我们锁上门之前挤进来,就好像她想自己一次一次被打败一样。我希望,但也不希望她能赶上。我们8个温热的身体紧紧地挤在一起,站在厕所里,汗流浃背,兴奋地喘着粗气,咯咯地笑,满脸通红。谁会想参加一个没有人想要你加入的俱乐部?老师什么也没看见:暑假前的最后一天她向我们表示感谢,说和我们一起度过了美好的6年时光,她很少见到那么好的一群孩子,那么团结。她祝我们在中学还有今后的人生中顺顺利利。安娜·洛维瑟站在我前面,她身边的空间比任何人之间的都要大,她穿着一条蓝裙子,脖子上挂着一条闪闪发光的细金链子。她像躲瘟疫一样躲着维贝克。维贝克是最糟的。

在我给蓝天加更多草料的时候,我看到卡多走过了门廊。我推起手推车,准备推去粪堆旁。卡多迈着缓慢的大步向我走来。我推着手推车通过大门,没有停下脚步。放下车子后,我把裤子往上拉了拉,直到感觉裤裆回到了它该到的位置。

到处都是干草,卡多指了指角落的一条绳子和一个空的果汁瓶,我在去骑马之前还得干更多活,虽然这并不是我弄乱的。

"你穿着马裤呢。"他说。我解开了蓝天,让它回到它的格子间里,从一个干草团里拿出三块压好的干草,放进食槽。蓝天用嘴叼起来一块,晃着脑袋把它弄散,然后开始咀嚼起来。卡多摸着菲欧娜的鬃毛。

"亲爱的,你看你长得多漂亮啊。"他温柔地说,然后打开了录音机。

蓝天嚼着干草，眨了眨眼睛，打着响鼻。一边的记事板上挂着一张关于小猫的纸条。卡多和爱云说过："要是你不处理掉它们，我就替你动手了。"当我用宽宽的耙子把我面前的干草叉起来的时候，全身的肌肉都在颤动，干草、稻草和灰尘在我身旁旋转飞扬。

卡多做事特别有效率，他的手总能用最快速度让马照他的指令做。我越来越强壮，但也越来越害怕。我拿着扫把转过身，臀部就撞进了他的手里，他的手就像树枝那样粗大而粗糙。我的脖子感受到了他的胡茬儿和温热的呼吸，他的嘴唇轻轻靠近我的脸颊，但它们很快又离开了，他的喉咙里发出一声带着讽刺和抱歉的声音。他想亲我，但在我发现之前，他就后悔了，又不想亲我了。这一刻过去了。卡多透过敞开的半扇门向外看，仰望着天空，好像是在看天气。他张开嘴打了个哈欠，露出歪歪扭扭的大牙齿。是朗希尔德来了，她穿着马裤，牵着塔比利斯。她看上去既像15岁，又像60岁。可她其实是42岁，个子矮矮的，棕色的头发，脸色红润，腰带把肚子勒成了两截，看上去很疼的样子。录音机里放着音乐。我手里拿着耙子站着。朗希尔德让塔比利斯进了马厩，它转了个身就开始吃干草，嘴里的马嚼子都没拿掉。它摇头晃脑。朗希尔德跟过去给它取下了马嚼子，然后转过身问卡多。

"一切都好吗？卡多？"

朗希尔德打开马鞍上的两颗扣子，它们落下来，挂在塔比利斯的肚子下面。

因为那个没有到来的吻，我的嘴里满是麻木的感觉。整个身体都在理解那未曾发生的一切。

"你要出去骑一圈蓝天吗？"卡多问我。

"我觉得我可能没时间了,"我说,"我姨妈来了。"

他咧嘴笑着,看我把耙子放到一边洗手的地方,一排黄黄的、歪歪斜斜的牙齿露了出来。

朗希尔德从马厩的格子间里出来,马鞍搭在手臂上。

"我可以带它出去骑一圈。"她说。

米拉米斯从她的房子里跳出去,在地板上跑来跑去,她的孩子开始了自己的欢唱。昨天安娜·洛维瑟把一只小猫放在了水泥地上,想看它能不能找到自己的妈妈。这可怜的小家伙极其缓慢地爬着,肚子贴着地,小声叫着,尾巴翘向天空,屁股红红的。很快米拉米斯担忧地跑了过来,喵喵叫着把它带回了窝。我说:"你是个混蛋吗?"

安娜·洛维瑟好像变成了坏人,好多人都不喜欢她了。她装作什么都不在意的样子,可她其实肯定是在意的呀。

整个露台上都弥漫着煎饼的香味。哈尔沃躺在吊床上看漫画杂志。克纳滕在杜鹃花丛里发出很大的动静,好像是被困住了。丽芙姨妈抱着一叠盘子穿过草坪来到门廊的桌子前。一条蚂蚁组成的道路爬上两级台阶,终点是门廊地面上的一摊污渍,那是之前洒出来的果汁。黏糊糊的果汁上爬满了蚂蚁,一圈圈都是。

丽芙姨妈走到露台上,从哈尔沃手里抽出漫画杂志,反手拿书扇了一下他的脸,哈尔沃挣扎着想要把书拿回来。她总是想让他多读点书——"你该向你表妹学学,你看看莫妮卡读了多少书了。"是的,我读完了克里斯汀所有的书,现在正在读的是《数数那些快乐的时光》。克纳滕被缠住了,汪汪地叫我,我走过去拍了拍它。它很喜欢马的气味,舔了舔我的手。

妈妈还躺在那里,她不会发现我在去过马厩之后没有洗澡。我换了一件短袖T恤,穿上牛仔裤,好好洗了手。妈妈会知道我上学迟到,从柜子里拿了巧克力,或是在去滑冰的路上买了糖果,但这些都不是什么紧要的事。我在学校的一天是怎么过的,那是很漫长的,我是多么害怕去初中。这个世界有多不好,那是我喜欢去的地方,这是我唯一知道的,没有别的地方可以去,没有别的事情可以做。

我们坐在房子的阴凉处,一点儿风都没有。妈妈起来了,她穿着带领子的短袖衬衫和蓝色的裙子。丽芙姨妈忙着做更多的西红柿汤,她给爱丽瑟也编了法式辫子。克纳滕躺在爸爸的椅子下面,看上去像死了一样。

"克里斯汀呢?"爸爸问。

"她差不多4点能回家。"丽芙姨妈说。

爸爸看了看表。丽芙姨妈收起了汤盘,把它们拿进房子里面。

"哈尔沃,你准备好开学了吗?"爸爸问。哈尔沃耸了耸肩。

"差不多吧。"他说。

"我还是很期待之后就有分数了的,"我说,"不知道我挪威语课能拿多少分。"

"你得好好地学数学。"爸爸对哈尔沃说。

显然哈尔沃的分数很一般,他也不太在意这个。爸爸这个夏天在给他辅导数学,不过进展不怎么样,因为哈尔沃对他得到的帮助并不在乎。

丽芙姨妈又端着煎饼盘子出来了。

"坐下吧,莫妮卡,慢慢吃。"爱丽瑟说。我用手抓了一张煎饼,放在了自己的盘子上。

妈妈拿起自己的水杯喝了一口。大黄蜂在玫瑰花丛中嗡嗡作响，爱丽瑟裙子下的大腿又瘦又长，她穿的是衬衫裙，扣子一直从脖子系到大腿那儿。哈尔沃穿着破洞牛仔短裤，上面有浅蓝色的流苏，大腿上的汗毛又黑又长。妈妈在煎饼上抹了一层覆盆子果酱。

"你现在好点了吗？"爸爸的手搭在妈妈的小臂上。妈妈点了点头。

"你有胃口了就好。"爸爸说。

"是啊，我受不了一直喝汤。"妈妈说，"我真的不太喜欢袋装的汤。"

我又拿起一块煎饼，妈妈看了看我，我为了要拿果酱，整个身子都趴到了桌子上。爱丽瑟问爸爸他们想不想在秋假的时候去小木屋。克纳滕的脑袋从我腿中间钻出来，我撕了一块煎饼给它，爸爸瞪了我一眼。

"你们要是不打算去的话，我可以和兰蒂一块儿去。"爱丽瑟说。

"你们自己去那里吗？那要砍柴弄炉子的。"爸爸说。

"我们可以的。"爱丽瑟说。

哈尔沃吃东西的时候一直看着盘子的左边。有一次寒假的时候，丽芙姨妈和一个女朋友去卑尔根了，所以他就住到我们家来了。结果他和我还有安娜·洛维瑟滑冰的时候摔倒撞到了脑袋，结果脑震荡了。他穿着厚棉裤坐在餐椅上，对着桶吐个不停。妈妈打电话给上班的爸爸，让他回家带哈尔沃去医院。在等爸爸回来的时候，妈妈还在削土豆，哈尔沃靠在椅子的一边。"哈尔沃，你还好吗？"她一边旋转着土豆削着皮，一边问他。前一晚我听见妈妈对爸爸说"他很想他妈妈，他有点像妈妈的大宝贝"。

丽芙姨妈在问爱丽瑟护士学校的事情。她已经上了一年,还剩下两年。

"你给人打过针了吗?"

"还没。"爱丽瑟说,"但很快就要打了。"

她和大家说她的学习环境,那里只有两个男生,当然他们会获得特别多的关注。

"他们长得帅吗?"丽芙姨妈问。爱丽瑟皱了皱眉毛,笑着摇了摇头。我的手指上都是黄油。哈尔沃在抖着腿。

"反正他们不合我的口味。"爱丽瑟说。

我站起身来,又去够桌上的煎饼。

"莫妮卡,你就不能让别人帮你递一下盘子吗?"爸爸说。

但这时候我已经用大拇指和食指夹起一块煎饼,放到自己的盘子里,身子又回到了自己的凳子上。

"我在卡多那骑的那匹马其实还挺危险的。"我一边给煎饼涂果酱一边说。

"我的天哪,我都不敢听。"丽芙姨妈说。爸爸没有看我,他在忙着吃下一块煎饼,刚好把它正正地放在自己的盘子上。我拉住爱丽瑟的手臂。

"你知道那张照片在哪吗?"我说。"你和兰蒂那张照片?"

"哪张啊?"爱丽瑟问。

哈尔沃低头看着自己的盘子,上面沾满了覆盆子果酱。

"就那张,"我说,"你们俩穿着护士服的那张。"

哈尔沃抬头看了看我,好像被一支箭射中身体一样,脸上充满了我从没见过的威胁和仇恨。

"哦,是那张,它去哪了?"爱丽瑟说。

我们在很小的时候,有一次去外面玩,他拉开裤子给我看那个东西会有什么变化。我当时特别好奇，看了一次又一次，它的颜色、大小、方向，而且我的天，它还会变大。

"没有啊，但要是你想知道那张照片怎么样了的话……"我对爱丽瑟说。我的嘴咧到了耳后根，好像自己说了什么特别有趣的话，我的表现像是要逗别人开心。我就像个小丑一样，我可以单腿跳，转着圈。爸爸盘子里被卷起来的煎饼被切成一块块的，有点像弹簧或是蜗牛壳的样子，填满了覆盆子果酱。爸爸手里的叉子拿得很稳。没有人做出什么反应，除了哈尔沃。

"我不知道那是爱丽瑟。"他说。

爸爸没有碰煎饼，但爱丽瑟拿起自己的杯子，喝了点水。

然后放下了杯子。

"是啊，"我对哈尔沃说，"你觉得那是张很棒的照片吧？我是这么觉得的。我觉得特别好看。我能明白你为什么那么喜欢看它。她们穿着制服很好看，是特别漂亮的白制服。"

一种很罕见的恐惧，我做的事情我自己都不明白，但所有人以为我懂的要比我实际懂的多得多。阳光几乎把松树染成了橘黄色，在树桩那留下光斑。

"你能不能闭嘴，"哈尔沃说，"妈的。"

爸爸放下叉子看着我，他没有看说脏话的哈尔沃，他看的是我。

"莫妮卡，你为啥整天都那么烦人？"爱丽瑟说。

"什么？"我大喊，"我怎么了？"

爱丽瑟转过头去看爸爸。

"好啦，我们能不能去小木屋啊？"她说，"要是你们不去的话？我们会很小心的。我们特别特别想去山里住几天。"

爸爸两边的头发还有很多，但中间几乎没头发了，头发很少但很粗，好像马的鬃毛一样。爸爸没有看爱丽瑟，他看着我，越来越靠近我，我都不敢睁眼，我一眨眼好像眼睛就会干涩。他吸了口气想说什么，但转念和爱丽瑟说："我们每次用乙烯炉都得取下它的引擎盖。"然后爸爸的目光从我脸上移开了。

"这事我们再说吧。"他对爱丽瑟说。

阳光和阴影在卧室的墙上来回交替着。它们轻松地交织、移动，上上下下的。一阵风吹过窗外的枝丫，墙上的形状分解开来，一会儿很黑，一会儿很亮，然后一切又变成之前光线和阴影的模样，不管怎样，它都会这样发生。这就像人生会突然改变，一天中都会变好多次一样。或者说我一直在改变，不会是之前的样子了。我安静地坐在绿色沙发椅子上，平静地呼吸着，而树叶在颤抖着，跳跃着，永不停止。我唯一的愿望就是我会继续这样下去，继续改变自己。我赤着脚，指甲脏兮兮的。

爸爸在门口拍了拍克纳滕："哎呀，你过得真不错，你的狗生也太棒了。"我大声叫着克纳滕，可它只是转头看了我一眼，又回过头看着爸爸。我现在是那个没人喜欢，也没人信任的人了。妈妈和爸爸从我身边走过的时候，都不看我一眼。可能他们希望我给他们的那种感觉会自己过去，有什么别的人可以照顾我，或是我自己会好起来。他们甚至不叫我收拾桌子或洗盘子。丽芙姨妈对我很好，但这种好也挺让人难过的。我的手闻起来有股马的气味，有点甜，有点脏。这个气味好像已经渗进去了。爱丽瑟现在和我也很疏离，她很忙,在收拾行李准备回护士学校去了。我不想她走。

克里斯汀回家很晚了,因为她去和安德雷约会了,但没人说她什么。她的嘴唇好像都肿起来了。她站在厨房的桌子边上蘸着糖吃煎饼,没有先喝汤。有一次我听到克里斯汀和丽芙姨妈说:

"你觉得我的胸部是不是不会再变大了?"

"你很瘦,"丽芙姨妈说,"你要是稍微再多长点肉,胸部也会大一点儿。不过现在这样也很漂亮啊。"

架子上有五本相册,编号第四的那本是我还是婴儿时期的照片。我几乎不记得那时候的事情。"疯狂八"和"红星"(纸牌游戏),我记得纸牌摩擦时的声音,以及打到桌面的声音。我不想任何人离开,爱丽瑟已经走了,很快克里斯汀也会走。

爱丽瑟和克里斯汀都是13岁的时候来的月经,再过几个月,我的月经也会来了。

我在看第五本相册,克里斯汀在吃煎饼。相册里有四张几乎一模一样的外婆抱着贝内迪克特的照片。外婆现在住在养老院里,她几乎起不来床,我们去看她的时候也认不出我们了。有一次她以为爱丽瑟是妈妈。妈妈15岁的时候,外公去世了,所以妈妈后来的少女时期完全是一片黑暗。丽芙姨妈那时候只有7岁,她倒是还好,妈妈从前说过:"丽芙姨妈看事情比我要通透得多。"

外公去世的时候,外婆才37岁,后来她再也没有找到爱情——妈妈是这么说的。没人能和外公相比。外婆是那种一生只会爱一次的人。真让人难过,我想,这爱真是奇特,毕竟她总从他身边逃离。

克里斯汀10岁生日的时候,我们三姐妹有一张合影。

照片的颜色很温暖，有好多金色和红色。照片上的我6岁，我占了前景的大部分，头上戴着海盗的帽子，画着鬼脸。我有点失焦，手里拿着一杯橙子汽水，虽然画面不是太清晰，就好像我在看着汽水里的气泡打在玻璃上那样。爱丽瑟和克里斯汀在照片的后方，拍得很清楚，爱丽瑟那个时候就已经很漂亮了，头发梳得高高的，穿一条红色的裙子。克里斯汀的裙子是蓝色的，她正在打开一件礼物，低头微笑着。爱丽瑟那时候和我现在一样大，但我觉得她看起来已经像大人了。一个装着花的花瓶，垂下来的窗帘，还有那个大喊大叫的海盗女孩。

有一次，克里斯汀说："你小时候一睡觉，我们就要像老鼠一样安静，蹑手蹑脚地，你太容易醒了，真拿你一点儿办法都没有。我记得我们那时候是如何才能拆开一包薯片的。"她表演了一下，就像无声电影一样。"要是我们声音稍微大了一点点，你就会突然出现在楼梯口，生气得不得了。"但你们为什么非得等我睡觉了才开薯片呢？

有时候我说了点什么，爸爸的眼睛会亮起来，脸上挂着控制不住的笑容。他也曾说我是他无人可比的小公主。

没人比桌边的哈尔沃更可怜，但我觉得我更可怜。8岁的时候我因为盲肠炎住进了医院，他们一个个走进我的病房说，可怜的，可怜的孩子，可怜的莫妮卡。但那时候我不觉得自己可怜。爸爸是最后来的，那年夏天之前他离开了我们，走了5个星期，但后来他来了，他说，我可怜的宝贝。那时候我很同情克里斯汀，因为她长大了，还很健康。那时候妈妈说："莫妮卡，你别再抱怨肚子疼了。你再抱怨我就生气了。"我从车里拿出一张大垫子走到沙滩上，克里斯汀拿着装着果汁、面包、奶酪和饼干的冰盒。我一直在哭，妈妈用手捂住额头，说："莫妮卡，我真拿你没办法。别抱怨肚子痛了。它会过去的。"丽芙姨妈那年夏天来我们这里的时间比往年少，哈尔沃要去参加一个为期3个星期的夏令营。可是我们完全没有去度假。某种程度上说，比起爸爸，我更想念丽芙姨妈，因为她不在的时候感受会更明显。我想念冰箱里的冰棒、多汁的肉丸子，还有放了很多糖和柠檬的柠檬汁。我一直在想哈尔沃，想他得和那些陌生孩子一起待在夏令营，我觉得他在那里肯定过不好，我无法理解为什么丽芙姨妈要把他送去。不过那次丽芙姨妈和我们在一起的时候，她和妈妈的关系有点紧张，我听见丽芙姨妈和她在露台上吵架，因为妈妈不想讲爸爸离开的事情。"想想孩子们，艾尔瑟。"丽芙姨妈说，"你觉得她们在想什么？她们要理解现在发生了什么？你看不到这对莫妮卡影响多大吗？她几乎都不吃东西。"妈妈让她住嘴，然后低声哭了起来。她说："我不要你来教我怎么当妈妈。你没有权利这么做。"然后丽芙姨妈就走了，我的肚子开始痛起来，越来越痛。

当我在医院动完手术醒过来，房间里很明亮，床边的桌子上放着葡萄、巧克力、芝士球和杂志，阳光投射在柜子的门上，妈妈都快哭了："你有什么想要的吗？"我第二次醒来的时候，柜门上的阳光不见了，爸爸坐在床边的凳子上。那时候我想，一切都会好起来的。他离开了一个月，没人知道他在哪里，但现在他稳稳地坐在闪闪发光的钢制椅子上。我开始讲话，讲医院，讲护士，讲从麻醉中醒来是什么感觉，讲自行车轮胎被扎破了，讲秋天又要开始上学了，讲我最喜欢的科目是挪威语，但我还是更喜欢放暑假。"啊，现在伤口好痛啊。"我说完就开始哭，爸爸站起身来去找医生或是护士了。

我站在台阶上，看着爸爸从车里搬出一箱汽水，放进车库。然后他又把一大包糖搬进了厨房。他把丽芙姨妈、哈尔沃和爱丽瑟的行李放进后备厢。丽芙姨妈给了我一个长时间的紧紧的拥抱，然后说了再见。她没有放开手，她身上有一股很浓的黄油和香水味，让我想起小时候去丹麦的饼干工厂时闻到的英式糖果和苏打水的味道。她给我的拥抱是那么紧，像是一种惩罚或是考验——你不求饶我就不松手，你不反省你做了什么我就不松手。可是她最终还是松开了手。爱丽瑟的脖子伸得很长，目光看向远方，她忘记和我拥抱了。她的额头在编起来的发辫下面看起来有点大，让她看起来没那么成熟。我想了一下她们中谁会坐在前面，谁会坐在一起，估计哈尔沃会自己拿着唐老鸭杂志坐在前面，而丽芙姨妈会和爱丽瑟坐一起聊一路，聊丽芙姨妈的新男朋友，聊护士学校的事，聊妈妈的偏头痛，爸爸的不得已，还有我。我可以给安娜·洛维瑟打电话，和她说这真蠢，或是，这本来就蠢，别在意了。但什么是蠢呢？她也说过那些话，穿过校园，所有那些画着天堂的画。我们原本可以一直互相支持的。我还是没有给她打电话。她也说过妈妈是个糟糕透顶的音乐老师，她根本不应该做老师，古纳尔曾经说她曾经在课堂上哭起来，就因为有学生在下面讲话。

我可以问问克里斯汀想不想下象棋或是玩个桌游，但她基本是会拒绝的。

没有人催我上床，我自己回了房间。我听到妈妈和爸爸在楼下讲话。我继续读《数数那些快乐的时光》。

斯蒂娜的爸爸没有能够续约合同，他很绝望，整晚都在喝酒直到满脸通红，几乎失去意识。那天晚上他的心脏停止了跳动。妈妈在葬礼上没有哭。

　　如果我和安娜·洛维瑟不能重新做回朋友的话，我就得重新开始自己的人生了，孤单一个人过下去，打小就一切都没有了，我的7岁，9岁，11岁，12岁。在垃圾场的饿肚子事件，在岸边差点溺水的事故。瑞典来的菠萝味口香糖，倒在树后面的一升没有稀释过的浓缩果汁，和血一样的颜色。捍卫一切，不管是必要，还是被拒绝。花园一角的杜鹃花和后面阴影处的土洞。我们的年纪越来越大，知道的事情越来越多，我们在一起经历的一切失去了意义。在无人的房间中旋转着的意义。

　　楼下的电话响了，已经是晚上10点45分了，我的书看了一半多。我躺在床上还没睡着，我听到爸爸接起了电话。

　　"丽芙啊，好的好的，那就好。"

　　总有一天，这一切都会变成另外的时间，我也会搬离这里，把所有现在的一切抛在脑后，或许我甚至不会想要回来看看。

　　"火车的旅程都好吧？"爸爸说，"欢迎你们随时再来。"我听见窗外的声音——水流声，昆虫的鸣叫声。

不朽

1980年9月

爱丽瑟25岁的时候和比她大6岁的牙医结婚了。他们在"风兄弟"那里拍了结婚照。爱丽瑟把一枝玫瑰扔到水里,那象征幸福和运气。两年之后他们生了个孩子,是个男孩。他们在一家金店楼上租了套公寓,然后刚刚在爸爸妈妈家的边上买了房子,所有的房间里都装饰了棕色的针刺毡。

在阿克河的河边,弗兰克告诉我他没办法和我定下来。有很多原因。已经开始落叶了,我们头顶悬垂着的树枝上的叶子有些黄、有些绿,地面很干、很硬,满是树叶和碎土块,鸭子在河水里转着圈圈。

"我还只有24岁,"他说,往空中喷了一口烟。"你才20岁。我不是那种会被困在家里的男人。我需要自由。"

我发誓,我们俩很合适。我也不是那种待在家里的女人,我也想要自由。我很愤怒,悲伤和绝望让位给愤怒总是好的。我和弗兰克上过床,很多次,如果我知道会是现在这样,我绝对不会那么做的,我不会和他上床,不会问爱丽瑟我能不能带他去尤纳斯的洗礼典礼。有时候更像是我比他更想做爱。当他停下来,带着询问的微笑看着我的时候,就好像在问:你觉得好吗?你是不是燃烧起来了?要是我完全没兴致,他也会露出同样带着疑问的微笑,你觉得好吗?他会在我耳边热热地喘息,直到我的呼吸也跟着火热,完全迷失自己,等我回过神来的时候,他的脸会远离我的脸,他会笑着,完全不带调情的意味。嘿,你到了吧?你到了!

哦,告诉我,求求你告诉我:我是应该很自然地裸着身体穿过房间,还是我绝对不应该这么做?我不知道,我什么都不知道。

这一切我都想和他说,但我不能,不能说出口。

弗兰克留着稀疏的胡子,穿着胸口有口袋的夹克。他把烟头扔进河里,从我手里拿过我的烟,也扔了出去。他从我们头顶垂下的枝丫上扯下一根细枝,它就像绳子一样柔软,他把它撕开,弯折,用它划过我的脸庞,然后把手伸到了我的毛衣里面。

我不生气了。我只是非常非常难过。

"我会想念你的。"他说。他看着我蓄满了泪水的眼睛,拇指轻轻地划过我的乳头。

羞辱和悲伤一同袭来。我问爱丽瑟,我能带男朋友来洗礼典礼吗?她脸上的表情一下子激发出我山体滑坡般的情绪。"这次的感觉真的是对的。我从来没有这么爱过一个人。"我说我们讨论过要住在一起,他还说想和我生孩子。

"我觉得你应该慢慢来。"爱丽瑟那个时候这么说,"我们当然很想见见弗兰克,但第一次见面就在尤纳斯的洗礼典礼上压力太大了吧?""不,不,我不这么觉得。而且在那之前见面也没什么问题,弗兰克和我可以去弗莱德里克斯塔德①见你们的，随时都行。""那弗兰克自己想来洗礼典礼吗？"爱丽瑟问我。

昨天弗兰克还做了好些事情让我特别着迷，他在床上用打火机打开了啤酒瓶，冲我的肚脐眼吹气，告诉我他小时候喜欢的香草味饼干：他做的所有事情都让我觉得他是我完美的那一半，一直会是。

"我会想念你的。"弗兰克又说了一遍，叹了口气。

然后，我们站起身，走到大路上，他的身体看起来很轻松，声音里透着开朗，好像解脱了。他说他希望我们的道路在不远的未来还能交会。我不明白他是什么意思，我追问，但当他回答的时候，这其实已经没有什么意义了。

"生活会有很多曲折的。"他说。

我们走上了柏油路，路过几辆停在路边的车子。他拥抱了我一下，郑重地说了一句"祝你好运，莫妮卡"，好像这将是我在接下来的人生里需要带上的东西。

开始下雨了，雨点在柏油路上砸出一点点痕迹。弗兰克往赛尔多克斯大街走了，他好像从所有束缚他的东西里解脱了出来。空气里弥漫着潮湿的沥青路的气味。从托尔沃梅尔斯大街开过来的有轨电车挡住了弗兰克的身影，等有轨电车过去，他也不见了，就像是消失在空气中，就好像一切的一切里都不再会有弗兰克。雨落在慢慢驶过的车子上，公园里的大树上，商店，绿色的垃圾箱，路牌，水果和烟草商店，彩票店，鞋店。两个男人站在遮阳棚下躲雨，一个站在洗衣店外面的女人正给孩子的手推车罩上雨布，鸽子在沥青路面上走走停停。

---

① 挪威东部城市。

爱丽瑟和扬·奥拉夫准备拍结婚照那天，突然下起了大雨，不过雨停得也很快，一会儿太阳又出来了。其中的一张照片，爱丽瑟很明显在看天空，心想雨是不是又会下起来呢？

克里斯汀在上法学院的时候，在卡尔约翰大街上的一家服装店打工。她有了新的男朋友——伊瓦尔。我从来见不到她人。她买店里的东西可以打八折，不过那里价格本来就高，这个折扣也没什么用。我觉得她也想要带伊瓦尔去洗礼典礼。

我不想给她打电话。我也不想给妈妈打电话。

自从我搬家到奥斯陆，我还没去过丽芙姨妈那里。虽然姨妈通过妈妈再三说我应该去她那做客。就在现在，丽芙姨妈的公寓对我来说像是种救赎——好像敲响那道门，如果门打开了，我就被拯救了，如果我走进那扇门的话。有酸酸甜甜的柠檬汁，可以在床上四仰八叉。

我走进电话亭，找丽芙·毛里森的电话，她住在哈斯勒大街，我在电话簿最后的奥斯陆市中心地图上找到了那个地方。电话亭的玻璃上满是划痕和雾气，粗糙的地板上黏着糖果的包装纸。从这里到那里并不远，可感觉上像是要走出我自己的人生，离开我认识的世界，在那里我必须为自己的行为，为自己的感觉负责，不会有任何后果。

我在雨里走着，有些屋檐能挡些雨，有些不能。身边走过的都是打伞的人。我只穿着一件不防水的风衣。我有种隐隐的担忧，如果我走进去，就可能无法轻松地走出来了。但我不想一个人回去，回到我租住在托森的那个房间里去。我的房东织了一副紫色的窗帘，永远都拉着，阳光只能从丝线的缝隙透过来。那家人的爸爸总是穿着成套的运动服,妈妈穿着长袍,那个孩子成天尖叫、咒骂。公寓里面总有生洋葱味或是汗味,我真怕这种气味会渗透进我的衣服和东西里去。他们说我可以用他们的电话,但我不太喜欢。那个女儿总是坐在厨房里听着,她的刘海盖住额头,挡在眼睛前。厨房里的柜子里,我有自己的一格,我会放黄色的茶包、干面包和意大利面。冰箱里的塑料饭盒里有我的一包香肠。

我从家里搬出去住之后,第一次回爸爸妈妈那里的时候,妈妈说:"你爸爸曾经觉得等所有的书包、运动包和鞋子从走廊里消失,你不再跑上跑下,在电话里大喊大叫的时候,时间会过得慢一点儿。但其实正相反。等房子空下来,时间反而过得更快了。"爸爸抬起头说:"到了周六,我几乎还没时间把上周六的字谜做完。"

他们说那话的样子好像那是种客观现象,好像时间真的变快了,他们的人生给了他们什么?我站在客厅里,我们准备吃卷心菜炖羊肉。那是9月,空气里有海藻和盐水的气味,有新洗的床单、新做的咖啡、煮熟的卷心菜和平价护肤乳的气味。我住在家里的最后一年,回家的时候经常会听到钢琴的声音,一直都在重复同一个音。我一点儿都不喜欢这个声音,所以我会问她能不能在我家的时候不要弹,这让我头疼。她把钢琴的盖子盖上,站起身去做晚饭的时候,脸上也没有什么受伤或是难过的表情。她看上去很轻松。她不用继续工作了。那三年,家里只有我一个孩子,她时不时会做些从前她不会尝试的菜,咖喱花椰菜、鱼布丁、虾蛋挞,把菜端上桌子的时候,她会满怀期待地看着爸爸和我。"嗯,"爸爸说,"这真不错。"就好像他没想到她做的会那么好吃一样。她也从来没有被打击到,会继续笑。我住在家里的最后一年就是这个样子的。

雨下得很大，我的风衣都湿透了，还有头发，人行道上都是水，我的鞋子也湿了。在卡尔·贝尔纳广场的十字路口，我想我大概也可以改变主意，回自己住的地方，我自己一个人也可以的。水浸湿了我的外套，脊背上都能感到湿意，头发上滴下来的水滑过脸庞。当11辆开着雨刷器的车和一辆有轨电车从我面前开过时，才等到了绿灯。

我认出了哈斯勒大街的墙和黄色挂钟。丽芙姨妈让我进了单元门，我一进楼道就开始哭，我爬着灰色和红色的楼梯，越过写着名字和没写名字的门口，直到四层。

丽芙姨妈的羊毛外套上沾上了我带来的雨和泪水。她看上去比我印象中更年轻、更快乐，皮肤是夏天晒出的小麦色，脖子上有点发红。她看见我很高兴，但也有点担心。

"外面雨那么大啊，"她说，"赶紧把外套脱了，挂到那边的凳子上。快点和我说说发生了什么事。"

丽芙姨妈身上闻起来有咖啡的香味。那只叫慕斯的猫蜷缩在沙发上，身边是一团浅蓝色的毛线球。客厅的桌子上放着一包帕特洛斯牌的香烟，就在丽芙姨妈的烟旁边。

"那是科勒的烟，"丽芙姨妈说，"我男朋友。"

这句话让我突然哭了出来，我说："我男朋友和我分手了。"

"哦，亲爱的。"丽芙姨妈说。

我告诉她我有多爱他，因为他，我连书都看不进去，没有准备考试，夏天前的法律考试没有及格，圣诞节这次考试肯定也及格不了。那一刻我简直说不出话来，身体因为哭泣抽搐着。

"来，"丽芙姨妈说，"喝一杯波特酒吧。"

丽芙姨妈倒了一杯波特酒递给了我。

然后她点起一支烟,我也拿出了自己的烟盒。丽芙姨妈皱了皱眉头,然后笑着问我是不是也抽烟。她声音里有种不赞许,但也带着一些认可,我长大了,会有她习惯和不习惯的事情,或许有那么一点点像她。她给我点了烟,然后也给自己点上,我们一起吐出烟。

"我不知道你是不是应该成为律师,莫妮卡,"她说,"家里面的律师是不是够多了?我觉得你应该做点更有意思的事。"

可做什么呢?我能做什么更有意思的事情呢?我真想站在丽芙身边,求她帮我想想什么是有意思的,让我知道自己能成为什么人。

在爱丽瑟举办婚礼的时候,我和她说过自己想成为什么人。那时,她已经取下了头纱,但头发里还有一些玫瑰花,我起码有5次听到人说她是最美的新娘什么的。桌子上放着好些空的酒杯,咖啡杯,装满的烟灰缸什么的,礼品桌上放满了礼物,我都不敢相信一个家需要那么多东西。食品料理机、酒杯、鸭绒被、餐具、锅子、字典、墙上的挂钟、毛巾、照片、沙拉盆什么的。

我和爱丽瑟说我想做一些能打动人的事情。

"打动人,怎么打动呢?"爱丽瑟问。

"做些有意义的事情,"我说,"那种能给人留下印象,留下印迹的事。"

她的牙齿真白,比我的还白。小时候我总是能偷懒就偷懒,但爱丽瑟从来都没有偷过懒,我觉得她永远都不会这么做。

"有意义的事情,"爱丽瑟说,"比如呢?"

"比如能让别人生活得更好的事情。"我说。

"让别人生活得更好。"爱丽瑟重复了一遍,我可是那个不懂得尊重人,成天只想着自己的小妹妹,完全不知道生活是怎么一回事。

扬·奥拉夫在她身后弯下腰,在她耳旁低声说了什么,爱丽瑟微笑着抬起手,拉住他放在她肩膀上的手,转过头也对他低声说了点什么。我环顾四周,派对还没有结束,让我生气的是扬·奥拉夫已经想要走了。爱丽瑟从来没有那么美过。时间才不过12点半,爱丽瑟抚摸着扬·奥拉夫的手,用她开明、充满理解的大姐姐的眼神看着我。我第一次见到扬·奥拉夫的时候,他还穿着户外徒步的衣服,刚和爱丽瑟从小木屋回来。我知道他29岁,比爱丽瑟大6岁,他是牙医。他的车是深绿色的,车身很干净,只是雨刮器上有两片桦树叶子。爱丽瑟站在他身边,穿着妈妈灰色的外套,脸上红红的,她看上去沉浸在爱情中。可我看着那个几乎谢顶的男人,完全不理解这是为什么。

"那做护士或是老师呢?"爱丽瑟问。我摇了摇头。这些都不适合我,太单调了。

"我想做点不是什么人都会做的事情。"我说,"那种能给很多很多人带来价值的事情,那种会留存下来的事情。"

"好吧,"爱丽瑟说,"你这是想不朽啊。"我屏住呼吸,想再说点什么,可爱丽瑟抢在我前面:"只要你记得,助学贷款是要还的就行。"

扬·奥拉夫半弯着身体站在我们身旁,手握着爱丽瑟的上臂,拇指抚摸着她手腕上透出血管的皮肤,白色的蕾丝紧紧地包裹在她的身体上。他可以带走她。新婚之夜,一个年轻女孩的梦想,虽然我从来没做过这个梦。我想到了爱丽瑟在整个童年和青春期所有的梦，向往和幻想，现在投射在扬·奥拉夫和他所能提供的一切上，只是我怀疑他是不是真的能够实现它们。归根结底，到了最后，那些梦想和向往都会被粉碎。可我也只能相信，他们会一辈子在一起，直到死亡将他们分开。他们现在已经结婚两年半了，有了第一个孩子，我无法想象他们中还剩下多少激情，10年、15年、20年后呢？

客厅进厨房的门口上方挂着一个大盘子，上面写着：爱是包容一切，相信一切，希望一切，忍耐一切。丽芙姨妈说过，我并不真的信神，但这句《圣经》里的箴言是真的有意义的。丽芙姨妈是很开明的。我从来不知道妈妈是不是基督徒，我也不知道妈妈在选举的时候把票投了谁，或者有没有投票。我除了知道妈妈喜欢的咖啡牌子，希望孩子们平平安安，喜欢巴赫、贝多芬和艾维尔特·陶贝，不知道她从前和现在喜欢的是什么。爸爸一直投票给工党，丽芙姨妈也是。爸爸为妈妈做的一切，对她说的一切都是一种责任，或者说是他应该那样表现，只是注定会失败。因为妈妈从来都觉得这是理所当然的，她一直在索取，一直不满意。每次爸爸开始和丽芙姨妈说话的时候，就好像他回到家，终于能够放松地畅所欲言一样。

我还记得爱丽瑟和扬·奥拉夫站在圣坛前时牧师说的话。"今天，我们在这里庆祝爱情。"爱丽瑟裸露着肩膀，腰身纤细，站在大大的教堂里。"你们在神前为未来的生活祈求祝福，神听到了你们的祷告。"丽芙姨妈帮爱丽瑟穿好裙子，戴上面纱。她是那种虽然对婚礼、装饰这些东西嗤之以鼻，但在别人需要她的时候，也是能准确切入、全心投入的人。她用很细的铁丝把玫瑰花编进爱丽瑟的头发，固定在薄薄的面纱上。

"看看你的女儿。"去教堂前,丽芙姨妈在我爸爸妈妈家说。

爸爸摇了摇头,说爱丽瑟是他见过最美的新娘。爱丽瑟笑着推了他一下,满脸难以置信的样子,就好像这是不能说的事。这话确实不能这么说,在这个房子里有人想起妈妈了吗?妈妈没有在那里。屋子里满是绿肥皂的气味。

"看看我的手。"丽芙姨妈前一天晚上把手举在面前对我说,在彻底地清扫地面、楼梯,打扫卫生间和地下室的厕所之后,她的手又干又红。

丽芙姨妈又给我倒了一点儿波特酒。新的泪水从身体里涌出来,现在的哭泣仿佛会让身体变得轻松一些,而不是更沉重。

"他也未必见得是你生命中的挚爱。"丽芙姨妈说,"当然我不能确定。但哪怕他真的是,我知道人没有挚爱也能生活下去。只是像现在这样的感觉,或许还会持续一段时间。但它会过去的。对的人不会只出现一次。你还是会有美好的生活的,我很确定。"

有些问题我从来没有问过丽芙姨妈。以前我觉得她会觉得那些问题是对她的冒犯。但这一刻我觉得我显然应该在很久之前就问她。在少女时期,她是我最信任的人,但我们总是讨论我的事,那时去问她的事情,问她的人生好像不太自然。只是,我现在也忘记我小时候对她的什么事情特别好奇了。

爸爸曾经说丽芙姨妈像牛一样强壮。"她什么都能忍受。"他说。什么都不会压垮她。被两个孩子的父亲分手、抛弃,然后,她没有父亲的小女儿又在婴儿床上死去。贝内迪克特没有父亲，没人知道这个孩子的父亲去哪了。"要是我知道的话，我会和他说的。"她在怀孕的时候曾经这么说过，爸爸说要是他的话，找到这个人的目的肯定是为了让他负责。不过后来也没有责任需要负了，除了葬礼花了一点钱。妈妈说是爸爸付的钱。妈妈不太喜欢丽芙姨妈这个样子，或许她觉得丽芙姨妈只是不想面对自己生活中所有的这些挫折和失去而已。

在贝内迪克特死去的第二天，爸爸开车到奥斯陆帮她料理了一切。两天之后，他带着丽芙姨妈和哈尔沃回到了弗莱德里克斯塔德的家。在我们等他们来的时候，妈妈把暖气调热了，锅里煮着羊肉汤，炖了很久很久。桌子已经布置好了。她又擦了一遍厨房的桌子。

鸟儿喋喋不休地叫着，我们都听不清楚别的声音。天下着雨，地上落满金色和黄色的叶片。汽车轧过石子路面，停下来。丽芙姨妈、哈尔沃和爸爸从不同的车门一起下了车。他们看上去和平常一样。哈尔沃穿了件棕色的夹克，脚上是双绿色的橡胶靴子，下巴上有点擦伤。他的手里拿着一张打算给我的彩色图片，还有一个装着足球卡的小包。那个时候他7岁，我6岁。两只刚才在房顶或是树上的小鸟突然掠过我们头顶，不见了。妈妈踉跄着走下台阶，冒雨走向丽芙姨妈，手放在身前，就好像她是刚刚才得到贝内迪克特死去的可怕消息一样。爱丽瑟站在台阶上，脸上挂着泪，克里斯汀留在屋子里等。她还问妈妈丽芙姨妈之后会不会再有一个小宝宝，妈妈说她觉得不会了，然后让克里斯汀一定不能问丽芙姨妈这个问题。

像往常一样，丽芙姨妈带着自己烤的大理石蛋糕。她和妈妈说好要一起打扫地下室的。"手上有点事情做比较好。"丽芙姨妈这么说。哈尔沃和我还是像往常一样，他不需要什么特别的对待。妈妈总是哭，结果还得丽芙姨妈去安慰她。我只看到丽芙姨妈哭过两次。一次是因为她的乳腺发炎了，另一次是因为她想起来她那天晚上让贝内迪克特戴着帽子睡觉。不过妈妈说："我的孩子睡觉的时候一直都戴着帽子，小婴儿不应该光着头睡。"还有就是乳腺发炎的时候："去洗个热水澡，然后挤掉一点儿，但不要挤太多，不要让它一直流。"妈妈哭的时候，声音很小，经常是无声的，但会持续很长时间。丽芙姨妈哭起来声音很大，一边哭一边说话，就好像那些眼泪和声音都从她的身体里一股脑儿冲出来一样。我第三次看到丽芙姨妈哭，是爸爸在阳光房里抱着她。秋天的时候那个地方还挺冷，我们会把饮料和啤酒放在沙发凳子下面。看上去丽芙姨妈不想哭了，是想要止住的。那天风雨交加，金色的叶子从树上甩到窗户上，然后滑落下来。我试图把大理石蛋糕按照黄色和棕色分开，把棕色的留到最后吃。"可怜见的。"妈妈说，我那时候不知道她当时指的是贝内迪克特还是丽芙姨妈，然后她又开始哭。我也很难过。我曾经很期待能帮着换尿布什么的。他们8月和我们住一起的时候，我还推着贝内迪克特的婴儿车在门前的路上走来走去，阳光的斑点在树冠和婴儿车的纱帐上跳跃着。

　　失去弗兰克的忧伤就像是划过我身体的一道粗绳。外面下着雨，丽芙姨妈低声说话，声音有些嘶哑。弗兰克说他想和我一起去坐欧洲列车，还说想和我一起去那家餐厅吃饭。那是在一家酒店里，有烤土豆球。要是我早点接电话呢？昨天晚上家里的电话一直响，一直响，不过没有人在家。后来他们回来了，房东敲了我的门。我打开门，走出走廊，电话旁边的镜子上满是油迹。他们家的女儿一直站在走廊里听，还装作要把外套挂到钩子上的样子。

有一次弗兰克在维格朗雕塑公园里追着我跑，然后把我按倒在草地上亲吻，之后他想让我们模仿周围雕塑的姿势。他想用不同的姿势把我举起来，先是让我用背靠在他的背上，然后蜷成一团，像婴儿一样被他抱起来。我总是不能完全放松身体，让他随意摆弄，总是不由自主地大笑起来。

"我是弗兰克，我需要和你谈谈。"

我仔细想了想怎么才能避免即将发生的事，我很清楚这是为了什么。

如果我那时一直不接电话会怎么样呢？

"莫妮卡？"弗兰克在电话里问。

"嗯，我在听。"我说，声音小得几乎听不见。为什么我要用这种模糊的声音说话呢？

丽芙姨妈在聊着我们身边的事，聊着落到地上的雨点，擦地板，织毛衣，看电视，科勒最喜欢的芝士，还有她生日时科勒送她的波特酒。

"那做些和书有关的事呢？你很喜欢读书，或许你可以做图书管理员？"

"我知道这么说很蠢，但我觉得我这辈子也不会这么爱一个人了。"

"我明白的，"丽芙姨妈说，"或许你这辈子都会一直记得弗兰克，记得你们之间有过的一切，但也可能过了几个星期就把他忘了。也不是说这一切的感觉都是假的。相爱就是这样不讲道理的事情。"

她站在窗口，手撑在胯上，屁股还很翘。雨停了，起码雨声是停了。

"科勒很快就要回来了。"丽芙姨妈说,"不过他回来的话,你留在这里也没事的。"

但我最后还是回了家。妈妈已经听说了丽芙姨妈有了新男朋友,对爸爸说:"好吧,我们等着看这次会怎么样。"

我很想问丽芙姨妈:你喜欢看什么电影,你们早餐吃什么,但所有这些话都重重地压在我的心里。虽然我是真的想知道他们喜欢什么样的早餐,晚餐吃什么,他们是不是会因为同一个电视节目哈哈大笑,他们是不是会关掉电视聊天,他们聊的内容是什么。

猫跳到了地上。丽芙姨妈说:"萌斯的年纪也慢慢大了。"

我希望丽芙姨妈能过得好。

我希望她能有美好的一生。

萌斯是一只有着黄灰黑色条纹的猫,条纹修长而优美。丽芙姨妈问我爱丽瑟和她的宝宝好不好。

我点了点头。

"他特别可爱。"我说。

我想起了那个箱子,我既想看它,又不想看它。丽芙姨妈保留了一些贝内迪克特的衣服——带着蕾丝边的婴儿衣服、裤子、一块针织的毯子和小小的袜子。她把这些东西都保存在一个仿皮的小箱子里。在我小的时候,哈尔沃经常会把它拿给我看。他打开箱子的时候,我想象着一个有着苍白皮肤,瞪着大眼睛的陶瓷娃娃。他们没有贝内迪克特死去时的照片。很多人是会想要留一张这样的照片的,但他们不想这样。我听丽芙姨妈说过好几次:"我们选择不这么做。"有一次她说:"那时候她也不那么漂亮。"然后她笑起来,又说:"人总要有点黑色幽默,要想继续生活下去,就得能开点玩笑。"她把美式松饼的面糊倒进平底锅里,做了三个饼,看着无数小气泡咕嘟起来。"不,我想说的是,她活着的时候比那时候美多了,我们想记住那样的她。"

"太可爱了,他都会笑了。"我对丽芙姨妈说。"爱丽瑟和扬·奥拉夫把房子买在了爸爸妈妈旁边。"

这让我有一点儿高兴,有一个这样活力充沛的小外甥,柔软的小脸蛋,小脚丫踢来踢去的。他会抱着我的大腿撒娇。

"是呀,我也听说了,他们居然愿意和父母住得那么近。他们最后给孩子取了哪个名字?"

"尤纳斯。"我说。

"尤纳斯,"丽芙姨妈说,"我会去弗莱德里克斯塔德看他的。或者就在洗礼的时候吧,就是到时候人会有点多。我在织一件小衣服。他们能在洗礼之前搬进新房吗?"

"我不知道。"我说。

我的心又沉了下来。现在什么事都会让我想起弗兰克。丽芙姨妈看着我,眼神里有些担忧,又给我的酒杯里添了点儿波特酒。

在爱丽瑟和扬·奥拉夫离开去过自己的新婚之夜后,派对还在继续。扬·奥拉夫的哥哥不太帅,但我还是和他调了情。爸爸站在门口担忧地看着我,而我坐在地上,因为托尔·阿尔内说的什么话笑得仰起了头。我想:我只是很开心,这不是酒精的作用。妈妈和爸爸应该要走了,有很多人要住在我们家,丽芙姨妈、哈尔沃和克里斯汀都已经走了。克里斯汀也陷入了恋爱的烦恼,阿蒙德和她吵架了。爸爸说:"来,我们回家吧。"我生气地摇头让自己失去了平衡,手扶在墙上。爸爸没有看我,他看了一眼妈妈,然后两个人一起出门去出租车站。到了门口,他又转过身来,招手让我跟上。婚礼蛋糕上的新婚夫妇歪向了新娘这一边,好像新娘在支撑,甚至是扛着新郎——有人把蛋糕最上面一层挖掉了很大一块。这看起来很奇怪,这个瘦小的模型被放在这样的场景下,如此经典、普通,完全在限定范围内。爱丽瑟就像那个新娘娃娃,而扬·奥拉夫就不像。她的裙子是纯白的,皮肤也洁白。爱丽瑟和克里斯汀在夏天也几乎不会晒黑,而我是一晒就黑,完全继承了爸爸这一点。我看着这个塑料的娃娃,对姐姐充满了深深的爱和尊重,她陪伴了我的整个童年,就像是童话里的公主,善良又美丽。可那样的她现在要消失了。我盯着那个小小的娃娃的脸,希望爱丽瑟能有美好的、长寿的一生,我祝愿她能和扬·奥拉夫幸福,哪怕我很怀疑这一点。

我跟着爸爸妈妈去了出租车那里。

我们到家的时候,一片寂静,所有的灯都关着,不过邻居家户外灯的光透过植物照到了客厅的窗框。克里斯汀睡在我房间的床垫上,她趴在那儿,嘴巴张着,妈妈帮她调整了一下睡姿。书桌上放着一支黄色的荧光笔,一个装着照片的信封。这不是我的东西。我打开窗户抽了根烟,然后才上床。我有点难过,或者说有点敏感,爱丽瑟配得上任何人,我根本想不到她会和扬·奥拉夫在一起。我哭了。我看着书架上那些我在少女时期读过的书:《卡琳选择的道路》《王子和半个王国》《生命的秘密》《格莱特自己来》《格莱特的幸福》。我想要的是充满丰富体验的人生,能够不断发展、实现自我的人生,能想做什么就做什么,而且很成功。我曾经想象自己站在舞台上，对着一群人演讲。去国外旅行，工作、度假。我曾经想象自己有间铺着木地板、装有大窗户的房子，我在里面招待客人，举办晚餐宴会。我想象着自己打开一瓶红酒，倒进两个玻璃酒杯，手指上涂着指甲油。孩子，一个男孩和一个女孩，他们穿着漆皮鞋在房间里跑来跑去。我和一个男人一起装饰放在地板上的圣诞树。闪闪发光的圆球，高大的松树，波光粼粼的水面，一条泥土湿润的小径，白色的床单。那时候，我非常确信我未来的人生中会有这些。我知道我会有孩子，我知道我会站在舞台上表演或是演讲，我知道我会住在一个我想要的房子里，金钱不会是限制我的因素。

我在走廊里穿衣服的时候，丽芙姨妈和我说，欢迎我随时过来。

"可惜你没见到科勒。"她说，"你下次再来吧。"

我点了点头。我的风衣领子那里依旧是湿的。

"秋天就快过去了。"她说，"要是你愿意，就来喝一杯波特酒吧。"

走廊里有一盏灯，我记得之前在家里见过。我记得妈妈在很多年前就想扔掉它了，但爸爸说可以问问丽芙姨妈要不要。妈妈说："肯定没有人会想要这盏灯的。"

我出门到卡尔·贝尔纳广场的时候，雨后的空气很清新，街角商店门口的蔬菜色彩鲜艳。

两个推着童车的女人，一个遛狗的男人，一辆白色的车，一辆黄色的大众。很多的机会，无限的可能。倒下，再爬起来，犯错也没关系。我的人生还长。一阵风把大树上无数的雨点吹落到了我的身上。

不过，在去往克里斯蒂安·麦克森大街的路上，我把我在丽芙姨妈的公寓里的状态丢掉了，那是种孩童的状态。我允许自己这样，是因为我就像孩子，不会羞耻，不会被责怪。现在我是成人了，对此我不感激，也不抱歉。我已经成年，对未知的未来无可奈何，甚至无法为自己负责。

人曾经相信的

1983 年 12 月

我从火车站大厅东边走出来的时候，天气还可以，卡尔约翰大街上的圣诞装饰被雨淋湿了。我心里的圣诞气氛早就破碎消散，几乎已经感觉不到。一个醉汉躺在楼梯上，我停下来看了一下他是不是还活着。好吧，他的胸膛还在起伏，衬衫上两颗扣子中间露出了黄色内衣。爸爸送我去车站前，妈妈挺着背在弹钢琴，她的头发绾成一个结，钢琴上的碗里放着烤杏仁和薄荷糖球。爱丽瑟和扬·奥拉夫说他们家的圣诞树已经掉了很多松针。

我坐电车去了索尔根弗里大街，公寓里有一股关了很久的沉闷气息。走廊里的灯泡坏了，通往厨房的门开着，台板上堆满了要洗的餐具，一袋子茶翻倒在地面上。走廊里的热风扇开着，它就放在妮娜一只立着、一只倒着的皮靴旁边。

"圣诞快乐。"我冲公寓里喊了一声。妮娜回答道："吼吼吼！"

客厅桌上放着圣诞节留下的空啤酒瓶，地上有个红酒瓶子，窗框上也有一个。烟灰缸里满是烟头，地上还有没有套起来的唱片。一堆从烘干机里拿出来的衣服堆在沙发上。妮娜坐在跳蚤市场买来的绿凳子上看电影,屏幕上的男人在酒吧里要了一杯威士忌,喝了一口。沙发和音响的中间丢着妮娜一件卷成一团的毛衣。

妮娜转过头,一种混合着疑惑和兴奋的心情击中了我。

"哦,"我说,"你烫了头!"

"外婆说我她受不了我的头发老挡在眼睛前面,所以她出的钱。"妮娜说,"很丑吗?"

"才不是!"我说,"很好看的。"

"但发梢都烤焦了。"她说着,拉了拉几乎卷起来的刘海。

她手臂向后伸,毛衣缩起来露出了肚子,她穿着牛仔裤,系着皮带,皮带上方刚好能看到肚脐眼。我弯腰拥抱了她一下。她身上闻起来有香水的气味。

"谢谢你送的书,"我说,"这正是我想要的,不过你早知道的。"

"也谢谢你送的书,"她说,"我原来不知道自己会喜欢这个,但显然你知道!非常有趣。"

我在里卡尔德爷爷留下的那张灰色的凳子上坐了下来。

"洛阿尔会来,"我说,"大概8点的样子吧。"

她做了个小丑一样的不高兴的表情。

"难道我又要一个晚上一个人啊?"

我说我觉得托勒夫今天也会回家的。她说那根本就不一样。

"明天我们可以一起出去。"我说,"我有很多红酒。特鲁斯去哪了?"

"在沃斯呢。"她说,"他要待到新年之后。在那里我多待一天都忍不了。"

"他看到你的头发了吗？"我说。

妮娜摇了摇头。

"我昨天弄的。"她说，"不管怎么样他都会爱我的，我把头发染成红色都没事。"

她指了指客厅的墙壁。

"那边空出来了，要刷墙。"她说。

水桶里放着刷子和辊子，水的颜色和涂料一样红。是我提出来要把客厅刷成红色的。我打电话给房东，说服她出钱买涂料。托勒夫和里卡尔德对此持保留意见。

"你们知道这个麻布毯有多脏吗？"我说。

"难道你要把脏的地方刷掉吗？"里卡尔德说。

"不管怎样，你们都得在粉刷之前用清洁剂清洁一下它的。"托勒夫说。

现在活干了一半。我们的预算不够，还有两面墙需要再刷一遍。房东刚开始是承诺出钱买涂料的，但后来她反悔了，我们的涂料也用完了。

洛阿尔经常在晚上很晚的时候来，过几个小时就走。我睡得很浅，他开门进来的时候就醒了，里卡尔德也醒了。洛阿尔身上有残余的须后水气味，他去过的聚会里的气味。他不回家，他到我这里来。胡茬儿已经开始长了出来，很快就会被刮掉，等他回到位于谢尔索斯的家里。他身上经常会有淡淡的酒味。

里卡尔德不喜欢这件事。一个陌生人晚上开门进来。把钥匙给一个陌生人。

"他并不是陌生人。"我说。

"我们一点儿都不了解洛阿尔。"他说，"一点儿都不了解。难道你觉得你真的了解他吗？"

"他在奥斯陆大学教书。"托勒夫说。

"好吧，可这是保证吗？"里卡尔德说。

妮娜对此毫不在意。

在我的想象中，那里会有一些架子，满墙的书，放一个安在上陶瓷绘画课程时做的花瓶。绿色的地板。洛阿尔抱怨着安的一切，她的一切所作所为。他描述她弹钢琴，虽然猫都会喵喵叫着抗议。她是那么孩子气，浴缸里会放各种东西：颜料，让水冒泡或是变色的粉末。她喜欢莎士比亚，塔尔耶·韦索斯，比约克·维克。他说话的方式就好像她已经去世了，而他在想念她。她从不会把东西从洗衣机拿出来，不会在食物吃完之前采购，她会把用过的咖啡杯放得到处都是，窗框上、书架上、椅子边的地板上，或是浴缸边的地板上。她会受不了孩子们，自己跑出房间，把他们留给洛阿尔。洛阿尔描述的安是挫败的、快乐的、无助的，而他抱着我，说着这些长长的句子的时候抚摸着我。"我很爱安，"他说，"但你让我无法抗拒，这让我觉得困惑。"

我打开我的包，一下闻到了安娜·洛维瑟送的礼物的肥皂香味。

"我从自己小时候的朋友那里得到了这种没有意义的礼物。"

妮娜的内裤、里卡尔德的T恤和毛巾丢在沙发上。谁要去换走廊里的灯泡？它已经一个多月不亮了。草莓和橘子香味的香皂，圣诞节香味的熏香，幼稚的圣诞礼物，这是童年的气味。放假、圣诞、购物街，在那一刻我感觉心里涌出了一丝对安娜·洛维瑟的想念。但我想念的东西已经不存在了，她已经不再是那个人，而想念她的那个人，也不在了。

"你真的爱他吗？"妮娜问。

"是，也不是。"我说。妮娜的头歪了一个角度。

"可怜的，"她说，"要我给你的肩膀按摩一下吗？"

我坐在了妮娜的双腿之间，她开始揉捏我肩膀的肌肉。我深吸一口气，想要忽略疼痛。我问她想不想特鲁斯。

"其实不想，"她说，"特鲁斯和我都不太黏对方。"

她捏了捏我的肩膀，我轻呼了一声。

"我们不会一开始就组建两个人的家庭的。"她一边忙着，一边断断续续地和我说着话。她说："我想不出有什么是两个人的家庭里有，而我在这里得不到的东西，没有一样东西。或者说是我在自己家里得不到的。陪伴，和我聊天，在我需要的时候给我安慰和关心的人，安全感，我现在在这里能得到的，比在自己家里得到的多多了。"

"我也是！"我说，"我也是这样！我这次回老家，和爱丽瑟家的两个小孩子待了6天，简直是给我自己要孩子打了预防针。"

"总之我不会在30岁之前要孩子的。"妮娜说。"你表哥真可怜。"

是啊，爸爸也经常这么说。"哈尔沃可惜了。""可怜的哈尔沃。"11月的一天，哈尔沃没打招呼就来了我们家，书包里背着一打啤酒，塑料袋里装了个盆栽。那时候我起码有两年没见过他了。他的头发半长，胡子拉碴的，穿着件红色衬衣。

"我们不是现在就要开始喝这个的。"他就啤酒解释说。那时候天开始下雨了。

"地方不错。"他说。我透过墙听到了妮娜的声音，我希望她能出来和我们一起坐。我可以请她喝瓶酒。

里卡尔德吃完意大利面的脏盘子还放在厨房的桌子上。我们打开了各自的啤酒,坐在厨房桌边。雨水打在窗户上,发出很大的声音,迅速地流下来,雨很大,我们提了好几次雨。哈尔沃和我说他要做爸爸了。"计划之外的。"他说。

妈妈已经告诉了我。

"那我是孩子的什么?"我问。

"我觉得应该是叫表姨妈。"哈尔沃说。

"表姨妈,"我说,"有点难听。"

我们开了第二瓶啤酒,我知道如果我们开第三瓶或者第四瓶,那我说自己还要念书就太晚了,事情会变得越来越糟。这让我很挫败:这一切越是舒服,我对哈尔沃越好,这件事情会重复发生的概率就越大,而鼓励他不是什么好事,就像是给流浪猫喂食一样。

然后我想,他究竟在想什么?他可以到这里来,挤进我的生活?我的生活里连安娜·洛维瑟的位置都没有留下!

妈妈说:"真糟糕,哈尔沃简直和他爸爸一个样。孩子是需要一个母亲和一个父亲的。把一个孩子带到世界上来之前,就应该仔细考虑好。"她说这话的时候其实有不同的情绪在里面。我不太同意她说的,所以小小地为哈尔沃辩护了一下,我不能忍受哈尔沃被妈妈这么说。但是同时,我的内心却有点高兴:这肯定意味着爸爸妈妈生我们之前是仔细考虑过的,整整三次呢。

哈尔沃指了指调料架上所有的调料。

"这是里卡尔德的。"我说。

"他用这些做什么?"他说。

"不知道，"我耸了耸肩膀说，"做饭。"

哈尔沃点了点头。

"他做意大利面肉酱的时候会用牛至。"我说。

妮娜进来了，她拯救了我。她拿起一瓶啤酒，哈尔沃变得更健谈了，和她说他之后要去商业大学学院了。

"那不是很贵吗？"妮娜说。哈尔沃点了点头，说从那毕业之后找工作会比较容易。

妮娜说她认识一个之前在那边上学的人。

"他后来找到工作了吗？"我问，妮娜微笑了下，又笑出声来，"没有，不过那原因可多了。"

哈尔沃讲了他最近看一间学生公寓时发生的趣事，这出乎我们意料地有趣。有个穿着粉红色睡衣的女士带着他走了一圈看房子。"这是厨房，能看到绿色的后院，"哈尔沃用尖细的嗓音说。"这是洗手间，很好的，除了厕所现在稍微有点堵，你只要多按一次冲水就行。"

我们笑了起来。

"这个是房间，呃，如果你想要的话……还有，这里我的卧室，你能看出来我喜欢色彩……"

我们笑啊笑，我又想到这就像是给流浪猫喂食。哈尔沃点了点自己的胸脯，然后说："这边沟壑很明显。涂着口红。她起码40岁了。"

后来，哈尔沃在走廊里，蹲在我的面前穿运动鞋。我们俩每个人喝了3瓶啤酒，妮娜喝了一瓶。冰箱里还有5瓶啤酒。

哈尔沃看上去轻松愉快，一种严重误会了的快乐，他真的是搞砸了。我听到楼下门被碰上的声音。我根本不希望和他产生什么关系。可他突然进入了我的生活，我不想这样子的。

小时候我曾经问过妈妈，丽芙姨妈是不是很穷，妈妈说贫穷并不总是和钱有关，你在人生中做的决定是同等重要的。"而且丽芙姨妈也不是真的钱非常少，"她说，"要不然她就不可能经常去卑尔根见男朋友，去山里度假，而且买面包吃，而不是自己烤。"

唱片机里放着《火星上的生活》，窗外下着雨，还有那些空瓶子，我已经没办法想象现在是圣诞节到新年中的日子了。

"里卡尔德把体重秤借给他妹妹了，我都不知道我在圣诞节重了多少。"为了不被音乐声盖住，妮娜很大声地说。

"他为什么要这么做？"我问。

"肯定是她要减肥吧。"

然后她从沙发上站了起来。

托勒夫站在门口，一点儿都不起眼，这点只有他能做到，绿色的背包靠着墙，脖子微微缩着，明显是被音乐打扰到了，但他还是很高兴见到我们。他拥抱了我们，然后就对乱糟糟的环境表示了不满，还有客厅的墙，音乐的音量。我们知道的，我们太了解他了。

"对不起！"妮娜和我异口同声地说。托勒夫走到音箱边，调低了音量。

"但我喜欢这首歌啊。"妮娜说着，挥了挥手。

托勒夫冲着墙挥了挥手。

"你觉得我们涂得不好吗？说啊，要是你觉得我们很糟的话。"

"你们起码得涂到盖住所有的地方吧。"托勒夫说。

"对，但我们需要更多涂料。"我说。

"你觉得这可以从共同账户出吗?"妮娜说。

"可以的,"托勒夫说,"但严格说来,里卡尔德和我都没有想要把客厅涂成红色,我们,起码说是我吧,勉强同意的一个原因就是它不花我们的钱。"

妮娜叹了口气。托勒夫的手指摸过白色踢脚线上的什么东西。

"这不是涂料,"我说,"番茄酱,可能,或者是草莓果酱。"

"或者是男人的血,"妮娜说,这让托勒夫笑了出来,我也跟着笑了起来。

"你们圣诞节过得好吗?"他说。

"我不知道好的圣诞节是什么样。"我说。

"是的是的,圣诞节很好。"妮娜说。

"谢谢你送的那本书。"我对托勒夫说。

"谢谢你送的拖鞋,"他说,"我正好需要。"

我突然感到了一阵焦虑,或是说羞愧穿过我的身体,我为什么会觉得毛拖鞋会适合送给托勒夫做礼物呢?

"那本书非常好。"我说。

他给了我拉格纳·霍夫兰德写的《在水面上悬停》那本书。

"书真的很有趣,"托勒夫说,"这是我读过最有趣的书之一。"

妮娜拉起紧身裤,仔细看着自己的腿。

"你真的会刮腿毛吗?"她说。

"有时候吧。"我说。

"洛阿尔喜欢那样吗?"她说。

"我觉得是,"我说,"你刮吗?"

"才不，"她说，"我才不要，特鲁斯得接受这样的我。"

我听了洛阿尔关于现代主义小说的讲座。我进门的时候，教室里很空，回声一下子穿透了我的大脑。洛阿尔进来的时候，一切都只有形式，没有内容。他的声音，一些关于尤利西斯的不成段的句子——"对那些人的思想生活的探究令人惊叹的亲密"，还有讲到那些逝去的时光的路径——"在斯万所处的上流社会，滥交性生活是会社死的，尤其是对女性而言"。他慢慢地走上讲台，又走回来。他上课的时候几乎都穿衬衫和牛仔裤。在巧妙地引用包法利夫人在马车里说的话的时候，他很投入，声音有点沙哑。"她想被看到吗？她想被看到吗？"

我和洛阿尔的第一夜是在酒店的房间，我们从新城堡（奥斯陆大学的学生酒吧）出来，穿过索尔根弗里大街，再穿过博格斯塔路，进了边上一条小路上的一家酒店。他特别自如地走到前台，和柜台后面的人讲话，让我觉得他经常这么做。他说："啊，你真美。怎么能这么美呢？看着我。"我所有的问题都消失了，只感觉幸福。第二天早晨，我们一起吃了早餐，他的手放在咖啡杯上，那曾经进入过我身体的手指。一名工作人员打翻了一个放着一些玻璃杯的托盘，一声巨响，它们碎成了上千块。洛阿尔说："就像是有人在地上撒满了钻石。"阳光穿过玻璃，照在所有的桌子，地上的钻石，还有他端着咖啡杯的手指上。之后的几次见面：它们[①]会写一张纸条给安，摆弄车钥匙，翻阅报纸或是上课前的材料，在我的衣服上摸索，想要把它们脱掉。而我，坐在自助餐厅的凳子上，不安地摇晃着大腿，在课

---

① 指手指。——译者注

堂上的凳子上啃着铅笔头，我的状态一直是这样，我集中不了注意力，读不下去我要读的东西。洛阿尔在自己家是父亲，是丈夫，但当他遇见我，他不再是自己了。我们去房间之前，在酒店的酒吧里喝了一杯，突然钢琴声响起，它就一直在那里，但这一切同时又像是安排好的，时间刚刚好——仿佛是对美和永恒的承诺，我们看着对方的眼睛，里面有着讽刺，有着欢乐，带着强烈的意义。

托勒夫打着鸡蛋，他要做蛋饼，还从冰箱里拿出了洋葱和青椒。刀太钝了，他得很使劲才能切断最薄的洋葱片，一片片的，我闻到了洋葱的气味。我把碗洗了，妮娜整理客厅。洛阿尔两个小时后就要来了。

托勒夫获得了一种奇怪的尊敬，或许这主要是因为他自己根本不在意这种尊重。我最初见到他的时候，我第一个念头就是他身上有种尊严，但我却找不出这尊严究竟是什么。他让我想起和我一起上高中的一个男孩，他坐在轮椅上，但却从来不会被这件事影响到。

冰箱旁边的黑板上写着——托勒夫：回收瓶子，吸尘。莫妮卡：打扫浴室（在圣诞节前！！！）最下面是妮娜欠里卡尔德28克朗。那边还有半条模糊的信息：莫妮卡要给丽芙姨妈打电话。我还没给她打电话，一直没时间。之前一直在考试，开派对，还有洛阿尔，双陆棋联赛，它们占据了我所有晚上的时间。冰箱里属于我的那一格里放着一堆樱桃口味酸奶，一块亚尔斯伯格奶酪，一管蛋黄酱，3瓶啤酒。奶酪上都长毛了。

"亲爱的托勒夫，我能吃一点你做的蛋饼吗？"我说。托勒夫点了点点头。

"我正在写一篇关于强奸的文章。"他说。

"这和学习应该没什么关系吧？"我说。

"嗯，这是写给《大学报》的。"他说。

"你为什么对这个感兴趣？"我问。

"你对给《大学报》写点什么有兴趣吗？"他问。"我需要女性写手。"

"真的吗？"我说，"我可以写什么？"

我准备考口试的时候，奥斯陆大学校园里已经摆起了圣诞树。我很高兴不是洛阿尔做我的考官。我抽到了《神曲》，可我除了说但丁爱上了贝雅德，什么也说不出来。太尴尬了。但等我整理好东西，却得到了考官的赞许。我站在学院的电话亭里，听着一旁食堂里餐具碰撞的声音，打电话给妈妈，我都快哭出来了。她祝贺了我，说她很高兴，会告诉爸爸的。但她的快乐也只有一半，毕竟这些课程能拿来干什么呢？我将来能做什么？

"你不能做老师吗？"爸爸说过，但我不想做老师。我现在先读个本科，然后再读硕士，走一步看一步吧。

爸爸坐在那里，一手拿着鸡蛋，一手拿着刀，身上穿着蓝白条的衬衣。他说："你学文学史，将来可以做什么？"那个早晨，我刚告诉他们我要念文学史作为我的第三个专业，感觉就好像是个小孩子，或是非常年轻的女孩说出来的话，根本不会被当真。

"情爱很重要。"洛阿尔在圣诞节前与我最后一次见面的时候说。"没有情爱我不能活。"他缓缓地抚摸着我的身体，"你知道吗，我和安快4个月没有做爱了。其实我们应该分手的。我们差不多该分手了。"

他说这些话的时候，好像是把自己的思考大声说出来，就好像他说的这些话和我没什么关系，起码不像是在给我任何承诺、任何愿景。洛阿尔看着我，好像我身上除了青春，还有什么别的东西能减轻他妻子不和他做爱的痛苦，就好像我能拯救他一样。

"你们不做爱吗？"我说。他摇了摇头。

我们一起躺在沙发床上，或是说是我们的爱巢上，这是洛阿尔说的。棕色的沙发。我的脚靠在沙发的靠背上。

"你经常去年轻女人家吗？"我贴着他的喉咙说。

"你没有那么年轻。"他说。我很高兴他这么说。但我同时也觉得有点失落，这是我已经失去的东西，永远都拿不回来了。

"保罗·德曼昨天去世了。"他说，"他才刚64岁。"

"天哪。"

我和洛阿尔说回父母家过圣诞节对我有多大打击，这么长时间以来，我一直在被打击。

"好像是离开了我自己的生活，"我说，"我特别害怕我再也回不到那其中了。"就在我说这些话的时候，我都能感觉到它对我的拉扯。那时候的我知道自己是期待去弗莱德里克斯塔德过圣诞节的，哪怕我也知道自己会失望，会不安。我可以精确地想象出圣诞节的气氛，每一种香味，圣诞树，猪排的脆皮纹路，酸菜，但我无法投入其中，我再也无法像小时候那样体验它了。

在火车站东边的大厅里，我买了两束康乃馨，一束给妈妈，一束给爱丽瑟。妈妈开着她那辆福特来车站接我。

"哎呀！"她一看到我的头发就说，"头发好短啊。"我把身体探到一边，对着后视镜看了眼自己。

"你不觉得我这样看上去很不错吗？"我说。

"是吧。总之很少见。"妈妈说。

妈妈往后倒车的时候不看镜子，脖子转来转去看着道路。我们路过了五金店、公园和儿童游乐设施。我曾经和安娜·洛维瑟一起坐在那里一下子抽完了一整包王子牌香烟。路上一点儿雪都没有。妈妈说："真可惜，今年我们这里一点儿雪都没下。"她说丽芙姨妈今年不来和我们过圣诞了，她要和自己的新男朋友在卡尔·贝尔纳广场过。

"不能把他带来吗？"我说。

"可以当然是可以的。"妈妈说，"不过他们肯定还是想两个人过吧。"

妈妈低头看了一眼变速杆，好像有什么东西不太对劲。她说安娜·洛维瑟来过家里，推着婴儿车，她说之后还会再来找我。

"是个漂亮的小男孩。"妈妈说。

我很高兴能见到她，也很高兴能见到那个宝宝。之前有一次我躺在爸爸妈妈的吊床里对她说："你必须得搬到奥斯陆来！你必须说服弗洛德！"如果我是认真的，我会再说一次。安娜·洛维瑟的一切在她来到奥斯陆之后就会被削弱。如果她走在卡尔约翰大街上，或是踏上车站的站台，她身上所有属于安娜·洛维瑟的东西都会慢慢消失。弗洛德身上有些小东西是很难被忽略的，他的发型，他太过于紧身的T恤。我现在正过着我想要的日子，学业，一起住的朋友，里卡尔德，妮娜和托勒夫，还有所有来做客的人。我们在厨房里大大的桌子边吃炖菜，还有妮娜叔叔给的电视，我们租了个电影播放器，可以一直看电影。我和他们玩大富翁这些桌游，还有学习。安娜·洛维瑟很难融入这一切的，她的珍珠耳环，金色柔软的头发和香水。

圣诞节的第二天，安娜·洛维瑟来到我父母家，她在我们家的时候,儿子一直在睡觉。我说:"哦,我一定得再见他一次的,我一定要看看他的眼睛!"

好像这是什么重要的事情一样。我轻轻地问,虽然他还睡着,我能不能把他抱起来。"可以啊,抱吧。"她说。孩子小小的身体S形地挂在我的手臂上,他噘了噘嘴,又瘪了瘪嘴,哼哼唧唧地,小手握住了我的大拇指。

我很好奇安娜·洛维瑟在自己也有了孩子之后,会怎么看波尔·马丁。波尔·马丁的父母很疼爱他们的孩子,盲目地宠爱,他们觉得所有人都会像他们一样,觉得波尔·马丁多么可爱。但安娜·洛维瑟和我是两个嚼着口香糖的少女,只对男孩、化妆品和衣服感兴趣。他们的卧室在地下室,地上还有蜘蛛。波尔·马丁趴着睡,屁股朝天,嘴巴里吸吮着安抚奶嘴,时不时嘴会动一下。奶嘴的底座上有小孔,能看到干燥的皮肤。我们在楼上看电视上放的电影,名叫《精神病人》,我们把音量开得很大,吃着薯片和焦糖,时不时害怕得大叫。我们拿薯片扔对方,打翻饮料,吵着应该谁去清扫。电影放完之后,我们关上电视,听到波尔·马丁在大哭。我走下地下室的楼梯,刚看完电影的我还有点害怕,全身是汗,脸上很热。安娜·洛维瑟刚才一直掐我的手臂,现在还很酸痛。波尔·马丁趴在被子上,有一股臭味传来,他拉便便了,满脸通红。他打了个嗝。我把他抱进浴室,在明晃晃的灯光下放在尿布台上,他又打了个嗝。安娜·洛维瑟走了进来,说:"哎呀,臭死了。"她俯身在洗手台上,假装崩溃了的样子。

波尔·马丁的眼睛睁着,躺在那里,手抱着头,在我给他清理身体的时候,他的眼睛一直看着我的脸,时不时地会打个嗝。要把他弄干净可真不容易,他身上的褶皱里都是便便，弄得毛巾上都是。我脑子里的血一涌一涌地，颤抖着，洗毛巾的水都是棕色的。等我终于给他换上干净的尿布，波尔·马丁用手指了指嘴巴，说"波蒂"。这是"奶嘴"的意思，是他会的少数几个词之一。我在他床下的地板上找到了奶嘴，边上还有一只沾满灰尘的黑色男式袜子。

托勒夫擦干厨房的料理台，洗好抹布晾了起来。他一边做这些，一边和我们说梅拉克跟一个酒鬼爸爸和神经有些问题的妈妈过圣诞节的事。

在托勒夫的脸上好像有哪个太大，又或是太小，总之就是看上去不太对劲，让他总给人一种悲伤的感觉。

"不管怎么说，这也都是预料之中的。"他说，"他在过节的时候总会喝醉。"

"洛阿尔一会儿要来。"我说。托勒夫点了点头。

我开了一瓶红酒。我找到一袋拆开的还剩下一点的花生，里面都是盐粒。我换了床单，扫了地，洗了澡，刮了腋毛，换上了洛阿尔最喜欢的衣服，是他夸奖过最多次的那件，白色的衬衣，红色的短裙，黑色的裤袜。托勒夫说他妹妹生了孩子之后就拒绝回家过圣诞节了。

"这让我妈妈很绝望。"他说，"她完全无能为力，她对爸爸一点儿影响力都没有。"

"听上去太糟了。"我说，"我不明白她为什么不把他扫地出门。"

我做了个有点傻气的手势——把他扫地出门的样子。桌面上都是面包屑，放着一把用来抹花生酱的刀。

"如果他不戒酒的话。"我说。

"是啊，确实是这样，他做不到。如果把他扔出去，那就真的是把他扔到零下气温的室外了,他不会因为这个停止喝酒的,起码在他冻死之前不会。"

"你妹妹真可怜。"我说。

黄油被我抹到面包片上,融化开来。我又放了一点蛋饼在上面,一口咬掉了三分之一。托勒夫真的很会做饭,尤其是用他放在冰箱里的材料做的这种简单的吃的。他从未浪费过任何食材。

"我不相信他能戒酒。"托勒夫说,"我觉得他根本没有能力戒酒。"浅蓝色的桌子上方挂着一张关于香料的海报,上面画着罗勒、月桂叶、香葱、莳萝、牛膝草、金雀花和薄荷。

"那他会后悔难过吗?"我说。

"为了自己反复去做的事情后悔太蠢了,"托勒夫说,"不会的,他不是那种人。不过内心深处,他可能也鄙视自己,但他不会表现出来。不过我想妈妈大概也是知道的。"

我一走到爱丽瑟和扬·奥拉夫家门口,或是穿过花园的大门,我就有冲动对爱丽瑟倾诉我过得怎么样。爱丽瑟对我带过来康乃馨表示感谢,把它们插在一个蓝色的花瓶里。我时间不多,扬·奥拉夫出去买圣诞树了,我也得很快回爸爸妈妈那里去。尤纳斯在楼上自己的床上睡觉,斯蒂安趴在地板上铺的地毯上,玩着橡胶做的玩具。康乃馨盛开着,爱丽瑟又感谢了我一次。她把糖放在一个金色的碗里,红茶放在蓝色的盒子里,厨房的台板上放着一盏玻璃灯,上面有蓝色的葡萄筐和金色的柠檬作为装饰。我在斯蒂安旁边的地板上躺了下来,他的身体动了一下,发出点声音,好像是想靠近我。我摸了摸他的头,他稀少的头发出乎意料地扎手。

"医院里总是有很多康乃馨，"爱丽瑟说，"我不知道为什么，但几乎所有来看病人的人都会带康乃馨。"

我从她客厅的窗户能看到一点儿爸爸妈妈的房子。

在我帮爱丽瑟把蛋糕放进盒子里的时候，我和她说了洛阿尔的事。

"嗯，"爱丽瑟说，"我有点担心你呀。"

门开了，一阵寒风从门口吹进来，扬·奥拉夫和圣诞树站在那里。个子不高的男人拖着高大的圣诞树，树和人都被雨淋湿了。爱丽瑟皱了皱眉，帮他一起把树拖进来，穿过餐厅，放到了客厅。爱丽瑟总是会接受一切，把东西安排在它应该在的地方：圣诞树进客厅，蛋糕放进蛋糕盒子。牛奶放进冰箱，孩子放进床里。日子一天天过去，什么事都不会忘记，什么事都不会被忽略。一年又一年，这种气氛弥漫开来，充满了他们的房子，充满了他们自己内心。

"你有没有想过你这样会毁掉一个家庭？"爱丽瑟低声说着。扬·奥拉夫在固定着圣诞树的底座。他蹲在那里很长时间才站了起来。

我已经和克里斯汀说过洛阿尔的事了。克里斯汀接受得很平静，所以我才敢和爱丽瑟说的。克里斯汀只是说："责任在他，这和性别和年龄没关系，如果已婚的是你而不是他，那责任就是你的了。"

扬·奥拉夫走远一点看了看圣诞树，又走过去调整了一下。他脱下外套，穿过走廊，走到客厅里我们这边看不到的地方。他冲我点了点头。

"树很漂亮。"我说。他停下来看了看我，就好像我给他挖了个陷阱一样，然后才点了点头。

"是啊。"他说。他看上去有点犹豫,好像在考虑要不要具体讲讲树是怎么买的,不过还是改变了主意。我们听到尤纳斯从二楼传来的声音,是那种拉长的哭声。扬·奥拉夫喊了一声爱丽瑟,指了指楼梯。

洛阿尔是8点15分来的。我让他进了门,他穿着黑色的皮鞋,上面被积雪打湿了,他蹲在地上解开了细细的鞋带。

"这是很长时间以来我过得最好的一次圣诞节了。"他说着站起了身。

"安和孩子们都在康斯文格的阿姨家,我晚上可以留下来。我的袜子都湿了。我一直在想你。"

他晚上可以留宿。

他站起来吻了我。走廊里很暗,他背着光,身后是扫帚和两个折叠起来的纸箱,塞在凳子和墙之间的空隙里。好像他对我做的这些事,并不是他情愿的。他还是会消沉,会消失,会无助,会后悔,会绝望,这些不受他控制的力量无法与激情抗衡,他一次次地输给这强烈的感觉,这是他生命中唯一重要的感觉。

"哦……"他说。

他去扭了下灯的开关。我说:"我们还没换灯泡。"

我们路过托勒夫和妮娜坐着的客厅,他们半转过脸看了一眼洛阿尔,随意地打了个招呼,托勒夫也点了点头。他手里拿着咖啡杯,喝着大家一起买的速溶咖啡,妮娜总是在吃苹果。我们路过的那一刻,他们特别注意自己的表现,或是要表现出他们完全不在意的样子。妮娜靠在椅子上,表情很轻松,咬了一大口苹果。洛阿尔也善意地点了点头,假装出对他们的兴趣和尊重,虽然他尊重和感兴趣的只有我而已。

"你知道你有多美吗?"洛阿尔在我的房间里说,"你知道在连着3个圣诞派对之后来这里有多美好吗?我真的无聊死了。要是你,肯定早就在抗议了。"

"为什么我早就会抗议了?"我说。他微笑着。

"你不会让你自己陷在那里的,"他说,"所有那些表面化的谈话。你头发好短。"

我用手摸了摸我的头发。

"之前我从来没爱过短发的女人。"他说。他说我穿的那条裙子特别美,因为我的腿很漂亮。他经常会在我睡得特别久,或是早上起不来的时候叫我汉斯·卡斯托普。他也在我留在家里等着他的时候叫我佩内卢普。"但我不是和你绑定的,"我对他说,"我只是在等对的人的过程中和你睡了而已。"

我往杯子里倒了些红酒,洛阿尔拿起他的杯子闻了闻。这就好像是他在研究我,虽然他对我说的事,或是我说这件事的方式着迷,但他很快就会觉得这只是因为我很年轻,而他对我没有那么高的期待而已。

他把杯子放在一边,抱住我和我接吻。他的鼻子对着我的鼻子,说:"发生了一些我没预料到的事情。我和安的情爱又复燃了。"

我见过她的照片,在洛阿尔的钱包里。安留着半长的头发,有刘海,围着一条限量版的围巾。他说这话的时候,好像这是什么我应该觉得高兴的事情,好像我应该为他感到高兴。他的婚姻出了些问题,不过现在变好了。他的情爱生活复兴了。

洛阿尔拿起酒杯,说着一个阿姨和一把椅子的事情。

然后他好像有点害羞,把酒杯放到一边,亲吻我的脖子、发髻、额头和嘴,嘴里说着:"没有什么比和你做爱更美好的了。"

我们脱了衣服。我想关灯,但他说:"不,我想看着你。"

感觉距离上一次已经很长时间了。他亲吻了我的胸,他的耳垂鲜红。

"我和圣诞节前比是胖了还是瘦了?"我说。

妮娜在外面冲托勒夫喊了些什么。我没有听到他的回答。

"不管怎样,你都更美了。"洛阿尔说。

他压在我的身上,现在我们属于彼此,我们的感受相通。

我还是少女的时候,我会想给妈妈设计出一个外遇,在她幸福的存在里的亮点,一段美好的、秘密的冒险,谁可以是那个被选中的人呢?我的第一人选是爸爸的一个同事——莱福,他经常来我们家做客,他个子很高,身上有须后水的香味,头发微微灰白。在我的幻想里有一棵垂柳和灯塔,妈妈像平常一样安静,但是聪慧而温柔,充满那种宁静的激情。她会和家人坐在早餐桌边,给爸爸倒上咖啡,笑着让我小心黄油刀的刀口,但内心却因为莱福闪闪发着光。

我们一同呻吟着,嘴对着嘴。啊,啊。

"我不知道你想从我这个老头子身上得到什么。"洛阿尔轻声说,"你难道不想找一个帅小伙做你孩子的父亲吗?"

我摇了摇头。"我不想要孩子。"我说。

"你肯定是会要孩子的。"洛阿尔说,"所有美丽的女人都应该要孩子,要是不要孩子,你就是反人类。你是那么聪明。聪明、美丽、幽默。"

我更剧烈地摇了摇头,我觉得自己越来越像个任性的孩子了。

然后他捧着我的脸,亲吻我,继续进出的动作,感觉越来越好,我开始害怕这一切很快就要结束了。结束后我又感觉到那种酸楚的、不明缘由的失落,我几乎要哭出来,那种希望失去控制的欲望,只想坠落,无法抵抗。

洛阿尔说:"这是不对的,这不对。但这太美妙了。所有超过40岁的男人都应该找个年轻的情人。"然后他从我身上翻过去,冲着天花板"啊"了一声。我想高兴点。我不想被他说的话伤到,我想高兴点。

洛阿尔和安结婚11年了。他们有两个女儿,索菲亚9岁,蒂拉6岁。他比我大19岁。一方面他控制欲特别强,他的经验和对情势的判断不可动摇;可另一方面,他完全没有控制,是那么无助。他人生的任何时候都有可能崩塌,他能怎么做呢?他用强壮有力的手臂围住我。洛阿尔这种两面性在所有我能想到的方面都会给予我安全感。他对人生的了解比我任何时候都会多,他明白安全和危险,幸福和绝望。他并不总知道要如何处理这一切,但他有经验。

我曾经试着给爸爸讲《奥德赛》,但我觉得他没在听。他周围发生了好多事情。有一小段时间,他好像在努力听,但后来就放弃了。爱丽瑟在准备圣诞晚餐期间煮了一锅水来做孩子的辅食。她站在客厅里,有节奏地摇晃着斯蒂安,克里斯汀用另一种节奏搅拌着酸菜。尤纳斯坐在一辆玩具车上蹬着腿四处跑。

"我来抱他吧。"我边说边向斯蒂安伸出手,但就在这时妈妈说:"莫妮卡,你能叠一下餐巾吗?"

爱丽瑟把斯蒂安放在地上,拧了一下八音盒的发条,一个个音符飘了出来,组成一段旋律不断重复。我小时候会把餐巾叠成扇子的样子,但现在已经忘了,只会把它们对折,再对角线折叠。"叮铃叮铃",八音盒里的颤音在音乐还不到高潮时就停下,然后又重新开始,旋律爬升,然后停止,再重新开始。一次又一次,那种大海一样的美好和安全感不断被打断,那段旋律不断开始,让我放弃了这种对美好和安全感的信念。在此休憩,感觉安全。停止。重来一次。克里斯汀跪坐在他的身旁。斯蒂安两只手和膝盖撑在地上,身体摇晃着,就像一头胖胖的小牛。我等着爸爸问她问题:"助理律师的生活怎么样?他们对你好吗?"

"他很快就要开始爬了,"克里斯汀说,"看!"一滴口水从斯蒂安的下嘴唇滴下来,掉进了放着酸菜的碗里。瓶瓶罐罐里放着红色的圣诞星星,大碗里装着坚果,另外一个碗里装着烤过的大杏仁,一切都是应该有的样子。扬·奥拉夫站在厨房料理台前打开了一袋麦片。爱丽瑟说:"扬·奥拉夫为自己做的麦片糊让她特别骄傲。他会搅拌很久,一点一点把麦片放进去。他说这样做就可以不结块,做出像奶油一样丝滑的质地!"

扬·奥拉夫用叉子搅拌着,看起来又高兴,又感恩,还有一点点担心,不过主要是感恩,或是对自己进入了一种模式,一种丰富的生活体验的感恩。这样约定俗成、轻松的谈话断断续续,大家心情都很好。不言而喻,这就是幸福了。

洛阿尔说格林洛卡那边有家土耳其商店，那里有茄子卖。

"你吃过吗？你吃过穆沙卡①吗？这是道希腊菜。"他说他有一本希腊菜谱，他们从希腊圣托里岛度假回来的那个秋天，她做了17次穆沙卡。

"17次？"我说。

"也可能不是17次。"他边说边笑着亲了亲我的脖子。

"好吃吗？"我问。

"特别好吃。"他说。

他的鼻子很宽，微微弯曲，很光滑。或许有一天，他会离开安的。

"你觉得40多岁的我还有男子气吗？"

"非常有。"我说。他越来越多地谈论自己，而不是我。他是不会离开安的。他说他和安下个星期要和一堆朋友去听爵士音乐会。我想到的是那些特别寻常的事情，就像下班回来买西红柿，把毛巾叠好放进柜子。大的那些事件，就像坚信礼、婚礼和孩子的洗礼。打扮得很规整地出门，沿着碎石子路走，从车的两边上车。他说下次休假要去摩洛哥，他觉得他们需要为此打疫苗，后来他发现确实是需要的。

"整晚都和你睡在一起。"他在我的脖子边低声说。

我永远都不会在下班路上买西红柿或是卫生纸。我永远都不会和他的孩子一起吃晚餐。我不会在她们的坚信礼上致辞。不会辅导她们的功课。不会和他有自己的孩子。

"我想和你去一个地方旅行。"我说。

---

① 茄子肉酱千层饼。

"嗯,"他很快说,"你想去哪里?"

"罗马,或许。"我说,"或是巴黎。"

他拉着我的手举到唇边吻了一下,说:"要是我能永远和你躺在这里就好了。永远不离开这张床。"他的呼吸很平静,听上去很幸福。

长途

1987年3月

爱丽瑟昨天在阿尔基内金①的市场上找到了这件披肩。那是毛线织成的方形织物，红色、黄色、黑色和白色混杂在一起。爱丽瑟把它打开研究着。我心想着千万不要买啊。她把披肩打开，在扬·奥拉夫面前比了比。他无所谓地点了点头，身上的T恤被汗水浸湿了。爱丽瑟看了看我，我点了点头。摊位前有用来遮挡阳光的白色帘子，但它挡不住热量。

"你能不能等等再买，它又不会跑掉。"扬·奥拉夫说。

但爱丽瑟不想等。

"你得还还价。"扬·奥拉夫说。

然后她把披肩买了下来。把钱递过去，折好披肩，抹了抹额头上的汗。我看到了一种失落感，自我放弃。反叛，对某种无法得到的东西的渴望，这是她可怜兮兮的对抗扬·奥拉夫的方式，她的整个身体都在向他乞讨肯定、尊重，想让他爱她自由的个性和内心。我为爱丽瑟感到难过，坚定地为自己的生活感到幸运。我还没有被围困到角落，

---

① 西班牙加纳利群岛的一个城镇。

没有停驻,也不会停驻。这里到处都是流着汗的、神情冷漠的购物者,南方炙热的阳光照在这对貌合神离的夫妻身上。我是这么看他们的,貌合神离,尽管他们可能会一直在一起,直到他们中的一个人死去。

"很好看。"我说。这一刻我觉得反对扬·奥拉夫比诚实更重要。如果我不说这件披风好看,那我就等于和扬·奥拉夫意见相同,我不能这么做。那爱丽瑟就算是买了件对她一点好处都没有的披肩了。

扬·奥拉夫吃着自己第二份培根和鸡蛋,我吃着吐司、水果和酸奶。妈妈拿出了拼字游戏,她都入迷了。

"你们起得太晚了,没看到清晨光线的变化有多美。"爱丽瑟说,"斯蒂安醒来的时候,天还完全黑着。等我们穿好衣服之后,天就已经亮了。"

"这是因为我们在赤道附近,"扬·奥拉夫说,"太阳总是直上直下。在北欧,太阳落山是弧线的。"他拿过妈妈的拼字游戏和铅笔,演示了一下。

爸爸拿着两杯咖啡来到了桌边,把其中一杯放在丽芙姨妈面前。天气还很凉,爱丽瑟披着新买的披肩,把尤纳斯和斯蒂安送去别人组织的游戏了。扬·奥拉夫问我一会儿是不是跟他们一起坐船出海。我装作考虑了一下,然后说不去。鲍勃问我要不要和他去游泳,我想去那里。扬·奥拉夫看了看我。

"我想休息一天。"我说。

"但这是最后一天了。"爱丽瑟说。

"我也不想坐船出去了,"克里斯汀说,"今天想懒一天。"

"伊瓦尔,你呢?"爱丽瑟问。她总是希望什么事情大家都一起去。

"我想留在酒店,和克里斯汀一起懒着。"伊瓦尔说。克里斯汀笑了起来。妈妈说今天好像是多云的天气。扬·奥拉夫摇了摇头。

"只有早上是这样,"他说,"只有早上是。"他又说了一遍,然后继续盯着我若有所思。

"莫妮卡,那你今天打算这么过?"他说。他被晒伤了,额头和眼睛下面都是。很快他又要换上游泳裤,他把透明网状的内裤缝在那里面,每次他坐下来两腿分开的时候,我都能看见那个东西。我不理解为什么爱丽瑟没有看见,也没和他说。

"清理,8个字母,"妈妈说着,"第二个字母是a,最后一个或许是d。是什么?"

我和托勒夫因为一点小事闹翻了,因为门口的一块垫子。这看上去很不可思议,但我很清楚事情不是这样。问题在于,我知道自己深深地被他身上的一些特质吸引,但在另外一些时候那些特质会让我讨厌,甚至这种厌恶的感觉更强烈。到了那个时间点,我必须对自己承认我无法控制这种痛恨的情绪,我无法控制它。我是四周前从托勒夫那里搬出来的,我找了个在圣翰花园那边的学生公寓,4月中旬可以搬进去,现在我暂时住在妮娜和特鲁斯在格雷福森的家里。我睡在他们女儿诺拉的房间,她每天起得特别早。早晨醒来的诺拉都会穿着粉红色的睡衣站在自己的床上,摇晃着她的床,无声地请求我把她抱起来,但我实在太累了。在她从哼哼转到大叫之后,妮娜或者特鲁斯会来把她抱走,通常我还能再睡着。如果我还想写完论文的话,我必须得保证睡眠质量。我想和妮娜解释这一点,但我自己也不明白为什么我做不到。作为补偿，下午的时候我经常会把诺拉抱在腿上，和她一起唱歌，然后有时候晚上帮他们看孩子，让他们可以去看电影。她真是个可爱的小姑娘。

在加纳利群岛的旅行之前，洛阿尔突然说要带我去巴黎，所以我只能又推迟了和导师的见面，这已经是我连续第二次取消见面了。我飞到福内布机场后的几个小时后，又回到机场飞往拉斯帕尔马斯了。我带着免税店买的酒回到了妮娜家，为了托勒夫，为了洛阿尔，也为了我自己的人生大哭了一场。我和洛阿尔在蒙马特底下的一家小店买了块奶酪，在机场买了两瓶红酒和一瓶伏特加。我把这些都放进了妮娜的冰箱里，然后就匆匆忙忙整理了行李，睡了3个小时，起床坐大巴去福内布机场和全家人会合。妈妈4月要过60岁生日，扬·奥拉夫和爱丽瑟安排了全家人去加纳利群岛为妈妈庆祝。

丽芙姨妈穿了一条黄柠檬图案的蓝裙子，配着蓝色的凉鞋。爱丽瑟接回了尤纳斯和斯蒂安，他们手里都拿着插着吸管的饮料。妈妈又问了我一次我要不要一起去坐船。

"我们明年结婚。"克里斯汀对丽芙姨妈说，"现在暂时算是同居。"

"哎呀。"丽芙姨妈说。

"你要和那个鲍勃一起出去吗？"爱丽瑟说，在那种典型的不由自主中，我冲她偷偷点了点头。她的目光迅速移到自己儿子的身上，慢慢地眨了眨眼睛。

"在市政厅。"克里斯汀说。

"嗯，我和你们想的一样。"丽芙姨妈说，"我觉得他们那边的仪式非常好，其实没有上帝或者耶稣，这样的场合也可以很美好的。"

但我知道妈妈曾经说过,如果要结婚,就得好好结,要不然就不要办了。爸爸也总是说:"教堂的仪式才好。"

"你们会办一个很大的婚礼吗?"我问。克里斯汀没有看我,她看着丽芙姨妈。

"我们想办个小型的。"她说,"但这不太容易。不管怎样我们的嘉宾都超过50个人,就这样还有很多人没有请呢。"

在我和托勒夫闹翻之后,家里其他人对我的态度都有点保留。首先是责备,我把这个人带进了家里,强迫他们和他产生关联,然后又把他赶了出去。其次是一种微微的轻蔑或是放纵,我是真的觉得我爱他吗?爱到和他同居,把他介绍给家里人,然后说不爱就不爱了?这是熟悉的从没被认真对待过的感觉。最后,比这些更让人难过的、最伤人的,就是冷漠。托勒夫不是一个会引起别人强烈情绪的人。

托勒夫长得不是特别帅,但我一直喜欢他的聪明。因为他的父亲是酒鬼,所以他对待酒精总是很小心。在他父亲去世之后,他有一点点放松了对自己的控制,但我从没见过他失控过。在漫长的夏天过后,8月的那几天里,只有托勒夫和我留在公寓里。那时候还没有开学,其他人不是出去旅行了,就是回父母家了。那年夏天让人难以忍受。洛阿尔和家人去南部度假了。之前那半年他在哥德堡大学教书,那段时间我待在哥德堡的时间比在奥斯陆都长,一下子过渡到夏天是痛苦的。我在弗莱德里克斯塔德过了糟糕透顶的一星期,回来的时候家里只有托勒夫在。他之前去了雅典,带回来了金巴利酒和红酒,我们一起喝了起来。

我对他自嘲着讲了洛阿尔的事。

"我的生活就是一团糟。"我说。我喝醉了。我不敢去想洛阿尔在度假小屋的样子,他晒得很健康的女儿们,戴着草帽的安在脚指甲上都涂上了颜色。我记得他曾经说过,那里有一个蜂巢、吊床,还有可以游泳的码头。我当时想,离开那些东西我也能活得好好的。那里没有任何东西与他和我、和我们有关。但我又开始想象我们俩一起待在那里的样子。木板、绳结,微微发硬的床单。夜晚的阳光和红酒。我对托勒夫说了洛阿尔说过的那些话,托勒夫摇了摇头,给我倒了杯金巴利酒,和我碰了碰杯。我问他夏天有没有看什么好看的书。他读了达格·索尔斯塔的《高中教师彼得森》和谢尔·阿斯吉尔德森最新出版的短篇小说集。我读过阿斯吉尔德森的书,但没读过索尔斯塔的。"读书是我唯一的慰藉了。"我说,"还有红酒。"边说边举起金巴利酒和他碰了碰杯。

这是一个我以为自己不会记住的夜晚,经历了各种起伏,不同的气氛、情绪和感觉不断转换。我们一起大笑。我哭了一会儿。我们一直说,一直说。为彼此大声朗读《在水面上悬停》,我们一起大笑,笑到几乎无法呼吸。

"你就像是个语言专家,我说。"托勒夫语调平平地念道。"我很好奇。角角落落。我知道角是什么,可落又是什么呢?修士指着一个角落说。那就是一个角落。你早该知道的。"

然后我又从文学史的课本里读了《扬·梵·海以森的花》,或许这是我读过的最美的书,托勒夫也同意。"卡塔莉娜和约翰,两个人弯着腰,如此地满足,红色的晨曦,清新的晨风和玫瑰一同低语着——卡塔莉娜和约翰"。我记得我是怎么想本杰明和安娜的——玫瑰花蕾和勿忘我——就像哈尔沃和我一样，我搂着我的双胞胎兄弟，我为哈尔沃哭了一会儿，他和一个不想和他在一起的女人生了个孩子。然后托勒夫抱住了我。是什么让丽芙姨妈和哈尔沃和我们如此不同？外面买的面包和果酱，丽芙姨妈脸颊的香水，她叠床单和毛巾的方式。我喝醉的时候特别感性。

然后，我们接吻了。我依旧觉得那是个我会永生难忘的夜晚。

鲍勃是从科尔博腾来的，他穿着蓝色的短裤，一头金色的脏辫。有个男人在沙滩上走来走去，从一个冰袋里拿出冰饮料售卖。他叫着：可口可乐，七喜，芬达，啤酒。我们在警告大浪的旗子旁边游泳，浪很大，我只穿了比基尼裤。鲍勃追上我，抓住我，我也允许他抓住我。他说我穿那么少很漂亮。他说喜欢我湿漉漉的头发。

"我觉得你现在一定想喝点什么。"他说。我们一起沿着沙滩走着，他和我说他做卡车司机，这和我生活的距离那么遥远，几乎有点可笑，但又那么有异国情调。他和我讲话的方式，看着我的样子，触碰我的方式，让我的心里生出一种向往，想坐在他货车高高的座椅上，看宽阔的道路和风景，就只是坐在那里。我会忘记周围所有的人，所有未来的计划，就是一直开一直开，只在我想上厕所的时候请他停下来，可能是去沟里，或是肮脏的加油站。热狗，温热的可乐，口香糖，用小块的肥皂对着小水池或是在道路旁用脏兮兮的小溪水洗自己的腋窝。撕掉标签的汽水瓶里装着在加油站里接的水。空的烟灰缸。鲍勃的存在感那么强。温热的血，温热皮肤下的肌肉。他的发际线，他的手腕，小腿上金色的毛发，肿胀干燥的嘴唇，嘴里光滑的黏膜，车厢里的烟味，被摇下的车窗。我用打火机给他点上了烟。令人意外的，他问我童年的事，第一天上学怎么样？我去过什么地方？我的第一次自慰。我想象他的手伸进我的牛仔短裤，指关节顶着我的大腿。我们停下车，在肮脏的座位上做爱，想到这里，我简直像能闻到没有洗过澡的体味，混杂着车里的烟味和汽油味。

我几乎没怎么读书，时间过得太快了，我想从写论文里喘口气，只读小说。扬·奥拉夫帮我把箱子从传送带上拿下来的时候，跟我说我的箱子特别重。

我把墨镜推到了头顶。我晒得很黑。鲍勃探过身子，越过了水果酒的杯子。他辫子留下的阴影落在桌面上。他说他喜欢独立和感性的女人，很显然我就是这样的女人。他说："从你走路的方式，你的步态，你和人对视的样子就能看出来，你不会移开目光的。你穿裙子不穿内衣。你经常是这样的吗？"我笑出声来，用手捂住脸。鲍勃看着我，好像在看一头可爱的动物。他说："你非常有魅力。我喜欢看你不穿上衣游泳、晒日光浴的样子。"

我在阳光下流汗，一阵风吹来，感觉自己身上很湿——脖子上，发际线，胸乳之间，膝盖后面。我踢掉了凉鞋。

"如果我这么做，"鲍勃说，"会怎么样？"他把手放在我手上，我的身体好像突然冷热交加了一下，就像是一杯冰咖啡打翻在腿上一样，或是跳进游泳池的时候发现水比你预想的热很多。他的手放在原处，没有动。

"要不然这样呢，"他把手抬了起来，然后把两只手放在了我的两只手上，紧紧地握住它们。"这样，"他说，"这样可以吗？"

我怎么可能说这样不可以？他的手很大，很黑，手腕上戴着两个皮环和一个银色的手环。

"从手上我就能感觉到你的心跳。"他说。他的眼睛是浅浅的蓝色，好像非常清楚自己的眼神会产生的效果。他好像不能一直盯着我的眼睛看，眼神向下又抬起来的样子，好像是孩子气的挑衅，带着好奇或是鲁莽。

"你的手指真美，你会弹钢琴吗？"

我摇了摇头。

我听妈妈对来家里的客人说过："我算是那种'别人家的孩子'，我整天脑子里想的就是弹钢琴。"爸爸喜欢妈妈弹钢琴，但我不觉得他喜欢她这么说。不过他会在妈妈弹钢琴的时候说："看看你妈妈的手，是不是很美？"昨天在海鲜餐厅，他对妈妈的致辞里，钢琴是最核心的内容。"我爱你什么？是你俯身在琴键时候的脖颈。"

可是，我一想到妈妈在钢琴前弯着的腰，只觉得厌烦。

"也可能，我感觉到的是自己的心脏。"鲍勃说。他放开了我的一只手，用手心摸着自己的心口，安静了一会儿，然后说："怦怦，怦怦。"

阳光在鲍勃手上跳跃着，太阳伞下的光线有点发红。

"你的家人们来了。"鲍勃说着。我慢慢地把两只手收了回来。

7个人从芭蕉树下走过来，5个大人，两个小孩。

看到斯蒂安歪歪扭扭地跑着，我心里一阵刺痛，我不知道这是酸楚还是恼怒。我觉得很沉重，所有这一切——我们所有人聚集在这里，家里人等着我写的论文。托勒夫和我分手了，结束得非常令人难过，却也没有任何别的办法。没有戏剧性，没有激情，没有悲伤——或者说，在托勒夫身上，这种悲伤可能早就在那里了，并影响着他的整个人生，这就是他的人生，只是这段时间让它变得更加深刻，或许永远会是这样了。

还有洛阿尔，我必须不能再见他了，不能再见他。

"或许我们之后还能再见？"我说着，站起了身。

"别说或许，"鲍勃说，"我一定要再见到你的。不过那之前，我先得去找托马斯，他已经厌倦一个人度假了。"

我的家人走得更近了。我挥手和他们打招呼，虽然有恼怒和讽刺，有种想要惩罚他们、伤害他们的冲动，让他们明白我根本不认可、不尊重他们重视的东西，一点儿都不。

他们围着我坐下。

"刚才真棒。"丽芙姨妈说，"虽然你妈妈晕船了，你姨妈被晒伤了。"她指了指自己的脸。她出了很多汗，裙子在腋下和肚子上的柠檬图案的颜色比别的地方都深。

"总算是结束了。"妈妈说，"我今天都没吃多少东西。"

"你是有个追求者吗？"丽芙姨妈对我说。

"他对自己的头发做了什么？"妈妈说。

我摇了摇头。

"我觉得很好啊，"丽芙姨妈说，"是不是黑人的那种发型？"

天空就像是铺开的酸奶，带着一抹苍白的蓝色。所有的棕榈树被风刮向左边，那么有节奏，都不像是天然形成的。海平面上仿佛要飞沙走石。

"今天风浪很大。"扬·奥拉夫说。丽芙姨妈转身去找斯蒂安，也可能是尤纳斯，想把他们中的一个抱起来。我还记得自己小时候是怎么被她抱起来的，甚至我那时候都快是个半大少女了。哈尔沃总是拒绝坐在他妈妈的腿上。我特别为丽芙姨妈难过，她失去了一个穿着粉色连体衣的女婴，只剩下那个7岁的、头发竖着、总流着大鼻涕、身上总有尿臊味的男孩。我根本无法想象要怎么去爱一个这样的孩子，我觉得人们可以对他好，可怜他，但无法爱他。"我妹妹死了。"有一次我听到他说，是对安娜·洛维瑟和我另外两个女朋友说的。从那时候起，我也很难为他感到难过了。丽芙姨妈说，她当时醒过来，是因为周围太安静了。可那时候，小贝内迪克特已经在婴儿床里一动不动。我穿着哈尔沃的足球鞋跑上水泥路面，他跟在我后面喊着说鞋带散了，但我没听见。我还记得那时候我踢掉鞋子，坐在地上喘气，看着哈尔沃在那用手指努力系着鞋带的时候，心里有种居高临下的满足感。那天下午，我要穿着新裙子去参加一个别人的生日会。我记得我问他："你都没有朋友吗？你学习还那么差吗？你学会阅读没有？"可是，他平常住在奥斯陆，在弗莱德里克斯塔德肯定一个朋友都没有，他只有我。夏天的时候，他和丽芙姨妈会在这里住好几个星期。现在的哈尔沃已经28岁了，在挪威牛奶公司工作。他3岁的女儿住在另外一个城市，是康士伯格还是唐斯伯格来着？丽芙姨妈从前经常说："有些别人看来很简单的事情，对哈尔沃来说就很难。"

丽芙姨妈把斯蒂安抱在怀里，搂着他低声地给他哼着歌，他很高兴。妈妈说过丽芙姨妈几乎没见过自己的外孙女，阿曼达的妈妈不情愿让哈尔沃见自己的女儿。何况丽芙姨妈也不太经常能见到哈尔沃。"她的头发就像天使，小嘴就像玫瑰花一样，小阿曼达。"丽芙姨妈说。

是的，我在她刚出生的时候见过。哈尔沃打电话来，是妮娜接的电话，他说他之后肯定会带着孩子来拜访的。那是个5月的周一，我从大学回家，看到他在。他得到允许带着女儿出来一趟。这是我刚和托勒夫在一块的时候，我很担心托勒夫回家被哈尔沃发现我们的关系。我还没和家里人讲我们的事。那是个让人不可思议的孩子，她一直在睡觉。哈尔沃问我愿不愿意找一天和他一起推她出去走走，我说得看看我有没有时间，我学习很忙的。托勒夫在哈尔沃要离开的时候进的门，气氛有些古怪，但托勒夫没露出什么马脚。

"你对你表兄好冷酷啊。"妮娜那天晚上说。她躺在沙发上，脚搭在沙发的把手上，头发铺在绿色的天鹅绒枕头上。

"冷酷？"我问。托勒夫转过身看了看我，里卡尔德捧着一大盆薯片进来了，我伸出手，跟着那个盆绕着沙发转圈，但他举高了薯片。

"他好可怜，"妮娜说，"没有工作，还有了个孩子。他看上去简直糟透了。"她双手都放在了胸前。"他引发了我的母性。"她说。

我对哈尔沃的不满慢慢发展成了愤怒。如果有什么东西是我能给哈尔沃的，我都不知道自己是不是愿意给，还要看看代价是什么。何况我没有。这个世界不是这么运作的。

"我不能因为善心就花时间和他在一起啊，"我说。"我们长大了，渐行渐远了。其实我们10岁的时候就这样了。我们俩之间没有任何共同之处。我不明白为什么他现在要重新和我来往。他就像条水蛭一样。"

妮娜笑了，我也开始笑了起来，这很显然是夸张的说法，他半年也就来找了我两次。

我对妮娜、托勒夫和里卡尔德表现出的我对哈尔沃的感觉，更多是拿来当笑话说的。我对他的另外一些感觉，那种疼痛感，不带一点儿不友善的感觉，是我没有办法向妮娜或是托勒夫解释的。那天晚上我们睡下的时候，托勒夫建议说之后可以邀请哈尔沃来吃一顿晚餐，但我说不要，摇了摇头，再说了一遍不要。

鲍勃又和孩子们一起泡在了游泳池里——尤纳斯和斯蒂安，还有另外三四个孩子。他简直是鲨鱼，或是什么水中的哺乳动物。我看他从水里出来的时候，用力把头发往后甩。三排躺椅摆在泳池的另外一边，排成一个拱形。大多椅子都空着，人们都还在外面玩，或是在沙滩上。椅子后面有石栅栏和棕榈树，再后面就是大海。妈妈一会儿太热情，一会儿太疲倦，我真希望她能找到一个平衡点。她似乎突然对扬·奥拉夫和爱丽瑟的计划失去了兴趣。她买了一顶草帽，然后戴着它靠在太阳椅上，把填字游戏放在膝盖上。我在读《洛丽塔》，亨伯特和洛丽塔上了床，结果又对他在欲火焚身时答应洛丽塔的事情反悔了。洛丽塔在他的怀里大哭，不停地挠他，而亨伯特得意地笑着。他真残忍，但只是不知道为什么，我好像能理解他这个人，理解他这种行为。

"看看孩子们，"妈妈笑着对扬·奥拉夫说，"他们多开心啊。"

她转过身看着我，问我过得怎么样。

"嗯，"我说，"我挺好的。"

"你的论文怎么样了？"妈妈又问。

"我很喜欢这篇论文，"我说，"就好像我想一直写下去，不要完成一样。"

"可你早晚总是要工作的呀。"妈妈说。

当然，我当然知道。她也知道我知道。一个充气鳄鱼趴在我们和另一张躺椅中间，鲍勃的椅子上放了蓝色的毛巾和太阳镜。他的朋友躺在一旁的躺椅上，我几乎没怎么和他说过话。

"我写的是文学作品中活泼的女性角色必须死去，"我说，"或者说那些被大家认为是很难搞、很别扭的女人，她们其实只是很有活力，或是想要用自己的方式生活的女人。"

妈妈直直地看着游泳池那边玩耍的孩子们。

"你和托勒夫彻底结束了吗？"她说。

"是的。"我说。

"难道没有什么办法能让你们重新在一起吗？"

我很孩子气地用吸管弄出咕噜咕噜的声音，然后摇了摇头。

"你要知道，你不会永远年轻下去的。"

扬·奥拉夫站了起来，他走过来拿起了我膝盖上放着的书。

"你在读什么？"他问，然后看了下封面。"《洛丽塔》，这书我应该读吗？讲的什么？"

"书挺好的。"我说，"讲了一个男人渴望一个12岁的女孩，然后他把她绑架了，某种意义上说的绑架吧，然后带着她在美国旅行，住在不同的小旅店里。然后和她睡了。"

"天哪！"妈妈说。

扬·奥拉夫挠了挠大腿。在游泳池里，孩子们努力想要爬到鲍勃的身上，抓住他的手臂，按住他的脑袋，使劲把他向下压。

"奇怪的是,人们反而会有点同情那个男人。"我说,"这本书写得太好了,让我几乎希望他能永远和她在一起。"

妈妈看着我。

"这听上去不是什么让人愉快的书。"她说。

鲍勃又下水了,孩子们兴奋地抱着自己的漂浮物在水里扑腾,那里只有尤纳斯会游泳。斯蒂安戴着绑在手臂上的橘黄色的浮标。扬·奥拉夫把书还给了我。

"难道因为他写得好,主人公就可以强奸年轻姑娘了?"他说。

"嗯,不是的,"我说,"也不是,这有点难解释。"

"你们在聊什么?"爱丽瑟问。

这时候鲍勃又快速地从水中起来。斯蒂安尖叫着,我笑出声来,尤纳斯伸出两只手去抓鲍勃。

和托勒夫在一起,有一种在第一个吻之后就开始同居的感觉,毕竟在那之前我们已经住在一起了。我的手指顺着托勒夫手臂的线条抚摸,先是外侧,再是内侧。这就好像我在对自己说:好吧,之前我已经认识了他的脑袋,现在我得好好认识这个身体了。只是我暂时不需要把这件事情告诉爸爸妈妈。我们一起坐在沙发上。我们一起在厨房里做饭。我们一起出去散步,去城里喝杯啤酒,再一起回家。我问我自己:我们在等什么?我在等什么。"实际"这个词经常出现在我的脑海里,这确实很实际,可是:"我们要怎么解决这种实际呢?"

托勒夫一直是我很好的朋友,然后我们睡在了一起。这种感觉就像是回了家,可回的是之前的家,搬回了那个曾经搬离的家。我的腿被晒得很黑。托勒夫的肩膀消瘦而苍白。如果从外人的角度看，我和其他住在这个集体公寓里的人都一样。就像莫妮卡和托勒夫。没有人会用任何理由反对这件事。这个夏天他难道一直穿着T恤，身上一点儿太阳都没有晒吗？我想起我在卡尔约翰大街上看到的一对中年夫妇，他们带着患有唐氏综合征的成年儿子。儿子走在他们俩中间，脸上的皱纹很深，嘴张着。那是一对会在满是尘土，塞满杂志、袋装汤和干瘪的苹果的房间里互相埋怨的夫妻，但他们也是会在清晨固定的时间一同去散步的夫妻。他们会在晚餐的时候冲对方泼水，也会打开一板巧克力掰成小块分享。他们对这一切都习以为常，他们并不知道还有什么别的相处方式。我想起爸爸会把花生上多余的盐抖掉再递给妈妈，因为多吃盐对她的血压不好，而妈妈总是会拿走爸爸盘子上她想吃的东西，就像这是她的权利，蛋糕、西红柿，最后一块牛肉。她也会把自己不想吃的东西给爸爸。妮娜在听说我和托勒夫的事情后说："这让我笑了一整天呢。"

妈妈说："哦，是那个特隆德拉来的人吧？他看上去是个好男孩吧？"

克里斯汀在商场的咖啡馆里，嘴上还沾着藜麦："这太令人意外了，我真没想到。"

我觉得没有我托勒夫会过得更好。但或许我们的关系可以用一种更好的方式结束。托勒夫是世界上最镇定、最稳重的人，可他也让我感觉特别挫败。他的窗帘是他妈妈帮他选，帮他挂的，可我根本忍受不了她。而我最受不了的是我想让托勒夫为了我对她妈妈，对她选的窗帘的那种没道理的情绪来安慰我。有些时候，这让我感觉自己被挤进一个角落，走不出来。我唯一知道的，是无论这有多虚伪，我都感觉沮丧。我需要他理解我，理解我对她的鄙视和不耐烦，可他只是宽容地笑笑，不管怎么样都爱我。托勒夫就是这样。

我的房间被打扫过了，简单的线条，干净的桌面，温和的色彩，或者说是没有颜色，东西也很少。地上是大块的瓷砖。到处都是清洁剂的气息，一切都在闪闪发光。我看着浴室里全身镜里的自己，我被晒得那么黑，皮肤看上去有点脏兮兮的。我打开洗浴喷头，脱掉了比基尼，被遮盖的皮肤几乎是白色的，对比很强烈。我的头发因为被太阳晒和海水泡而变浅了，我不想洗它，让它继续蓬松着。

在巴黎的时候，天气又冷又刮风，气温只有11℃，酒店的房间里也很冷。洛阿尔在第一天早晨接到了家里的一个电话，因为一个不值一提的葬礼，他必须提前一天回家。

"都轮不到我做什么判断，"他说，"我自己是怎么希望的根本没有意义。"

这意味着我必须自己一个人在巴黎待一天，没有他在身边，然后一个人飞回家。

洛阿尔的脸上有悲伤的褶皱。一张彩纸被吹过鹅卵石地面，三只鸽子落在上面。路边摊的凳子空着，两个人在喝啤酒，一个服务员从桌上拿走两个空杯子，放在左手的托盘上。我们去了圣心教堂，吃了牛角面包，喝了加奶的咖啡。洛阿尔时不时重重地叹口气。

"我也想早点回去了。"我说。

"机票特别贵。"他说。

在一个白底红字"克雷佩里"的招牌下，洛阿尔吻了我。我们走回酒店，做爱。房间里依旧很冷，暖气还是没起什么作用。早上的时候洛阿尔给前台打了电话，一个皮肤光滑的年轻男子上楼来用扳手拧了拧暖气的开关，敲了敲管子，说这样房间就会暖和起来了。但房间还是没有变暖和。

在酒店雪白的床上，我坐在洛阿尔身上。我摇晃着身体，想要找到最好的感觉，但其实没有成功。我装出高潮的样子，然后他就到了。之后我感觉到一种强烈的平静，然后它又变成了不安。我听见洛阿尔取下避孕套的橡皮的声音，卷成一团。

我换上了一条黑色半袖短裙，露背的。我涂上口红，穿上黑色的高跟靴子，洛阿尔发出了令人惊讶的赞叹声，我没想过他会发出这样的声音。我也不觉得自己喜欢这样，但从另外一方面来说，我似乎没有选择，必须喜欢。我想：我想要的东西是那么少，太少了。我看到的好像是很具象的，一个放在手中的小包裹，而我就为此满足了。我在他面前化妆，边化边微笑着。我在镜子前颤抖了一下，我好想洗个热水澡。洛阿尔在哼着《四月的巴黎》这首曲子。但那时是3月，冷。

两年没有联系，在那个圣诞节前夕，洛阿尔坐在我家门前。那个秋天，我的生活一切都很如意，托勒夫和我从电影资料馆看完电影后，去了格莱咖啡厅喝红酒，聊电影。我一直很在意托勒夫的想法。但洛阿尔堵在了我们两居室公寓的门口。那天外面下了一点儿霜，中午的时候有一点儿阳光，就像电影里一样，他带着三枝深红色的长柄玫瑰，一本迪兰·托马斯的诗集。他立刻就得离开，他的鼻涕就要流下来了，他把一切都毁了。虽然他看上去有点老，虽然他的裤子很紧身，虽然他的鼻涕就要流下来，虽然他这样莽撞地到我家门口，闯进我的生活里是那么无礼，我不明白他怎么能这么做。但在这件事情之后，和托勒夫一起的生活变得难以继续。然后就出了门垫那件事。我们之间对幽默，或是缺乏幽默的看法有着根本性的不同。那张彩色的门垫上用粗体字写着"欢迎"。托勒夫和我一起邀请朋友们来家里开圣诞聚会，可是我的心里只想要洛阿尔，做什么都行，在12月潮湿的天气里坐在长凳上，手握在一起，谈论所有那些没有发生，永远不会发生的事情，听他抱怨他做的事，听他为自己辩护。托勒夫和我一起去宜家买了新的被子，我们计划很久了。我们还买了新的床单，4个浅蓝色的杯子，毛巾，还有这张门垫。回家的路上我肚子疼，那之前我们吃了肉丸子，在托勒夫的福特车上唱完了最后一段曲。

我把比基尼和毛巾挂在阳台上，拿上钥匙去了爱丽瑟和扬·奥拉夫的房间，我希望爱丽瑟还是一个人在，她比其他人回来得早。

我跳上床抓住她的手臂。

"你几乎就没有一个人的时候。"我撒娇地说，挂在她手臂上。"你不能只属于我了，永远不能了。"

她在整理孩子们的衣服，看到带着番茄酱污渍的T恤，就扔到一旁小山一样的脏衣服堆里。

"你总是和扬·奥拉夫在一起，"我说，"他总是缠着你。"她低声笑了起来，这种笑声里总有种骄傲的感觉。

她看着我摸着我的手臂说，"你晒得这么黑！真幸运。"然后她又问，"你和鲍勃怎么样了？"

我皱了皱鼻子，摇了下头。

"他胸毛太多了。"我说，"我觉得有点恶心。"

爱丽瑟的肩膀抖了抖。

"这有什么恶心的?"她语气中有点不高兴,我突然想起来扬·奥拉夫也有胸毛,虽然我不明白扬·奥拉夫和这个有什么关系。我觉得把扬·奥拉夫和鲍勃拿来比较太不合适了,或者说,在这种情况下想起扬·奥拉夫都是不对的。

扬·奥拉夫有强壮的大腿肌肉,他喜欢骑车,喜欢在电视上看足球比赛。

我想和爱丽瑟说洛阿尔的事情,虽然我也知道她会说什么,她每次说的话都是一样的。但我还是会一次又一次和她讲那些激情和失去。

"你自己也说,"她说,"一切都不会和从前不同。你难道不想找一个能一起生活,一起生养孩子的男人吗?为什么你要和托勒夫分手呢?他有什么问题?"

"不要说我啦。"我小声地说,用小狗一样的眼神看着她,直到她微笑起来。

"奥斯陆有那么多男人。"她说,"洛阿尔只是一个幻影。你根本不知道日常生活里的洛阿尔是什么样。一个会对自己老婆做出那样事情的男人。"

她的声音里有一丝沉重,就好像无论她有多爱我,多关心我,她都知道我是个很糟糕的人。唯一能让她和我说这些,让她能忍受讨论这个话题的原因,就是我是她妹妹。

"真不敢相信我们明天早上就要回家了。"爱丽瑟说,"时间过得太快了。"

一阵叫声传来,尤纳斯和斯蒂安披着浴巾,穿着游泳裤,带着足球冲进房间,球在地板上弹了一下,滚到墙角去了。扬·奥拉夫跟在他们后面。我装作要去抓斯蒂安的样子,他躲闪了一下,冲进了浴室。

爱丽瑟已经整理完了孩子们的衣服，又要找别的事情来做。她厌烦我了。每次我去她弗莱德里克斯塔德的家，当她开始扫地，擦洗灶台，或是叠衣服的时候，就是她在表示她的抽离，她的不在意。她肆意展示自己的生活，生活就该是这个样子，这是正确的人生，唯一正确的人生。她在我告诉她自己又遇到一个新的男人的时候就是这样。"哦，是吗？"她说，"你什么时候打算让我们见见他？"边说边往灶台上喷清洁剂。哦，这个"我们"——扬·奥拉夫和她，他们是一个整体。爱丽瑟用勺子刮着贴在凳子上的维尼熊的贴纸，把鼻子伸进饭盒，闻是不是还有气味。爱丽瑟变成了我永远不会成为的样子，虽然我还是会和她讲洛阿尔的事，想听她的建议。或许爱丽瑟也觉得自己变成了曾经不想成为的样子，可同时她别无选择地让自己坚信这不是自己不想成为的样子。因为她会这么想的日子早就过去了，这样的时光早就不再，她现在拥有的就是这些：护士的工作耗费她大量的精力，却给不出多少回报，一座离父母家两间房距离的带花园的洋房，两个头发向着奇怪方向生长的儿子，还不和他们有任何眼神的交流。当然，还有扬·奥拉夫。

"我们什么时候吃饭？"我问，"你和爸爸妈妈约好了吗？"

斯蒂安从浴室里跑了出来，我两手装成要抓他的样子，他又跑了回去。爱丽瑟说我们6点在楼下见面。我把头发扎成一个马尾，离开了房间，扬·奥拉夫拿着瓶啤酒坐在沙发上，橘黄色游泳裤里的所有那些都一览无余。我穿过铺着陶土色瓷砖的走廊，穿过拱门走向海边。

从酒店到餐厅的路上，爸爸把斯蒂安扛在肩膀上。橘黄色的太阳快要下山了，低低地挂在地平线上。好像随着一年年时光流逝，爸爸对我的关注越来越少了，就像是对我的失望已经太多，他不对我抱什么期望了。

"时间过得真快啊！"丽芙姨妈说，"明天我们就要回冷冰冰的挪威了。"

克里斯汀说她饿死了。"我好讨厌自己壮得像座房子，"她说，"我好想念喝红酒啊！"

"你之后就会知道，这一切都是值得的。"丽芙姨妈说。

"而且我预产期就在草莓季节前，"克里斯汀说，"喂奶的时候还吃不了草莓。"

我们去了第一天晚上吃过的餐厅，妈妈很喜欢那里的服务员，还有红格子的桌布。丽芙姨妈穿着格子裤，扬·奥拉夫说她的裤子和桌布很像。从我小时候起，丽芙姨妈的腿就一直是个话题，她的腿很美，在她带着哈尔沃回家之后，妈妈总会问爸爸他怎么看她的腿。丽芙姨妈也总是穿着短裙或是紧身裤，把腿展示出来。

服务员分发了菜单，爸爸和扬·奥拉夫决定好了要点什么红酒。

爱丽瑟说："我觉得我擅长和人打交道，卡琳娜书读得最好，不过要想做到部门领导，总是要书读得好的吧。"

她把一个玩具上的两块塑料积木拼起来，递给了尤纳斯。

"你们俩是有矛盾吗？"妈妈问。

"有女人的地方就有矛盾。"扬·奥拉夫说。

爱丽瑟看上去没听到他说的话。我能想到爱丽瑟会说什么：我才不要把生命浪费在这种愚蠢的争吵上，他说这话也没什么恶意。有些人就是比别人嘴笨，这种想法就会让她从被羞辱了的场景中跳脱出来，找到自己的位置。她知道她自己不应该被这么说，但她选择避免冲突。

扬·奥拉夫继续说："总要有两个人才能吵得起来。这算是我从小就知道的事情吧。"他的膝盖在菜单下抖动着，转过身去找服务员。

服务员拿着两瓶红酒来了，把那些小杯子几乎都倒满了。

"其实你只要好好做你的工作，别的就别管那么多了。"妈妈说。

扬·奥拉夫点燃了我心里的怒火，是如此强烈的怒火，但它没有目标，因为他永远不会理解，也感受不到。哪怕他感觉到了，他也不会怎么样。他就是这样我行我素，别人影响不了他。就好像对一个耶和华的证人，或是一个节目主持人生气一样。像对着一块砖，一座房屋，或是蚂蚁堆一样。我不在乎奥拉夫，就像我对耶和华的证人或是蚂蚁堆一样不在乎。

我想，如果他再说女人和冲突的事情，或是母鸡和乌鸦什么的，我肯定就忍不住发火了。服务员过来点单，妈妈看着他浅蓝色的闪着光的眼睛。扬·奥拉夫指着菜单说话，我的心沉了下来。我能怎么说，我能说什么，我爆发了会怎么样，我在想什么呢？不可能这么做的。

太阳落到了水面之下。我突然有了一个清晰的念头：托勒夫应该在这里，和我们在一起。他可以很有意思的。我觉得，如果爸爸有机会认识托勒夫的话，他们会喜欢彼此的。托勒夫还没来得及展现自己好的那些方面，人们必须认识他才能理解他的幽默。我们在一起会很开心的，是很特别的那种。我们会装作完全接受对方的出发点，而不是自己的,并且扮演这样的角色进行长时间的对话。可能是我们中的一个人看了报纸上的文章有了个想法,或者因为我们在电视上或是广播上听到了什么让我们有所感触的内容。在这些谈话中,托勒夫总会说出一些新鲜的东西,让我对他产生好感。毕竟我们要装成对方的观点是不容易的,我们为之辩护的观点既是我们的想法,又不是我们的想法,而且我也一直不知道我什么时候真的能骗过了托勒夫。

服务员拿着小本子站在我们面前。一个女人高声地笑着。孩子们又点了汉堡包。每次他们都会把生菜叶和生西红柿拿出来,然后爱丽瑟又要鼓励他们把那些吃掉。爱丽瑟披上了那条披肩。

"这是羊毛的吗?"妈妈问。

"50%的羊毛。"爱丽瑟回答说。

"很适合你,"妈妈说,"颜色很漂亮。"

很显然,克里斯汀并不喜欢这条披肩:作为一名律师,她太不擅长撒谎了。"看上去很漂亮。"她说。

扬·奥拉夫注意到她们在聊披肩的事情,说:"我不是觉得它很丑,我不觉得丑,我只是不知道你什么时候会用上它。"

"她现在就穿着呢。"我说。

"我也想有这么一条,"克里斯汀说着,摸了摸自己的大肚子。"很快我就穿不下我之前的任何衣服了。"

爱丽瑟提起了防晒霜的事,说12号是不是真的比6号的防护效果好两倍。斯蒂安今天晒伤了。我感觉很难过,对所有的事。我明白自己和洛阿尔没有任何未来,可我也不觉得没有他我就能有什么好的未来。

从早上开始,我就没看到鲍勃了。

在托勒夫和我决定真正同居的时候,我们搬出了原来的合租公寓,搬进了自己的公寓。我立刻就后悔了,双重的后悔,我后悔我感受到和没有感受到的东西,就像我如果能管理自己的感觉,一切就会不一样似的。同居是我想过很久的念头,我真正做了一件自己想过很多次的事情,但每次它都让我觉得这是个糟糕的主意。这个解决方案太简单了,解决方案不能这么简单的。这是解决什么的方案?解决空虚,寂寞,生命没有方向,没有意义的感觉,从而让生命变得有意义,有方向!托勒夫早餐吃的面包加黄瓜片。他每周有好几次的晚餐都会煮土豆。托勒夫是世界上唯一一个能让我对他说出空虚、寂寞、意义和方向这样词的人,他不会对此小题大做,而且他也是双面的,我们相互嘲笑,这可能随时崩塌,留下我不知道是什么的东西。

尤纳斯和斯蒂安开始在桌子间跑来跑去。那些声音和动作打断了所有的谈话和思考,虽然我告诉我自己这不是我的责任,我可以忽略他们的。

"孩子们不能在外面待那么晚,"扬·奥拉夫对爱丽瑟说,"他们明天早上会很难受,坐飞机就会是一场噩梦。"丽芙姨妈抓住斯蒂安,把他抱在怀里摇晃着,想哄他,但他像条虫子一样扭来扭去。她只好把他放下了。我给自己杯子里又倒了点红酒。我问爱丽瑟要不要,她摇了摇头。

"哈尔沃能做什么?"丽芙姨妈对爸爸和克里斯汀说,"他几乎见不到自己的孩子。"

斯蒂安挤到了丽芙姨妈和桌子中间,然后又穿过克里斯汀和桌子。他想要躲开尤纳斯,尤纳斯一直在追着他跑。

"我不建议他去打官司,"爸爸说,"这要花很多钱,而且显然孩子母亲胜诉的面更大。"

"但这也不意味着他就要一味退让!"克里斯汀说,声音里带着她和父亲讨论事情时经常表现出的尖锐。曾经有很多次,我觉得爸爸在担心她在法庭上的表现。

"你们安静点吧。"爱丽瑟对自己的两个孩子说,"尤纳斯,斯蒂安,你们赶紧安静下来。"

"孩子和自己的父亲接触是很重要的。"克里斯汀说,"我觉得法律在未来是会更重视这一点。"

"尤纳斯!"爱丽瑟说,"你能不能听话?斯蒂安!斯蒂安!"

我记得我们小的时候,丽芙姨妈曾经说过:"我们的父亲不像很多别的律师一样那么关心荣誉、金钱和权力。那么善良的律师,可是很难得的。"

"这样没有用的,爱丽瑟。"扬·奥拉夫说。

我们小的时候,整个夏天姨妈都跟我们住在一起,像保姆一样给妈妈帮忙,照顾我们,打扫房间,采梅子,做果酱。"但究竟是谁在给谁帮忙啊?"妈妈对爸爸说,"我们给丽芙和哈尔沃创造好的家庭生活,给他们吃穿,我们让他们在这里度假。"

爸爸对丽芙姨妈的人生故事没什么意见,但对妈妈来说,这就不太容易。这个游戏的玩法好像就是她可以瞧不起丽芙姨妈,但并没有这么做。妈妈的沉默就算是对丽芙姨妈的奖赏了。

丽芙姨妈经常会恭维爸爸和妈妈的好品位,比如他们选的家具和地毯。她会称赞船和小木屋,还有饭菜——如果不是妈妈自己做的话。她说话不会很夸张,会开肉排烤得太干的玩笑,建议用酱汁,但基本上都是积极的,带着感恩的感觉。"有些不对劲,"妈妈对爸爸说,"这就好像她完全没有任何嫉妒、苦涩的感觉,这怎么可能呢?你觉得这可能吗,皮特?"爸爸从报纸后面探出头看了她一眼。

"丽芙在这里挺好的,"爸爸说,"她给我们的生活增添光彩了。"

妈妈不说话了。她是一个没有能力快乐的人。怎么会有那么多不满和抱怨呢?她花那么多时间在别人的不幸上,她自己的快乐又去哪里了呢?好像她在讲丽芙姨妈坏话的时候,身上痒痒的感觉就止住了似的。

我想要做点让人惊讶的事情,我想象着自己开个小小的餐厅,或是一个酒吧。我思考着销售的概念,与友善的人一起合作。工作和生活交织在一起,是朋友也是同事。必要的时候也会日夜颠倒。虽然缓慢,但是确定会获得成功,这样我的家人们都会因为此前为我担心而感到羞愧。爱丽瑟看了我一眼,举起了红酒杯。不过里面空了。于是她伸出手去拿瓶子,给酒杯里添了点酒。这时候,鲍勃来了,他在桌子间穿梭着,看到我们后脸色突然亮了起来,他离开了自己的同伴,往我们桌子走过来。他称赞了爱丽瑟戴着的耳环,她抬起手摆弄着耳环。然后她伸出手。

"请快坐下!"她说。

我暗暗地向她投去了一个感激的眼神,但她没有看我,低下了头,涂着睫毛膏的睫毛颤动着。然后她望向大海的方向,又看了看鲍勃。鲍勃看了看周围的人,看到他们不反对,就在我身旁坐了下来,面对着爱丽瑟。斯蒂安和尤纳斯趴在桌子下面玩着玩具。

鲍勃带了烟,让了一圈,不过爸爸和我都有自己的烟。

鲍勃向服务员招了招手，点了一瓶酒，让他拿一个杯子过来。他看着其他人问："你们都有杯子吧？"

桌子上还有一瓶几乎满着的酒。

我点了一支烟。鲍勃抽的是幸运条纹。

"你们在这里过得开心吗？"他说。

"非常好。"丽芙姨妈说。

鲍勃的酒送来了。服务员收拾了我们面前的盘子。

"你们一家人真好。"鲍勃说，"我爱家庭，但我自己和家人一点儿不亲密，不能被称为一家人。"

他向爱丽瑟递了一下手中的烟盒。

爱丽瑟伸出了手。

"我也想来一根。"她说。

扬·奥拉夫变了脸色，不是生气，不是失望，是一种不可置信，好像有种被欺骗、被背叛的感觉。

鲍勃把烟盒给她递了过去。

"你不抽烟的，爱丽瑟。"扬·奥拉夫说。

爱丽瑟笑了，笑容仿佛穿透了整个身体，然后她把头发往后甩了甩，刘海把额头分成两半。

"以前我抽烟很凶的，"她说，"不过那是在我认识你之前的事情了。"

人们能看出来她之前是抽烟的，就在那一瞬，她狠狠地吸了一口，然后身体离开了扬·奥拉夫一点点，仿佛是要保护那根烟和它带来的享受和欢愉。

"你天生就该抽烟。"鲍勃手托着脸，冲爱丽瑟笑了笑。

"没人天生就该吸烟的。"妈妈说。

"我唯一会想念抽烟的时候，"爱丽瑟说，"就是我写圣诞卡的时候。"

"我不能抽。"丽芙姨妈说,"如果我今天抽了一根,明天早上就会抽20根了。"

鲍勃又拿起酒瓶给自己倒了点,也给丽芙姨妈倒了点。

"你的辫子真好看。"丽芙说,"怎么弄的?"

鲍勃咧开嘴笑了,露出牙齿,然后摸了摸头发。

"是奥斯陆的一个美发师给我弄的,"他说,"一个文着身、戴着鼻环的同性恋。"

"天哪!"丽芙姨妈笑了。

尤纳斯的甜点还剩下一半,碗里有各种颜色的融化的冰激凌。我的酒杯和盐瓶中间有份薯条。扬·奥拉夫又评论着边上那桌女人不断传来的笑声:"她笑起来就像刚离婚的40岁女人,要向周围的人,还有她自己证明自己过得很好,比在婚姻里还要好。"

这让鲍勃笑出声来。他看起来对此很得意。

鲍勃指了指爱丽瑟说:"你穿着这件披肩,看上去就像印第安姑娘一样。带着烟斗。"

巴黎的天气突然变暖和了,路边的咖啡店里都是人。我说:"这样的天气让我怎么离开你?这样的天气你也要走吗?"他的手上有着酒店香皂的气味。他回答我的声音是我不喜欢的那种:不是那种带着忧伤和不安的声音,不是我爱的他因为我而被撕扯的声音,我想要的他是那样的,那是我想他表现出来的。他毫不犹豫地就要走,他不觉得自己有什么可怜的。他倒是为我考虑:"一天很快就过去了,你会过得很好的。你可以去看看卢浮宫。"

很酷很好,去你的。没有他在,我才不要去看卢浮宫。我不想看埃菲尔铁塔,甚至不想从远处看。洛阿尔坐进了出租车,他看上去有点担心的样子,就像父亲为了孩子担心的样子。

我在巴黎的街道上一个人游荡着。香榭丽舍的大街上，我看着戴着贝雷帽的男人，戴着棒球帽的男人。我一点儿都不想吃东西，但我还是找地方坐下来点了杯红酒，小口喝着酒，望着窗外。我觉得自己的难过已经够写一首诗了，我从包里找出一支笔和一张小票，但我写不出来，我想写的，我能想到的那些词句都那么空洞，思念、困惑、察觉、绝望，我写"冰冷的游戏""被遗忘的思念"。我把钱放在柔软的桌布上，起身离开。塞纳河旁的石头墙边有张长条木桌，边上坐着四个背着双肩包的年轻人，他们吃着法棍，喝着红酒。三个男人，一个女人。其中一个男人很友善地冲我打了个招呼，但我继续往前走。

我低头看着塞纳河，颜色很深。我想象妈妈说：我一直因为你们是你们才爱你们。我从来不关注你们的成就。从来没有过你们无法达成的期望。我从来没有因为你们而感觉失望或是担心。当然她从来没这么说过，我也不觉得她是这么想的。我上次回家的时候，刚从托勒夫那里搬出来。她把一个苹果蛋糕放在桌上。苹果粒烤得干干的，从酥脆的焦糖表面钻出来。

"我不喜欢苹果蛋糕，"我说，"我从来没喜欢过。"

"好吧，你今天可以喜欢那么一点点。"妈妈边说边把勺子放在碟子后面，一把接着一把，勺子冲着左边。有无数种可以让妈妈失望的方式，我就是最让她失望的那一个。妈妈和爸爸那时候已经买了微波炉。妈妈说爸爸拿它来热咖啡碟。

"你呢？"爱丽瑟问。

"我拿来解冻大块的肉。"妈妈说，"不过也拿来热圆面包。在微波炉里放一分钟，它们就跟刚烤出来的一样。"

我和家人们一起坐在我长大的家里，心里慢慢生出一种绝望。我觉得自己认为的有意义的和有价值的东西和其他人完全不一样，我永远没办法做自己。

奇怪的是，我对让爱丽瑟失望的恐惧，比让妈妈失望大很多。当我真的觉得自己是幸福的时候，爱丽瑟很少会给我肯定，但我依旧把她的肯定当成是我幸福的标杆之一。克里斯汀会用我的事作为对爸爸妈妈的一种反抗。如果在她完成爸爸妈妈对于完美的孩子的期望——完成律师的教育，嫁给律师老公，怀上孩子这一切之后，想要有一点儿反叛的话，就是维护我这些愚蠢的行为。在克里斯汀的支持下，我的这些事情就会显得更不理智，更可笑，比如我有更自由的生活，我没有一间公寓，没有接受那种"封闭式"的教育，反正她是这么说的。"又不是所有人都一定要在奥斯陆大学学个什么特定的专业。"她会这么说，就像这是件好事。但她也不会具体说没有特定专业这件事情有什么好的。

我又往杯子里加了点酒，爸爸看了看我。爱丽瑟想和鲍勃聊点什么，但现在两个孩子都缠着她，哼哼唧唧的。她在给他讲护士烦人的工作，鲍勃看上去很感兴趣的样子。他说这是"挽救生命"，但爱丽瑟说，"是的，起码是在生命尽头让他们过得更好一些。不过我现在在科室做护士，所以也不会接触那么多将死的病人。我其实还挺怀念之前的"。斯蒂安放弃争取爱丽瑟的注意力了，他大声地哭了起来。

"你看看你，"扬·奥拉夫开口道，"这就是我刚才说的意思。"

无论发生什么，总是要和扬·奥拉夫说的什么事情有关。

"我觉得我们得和大家说晚安了。"扬·奥拉夫说。

他站起身，想要叫个服务员过来，但没找到，所以和爸爸说好之后再和他们分账。

爱丽瑟站起身，披着披肩，手里抱着孩子。

"再见了，月光。"鲍勃说。

我看到爱丽瑟的脸上闪过一丝光亮，中间有种我从没见过的向往，她想和鲍勃聊天，她想和我们在一起，好像我之前从没明白她也会有这样的需求，这对她来说也是重要的。这一刻，她并不喜欢自己的生活。随后，她又和老公和孩子们混入了人群，吞下失望，推开所有的向往，不管发生什么，她永久地属于他，而她一直得承担这样的后果。

丽芙姨妈和鲍勃聊着服兵役的事情。鲍勃和哈尔沃一样，都是反对参军的。

鲍勃的手臂有很多汗毛，没有肌肉，皮肤被太阳晒成棕色，他经常笑。爸爸没有说话。服务生从我们桌边经过，一个带着三个孩子的家庭刚刚结完账，准备起身离开，其中一个孩子被爸爸抱在手里。

"保卫自己的国家听起来当然很好，"丽芙姨妈说，"但如果这需要夺取一个的生命，要我说，这就没有那么美好了。"

"我连只猫都杀不了，"鲍勃说，"我并不是完全反对杀生这件事情，我只是自己做不到。"

服务生开始清理我们的台面。我的口红掉在了地上，鲍勃弯下腰帮我捡起来。递给我口红的时候，他没有一下子把手放开,他盯着我的眼睛。

"现在,我要带您女儿去鸡尾酒吧。"他对爸爸说。

爸爸一下子不喜欢他了,或者说,其实他不喜欢的是我。

"来!"鲍勃对我说,他的手就在我面前,浅蓝色的衬衣卷了起来。

爸爸的眼神有点不满,有点担忧。他担忧的不是我会发生什么事,而是我的性格。

我们走了几百米就到了一个挂着彩灯的酒吧,里面大多数都是游客,但也有几个人看上去像是当地人。我把头发散开来,用手梳了梳。鲍勃把我的一缕头发别到耳朵后面,说:"明天你就要离开我了。"

他说托马斯爱上了一个在隔壁酒店工作的当地女孩。"所以我现在可以问心无愧地和你在一起了。"鲍勃说。一个招待员走了过来,鲍勃点了酒。

和他聊天太轻松了,我对他讲了我对家庭始终存在的挫败感,讲那些烦人的孩子,妈妈的无能为力,还有丽芙姨妈和所有这一切掺和在一起,还有扬·奥拉夫。我和他讲了扬·奥拉夫的那条短裤。

"所以他那里都露出来了?"鲍勃说。我笑了。

"或许他自己是知道的。"鲍勃说,"他可能在幻想你会对这个有兴趣。"

我笑出声来。酒吧的音乐是特别流行的歌单,里面的歌词和我的生活和情景差那么远,甜腻,激情四射,这几乎要掀翻那种不可否认的真实,听着歌词和唱腔里那么直接的示爱,我鸡皮疙瘩都起来了。但与此同时,我也被感动了,近似是爱,但也不完全是爱。我们喝的就是"海滩上做爱"，杯壁上粘着糖，还有一顶小小的纸做的雨伞，鲍勃的手指摩擦过我的嘴唇。然后我们吻在了一起。是的，我喝太多红酒了。

和鲍勃接吻是预料之中的，我坠落到秘密的、陌生的、激烈的、狂野的愉悦中。我之前接过吻，但我没有和他接过吻。我为什么会和鲍勃调情呢，我甚至不那么喜欢他，他让我变成了另外一个人。我想象之后我要如何对爱丽瑟或妮娜解释，或者为自己接下来的行为做辩解。我会说他让我"成为另外一个人"，然后我就不用另找原因了。另一个人，是谁呢？应该是谁呢？两年前，我曾经和托勒夫说过类似的话，那时候我也是这么感觉的，摆脱原来的自己，拓展自己的可能性。我一直都需要让自己感到惊讶，而要让我自己吃惊并不需要走很远的路。鲍勃把我的脸捧在手心，亲吻了我的额头，他紧紧捧着我的脸，手不停地颤抖，我的头也跟着抖了起来，这和他微笑放松的脸形成了鲜明的对比，那是鲍勃的痛苦和绝望。所有我不喜欢的东西都有自己的问题，它们都有肤浅或是与人无关的价值，这比世界上我们生命中所有其他东西的意义都大——就像是艺术体验，有时候扭曲的丑陋比美更美。

"你叫鲍勃吗？"我问，"真叫这个吗？"

"不完全是，"他说，"比约恩·奥拉夫·彼得森。"

"那就不是鲍勃了。"我说。他笑了，挤了挤眼睛。

"差不多吧。我也不想叫自己鲍勃呀。"

他的脸像一道彩虹一样靠近我的脸，他又开始吻我。然后他起身，拉着我出了门。

门外闪着蓝色的光。一家餐厅门外停着一辆救护车，在一个临时的棚子下，两个救护车上的医务人员正在抢救躺在地上的一个女人。她几乎全裸着,很胖,胸部垂在身体的侧面。做心肺复苏的医务人员在她胸口迅速按压着,她的身体就像一坨巨大的果冻,或者是做面包的面团,在他不断按压的时候,她的身体重复着一种运动。一切都悄无声息。另外一个医务人员跪坐在帐篷外面,手放在膝盖上,他好像已经放弃了,看着里面还在忙活着的同事。

"你见过死人吗?"我问鲍勃。

"我觉得我现在见到了。"他说。

他的鼻子被晒伤了,皮肤裂开了,底下透出鲜红的皮肤。

帐篷上面挂着一个应急灯,从帐篷的缝隙里能看到那些还在里面忙碌着的医务人员的身影,他们的影子也映在帐篷的壁上。那些坐在餐厅里吃饭喝酒的人,动作都很缓慢,时常就会把脸转过来看向帐篷的方向。除了两个人,那是一对父女,爸爸在给女儿拍照,她冲着相机笑着,手里拿着一个很大的胡椒粉瓶往自己的意大利面里撒。

我们继续往前走,鲍勃的手拉着我的。我很麻木,这是恐惧、抗拒、同情,还有眩晕的融合。我内心暗暗希望自己的身体永远不要像这样倒下。

"我有一次差点死了,"我说,"8岁的时候,我的盲肠破了,送到急救室的时候已经没有意识了,他们觉得我快死了。就是这件事让我爸爸和妈妈复合了,之前他已经离开了她。"

"哦,"鲍勃说,"然后他们就幸福快乐地生活在了一起?"

"幸福啊幸福。"我说。鲍勃笑了,我笑了,是的,我也笑了。"我觉得起码他们会一起生活,直到死亡把他们分开。"我说。

我们在黑暗的海边和酒吧和餐厅的灯光中走着。

"你给了我灵感,"他说,"我又想写音乐了。"

妈妈有一次对爸爸说:"我不知道我这辈子能不能真的幸福。"那是一个夏天,在阳台上,爸爸从台阶走到妈妈坐着的地方,他手里拿着一些枯萎的花苞,他刚修剪完花枝。"我从没觉得自己的生活在正确的位置上。"她说。爸爸的手握住了她的手。

鲍勃带我去了墙边的一个地方,就在一家沙滩咖啡店的旁边,两边有锁着的冰柜和一个固定着的冲浪板。他的航班在我们后面一天。天上有些云,我们坐了下来。我手边有个塑料的东西,我不知道那是什么。欲望不欲望的其实不重要,一半是激动的好奇心,想知道后面会发生什么。

"我觉得你就是我命中注定的女人。"鲍勃说。我知道这是瞎话,但此时此刻他的感觉并不假。鲍勃搂住我亲吻着,他呼吸中有种无助,让我想起古纳尔,在家乡那个垃圾站,单纯而原始的最初的性冲动。那时候是两个孩子在玩耍,在探索。古纳尔跟在我后面爬上垃圾堆,他的手脚修长,一点儿肌肉都没有。我们爬到垃圾堆顶端,看到一扇老旧的门板上面放着一台便携打字机。我穿着白色的鞋子在软硬不同的材料上平衡着自己的身体,四周弥漫着油漆、烂掉的蔬菜和尿不湿的气味。我踩在一盏灯上,滑了一下,吓了一大跳,然后突然找到了我要找的地方。我已经两三年没有去过那里了。安娜·洛维瑟和我曾经在这里搭过一个类似公寓的地方,现在几乎还保留着。厨房的料理台的一部分,一张汽车座椅,一个架子上放着超市丢弃的破旧的书——《活死人》《一切为了儿童》,一张满是污渍的床垫,有尿污、血迹。几张破烂的凳子,其中一张还少了一条腿。天气很冷,刮着大风。这不是我第一次和人上床,但这是我和古纳尔的第一次。我是能骑着马狂奔的那种人,而古纳尔骑自行车都得骑那种弯把手的。

鲍勃的脖子上有淡淡的海水、食物和洗发水的气味。

"你真美,真的非常非常美。"他说。

我冲着他的肩膀笑了。我把头侧往一边,只能看到沙子,然后是地平线上的光线和暗下来的天空。每一颗沙粒都有那么多不同,颜色,透明度,圆润度,无限的数量。我清楚地知道,必须停止了,但我还是吻了他,让他抱着我。就这样过了很长时间,我才说:"我们回酒店去吧?"鲍勃点了点头,额头靠在我肩膀上,过了5秒钟才站起身,拉我起来。

2月的时候,我陪洛阿尔去托森看过一次房子。那时候安和两个女性朋友去了哥本哈根。洛阿尔要在没有她的情况下去看房。那是一座超过200平方米的独栋,三个卫生间,有壁炉、地下室还有桑拿房。木地板,飘窗,主卧室可以直接通往阳台。洛阿尔想再看一次桑拿房,我就留在厨房和客厅中间的走廊里等着他。在洛阿尔从地下室顺着楼梯走上来的时候,我被吓了一跳。我曾经觉得他很帅,但现在看他头发稀疏,屁股很宽,走起路来还显得下垂。我心里想:记住这种感觉,不要让它跑掉。但它还是跑了。

"你觉得怎么样?"我们出门的时候,他问我。他拿了那间房子的说明材料。我们往东走一直到了阿克河边,然后沿着它继续往前走。他想表达什么?他是要和安一起买房子,但又想和我一起去巴黎。他一说话,白雾就从嘴里喷出来。

"我不是很在意有没有桑拿房,"他说,"但安肯定会觉得这很棒。"

阿克河大部分的河面都冻住了,只留下中间很小一条通道。

"安是个很单纯的人。"他一边走一边说。鸭子在结冰的水边游着,时不时把头埋下去找东西吃。

"能和你去巴黎真好,"他说,"我真的很高兴。"

他讲着贷款,安的新工作,孩子们的学校。

"索菲亚固执得就跟个火车头一样,"他说,"但她也有柔软的地方,虽然大多数人都不知道。我不知道她开始上中学之后会变成什么样。"

我们的脚踩在土地上,上面有一层脆脆的冰,像是蕾丝,狗饼干,也像新娘的头纱。每块小石头上都闪闪发光。洛阿尔深呼一口气,然后望向我,好像我说的话对这件事情有什么价值。他想让我参与,想听我说说对索菲亚性格中柔软的地方的看法,对索菲亚上中学的看法,虽然我并不被允许参与这一切。我只是和他上床的27岁女孩。我只是他年轻的情人,我甚至都不那么年轻了。

到了酒店大堂,鲍勃说:"我和托马斯住一个房间。"

"哦,好吧。"我说。

"我们能去你的房间吗?"他说。

"哦,不,这不行。"我说,"我明天的航班特别早,妈妈和爸爸会来叫我起床。"

"那要是我天不亮就走呢?"

我摇了摇头,微笑着。他点了点头,也微笑着。我们看着对方很久,一直微笑着。

"你觉得那个心脏病发作的女人现在怎么样了?"

"估计不太好。"鲍勃说。

"她看起来有点像卢西安·弗洛伊德的一幅画。"我说。

"谁?"

"一个英国画家,"我说着,"他画那些苍白、肥硕的人体。"

鲍勃在口袋里摸了摸,然后把手举到我耳后,帮我戴项链。他帮我戴项链的时候咬着嘴唇。他的眼睛闪着光。

"我原本打算把它送给我妹妹的,但现在我想送给你。"他的声音有点沙哑。

"你确定吗?"我说。

他又吻了我很久。

"美人,再见。"他低声地说,"我会给你写首歌。"

他倒退着往后走,慢慢地,带着微笑沿着一条窄窄的通道走向第一排躺椅,灯光照着这条步道,泳池里波光粼粼。他身上有种狡猾的气质,我没办法说清楚,不知道是不是只是他用的名字的原因。我看着他穿过那条满是仙人掌和花朵的小径。芭蕉树的叶子被风吹得哗哗作响。然后,他消失在黑暗中。我回到了自己的房间。

我躺在床上就能听见远处酒吧传来的音乐声。每次我想到托勒夫,就好像身体里有什么液体要被清空。托勒夫在我身上投入了很多,他曾经想过要和我过一辈子,背叛了自己的血统的我。托勒夫曾经无法抑制地说过自己的幻想:去哥本哈根过周末,在山间从一座小木屋去到另外一座小木屋,都是很开心的事,需要去做计划,收拾行李。他会讲出来这些,但又突然停下来,跑出去,似乎对自己很生气,兴奋,但也气愤。他会用手指抚摸着下巴,停下动作,叹口气,望向厨房窗外的停车场,然后就是不确定。

我一方面身处这种困惑和不确定中，或者说我就是这个不确定的对象，随时会从其中离开。我知道只能有一种出路，去遗忘，去和解，去原谅自己。在几个月之后，我离开了这样的世界。托勒夫在悲伤的同时，继续着自己的学业。妮娜说现在他读书比之前还要用功，基本不怎么和人社交了。

第二天早晨，我醒得特别早，心里空荡荡的，但我又说不来是因为什么。我在床上躺不住了就起身出门。在游泳池旁边有个男人，他每天都在这里清理水中的漂浮物，擦亮所有的瓷砖。他低着头轻轻地说了一声"你好"，没有看我。我左边是大海，右边是一排收拢的阳伞、游泳池和晒太阳的躺椅，然后是更多的阳伞，远处一排排的建筑是一家家酒店，还有棕榈树，背后是山。我觉得自己无比讨厌加纳利群岛，讨厌爱丽瑟喜欢这里。这里无比乏味，无比具体，那么局促。

我走出酒店的门廊望向大海。远处有一对夫妻牵着手走在沙滩上。海浪卷起白沫。一个男人正准备自己那堆满商品的小店面开门做生意，他卖冰激凌、薯条、饮料，还有各种各样塑料做的玩具、厨房用品、沙滩鞋、耳环。他挥了一下手，想让我买点什么。那里还有猫脸面具，给小女孩穿的豹纹紧身裤。

我突然发现远处的那对夫妻是爱丽瑟和扬·奥拉夫，他们顺着石头台阶向我走来。爱丽瑟看上去很激动。她说扬·奥拉夫在那边拿了一堆这边的公寓的宣传册。他们或许会在这里买套房子。她整个人兴奋得像个小孩子。

我和他们一起回到酒店的早餐厅，其他人已经坐在桌子边了。我们坐下来，爱丽瑟把册子放在一边，所有人都在看它们。过了一会儿,爱丽瑟看了看我。

"鲍勃呢?"她问。

"哦,不是,"我说,"根本不是那样,他不是我喜欢的类型,完全不是。"

克里斯汀冲我笑了笑。

"你昨天晚上去哪了?"她问我,伊瓦尔和妈妈都在一旁听着。

"我不知道你在说什么。"我说,语气比我想象中还要不高兴。

早餐的时候我没有看到鲍勃,太早了。我脑袋后面有一点儿微微的刺痛,这是我喝的那些红酒造成的。尤纳斯和斯蒂安吃着涂满巧克力酱的松饼,这是最后一次了。克里斯汀每天早上也会吃松饼,把这当成一件大事来做。

"嗯,干净倒是干净,"扬·奥拉夫说,"但所有事情的节奏都太慢了。"

"慢?"丽芙姨妈说。我头一次发现丽芙姨妈染了头发,贴着发根的地方颜色有些不一样。

"西班牙人动作就是很慢。"扬·奥拉夫说,"大概是这边的气候让他们松弛,太聪明了。反正就是不是所有的事情都很好办就对了。"

"好吧,可这里也满足了我们的需求。"丽芙姨妈说。

爸爸大口吃着自己的早饭——培根和鸡蛋,他没有和我的眼神对上,但他说:"记得你护照在我这。到机场之前你要放在我这吗?"

我说我可以自己拿着,但他能帮我保管的话也好。我头很沉,集中不了注意力。

斯蒂安在唱着一首儿歌,爱丽瑟跟着一起哼着。

"让我们一起跳起来吧！咔咔嚓嚓蹦蹦蹦。"

扬·奥拉夫笑了。"这是转调了吧，你把他带到另外一首歌上去了。"

一个男人手里拿着三杯果汁走了过来，他必须跨过趴在地板上的斯蒂安。

"回家之后伊瓦尔也要给我做松饼做早餐，这样我才能一点点把它戒掉。"克里斯汀说，"要不然我该有戒断反应了。"

爱丽瑟坐在一旁看房屋宣传册，尤纳斯从一个小包装里挤出巧克力酱抹在松饼上，然后用手指把它卷起来放进嘴里。爱丽瑟的鼻子和脸都晒伤了，翻页的时候鼻子一皱一皱的。我看到扬·奥拉夫长满汗毛的大手握着她的手，捏了捏，真是让人难以直视。

我从吃早餐的地方拿了一个苹果，想在我们站在酒店门外的阴凉处等车的时候吃。扬·奥拉夫看了看我的项链，我用手摸着那条项链，没多想什么。苹果干巴巴的，没什么味道。

"你刚才买了什么？"他说。

"嗯？"我问。

"珍珠吗？"他问。"还是银的？"

"我不知道这是不是真的珍珠，"我说，"是不是银的。不重要，我喜欢就好。"

扬·奥拉夫问我花了多少钱买的。我随便说了一个数，他说我被骗了。

"被骗了？"我说。

"我觉得你买贵了。"他说，"你得还价。"

然后他就开始喋喋不休，唠叨为什么我不买公寓，租房子那么贵。

"租房子就是往窗外扔钱,"他说,"买公寓是投资。现在你每个月都在亏钱。"

说得就好像他给过我钱一样。爱丽瑟曾经说扬·奥拉夫提过想借给我一点儿钱,不过后来就没再提了。

爸爸打开箱子,把太阳眼镜盒放了进去。我好像突然恢复了自我,跳脱出来,从一个干巴巴的地方,不带激情地看着我和鲍勃之间的一切。现在回家是好事。我要写论文了。我应该要和托勒夫保持友谊。我不会和他住在一起,不会和他上床,但如果我之后不能再和他说话,那我会受不了。没有人像他这样理解我,没有人像他那样理解生活。

"你觉得呢?"扬·奥拉夫说。"你觉得你姐姐在大加纳利群岛的公寓里会开心吗?你知道的,她喜欢被宠爱的感觉。她喜欢奢华。"

我不明白他是要说她的坏话,还是他想让我觉得我自己在这件事情上有什么发言权,能帮上什么忙。不管怎么样,他这么做的前提都不存在。

我没有回答,大巴正好开到了酒店的门口。

我经常想要帮爱丽瑟带一个孩子,不过我总是晚上一步,妈妈和丽芙姨妈已经各自领着一个孩子上了大巴。扬·奥拉夫把孩子的伞车折叠起来,看着大巴司机把它放进行李箱。我上了车,坐在爱丽瑟旁边的空位上。扬·奥拉夫可以和爸爸坐。

我从托勒夫那里搬出来之后,有个星期六,我和妮娜还有特鲁斯坐在一起喝酒。我们喝的是红酒、伏特加和老丹麦。晚上不到10点半,妮娜就要去睡了。她抱歉地说实在是娜拉起得太早。我不太明白其中的意思,娜拉起得早和这个有什么关系？好吧，妮娜累了，好吧，可然后呢？这有什么关系。

"留下来吧，"我说，"留下来吧！"

但她还是走了。特鲁斯给我再倒了点老丹麦，我又喝了点，我们聊着我秋天要去看 The Cure（治疗乐队）的演唱会，他也想去，但估计去不了。特鲁斯特别伤感地说："女人一有孩子就不一样了。"

我知道他的意思。他的意思是他失去了一些东西。如果他是用毫无同情心，用那种让人不舒服的方式说出来的，那倒简单了。男性沙文主义，为了实现某种目标而做的战略性的让步。我可以把他放在那个位置，对他不屑一顾，表现我对妮娜的忠诚。但他不是这样，他说的时候带着忧伤和困惑。他希望生活是另外一个样子，更有意义，更正确。不是为了做些什么，不做什么，就因为他有了这样的感觉，伤害已然造成。

我们开车穿过干燥的风景，离开大海，离开棕榈树，营地，沙滩，砾石。一次又一次从头开始，我建构着自我，建立生活，让事情变得有意义。清晨的咖啡，夜晚独自写论文，朋友，外出喝啤酒，看电影，生活一遍遍地重复，直到我忘记自己对那种无与伦比的情绪的向往，完全屈从于激情的感觉，或是直到那种感觉熄灭，一点点地。

老男人

1990年11月

他们坐在那里解题。我的指尖有种干涩的感觉。黑板上布满我写的笔记和计算过程。窗外，天气刚开始变冷。两节连堂的数学课快要结束了，之后就放学了。底下有低声的抱怨。这是文字题，我站起身，走到课桌中间。路过摩根的时候，我看到他什么都没做。我指了指第一句话，摩根宽大的身体里发出一声低沉的叹气声，手中的铅笔啪的一声掉到了桌子上。现在距离圣诞节还有四个半星期，那时候艾尔德利德就回来了，我就不用再做数学代课老师了。我对这件事情一点儿都不擅长。摩根穿着干净的浅蓝色牛仔裤，背有点弓着，眼神里带着祈求，想要再拖延一点儿时间，请求慈悲，他的眼神那么沉重，那么沉重，大大的脑袋上头发很厚。我想象着他母亲的样子，他的房间，皱巴巴的床单，早饭吃的面包片，用手肘擦去唇边的牛奶沫，晚上塞进录音机的卡带。他已经不是孩子了，但还远远没有长大。我想要给他点帮助，可他都还没有开始做，面前的作业纸完全是空白的。

"鲁内、艾斯本、安娜。"我低声说。摩根又忍不住叹了口气。

"鲁内、艾斯本和安娜加起来一共100岁。"我说。他看着我的目光并不是冷漠没有礼貌的那种，而是空洞。

"鲁内比安娜大8岁。你明白吗？"

摩根那空洞的眼睛睁得大大的。我把铅笔放在桌子上，他肯定是啃过，上面都是牙印。

他抬起头。但我直起身子继续往前走，就像是抛弃了一个孩子，抑或是解放了一个犯人。

课堂里明显有种注意力不集中的感觉，但我从讲台上往下看，大多数人的眼睛都看着应该看的方向。我走到塞西莉亚旁边，她的脚在桌子下交叉着，铅笔上有口红的印子。我知道，哪怕到这个年纪，也很少有学生会对自己的学业负责。我知道我不会再对摩根提任何要求，很快我就结束在这边代课的工作了，我可以把注意力放在我自己的课上——挪威语和英语。

我在办公室见到了欧恩斯坦。欧恩斯坦穿着法兰绒格子衬衫，袖子挽起。他家里的半个书架都装满了他儿子收藏的石头和贝壳，厨房的墙上也挂满了孩子的画，抽屉里装着好几打避孕套。他的上半身很长，汗毛很多，还有大胡子，妈妈肯定会说这很邋遢。

"你要回家了吗？"他说。

"嗯，我得把这个带走。"我指了指一堆挪威语作文。

他问我要不要一起回家喝杯茶。

"乌尔里克今天不来吗？"我说。

"嗯，我5点前要去幼儿园接他。还有两个小时呢。"

我们去了他家。他的公寓在萨加内区的一座楼房里，三楼。走廊的地板上躺着一顶绿色的毛线帽，还有雨衣和鞋子，一个满是灰尘的盆栽。书架不太整齐，书和杂志混杂在一起。一个橘子果酱瓶放在厨房的台面上。

"每天早上都跟打仗一样。"欧恩斯坦说。

身体、手和嘴唇都在颤抖。

欧恩斯坦，儿子，还有儿子母亲亚妮的照片贴在冰箱上。一张有着折痕的A4纸上写着幼儿园暑假安排的信息。冰箱边上的墙上贴着挪威教师联合会发的日历和一张两个孩子跳蹦床的照片。

"海勒回过家吗？"我问。

"嗯，来过一次。"他说，"有什么问题吗？"

"当然没有，"我说。他看了眼墙上的钟，抱住了我。

那之后，我坐在欧恩斯坦的厨房里，看着他给土豆削皮，然后把它们放到锅里。好像我非常乐意待在这里，并参与这一切。他把肉饼放在一个纸袋子里，用手捧着袋子，让肉饼滑到平底锅里去，然后把煮土豆的火关小。

"要把这些都提前准备好。"他说，"等乌尔里克回家，他会又饿又累，那个时候不用等太久就能吃饭就是解决了一个大灾难。"

"你觉得什么时候可以让我见见乌尔里克？"我说。

这时候，他正从冰箱里拿出一袋冷冻蔬菜。玉米粒，青豆粒，胡萝卜。色彩鲜艳，充满了维生素。厨房的格子窗帘，长袜子皮皮和埃米尔的餐垫。

"现在还不到时候。"他说。

他的柜子里有麦片和巧克力酱，带有兔子和蘑菇团图案的塑料杯，洗手间里有儿童沐浴露。我和欧恩斯坦的家格格不入，但这不意味着我不能接受。虽然我对这种寻常的成年人的生活没有什么归属感，不知道人们是怎么做到的。我记不得租户有多久没用过土豆削皮器了。

他关掉火，走到了走廊里。

我用很中性的语气问："你觉得我什么时候可以见他？"

欧恩斯坦和我讲过很多关于乌尔里克的事情，他去滑冰，他发脾气，他会自己系鞋带了，他骗欧恩斯坦有人敲门，然后去偷柜子里的巧克力，他说欧恩斯坦和他一起玩三个小时的图片游戏都不烦。而我脑子里想的只是：我想见见这个孩子，我想在他的生命里有意义。我希望他能觉得我是个成年人。在我来这里的时候，盘子里可能有抹着番茄马鲛鱼罐头的半片面包，以及空的牛奶瓶。地板上有乐高积木搭成的车。浴室里的脏衣篮旁边扔着一条猴子图案的内裤。这就感觉我是永远在乌尔里克离开这里的时候抵达，好像他刚刚被从后门带走了一样。

海勒和欧恩斯坦还有儿子一起去于勒瓦尔运动场滑冰。我问起欧恩斯坦这件事情的时候，他说这很简单，他对她没有什么浪漫的感觉。

"玩得开心吗？"

"海勒脚趾都快冻掉了。"他说。

他看着我微笑着。我们或许都觉得我不是那种会冻掉脚指头的人。

"乌尔里克经常见到我的朋友。"他说，"但你的话，我得好好想想。我觉得这或许意义更重大一点。"

欧恩斯坦戴着他姐姐给他织的条纹围巾，单膝跪在走廊的地板上，系着冬靴的鞋带。

"莫妮卡，我们还有很多时间。"他说。

但我的感觉并不是这样。他说他得慢慢来，慢慢地。我感觉我站在原地，上蹿下跳，我没办法冷静，也没有地方去。

我们一起下了楼,穿过后面的院子,到了玛丽达尔大街就分头走了。这个时候他说:"我和维嘉尔说了我们的事,希望这没什么问题。他让我周六带你去他那里吃饭,你愿意吗?有几个咱们学校的老师,还有几个别的地方的人,不过海勒不去。"

这正是我想要的。克里斯汀问过我能不能周末帮她看孩子,我说我会考虑下,不过现在我去不了了。

欧恩斯坦亲了我一下,戴着手套的手重重地按了一下我的腰。

"你难道真的不想在周末帮我们看孩子吗?"在我跟他说我周末没空的时候,克里斯汀又问了我一次。"单独和他们在一起,你可以更了解你的外甥们哦。你可以用你想的方式影响他们哦。"

我知道她和爱丽瑟讨论过我的事。

"那下个周末行不行?"克里斯汀问。我有点生气了,她一直在逼我。虽然我知道那个周末乌尔里克要过来,所以我应该是有空的。我说我可能要去别人30岁的生日派对。这几乎是真的,或者说这可以是真的。

在我准备去做老师的时候,克里斯汀建议我应该要先完成我的学位。

"但是,我现在需要一点儿具体的东西。"我说,"我对自己在写的东西一点儿兴趣都没有了。"那时候我刚刚第二次离开托勒夫,状态特别差,几乎没办法安静地坐下来。我告诉克里斯汀的时候,已经报名了教育学的课程,感觉这就像是买了一份保险。

"你再跟我说一遍,你在写的论文是什么?"克里斯汀问我。

"文学作品中被死亡惩罚的个性强悍的女性角色。"我说,"听起来可能有点粗鲁,我一直没想好标题应该怎么取。我的导师说这题目还挺让人激动的。"

"哪怕你觉得它不是那么有意思,你是不是还是应该先把它写完?"

我抿了一下嘴,像青春期少女一样摇了摇头。我说我需要换个环境。我已经下定决心了。

我还说我不像她那么有责任心,对我来说,做自己想做的事情更重要。

她说如果我能做高中老师的话,工资会比初中老师高得多。

我受不了了。我必须离开书桌,离开奥斯陆大学,所有那些不同版本,不同部分,一沓沓厚厚的稿纸,已经都记不清楚什么是什么了。我一次次试图将那些女性塞进相似的模型里,但我根本想不清楚,我的脑袋快炸了。我必须得离开。

"我不那么关心工资。"我说。

我第一次和欧恩斯坦上床,是我们去利勒斯特罗姆一个八年级教师的研讨会,我们在那里住的是酒店。我和海勒、维嘉尔和欧恩斯坦一起坐火车去的。一个从市政府来的穿条纹裙子的女人给我们讲霸凌问题,说孩子也有可能心肠很坏,我们必须找到方法,看到苗头,避免那些事情发生。开会的时候,我坐在那里往前看,一排排的老师们,有12个是我们学校的,另外五六十个是从别的学校来的。我想我和这些人完全不一样。

在一个人讲完之后,欧恩斯坦举起手问了个问题:"如果让孩子们觉得那些开玩笑的评论其实是出于好意，不是更好吗？就像是个玩笑那样。"

"对，"莉娜·米克尔森说，"这也是很好的。"

桌上放着巧克力饼干，就像多米诺骨牌一样，还有水果、咖啡和茶。海勒记一会儿笔记，咬了下圆珠笔，又继续记。

晚饭前我们在海勒的房间喝了杯酒，她告诉我她和欧恩斯坦之间"发生"过什么。她被他伤害了。我坐在房间里唯一的椅子上，海勒坐在床上。她心里还抱有希望，这让她对自己非常生气。"我知道没有什么理由让我应该抱着希望的，我应该离那个男人远一点儿。"她说。他根本就是玩弄了她，但她还是没有办法停止希望。

"我为什么就不能放弃呢？"

她穿了一条蓝色的低胸短裙，对于吃晚餐来说有点过于隆重了。

她问我要不要再喝一点儿，白葡萄酒，常温的，有点甜。我建议她往后退一退，或许这反倒会引起他的兴趣。我说的时候是出于一种普遍常识。我那时候完全没有意识到欧恩斯坦和我之间之后会发生什么事。

"在小学生的照片上放朵花儿有什么意义呢？"晚餐的时候，喝了一点儿酒后，我这么说，"花儿是顺从的，被动的。孩子们不是应该去主动学习，去发展吗？"

欧恩斯坦点了点头。

"其实，有很多事情我也不同意。"他说，"比如，为了一个共同的目标而一起努力。我们做的事难道不是这样吗？老师这个行业不就是做这个的吗？现在却是要每一个教师帮助每一个学生达成自己个人的目标。"他把鼻子探进白葡萄酒杯里，鼻子太大，酒杯太小。

我不是那种特别热心工作的老师。我和欧恩斯坦睡过之后，两个人曾经聊过这件事。我觉得我们是因为发现自己做不了别的才来当老师的。欧恩斯坦不同意，起码他自己不是这样。他说自己是受到了"感召"。我信他。我觉得人总有例外，大多数老师都不是他这样的。"要是我能不把每个学生的沮丧放在心上就好了。"我对欧恩斯坦说，"我太懂沮丧了。"

"你应该发挥自己的才能。"欧恩斯坦说，"只要你用得好，它就能让你变成更好的老师，更自信。"

晚餐之后的安排是酒吧和舞厅。虽然酒精有所帮助，但那种格格不入的感觉还是继续着。酒吧里摆着架三角钢琴。夜深的时候，我们中的一个演讲嘉宾开始过去弹——《伦敦的街道》和《哈瓦那的灯光》。我喜欢这些歌，但是它们在我心中激起的诸多感觉，那些强烈的感觉，我想自己一个人消化。这不是我能跟这些同事，以及跟别人分享的东西，我也不觉得他们会有什么共鸣。妈妈也经常会在钢琴上弹这些曲子。它们在我心中勾起的感觉和我的童年、我的思考、我的感情密切相关。酒意把它们勾起来，又摁回去，这让我对外来的刺激变得特别敏感，同时又增强了自己的防备心，让我批判着身体里激荡的这诸多情绪。我和欧恩斯坦跳了舞，用嬉闹和身边这一切拉开点距离。地板上有些地方很滑。然后有些事情发生了，一些联系被建立了起来。啪。这让我能用另外一种眼光看待周围的我曾经很不喜欢的一切。看到它的可笑、美好，这些奇怪的受到教育的感召的人，在酒精的作用下努力社交，我眼前这一切似乎都变得美好了，而我就在这美好中和欧恩斯坦在一起了。一切都变得美好了。这没有让我成为他们中的一员,但让我和欧恩斯坦找到了共同点。

在酒吧里一起喝了几杯酒之后,维嘉尔和另外一所学校的老师脸贴脸地跳着舞,我看到海勒和一个不认识的男人一起走出阳台的背影,而我和欧恩斯坦站在酒店走廊的制冰机旁边,墙上挂着不知是莫奈还是马内的画。我晕乎乎地和他解释,不能去我的房间,必须去他的。"为什么?"他问。

"因为我的房间就在海勒房间的旁边。"

他挂着半个微笑审视着我。

"嗯。"我说。

"好吧,我是和海勒调过情。"他说。

"那现在你也想和我调个情吗?"我魅惑地对他笑。

他歪着头微笑着。

"你觉得怎么样?"他说。

后来他说他觉得我处理得特别好。我太酷了。

有扇门打开了,一个男人走了出来,往另一个方向走了。"不,我不会想那么多。"我说,"你和她现在还有一腿吗?"

他摇了摇头。

"海勒是个好女人。"后来他在酒店房间的床上说,"但我们俩之间一直有些隔阂,有些误会。"他说。

我喜欢他的诚实。他还说:"其实我想过和你之间可能不仅仅是调个情。"

第二天,研讨会结束之后,我和海勒一起离开了酒店。那时候很多人已经走了。我心里又产生些不安,一种缺乏控制的感觉。我做的事,欧恩斯坦做的事。如果被海勒发现了，她会怎么看这件事？我事先并没有考虑好这件事情，它就发生了。是他主动的。我只是反应比较慢，或者说是反应得太快，太积极，没有仔细考虑。我意识到，如果有人想吻我，我的第一反应是去回应那个吻。如果我当时思考得不够快，那就没有回头路了。

海勒带了一个紫红色的小箱子。我们路过橱窗里放着童鞋的鞋店，热狗的摊位，在门口将书用支架摆成螺旋状的书店。海勒的脖子和耳朵上都挂着琥珀色的首饰。她的头发在头顶扎了起来。我想到了欧恩斯坦，他是个很不错的成年男子。他离过婚，但那不是他的错。我们上床了。我也知道，我很想和他继续下去。

在回家的火车上，海勒说："自从欧恩斯坦和我睡过之后，他看我就像空气。来，你告诉，我应该忘记他，别再想他了。"

"这是明智的。"我说。

"告诉我。"她说。

"忘记他！"我说，"别再想他了！"我在她面前挥了挥手，好像要挥去她对欧恩斯坦的回忆。

那时候，我不知道什么时候向她承认发生的事情，或者即将要发生的事情才算太晚。我觉得，那个时候可能已经太晚了，也可能是太早，毕竟我也并不知道，我们俩之间会不会再发生什么。

我们下火车的时候，站台上有很多人。我一直在发抖。海勒从架子上拿下自己的小箱子，围上一条围巾。我们挤过两排座椅中狭窄的过道。我看到了欧恩斯坦和哈拉尔。一个戴着帽子的男人微笑着快步走在人群外。海勒转过身看我，脸上满是我知道是因为什么而生出的热情。我们分享了什么？有什么是我不明白的呢？她拥抱了我，感谢我让这旅途变得很美好。我只能说："祝你好运！"还有"希望一切都好。"我想等到夏天，等到这个学年结束，我必须得找点儿别的事情做。

别的完全不一样的事情。在去地铁站的路上，我这么想。但做什么呢？我站在滚梯上，突然一震，一只手搭在我肩膀上把我往回拉。我僵住了，立刻想到这是欧恩斯坦。

"和我一起回家吧。"他说。

我们去了他家，在萨加内区。房间里融合着香薰蜡烛，打开的百叶窗，被扯开的鸭绒被的欢欣感，他腋下和浴室里肥皂的气味，耳旁的呼吸，他的嘴唇离开时凉凉地吸气。它们中的每一样都让我想起那种记忆中的欢快，在我洗澡的时候，去上班的路上，或是我一个人躺在自己床上的时候。至今依旧如此。上星期在教师休息室里，海勒知道了我们的事情。我一直在等她再提起欧恩斯坦，我就可以说出来了。她说："你知道欧恩斯坦周五要和大家一起去喝酒吗？都不知道他怎么想的。"就在这个时候，我对她说："我得和你说件事。"然后我和她摊牌了。最后我说："对不起，对不起。"

"哦。"她边说边把自己蓝色的饭盒放进包里，然后走出了房间。在那之后她也和我说过话，友好，但冷淡。

星期四去学校的路上风很大，地上有一层薄薄的霜，树上几乎已经没有了叶子。我想着摩根和数学，好像有一件具体的事情在具体的时间发生：就在那里，摩根跟不上了。或者说，我随他去了。一辆有红色和蓝色的车照亮了路上的灰暗天气，进学校大门的时候，一辆白色大众慢慢地从我身边开过。我一下子想到了洛阿尔那辆很旧的浅蓝色大众。在很多时候，他都表现出对那些不虚荣的人的敬重，比如他就很骄傲自己不在意自己的车是不是拉风。

我曾经经常给爱丽瑟的儿子们出数学口算题，比如："8乘8是多少？"我早就知道斯蒂安很有数学头脑，但大一点儿的尤纳斯就慢一点。但尤纳斯却是那个不肯放弃的，他总是在那想啊想，脸涨得通红，虽然他基本算不出来，就算给出答案也不对。斯蒂安总是动作很快，但他对此毫不在意，他会跑出房间，不知道是自信还是无所谓。我觉得，在尤纳斯使劲想着那些他算不出来的口算题的时候，我和他之间产生了一些特别的联系。夕阳透过客厅的窗户照到他的脸上，他闭上眼睛，用手挡住光线，但身体没有动，还在那里努力思考，直到自己放弃，或是给出一个错误的答案。这就好像他已经知道自己是错的，或者答不出来一样。

有一次，爱丽瑟对我说，她有点担心我一次次这样打击尤纳斯，会让他难过。我觉得她说得不对，我的感觉完全不是这样。但爱丽瑟点了点头，很确信的样子。

"最近你要来的时候他就会有点害怕。"她说。她其实不用说的。连着好几天晚上，我躺在床上准备睡觉的时候，我的牙齿都因为这种羞耻感，这种为了尤纳斯和我自己感觉羞耻的感觉而咬得咯吱作响。

欧恩斯坦穿着格子衬衣走进教师休息室。他怎么了？他冲我笑了笑，路过我的时候搂了下我的肩膀。古希尔德坐在长桌前看《晚邮报》，她抬起头看我们一眼，然后又翻了一下报纸。她有点好奇，想看看接下来会发生什么。而我不在意大家知道这件事。

教师的休息室很大，是个长方形的房间，一面的墙上有很大的窗户，边上有两张长桌子。从这里去教室很近。有人在这边挂了窗帘，这很必要，还有人挂了一幅画，上面是荒凉的风景，因为有人觉得这里必须要挂张画。不过一切没有特别设计过，也不怎么好看。两扇门中间放着一张旧写字台，位置安排得很不合适。虽然它很有年头了，但其实是好看的，只是完全不适合这里的内饰。那张画就挂在写字台上面。桌上的蓝色花盆里插着粉色的花，一个玻璃烛台里面放着茶蜡。这个教师休息室缺乏审美的布置总给我一种压抑的感觉，缺少审美的思考，太单调了。

欧恩斯坦喜欢在星期五和同事们出去喝酒。他喜欢一遍遍地看《教父》的电影。他喜欢海明威、约翰·斯坦贝克、达格·索尔斯塔和扬·夏莱斯塔。他期待儿子能长大到可以玩大富翁游戏的年纪，虽然他自己厌恶资本主义。他喜欢和我一起在早晨坐在厨房的桌旁边看报纸边喝咖啡。有时候我们也在我家过夜，但到了早晨他就会很焦躁，咖啡不对，只有冲泡的，不是现煮的；厕所是陌生的，去上班的路不一样，而且还更远一点儿。

他的胡子、头发和衣服总有一种柔软的乱蓬蓬的感觉。在学校的时候，他总在皮质凉鞋里穿棉袜。他家里的家具、窗帘和墙纸也有这种感觉。浴室里放肥皂的容器是一只半透明的青蛙，它的气味让我想起小时候在丽芙姨妈家闻到的气味。我可以待在这里，我也愿意待在这里，我能想象我余生都待在这里。

星期六我们有一整天的时间可以待在一起，我们在城市里散步，道路上已经有了圣诞节的装饰。欧恩斯坦说他终于教完了易卜生的那部《野鸭》。

"太难了，"他说，"但我们终于还是把它讲完了。我和他们一起庆祝了一下,我给他们带了马里兰饼干,这是他们赢得的。他们很有耐心。"

突然,他拉住我的手臂让我停下,让一个推婴儿车的女人过去。斯坦恩商场上方挂了几千个小灯。

是的,那很难。我也带着自己的班级读过《野鸭》,虽然这次我时不时地会被这个剧以及里面的人物感动,但距离把这种体会传达给15岁的学生们还相差着十万八千里。我对托勒夫说过——他一直把易卜生和《野鸭》捧得特别高——"你是我最好的,唯一的朋友",而托勒夫笑中有伤痛,说不管怎么样他为曾经有我这样一个朋友感到高兴。

欧恩斯坦和我走在斯杜广场圣诞节的各种装饰中,星星,灯光。

"我把它尽量简化了,"欧恩斯坦说,"然后我把它作为对自己的耐心的一次测试。"

我们顺着海关大街往青年广场走,时不时会牵一下手,但不会很长时间,总有一个人的手会很快放开。他戴着手套,我也戴着手套。欧恩斯坦拉了下我的手,然后松开,说:"这次乌尔里克和我一起过圣诞节,不过圣诞节第二天我可以和你一起过。"我说:"好,要是我没有别的计划的话。"

他把我拉过去,在海关大街闪光的红色爱心下抱住我,吻了一下。

"我……"他眯着眼睛看着我说。"可能有点爱上你了。"

广场的鹅卵石地面上摆着各种摊位,有卖水果蔬菜的,有卖各种首饰、腰带、围巾、丝巾和圣诞帽的,还有卖二手的黑胶和卡带的。这是一种喃喃低语中的平静,像是一直梦想的东西终于被肯定,被承认,幸福终于准备就位。一切的冷静和努力都可以停下来。

"爱。"欧恩斯坦又说了一次,好像是对自己说的,"我觉得我恋爱了。"

我们走进欧恩斯坦家门的时候,电话铃声正在响。欧恩斯坦刚想去接,就挂断了。公寓里空气有点闷,一直都是这样。

几个星期前,欧恩斯坦突然说:"我想要更多孩子。你不想要孩子吗?"他边往面包上放火腿片边说。

我的嗓子紧了紧,但什么都没说。那是我第四次睡在他家的清晨,他之前都很注意,会仔细地戴避孕套。

"不过我们的时间还很长,"他说,"等时机成熟吧。"我一下子想象到妈妈看到我夏天裙子下挺出的肚子的样子。

电话铃声又响了起来,这次他接了。

"什么?"欧恩斯坦说,"哦,不!好吧,好的。"

我听出来是乌尔里克的妈妈,肯定是出什么事了。

墙上用图钉固定着几幅儿童画,每个角有一个图钉,有一张画上少了一个,画的一角就翘了起来。画上画的都是房子、花朵、汽车和一匹马。

"好的好的,我马上就来。"欧恩斯坦说,"就这样。"

我在厨房的凳子上坐了下来,料理台上的一个角落里有点食物残留,可能是稀饭,几乎和木头融为一体了。

欧恩斯坦放下话筒,他过来坐在我对面。

"乌尔里克从树上摔下来了。"他说,"他现在在医院,有点脑震荡。"欧恩斯坦搬开桌上的糖罐和装纸巾的盒子,身体慢慢靠近,看着我。窗外刺眼的阳光照在屋顶,射入窗户,透过植物宽大的叶片,照着他的整张脸,他眯起了眼，没有对上我的眼神。他握住了我的手。

"今天晚上我不能去那个饭局了。"他说。

我的手不由自主地抽动了一下，从他手里抽了出来。我其实还是希望自己不要这样把手抽出来的。

"我必须过去的。"他说。我点了点头，有点凄惨地笑了笑。

他套上鞋子，走回到电话旁边拨了个号码。

"你还去吗？"他手里拿着电话问我。我摇了摇头。

"嗨，维嘉尔，"他对着话筒说，"今天晚上莫妮卡和我不能过去了。乌尔里克从树上摔下来了，现在在医院。哦，还好，不是太严重，现在看上去应该是有点脑震荡。"

他从走廊的墙壁上拿下车钥匙，没有提要送我回家。太阳已经要落山了，西边的天色是橘红色的。他的车停在玛丽达尔大街，他吻了我一下，说之后再给我打电话。

我回到福利德伦大街的家，开门，上楼。公寓里很暖和，有点闷，我打开窗户，让冷空气进来，系上垃圾袋，放在门外的楼梯边。

这不过是一顿和同事们的晚饭。不过如此。我们本来要以情侣身份去参加的，我令人可笑地期待着它。

我想到了乌尔里克，我能想象他头上有块大大的绷带。他们俩，欧恩斯坦和亚妮一起坐在他的床边。我想着在乌尔里克睡觉的时候，他们会聊点什么。乌尔里克，各种情况。基本上讲的都是乌尔里克的事情，他的成长，他怎么去适应生活的变化，以及父母新的男女朋友。或许欧恩斯坦会和她提到我。亚妮或许会说她觉得我们应该慢慢来，欧恩斯坦也同意这一点。他们在医院病房里的气氛很好，或许他不会告诉她关于我的事，他不觉得现在有这个必要说。那他们大概就会聊聊自己的关系，是什么地方出了问题，什么地方可以不那么处理。已经太晚了，或许他们也曾有过那么一点点怀疑，在医院的窗帘，金属，淡色的木质结构间飘荡。或许人们永远不会知道，是不是真的太晚了。

我开始四处给人打电话。

"我得找点事情做。"我说，"想一起喝个啤酒吗？或者我过来？"

妮娜说："我们有几个朋友过来吃饭，很轻松的那种，你直接过来吧！托勒夫也在！"

我到的时候，特鲁斯和托勒夫正在收拾盘子。妮娜挺着大肚子在厨房里，把薄荷叶装饰到六份甜点上。

"我们甜点还有很多。"她说，"索菲亚的老公得流感了，在家躺着。不过你先吃点炖菜吧。娜拉还没睡，你要过去和她打个招呼的话，她肯定会很高兴的。"

托勒夫给了我一个拥抱，然后我和桌边另外两个人打了招呼。我之前见过索菲亚，很明显她也怀孕了。妮娜说："我们俩的预产期只差两个星期！不过我的肚子有她两个那么大。"

另外一个女人叫卡莎，是瑞典人。

"这是我女朋友。"托勒夫，"刚刚开始。"

我转身看着他，脸上保持着微笑。他穿着白色的粗布衬衣，两手各托着一盘甜点。

我觉得托勒夫身上有种东西是大多数人都会讨厌的，不是因为我是个糟糕的人，才会这么觉得。但托勒夫不好的一面和别人不好的一面不一样，如果你退开一步看的话，这种不好并不是真的不好。这大概就是和托勒夫在一起的最大的挑战。我曾经觉得托勒夫的忧郁会让他像独狼一样过一阵子，甚至是一辈子，起码是会过一段时间吧。不过现在显然是我想错了。我又转身看向卡莎，漂亮，有点古怪，但还是很漂亮的。

"真好，"我说，"很高兴见到你。"

我从妮娜和特鲁斯家回来的时候，家里的电话应答机亮着，有两条消息。这让我很高兴，我觉得起码其中会有一条是欧恩斯坦的。第一条消息是安娜·洛维瑟的，特别长的一条留言。她现在在休一半的病假，安德烈亚斯和特蕾莎每天都去幼儿园，她孕吐得太厉害了，什么都不能留在身体里。她特别想念能穿着牛仔裤，喝酒喝到醉的日子。她问我们能不能找个晚上见个面，虽然一到9点她就累得不行了？

我忘记进去见娜拉了，等我想起来的时候已经来得太晚了，她已经睡着了，手指甲上涂着粉色的指甲油。

另外一通电话是妈妈打来的，她的声音穿透话筒，就好像直接站在我面前一样。莫妮卡，我是妈妈。希望你一切都好。我刚刚和爱丽瑟在电话里聊了很久，他们全家除了扬·奥拉夫都得了轮状病毒，不过现在情况还好。我没什么特别的事，就想问问你过得怎么样。再聊。嘀。我们距离彼此是那么遥远，从好多方面说都是这样。奥斯陆到弗莱德里克斯塔德的物理距离、时间距离，以及她留言之后过去的时间。还有我盘腿坐在地上，穿着衬衣和厚厚的皮靴子，眼睛下面粘着睫毛膏，而她那时坐在家里那把打电话的椅子上，现在已经躺在卧室的床上睡着了，身边就是爸爸。她是怎么看待她的小女儿的？妈妈的床头柜上有个会自己发光的数字闹钟，一张有填字游戏的报纸，老花眼镜。我已经过了30岁，没有孩子，会醉醺醺地一屁股坐在奥斯陆福利德伦大街公寓的地板上，而她有3个孩子，她把她们抚养长大，现在还有了4个外孙。

我想象着把弄脏的床单塞进洗衣机，然后躺下等着下一轮的到来，被一个尿床了的孩子叫醒，知道把一切处理好是你的责任。不过你知道这一切就是这样，没什么大不了。那些对大家应该做什么的固定规则，只要去做就好了。日复一日。

躺下来的时候，我的脑袋嗡嗡作响，黑暗中好像有无数的小光点在飞翔，我喝醉了。我本来想不要喝那么多久的。我在一根接一根地抽烟，自己的抽完了，把卡莎和特鲁斯的也抽完了。卡莎是学艺术史的，我当时为什么想要去学文学？起码，我并没有打算做一辈子的老师。卡莎的鼻梁上有道伤口，嘴巴很小，嘴唇有点厚，皮肤有点黑，头发很长，她很漂亮，有种热辣的美。她在一个艺术画廊做兼职。

我唯一记得妮娜说的话是：我们得找个大点的地方，现在的房子太小了，我都快疯了；还有那句：屋子里烟味太大了，你们能不能少抽点？

已经一点半了，我不明白为什么欧恩斯坦还没有打电话来。我躺在那里想象托勒夫和卡莎脱了衣服，一起躺在托勒夫的床上。我想象着卡莎的身体，屁股，胸，一切。

我从托勒夫那里搬走几个月之后，我去请求他和我复合。我搬走的时候圣诞节刚过，他对我说"你犯了个错误"，还有"我觉得我能给你好的人生"。我感觉困惑，里面包含着愤怒和同理心；好的人生，是的，他肯定是对的，或者说，我知道他说的是对的，但我想要的不是这样好的人生，起码那时候不想。之后我又和洛阿尔见了面，一起去了巴黎，然后又是大加纳利群岛，还有鲍勃。可现在呢？我想。或许是现在？或许时间到了？对托勒夫的幸福掌握那么大的权力，想想就令人满足。

克里斯汀和妮娜都从不同的角度想说服我不要再和洛阿尔见面了。何况洛阿尔现在所有的精力也都用在搬家到陶森的大房子里去，我的人生非常空虚，没有那些干扰的因素和情绪，干干净净。

我和妮娜出去喝了几杯啤酒，我们聊到了托勒夫。之后，我没有回家，而是去找他，零点的时候，我按了他家的门铃。他让我进去了，我站在走廊里，请求他重新接受我。

他隔着一段距离打量着我。

"是什么让你改变了主意。"他已经拉住了我的手，轻轻地抚摸着我的手臂，我只有一种感觉，我想和他做爱，越快越好。

在我最初做出决定并去迅速去执行的时候，这感觉是如此必要、如此强烈、如此奔放。在我完全表达出来之前，我甚至不知道自己有这样的感受，可在我表达的时候我真切地感受到了。我们躺在他的床上，身上穿着衣服，但脸贴着脸，对着彼此的嘴低声说着话。对他讲着悲伤和思念，让他明白我需要他。我说我考虑了很久他说的话，说他会给我好的人生。"其实那时候我心里就知道你说的是真的。"我说着说着便哭了。我讲起了洛阿尔，说自己是被强迫的，虽然没有用"受害者"这个词，但我言语中就是这个意思。我说："我不知道我的脑子在哪里，我不理解为什么自己会这么做，他比我大10岁，托勒夫，他不是什么好人。想想他对自己妻子做的事情。"

我让他的腿更靠近我的腿。

然后我们就做了,我的情绪太高涨,让托勒夫必须紧紧抱住我,让我平静下来,轻声说着"嘘,嘘"。

当这样的事情发生在一部电影或是一本书中的时候,毫无疑问分手是个错误,是大脑短路、疯狂或是精神问题——浪漫的那一种,一个和理智逻辑完全相反的决定,而之后主人公会清醒过来,回归那个所有人看来正确的决定,持续的,永恒的,无足轻重的,而电影和书就会在这个快乐的方向上结束了。

第二天早上有一种爱情的感觉,但托勒夫必须很早就走,他要去带一组学生。他吻了我,我想那是探索的、犹豫的方式。我几乎要哭出来:你必须相信这是行得通的。如果你不相信,这是不行的!他说:"冰箱里没什么东西,我回家的时候会买早饭。"然后他紧紧地拥抱了我,就像他不相信在他回来的时候我还会在一样。"再睡一会儿吧。"他说,"我真高兴你在这里。"

我没有再睡着。

厨房桌子上有面包,装在纸袋子里,差不多有一厘米都干巴了。我在托勒夫的橱柜里找了找,有树莓酱、可可粉、饼干,我在冰箱里找到了一小袋麦片,还有酸奶,我坐在桌边吃了早饭。每次窗外一辆车开过,厨房墙上的颜色就会变换一些,一种生命和世界是如此随机而又徒劳的感觉笼罩了我。我听到了声音,有人喊了几声,是对狗吗?凯文,凯文。大巴的声音,在按喇叭。我不开心,我很不安,并不是因为想念或是生气,只是空虚,我觉得我可以带着这种空虚生活一段时间,就像在日历上画上一个×,

让我把日历翻过去5个星期，6月2日。等到6月2日，我就可以允许自己对托勒夫说我错了，亲爱的，亲爱的，我很抱歉，这样不行，但我努力过了，我是真的努力了。

不能在这之前，在那之前我就要竭尽全力弥补，为了我曾经对他和将要对他做出的伤害。我把自己用过的盘子洗了，躺回到床上。我想如果没有人知道的话，这不会太糟糕，如果我能忍住不告诉任何人我是怎么打算的话。我向自己保证，我永远不把这件事情告诉别人，哪怕我真的需要这么做。情绪总是难以控制。

青涩的人

1994年5月

欧恩斯坦在上班的时候给我打电话,告诉我有个房屋中介打电话来说沃特大街的公寓有人竞价了。

"就是那个有浴缸、厨房很大的那间公寓,但有点吵。"他说,"他们出价610。"

"啊呀。"我说。

"我要不要出620?"他说。

"这得你自己决定。"我说。刚开始的时候我有种站在自己身体外的感觉,很开心地观察着一切,不过很快这种快乐让我不能好好思考,做出更多判断了。我面前的电脑屏幕亮了。我在写人寿保险,我想让那种人寿保险看上去很有吸引力,很必要。

我们星期四去看了两套房子,带乌尔里克一起去的,其中一个中介以为我是他妈妈,所以在他坐在沙发上唱饶舌的时候一直在看我。然后我就想到我们住在那里,他坐在沙发上唱饶舌,而我站在厨房挺着大肚子煎鱼条的样子,并不是特别糟糕的画面。一个卧室面积很大,走入式衣柜也很明亮,还有两个小卧室。后院也很大,有可以坐的地方,还有一些玩具。

我刚放下听筒,电话又响了,是洛阿尔。他说:"我是洛阿尔。"楼下街上有辆车莫名其妙地长按着喇叭,我努力想听清楚洛阿尔说了什么。他说他就在边上,是从电话亭里给我打的。

他先说了广告的事,说我是"迷人的、让人难以捉摸的女人"。

"我听不清楚你说了什么。"我说。

"我仔细想过了,把我的人生仔仔细细地想了一遍。"之后说的话我没听见。

我从座位上看着我的同事,他们的面前是电脑,咖啡杯,订书器,装着橡皮筋和曲别针的小盒子。海蒂和金,加布里埃拉和马丁。突然一切都变得那么陌生,这个人是关心我的吗?他会为我的事情感到高兴吗?如果遇到糟心事,他会支持我,陪我一起伤痛吗?

"我在外面,你必须得出来,要不然我就进去。"洛阿尔说,这种威胁让我全身的皮肤都抽紧了,然后一股热流涌起。

"我5分钟之后出来。"我说。

快要三年了,我都没想起过他。我看着屏幕上的文字:一起创造有意义的价值,还有生命的给予和失去。我已经不记得要写什么了。"哦,不,"我想,"不。"我想象着自己仿佛从一个包里面拿出一个一个的红酒杯,放进柜子里。我脑子里想起欧恩斯坦的姐姐,指甲钳,玩具火车,一本关于宇航员的书,一本关于恐龙的书,一本关于狗的书。乌尔里克的脚指甲总是有点儿黑,他会把甘草糖夹在脚趾间。有太多的东西应该放进爱情这个概念里面,那些自由的流动已经消失,轻飘飘的没有重量。我会时常觉得开心吗？我已经记不得上次我想和他上床是什么时候了，我记得在去维嘉尔和伊丽莎白家吃过晚饭之后，我跪在床前，在欧恩斯坦的旁边，努力想把他叫醒。欧恩斯坦也喝多了，他已经睡着了，根本叫不醒。那是我能记得的最后一次。

键盘旁边放着笔记本，上面写着"集中力量就能更强大"，还有一些头脑风暴时候写下的词：参与感、从属感、发展、安全感，还有"爱"，只是少写了一个字母，我把爱这个词拼错了。

"复印一下。"加布里埃拉说着拿起了一张纸。她左手戴着好几个闪闪放光的手镯。她慢慢地晃了晃手中的纸。她上衣的布料让我觉得不太舒服，几乎是透明的，密密麻麻的都是俄罗斯套娃，从远处看不清楚图案，凑近点就能看到她的内衣。金以前会笑话我把自己的桌子弄得那么乱。纸、空的烟盒。加布里埃拉复印的是哪张纸？和我有什么关系。

电话铃又响了。我接起来。是欧恩斯坦。

"那个买家把价格提到了630，"他说，"价格在3点之前有效。我们要不要报635？或者我们装作很有钱，报650？"

"可是不是另外一套更好吗？"我说。

"不是的，"欧恩斯坦说，"我们当时是觉得这套更好。"

"但它也更贵呀。"我说。

"是，但我们能负担得起的。"欧恩斯坦说，"维嘉尔说现在是买房子最好的时机，之后房价只会越来越高。我觉得我们可以报到650，看看会怎么样。限额差不多也就这样了。"

我说好的，让他来决定。

"我得去上课了。"欧恩斯坦说。

厕所镜子里照出的脸是一个不再年轻的年轻情人。洛阿尔说了什么我的颜色的话,我不是很确定他说的是我本身充满了色彩,还是我给他的生命带来了色彩。我今天刚好穿的鲜艳的毛衣,而且一个星期前刚去过理发店。

下楼的时候我脑子里出现了欧恩斯坦的脸。每层楼里,他的脸都冲着白色的墙壁,然后他的手,他的脚。他的笑容,如果他笑的话。乌尔里克。鼻涕,油腻的指印,沾着尿渍的内裤。慢慢会好的,有时候我能感觉到乌尔里克和我之间已经有了些许联系,他对我有一点儿依恋,这时候我会很感动,就好像我在一片荒原里走了太久,感受到的几乎是幸福。我想着不要,我决定我不要,我要坚持不要。不要。

边上有个矮个子穿着衬衣和灰色的外套。洛阿尔站在柏油路上,笑容灿烂地站在一个垃圾桶边。他上来就拉住我的胳膊,好像拉住一匹马的缰绳一样。他问我愿不愿意和他一起去哥本哈根,我身上没有任何一块肌肉能生出反抗他的意思。我只说了好。平滑的、沉稳的动作。我身边的城市、声音和运动没有任何抵抗,我感觉异常自由。前面有个女人牵着条牧羊犬,停下来闻了闻洛阿尔的鞋子。两个女人各自推着一辆婴儿车,一个穿着西服的男人从一辆出租车里走下来。非常轻松,是的,我会跟你走。

"我要和你一起过一辈子。"他几乎是在嘟囔着,就好像是一个小孩在表达自己迫不及待的需求。他说这话的时候好像这一切都是真实的,只不过在一年之后,这未必就还是真的,甚至在一个昼夜之后。不过他从前没有这么清楚和确定地说过这样的话。

"你得保证，你不要笑。"他说，"我又读了一遍弗吉尼亚·沃尔夫的书。那里的语言中超凡脱俗的美让我有了强烈的感悟，具体我只能之后再解释了。我意识到我的生活不能没有你。或者说，我不愿意失去这个机会，如果它还在的话。不要笑我。"

但是爱丽瑟昨天刚刚生下儿子，我明天要去医院看望她。

还有，我必须完成人寿保险的那篇稿子，还有一篇咸饼干的稿子，都是明天要交的。

万一我们在投标中成功了呢。

"我们现在就走。"他说，"需要的东西都可以再买。"他站在那里，就像是一段奇遇的证明，现实的场景。我想象自己在商店里从货架上拿包装好的内裤。一天一条，那要多少天呢？牙刷，止汗剂。无关家、关系、安全感、愿望和生孩子的梦想。我没有任何的责任。我想到欧恩斯坦希望我能给乌尔里克剪指甲，我能在他上完厕所之后给他擦屁股，去"管理"他，就像我少女时代在卡多的马厩看管马匹一样，打理它们的蹄子，梳它们的尾巴。卡多从前会说年轻女孩子的声音和安抚能让马感到很平静。"我自己看着你们也会平静下来。"他说话的时候眼神迷离，然后膝盖碰在一起。

但我还得去美妆店，我得有化妆品。拿上睫毛膏、腮红，让洛阿尔付钱，因为他坚持要这样。幸福？我必须有我需要的东西，我的衣服。我今天早上出门时厨房乱糟糟的，我得在欧恩斯坦回家之前收拾好。我要穿最好的内衣，蕾丝的内裤，蓝色的衬衣。然后我想起了要读的书，最近我都没读过什么书。洛阿尔想要来吻我。

"你知道我现在有同居的男朋友,还有继子吗?"我说,"你知道吗?我们马上要买房子了。"

他只是看着我,好像我说的这些事情和他一点儿关系都没有。

我说我不能就这样走掉,这不可能,因为我姐姐昨天刚生了孩子,我明天要去看她,还有乌尔里克马上要参加学校的演出了,虽然不是太重要的角色,他会扮演一个牵着玩具狗走过舞台的男人。

我说我得考虑几天。洛阿尔看着我,很平静,带着一种困惑的神色,好像他在想要用什么话来说服我,他觉得他是可以做到的。这不就是我这辈子一直在期望和梦想的成年人的生活吗?

"如果我和你去的话。"我说。

"那就太好了。"他说,但他说得太快,这种坚定让他的话变成了另外一种语言的行为,是目的,愿望,而不是承诺。但承诺又有多少意义呢?我对承诺没有多少尊重。绿灯亮了,学生,一个年迈的女人。我说我明天再给他打电话。这比立刻走要诚实很多,或者说懦弱得多。一切的可能性,一切的前提,我所有的思虑都在提醒我,我是有自己的想法的。如果现在就走,就像是被绑架一样,完全屈从于比我自己更大的力量。

昨天晚上妈妈打电话给我,告诉我爱丽瑟在奥斯陆生了,他们没来得及赶回弗莱德里克斯塔德的家。他们在克里斯汀和伊瓦尔家里参加一个晚上的派对,然后住在了那里,结果孩子当晚就发作了,宫缩发展得很快,所以他们不敢冒险开车回家,就去了奥斯陆的医院。

我那时候都不知道他们在奥斯陆。

"到医院的时候爱丽瑟都开了七指了。"妈妈说。

又是一个男孩,但妈妈说爱丽瑟电话里听上去挺开心的。在这长长的、沉重的孕期里,她的腿水肿,漏尿,我还期待着爱丽瑟因能有个女儿所绽放的笑容呢。

"你们过得怎么样?"妈妈问,"有什么情况吗?"

"还没有。"我说。

"别着急,"妈妈说,"该来的会来的。问欧恩斯坦好。"

阳光透过百叶窗闪闪发光。加布里埃拉的头发还有桌子都闪闪发光。我打电话给医院找爱丽瑟。她来接了电话,我说我特别想去看看她还有小家伙,今天就想去,等不及了。虽然她和妈妈说明天更合适,但听到我这么说,她还是说我可以今天去。能够听出来,她很开心我如此迫不及待。

"那我就和克里斯汀说她也可以过来吧。"爱丽瑟说,"克里斯汀也急切地想来看孩子,你能和她约一下一起来吗?"

"他真的很漂亮,很漂亮,"她说,"是尤纳斯和斯蒂安的混合体。他看上去很聪明,就好像什么都知道。"

欧恩斯坦四点半之前又打来了电话。

"我们没买到。"他说。

这时候我确实是失望的,起码不是松了一口气的感觉。

"另外那家报了660,我觉得这还没到他的上限。那房子也没有那么好。周四还有几套房子可以看,我们很快会找到的。"

"那我们晚餐时在家里见吗?"我说,"我要去医院看看爱丽瑟。"

"我以为我们是明天一起去?"欧恩斯坦说。

"我们明天也可以再一起去，如果你想的话。"我说，"我今天就是先去晃一下。"

我挂断了电话。百叶窗后面的公园里长了一排白桦树，那后面就是广阔的世界，特别开阔。我所有想要的都可以被展示，一个简单的把手，拉出来替换。就这样被替换。出去，就可以。没有什么能把我和欧恩斯坦绑在一起，没有什么。我的子宫干干净净，空空荡荡。距离我自然流产已经4个月了。我想着我衣柜里的衣服，浴室里的用品，四处散落的书，在半个小时里匆忙被收拾起来。我想着去看房，去竞价，所有这些发生了没发生的事情是多么的幸运。我们还没有开始一起还贷款。我还没有见过他的爸爸。我的家具都留在爸爸妈妈家的谷仓里，我的东西不那么多。

我和托勒夫刚搬到一起住的时候，有一次我在街上碰到了安和洛阿尔。洛阿尔停下来给我们互相做了介绍。洛阿尔说的关于我的事，我的毕业论文，安显然是一个耳朵进一个耳朵出了。"你的论文怎么样了？快完成了吗？"他问我。我摊开手，用一种很奇怪的方式，我想表示论文越来越长了。"我很期待读到它。"洛阿尔说。安拉了拉洛阿尔的手臂。她用很迫切的语气，就像一个小女孩一样，或者我才是那个小女孩，说："你知道，我要上厕所。"她转头四处看着，好像会有一个厕所突然跑出来一样。洛阿尔轻松地笑着，好像我们俩都是小女孩一样。然后安停下来看了我几秒钟，又突然慌张起来。洛阿尔笑了出来，带她去找厕所了。

"我们没带孩子。"他转身要走的时候说，"我们享受着自由。"

他的女儿们现在应该多大了？

洛阿尔和安在博格斯塔路那边不见了,他穿着黑色的大衣,她穿着米色的风衣。那天是雪后的晴天,四处都闪闪发光。残雪已经变得透明,上面撒着防滑的小石子。有种失望的感觉,混合着轻松和羞耻。她的丝袜也闪着光,还有耳环,下嘴唇上有点唾液。她是多么不知羞耻啊。他就这样和她生活了那么多年。安早上起床去厕所,会开着门小便。如果安在开车旅行的时候要小便,他就只能停下车。虽然他很不开心,但还是保持着温柔。她蹲下身子,眼睛看着里面。她怀孕的时候,有一次咳嗽,结果把尿尿在了身上。这是洛阿尔告诉我的。他说这件事情的时候,他用手遮住脸,拇指和食指捏着自己的眉心,这是他标志性的动作。他在感触颇多的时候会做出这个动作。

"她当时怀着索菲亚。"他说,"我们当时准备去看电影,后来我们只能回家了。"

我知道很多安的事情,她就像是个被宠坏的小女孩,一个霸道的大姐姐,一个粗心的母亲。洛阿尔是那么无助,他毫无防备。

"我得和你说两句。"金说,都快要喊了。脸颊有点刺痛,舌头麻木着,但我开口说了话,想了想,又说了。清算,我想。现在只有清算了。或许不是那么容易的话会好一点儿。我们开始限制乌尔里克在晚上喝水的量,让他不要尿床。是的,我们。我们邀请了欧恩斯坦的朋友,还有我的朋友在国庆节那天来我们家吃早饭,现在我们得取消了。最坏也就这样了。

"你难过吗?"欧恩斯坦问,一遍又一遍。我之前怀孕了,但流产了,然后我们在漫长的竞价之后失去了我们梦想的房子。在那之后,我们又与更多套我们想要的房子失之交臂，我已经习惯了。我也习惯了一个月接一个月的例假。我说我是有点失望。"我理解。"他说。欧恩斯坦在有什么事情发生的时候，总是会一直看着我。

刚三个星期我就知道我怀孕了，我上街，上班，早晨起床，怀孕。那是1月寒冷的3个星期。我回到家，欧恩斯坦亲吻了我的肚子。

这就好像我总是在和自己希望的东西对抗一样，每次失望总是相伴着松一口气的感觉，推迟，再思考。他呼吸的气息，他拉起牛仔裤总是高那么一点点。乌尔里克在的时候哪里都是他，声音，气味，还有走廊里欧恩斯坦去滑雪的照片上。克里斯汀特别喜欢欧恩斯坦，他也喜欢克里斯汀和伊瓦尔，不过这不是我的责任。乌尔里克和纳尔差不多大，很喜欢在一起玩，我们两家人一起去过小木屋。晚上在双层床上，我对欧恩斯坦说：我爱你。他抱住我很久，然后说"我也爱你。"窗户上有纱窗，也有格子窗帘。那里有森林和沼泽的气味，还有欧恩斯坦的气味。我想在我和他说"我爱你"之间那几秒钟的停顿中，我并没有感到不安，我有安全感。

星期天的早晨欧恩斯坦宿醉了，他和伊瓦尔前一天喝了威士忌，他吃了两颗止痛药，然后我们一起去散步了。乌尔里克看着他，我就说，爸爸有点头疼。

"吞一颗药能有什么帮助呢？"乌尔里克说。我解释说血液会将镇痛的药物通过血管输送到疼痛的地方去。

"那它也能治好悲伤吗？"乌尔里克问。克里斯汀、欧恩斯坦和我都笑了。

在我放弃教职去做文案写手的时候，我从欧恩斯坦那知道了如果我们最初认识的时候我就在广告业，他是不会爱上我的。但他现在能接受了。虽然这也让他意识到我们俩的价值观还是很不一样的。他是真的想和我一起要个孩子吗？很显然，他是想的。

"我没想到你会去广告业，那时候我都不相信。"

我很擅长这个，擅长写标题，写出来的话很有说服力，也能找到不太寻常的总结的句子，但也不太松垮。不太讽刺，不太假大空，完美的平衡，我需要用点力气，但也不是太多。

"你很会写东西。"欧恩斯坦说，"你不想试试写本小说吗？或者是给报纸写文章，专栏？或者写点你感兴趣的东西？"

"果酱，肥皂，养老保险，你对这些感兴趣？"他说，不过他又笑了笑，好像想减轻一点儿他说话的冲击力，如果我觉得这是侮辱的话。

"让皮肤更柔软，"他说，"皮肤不干燥。"

图片其实总是能比文字表达更多内容。而那些照片都大同小异，女人和孩子，还有一个金色头发的父亲沐浴在阳光下。沐浴在夏日花朵和纯洁的田园诗中。

回家的路上，别人的生活看上去都很容易，他们坐城铁，手里拿着购物袋和自己的包，一天天地完成简单的生活任务，可我永远不想和他们交换，永远不想。

我特别想打电话给托勒夫。他是我认识的最聪明的人。卡莎和托勒夫去年生了个儿子，叫西古德。托勒夫永远那么善解人意，宽容，如果他鼓励我留在欧恩斯坦身边，那不听他的话就会让人害怕。毫无疑问，他肯定是对的。

托勒夫称呼我们第一次分手后又在一起的那几个星期为"奖励时间"。有点讽刺的意思，不过他可以这么干。但那次他说:"在奖励时间里我过得很好,我知道那是有时限的,也准备好要被分手,我其实是放松的。"

他抱着西古德,给他穿衣服,我们是在咖啡店见的面。看着他把孩子的小手塞进紫色的小外套感觉很奇怪。欧恩斯坦和我一直努力想要小孩,这让我对孩子有了新的看法。

"你知道我们会分手吗?"托勒夫点了点头,然后把帽子套在了西古德光秃秃的大脑袋上。那让我感到很受伤。因为我努力试了。

"但我不知道!"我说。

欧恩斯坦和乌尔里克还没回家。厨房里的桌子上放着早餐留下的脏盘子,每天都是这样,这里一直就是这样。我现在看看能忍受厨房的格子窗帘,不过我想,它们肯定不会在新的公寓出现的。

我把杯子和盘子放进洗碗机。

我想着欧恩斯坦是怎么看待我的,他接受我的一切,因为那就是我,因为他爱我,我们想要个孩子。他喜欢我偷穿他的睡裤,清晨光腿套上它走进厨房。他喜欢我用特定的方式擦干厨房的桌面,又快又马虎,地上和厨房桌面上还留着面包屑,还有我洗抹布也和平常的方法很不一样。他接受我在周末带乌尔里克之后会累到不行,需要鼓励和赞美,我会因为不知道拿自己的生活怎么办,觉得自己做了很多错的选择而突然崩溃。

因为在我用开玩笑的口气和欧恩斯坦说想做他女朋友的时候他犹豫了,所以我接受了他公寓里所有的松木家具和过于甜美的窗帘。"这有点复杂,"他说,"我们是同事。"我说:"如果我是你学生,那才叫复杂。"那个时候我并没有和他说过洛阿尔的事。

欧恩斯坦曾经说过："我们相遇的时候，你看到的是我绝情的一面。我从来没觉得自己特别吸引人，可突然有两个这么好的女人在排着队想得到我，那个时候我甚至不知道我和亚妮是不是已经算结束了。那件事情我处理得很不好。我太轻率了，只想着自己。"

是的。在那之后，我试着回头看那些友好的关系和善意的微笑。但是，在他没有那种轻率和绝情之后，好像什么东西被丢失了一样。

门开了，是欧恩斯坦和乌尔里克，他们嘴里发出火车头的声音，带着踢足球的装备走进走廊。脚上是魔术贴的鞋子。欧恩斯坦走过来亲了我一下。他经常会问："今天在广告业的日子怎么样啊？"不过今天他没有这么说。"没买到那间公寓真糟糕。"

乌尔里克过来拉我的手臂，说他到下场比赛前都要做足球队的队长。乌尔里克看着我的时候，整张脸都挂满了笑容。他喜欢我。

其实，所有我给欧恩斯坦展示的东西都是欺骗，所有那些我展示出来的家庭的一面。我装作喜欢和乌尔里克一起搭乐高，可我不喜欢，我这么做的时候觉得无聊死了，我不喜欢在厨房里做夜宵吃的鸡蛋饼，热可可，不喜欢把可可粉和牛奶混合在一起。我想和洛阿尔一起去哥本哈根，去巴黎，在餐厅里吃饭。

欧恩斯坦切开一袋肉肠，把锅放在炉子上。走廊上的墙上挂着一张欧恩斯坦的照片，他穿着滑雪服在滑雪。我也喜欢滑雪，也愿意跟他一起去，但是他的表情里有种自我满足和自由，感觉那是好像很容易妥协的男人样子。很显然他会为了我放慢自己的节奏。所以在他问我喜不喜欢滑雪的时候，我感觉有种撕裂的感觉，会被看穿我其实和我显示出来的样子很不一样。

房间里充满了煎香肠的气味。乌尔里克坐在厨房的桌子旁边做功课，他握笔的姿势不对，不过欧恩斯坦已经放弃纠正他了。我走过去问他在做什么。

"我在写名词。"他告诉我说，"就是东西的名字，然后我们要把它们画出来。"

我看到乌尔里克用彩笔画出来的图案，简单的团在一起的图形，下面写着一些单词——汽车、太空船、牛仔和枪。

"我在班里是最差的男孩。"乌尔里克说着，抬头看了看欧恩斯坦，又看了看我。从他的声音里完全听不出来他的感情，对于他自己在班级里最差这种事情究竟有什么感觉。

"总有人会是最后一名的。"欧恩斯坦说。他把香肠放到了一个盘子里。

我觉得很困难的一件事情，是欧恩斯坦和乌尔里克身上的气味一模一样。首先是欧恩斯坦用的洗衣粉，还有因为厨房里没有排风扇，他们身上都沾染了食物的气味，还有欧恩斯坦身上男人的气味和乌尔里克身上孩子的气味会互相影响，就好像小男孩身上有种胡子、汗水和森林的气味，而欧恩斯坦有一丝乌尔里克的气味：鱼泥、牛奶和脏内裤。

"我不会阅读。"乌尔里克刚开始上学的时候说，"我不会写字母。所有人都会，只有我不会。"

还有简单的算术题——12减9："我不知道。我想不出来。"

乌尔里克在演出里有个无足轻重的角色，基本就是个道具。欧恩斯坦经常说："没有人能够样样都好。"但看起来乌尔里克好像什么都不好，好像他没办法振作精神，没有动力，没有行动。

有时候我觉得从一种特殊的角度，我是理解他的。他会跌跌撞撞地低头走向我，到我怀里来。他是个小小的人，前面的人生还很长，他必须相信好的事情是会发生的，我觉得我对这种相信是有责任的。

大概在我12岁的时候，爸爸想在大家一起去小木屋的时候叫上哈尔沃一起去兰腾，那次只有爱丽瑟不去。但是哈尔沃也不想去。丽芙姨妈和哈尔沃从奥斯陆坐大巴过来，爸爸在开车送妈妈、克里斯汀和我去小木屋之后再开车去接他们。在回家的路上，我坐在丽芙姨妈的腿上一直到了滑雪的地方，这样爸爸就不用再开一趟了。

"我觉得你应该一起去，哈尔沃。"妈妈说，"彼得叔叔没有儿子，身边只有女孩子。"

但是哈尔沃头痛加脚痛，只想躺在床上看漫画。

最后丽芙姨妈只能说："哈尔沃，真拿你没办法了吗？"不是生气，但是她好像放弃了，他就是这么古怪，就在那一刻她放弃了，在那之后她可能不会一直追着他做作业，在天气好的时候逼迫他出门去。前一天晚上我们一起玩了大富翁的游戏，我赢了。哈尔沃输了，很输不起的样子。他得到了市政厅，但居然没有在有机会的时候买下乌勒沃那里的花园洋房，那绝对不是太小气就是太蠢。

很快爸爸知道他得找别的人一起。克里斯汀来例假了，躺在床上抱着丽芙姨妈给她准备的热水袋。然后就是我。我摇着头，打着哈欠。那个时候我觉得拒绝这件事对我的生命非常重要，因为那样可以让他失望，虽然那个时候我还不明白那是什么。我觉得我们所有人都很可悲，我对所有人都充满愤怒，包括我自己。

"那就我和你去吧。"最后，丽芙姨妈说，"我也可以消化一下昨天吃下的那些奶油米糊。"

欧恩斯坦是在很动荡的环境里长大的。他会用旧盘子吃饭。现在我做事也越来越像欧恩斯坦了——我会拿水冲一下盘子再放进洗碗机，用特定的方式切面包：我已经习惯了他自己做的面包。柜子里放着一袋婴儿衣服，那是我在怀孕的时候买的，因为不知道孩子的性别，所以买的衣服颜色都是中性的。如果我要搬家，我不能把它留下，也不能把它带走。还有那个假阳具，我买它的时候，所有的欲望都集中在一个人的身上：欧恩斯坦。我带着它回家，激动万分，好像完全进入了另外一个世界。我曾经和他在极其私密的时候一起用过——任何人都不应该知道这件事的——虽然我告诉了妮娜——我能把它带走吗？或者把它留在欧恩斯坦这里，或者扔掉？把它扔掉感觉太戏剧化了。

欧恩斯坦问起爱丽瑟的孩子，身高体重，喝奶的情况。乌尔里克匆忙去吃饭了，手肘沾到了番茄酱，但我什么事情都做不了，而且其实我也不在意。这就好像坐在一团棉花里面看着另外两个人在做的事情。欧恩斯坦在喝水，整个手握住水杯，头微微后仰，喉结上下滚动了一下，他把整杯水喝完了。他们经常做的事情，我并不参与，或者我从来没参与，永远也不会参与。那是完全不同的一种担心。那是不会被困在一个地方，被消除或确认的担忧，对此一点儿办法都没有。如果我和欧恩斯坦一起生了个孩子，那一切都会保持这个样子了。我觉得我能看到，也能理解乌尔里克在这个世界的孤单，或许永远都不能自立，这只是我的自寻烦恼。如果我和欧恩斯坦一起生个孩子，我的麻烦会更大。

"看到爱丽瑟的孩子，你觉得难过吗？"欧恩斯坦问。

我使劲摇了摇头。

"你要这么想其实也不奇怪的。"他说，"毕竟你自己一直那么想要孩子。"

我解释那是不同的两件事，欧恩斯坦看上去理解了我的意思，只要我向他解释，他几乎一直都会明白我的意思。

爱丽瑟第三次怀孕的时候，她对妈妈和我半开玩笑地说，她是多么多么想要个女孩，要是再生个男孩怎么办。我们那时候坐在爱丽瑟和扬·奥拉夫家的阳台上。

"我没有足够的母爱再要一个儿子了。"爱丽瑟说。

"啊，不可能的，"妈妈说，"你的爱可多了，再有一个也够用。"

尤纳斯和斯蒂安在草坪上拿着自己的剑跑来跑去，无法无天，就好像妈妈在说："要是你能那么爱那边那两个，那你的爱一定是无限的。"不过，爱丽瑟会不会偶尔也会怀疑，自己是不是真的爱着他们呢？

我第一次看到乌尔里克坐在地上穿足球袜和球鞋的时候，就会产生一种每次我看到他，和他相处时生出的温柔感。我那么喜欢欧恩斯坦，我也喜欢所有和他有关的东西，没有风格的家具，不同的杯子，他的字迹，厕所里酿啤酒的设备，还有乌尔里克。在我感到那一刻温柔的时候，我好想告诉欧恩斯坦，告诉爱丽瑟，越快越好。我给爱丽瑟打电话，和她说这种喜欢已经发展成了别的东西，或许是一种爱吧。爱丽瑟的反应好像是一个母亲把自己孩子成功养大了。然后我给她打电话，聊乌尔里克说的话，做的事情。然后我就怀孕了。爱丽瑟听完在电话里哭了。妈妈听到消息没有哭，好像是在担心我高兴得太早了。时间过得那么慢，我看着书里面胎儿发育的照片。

"天哪，他已经有了鼻子了。"我说。欧恩斯坦也那么开心，他想和我做爱，很舒缓的那种。我也想和他做爱，但是我的脑子在别的地方，不知道在哪里。欧恩斯坦的呼吸里有金属和煮土豆的气味，手上有胶水和梅子的气味。每天早上我能闻到陌生的气味，走廊上的气味是陌生的，欧恩斯坦的一个勺子放到嘴里味道也不一样了，还有冰箱里的芝士味道。我在镜子里的样子也变得陌生了，腋下的气味也不一样了。

树上的叶子已经发芽了。学校的乐团在为了5月17日的国庆节训练，他们吹出来的音乐真的不尽如人意。他们冲着我的方向过来了，幸好公交车来了，我才躲开。到乌勒沃医院的时候，距离我和克里斯汀约的时间还有半个小时。我在店里买了一件垫着纸板的浅蓝色的婴儿服，还有一本平装版的《英国病人》，虽然我不确定爱丽瑟会不会去读它。我觉得她如果有时间认真读下去，她会喜欢的。我还买了一盒巧克力和一包烟，我知道自己会崩溃，我觉得是这样。我在接待处灰色走廊的咖啡厅那边喝了杯咖啡，和穿着医院的病号服的病人们一起。我和克里斯汀约在那里见面。她剪了齐刘海，我不确定这是不是适合她。

因为趾骨分离，爱丽瑟挂着拐杖慢慢地顺着走廊走了过来。扬·奥拉夫推着婴儿摇篮车走在她身旁。她看到我们笑得很灿烂："看来我就适合做男孩的妈妈。"

我们坐在休息区的沙发上，我抱着孩子。他有点重，没有发出声音。他的头发在脑袋上长成一个 V 字形，眼睛缓缓地看来看去。

"嗨，"我说，"亲爱的。"

"我们这回生了个首都公民。"扬·奥拉夫说。

我把他交给克里斯汀，她早把手张开了。

"啊，我也想再生一个了。"她说，"你闻起来真香。"

"他很机灵呢。"爱丽瑟说。

她靠在克里斯汀身旁，带着微笑看着婴儿。

"我们想叫他松德勒，"她说，"你们觉得怎么样？"

"非常好。"我们两人几乎异口同声地说。

宝宝慢慢地摇动了自己的两只手，手指几乎对在一起，然后分开。很慢的动作。我看见扬·奥拉夫望着自己最小的儿子做这样的动作，然后说："他看上去就像是海里的生物，海星或者水母。"

我不太了解扬·奥拉夫。我想象在扬·奥拉夫说话的时候，爱丽瑟经常会有很多抵触情绪，或是不耐烦的样子，就好像希望什么事情能发生，可以吸引他的注意力，展示点别的什么，她知道那是存在的，她是见过的，就好像她屏住呼吸的样子。

在扬·奥拉夫和他父亲一起经营的牙医诊所，我有一次见到扬·奥拉夫让一个尖叫着的少女安静下来。我在那里没什么事情，起码是在治疗室里，不过前台的古尼拉让我进去找他，我要把帮爱丽瑟去商店换来的一双鞋给他带过去。所以我就站在旁边观察他和他的病人，是古尼拉让我进去的，那我待在旁边应该没关系。那个小女孩又闹了起来，不过我觉得她的焦虑表演成分更大一点儿。不过扬·奥拉夫很耐心，带着一点儿幽默感，还有一点儿权威感，我从来没有见过他这一面。他和爱丽瑟或是孩子们在一起时从来没有表现出这个样子。

"你得答应我一件事情,"他说,"你要开始用漱口水了,这对我们非常重要。你将来不会后悔的。你已经开始和男孩子约会了吗?还没有啊。但也不会很久了。要我说,你总希望自己有一口漂亮的牙齿吧?"

扬·奥拉夫终于要走了。他站起身,准备回家去陪尤纳斯和斯蒂安,他们俩自己在家,晚上吃冷冻比萨。他一出门我就赶紧说:"我有事和你们说。"

然后我就和他们说了要发生的事情,爱丽瑟看上去完全不敢置信。她说:"你怎么能这样?不要去。你不能去。"她边说边把孩子从一只手换到另外一只手。她说我必须得赶紧怀上孩子,这是我最后的机会了。

"你已经34岁了。"她说。

但是她已经41岁了,还刚刚生了孩子。爱丽瑟说话的时候好像被那种自动驾驶程序控制了一样,只会从老观念出发,她从来不会对它们提出问题,不管是因为她不愿意,还是她不觉得自己应该这么做。在她指手画脚的目光背后可能也涌动着想象和好奇:和扬·奥拉夫之外的男人上床?重新开始?做点别的事情?不用毛巾把餐具擦得闪闪发光?不需要在房间里把盆栽的枯叶剪掉,不用给扬·奥拉夫折叠内裤。不需要在生活已经被孩子充满的时候要三胎。

"可是如果不再想和他做爱了怎么办?"我说。爱丽瑟说不能只想着自己,可这简直荒谬。难道和欧恩斯坦做爱、怀孕是一个需要自我牺牲的项目吗?为了他?为了孩子?难道不是纯粹为了自己才要孩子的吗?

爱丽瑟叹了一口气,在凳子上换了个姿势,脸上露出痛苦的表情。她低声说她生产的时候有点撕裂,下面缝了针。我看出来她现在没什么精神来说服我。很显然,她觉得,对我们所有人来说这都不是什么好的人生抉择。我能想象她说:"这不具有代表性。生孩子包含的比这些的意义大得多。"她的手臂会断断续续地摆动,就像是在搬砖一样。这不具有代表性。

现在她坐在那里,嘴贴着孩子的太阳穴。

"伊瓦尔和我试了差不多快一年才怀上纳尔的。"克里斯汀说,"差点就太晚了。"

"我是不可能和洛阿尔生孩子的。"我说,提高了声音。我的姐姐正坐在这里,刚刚生了孩子。

"那你不要孩子了吗?"克里斯汀说。

"难道一定要孩子吗?"我说,"没有孩子难道就不能好好过日子了吗?"一片寂静。

"当然。"克里斯汀说。我知道她们都不觉得我的生活和好好过日子有什么关系,所以都想劝我不要放弃要孩子。

"我只是很担心将来你会后悔。"爱丽瑟说。

我深吸了一口气。心烦意乱。我慢慢呼出气,放下心,沉入只有洛阿尔和我两个人的幸福世界。

"你要在医院里住多久?"克里斯汀说。

"扬·奥拉夫明天带着孩子再来,可能那时候我们就可以一起回家了。不过星期三或者星期四的可能性更大。"爱丽瑟说。

孩子还醒着,到现在也没发出一点儿声音。

"如果需要地方过夜的话,和我说。"克里斯汀说。

后来我和克里斯汀一起站在医院的吸烟区抽烟,我滔滔不绝地说着。"我该怎么做啊?"我说,"我该做什么?"

"在洛阿尔给你打电话之前,你没有这种感觉的,对吗?"克里斯汀说。

"有的,其实我有的。"我说,"我只是尽我所能地在压抑。"

她的刘海不适合她。一辆救护车从我们身边开过,没有闪灯。

"我真的是很喜欢欧恩斯坦这个人的。"她说。

"是的,"我抱怨道,"我也这么觉得,我是很喜欢他的!"

克里斯汀的脸皱在一起,混合着温柔和犹豫。

"我觉得,该怎么选择是显而易见的。"她说,"而且纳尔和乌尔里克两个孩子非常合得来。"

我们在医院大门分开。克里斯汀拥抱了我,告诉我如果需要找人聊聊尽管给他们打电话。然后她走了。

我筋疲力尽,但又好像充满了活力。我对爱丽瑟很生气,几乎想要哭出来。就因为从一些陈旧的所谓真理,不考虑快乐的道德出发,她就得出结论说我在犯错,做了错事,我就是错的。她简化了我的整个灵魂,把感觉、激情、爱、困惑都一样样拿走,最后只剩下良心的愧疚。就这样,莫妮卡,你现在就自由了,你现在就可以留在欧恩斯坦身边。记住爱,它有那么多,欧恩斯坦会给你一段美好的人生。然后我会有一个失去活力和激情的房间,永远的。我一次次回到欧恩斯坦的家,把外套挂在挂钩上,在浴室刷牙,爬上床,等着欧恩斯坦带着无限的爱和耐心爬上床,努力让我怀孕。欧恩斯坦没有什么问题。他会正常勃起,每次都会射,他从来不会有挫败感,在我觉得我遇到生活中的什么困难的时候,他总是可以理解我。我沿着教堂那条路往下走,头顶高高的枫树上已经挂满了千万的树芽,路上的车不多。34岁,没有孩子,我恐怕这辈子都不会有孩子了。

乌尔里克睡了之后,欧恩斯坦走进了厨房,我正在努力拯救我的荷包蛋,我好像油温弄得太高了。我饿死了。头脑有点不清醒,或者说我就不适合做饭,大概也不适合做妈妈。我拿铲子扒拉鸡蛋,欧恩斯坦说:"你这样会把不粘锅的涂层弄坏的。"

"啊?"

"不粘锅的涂层。"他说。然后他过来抱住我,吻了我一下。

他总是这样和我说事情的,从来不会很凶、很生气,只是很友善地和我讲。"你有心事。"他说。我有一种一下子被看穿了的感觉。好像要融化了。我转过身,他抱住了我。

但也就是这样而已。他抱着我,我站着,手里拿着锅铲。

然后继续煎那个鸡蛋。木橱柜总是油乎乎的,料理台和冰箱里总是留着黏稠的酱汁、油和调料的污渍。

12月,欧恩斯坦在厨房的窗户上挂上了圣诞星,他和乌尔里克一起用卫生纸筒和棉花做了白胡子小人偶。我曾经和欧恩斯坦说过:"你的面包毁掉了我的早晨,它一下子就会碎掉,都没办法切成均匀的面包片!"他只是看着我,我忽然有一种自己变得很渺小,那么不讲道理的感觉。我无法解释,但我知道他原谅了我,接受了真正的我。

"我烤面包的技术在进步中。"欧恩斯坦说。然后他会搂住我说:"请你包涵啊。"但是他真正的意思是:我是包容你的,我永远都会这么对你。

我想,我并不需要那么做。这就好像我第一次真的想到了这种可能性。我不需要离开欧恩斯坦和洛阿尔在一起,哪怕我有这个机会。我也可以选择留下来,留在这里,这里有未来的愿景:搬到一间大一点儿的公寓,一个属于我自己的地方,生孩子,我的孩子。乌尔里克的弟弟或是妹妹。做那些我认识的大多数人都做过的事情:把孩子抱在肩膀上来来回回地走,用碘伏擦拭肚脐眼的地方,直到脐带剩下的那一点儿脱落。但是有了这个想法,到真正做出这个决定还有很远的距离。

洛阿尔站在街上,他看着我说:"没有你我活不下去。"我在想什么,难道他会死吗?我难道觉得这是真的?我其实不相信这是真的,只不过我害怕承认这不是真的,这就像我匆忙做出决定,只是因为我不想想明白,所以就匆忙相信他说的话。

❧ 一时一地 ❧

1995年9月

  我一手拎着要给图伦的炭笔的袋子,一手拿着酒类专门商店的袋子从安德沃商场走出来,穿过大广场走到阳光下。现在阳光下和阴影处的温差太大了,冷和热都能让人感到惊讶。我往有轨电车的方向看,突然看到了欧恩斯坦,他把胡子刮干净了,就站在格拉斯商场的旋转门前。他穿着防风外套,那件有帽子的绿色外套。天空湛蓝,树上的叶子已经开始变黄了。

  那一刻,他身体突然颤动了一下,我知道那一刻他是想走的,不要和我说话,他的目光落在离我很远的地方。有人在喂鸽子,有人在卖花。有轨电车顺着它的轨道开了过来,我们站在建筑物和有轨电车的中间。突然他心里的什么东西放松了,冲着我走过来,给了我一个拥抱,用没有胡子的脸贴了贴我的脸。他身上没有什么悲伤或是痛苦,一切都已经被代谢掉了,他将生活中和我有关的内容都代谢掉了,他的生活已经不同了。不,只有我从他的生活中出去了,在我们相遇之前他拥有的,还一直会在那里,需要改变一切的只有我,在我搬出去的时候,一切都被改变了。欧恩斯坦和他的生活没有怎么变动,只是我走进去了,然后又消失了。稳如山川，他的眉毛架在鼻子上面，只是他的胡子被刮掉了。那么多年，他的胡子一直隐藏了他的好容貌。

"我们一起喝杯咖啡吧？"我说，"你有时间和我喝杯咖啡吗？你愿意吗？"

主教堂门前的树上有一些叶子已经换了。他是很想和我一起喝个咖啡的，只是他和乌尔里克约好了要去买滑雪板。然后呢？什么都没有了。他只是说："莫妮卡，很高兴见到你。"

"乌尔里克已经能自己坐有轨电车啦！"我说，"给乌尔里克带个好呀！"

"我会的。"欧恩斯坦说。感觉我展开了整个身体和所有的意识：我现在如此地接近你。他看着我，他看我的样子仿佛我是一个搞砸了自己的生日需要人安慰的小孩子。可惜，没有办法，这个孩子无法被安慰，无法被拯救。他继续往格兰森的方向去了，绝望如洪水一样穿透我的身体，一波又一波。

6月，当我听到金要为他和赫莱娜15周年结婚纪念日办个大派对的消息的时候，我想带洛阿尔去。

"我们是1980年8月结的婚，不过我们打算9月再办派对，那时候大家都已经休完假回来了。我们准备邀请50个人。"金说。

洛阿尔和我需要一起做点什么。我们从来不一起见其他人。金是在夏天前某个星期五晚上大家喝啤酒的时候说起这件事情的。那个时候，洛阿尔带着最小的女儿去看电影了，我没有什么别的事情做才去的。他们说很难得能看到我。我大多数时间都和洛阿尔在一起，和欧恩斯坦分开后的这一年,我一直都是这样。

"我得说这是很美好的15年,"金说,"我期待着下一个15年。周末我就给你们发请柬。"金用自己的火柴点了烟,他已经连着抽了两根了,烟盒里只剩下了三根。我打开烟盒,又关上了。他说:"我推荐大家结婚啊。"

"我不知道对我们来说这是不是最明智的事情。"我说,"不过恭喜你们,15年好久,真好。"

然后我带着和他结婚的蠢念头去了洛阿尔家,好像金说的话真是什么金玉良言一样。要是我求婚会怎么样?我边走边想,穿过了王宫花园,往坡上走到格伦大街洛阿尔的小公寓。洛阿尔正在浴室里漱口,他吐出漱口水说:"我和蒂拉真应该一起做点什么。"他告诉我他们看了什么电影,那是蒂拉选的——《廊桥遗梦》。

"真奇怪。"洛阿尔边把牙线绕在手指上边说,"蒂拉说安最近心情很不好,经常会哭。"他把牙线塞到齿缝间拉扯。他摇了摇头。

"我很意外她会那么难过。"他说。

周一的时候,金的请柬放在了我的桌子上。

9月16日星期六,克尔斯塔家派对。

15个美好的年头,我们期待着下一个15年。

烟花和冒泡的香槟酒。那是6月9日,那天晚上洛阿尔和我说,他要回到安的身边去。

我坐公交车到了特隆赫姆大街,再走几步就能到图伦的公寓。图伦坐在过道上,种在罐子里的花开得很好。

我和她讲了我碰到了欧恩斯坦。

"我把自己的人生毁了,"我说,"就在我遇到最靠谱的人的时候。"

图伦点了点头，然后又摇了摇头。

"你的人生没有被毁。"她说。

我搬到这里来的时候，我就像一片在分钟摇摆的树叶。我觉得整个世界和我周围的一切都是那么不友善，商店里的商品，桥上的扶手，我自己熟悉的家具和东西，写字台，凉鞋，护肤霜的香气。所有那些预设的所谓意见。是图伦让我落到地上的。"看看这些东西，"她说，"感受它们。生活不简单，但是我们也没必要把它弄得那么复杂。"

我把炭笔递给她。

"但是你还想把他要回来吗？"她说，"如果可以的话。"

我点了点头，摇了摇头，又点了点头。

"我明白，"图伦说。她把手伸进袋子里拿出木炭，感谢了我。

"我之前经常用红色粉笔画。"她说，"这和用炭笔画很相似，就是更粗一些。"

在图伦面前，我经常羞愧于自己是做广告的。羞愧这个词也不太对，应该是说我希望自己能更好，能展现给她不只有这些而已。

"我忘记买丝袜了。"我说，"你有能借给我的吗？"

"我看看，"她说，"不过我其实不明白你为什么要穿丝袜，你的腿很美，晒得很均匀。今天天气那么好，又暖和，像是印度的夏天。"

我和她解释说我们晚上要在外面待很长时间。虽然有帐篷，但还是冷的。她点了点头，说她去找找丝袜。她问我有没有准备好去参加派对。

"嗯，准备好了。"我说。

"听到你这么说,我真高兴。"她说。

我从欧恩斯坦那里搬出来的时候,他站在一旁看着我把衣服装进一个箱子,还有一个包。他问我需不需要帮忙。他挠着头发,从地上捡起一支润唇膏,举到我面前,看我没有接过去的意思就放在了厨房的桌子上。他没有挽留我。他没有生气。他不明白应该最后和我做一次爱。我穿着条纹宽领毛衣站在地板上,毛衣从一边的肩膀滑了下来。失落、绝望,我知道不管怎么样我曾经是爱他的,在那一刻我就知道自己是会后悔的。但这就是命运。我觉得这一切都是命中注定,我对此无能为力。欧恩斯坦从电视前面拿起一只拖鞋,另外一只在沙发旁边,进了厨房。他没有要求任何东西,没有给予任何东西,我想:你放过了我,你就这样放过了我。我直接带着包去了洛阿尔那里,他住在格伦大街租的公寓里。他剥了虾,很多很多还没完全解冻的虾,每人一大盘。不过除了切片面包和一袋奶黄酱,什么配菜也没有。他开了一瓶白葡萄酒,我到的时候已经只剩下一半了。

洛阿尔每天早上都会喝放了柠檬和糖的红茶,这是我之前就知道的。我之前知道的其实就很多了。我知道他洗澡要多长时间,他不会清理水池里的胡茬儿,他的手总是冰冷的。只是现在我需要努力和这样的他生活。我经常取笑他在茶里放糖,那时候他的眼睛就会笑得眯起来。刚开始几个星期他对我特别好。他总是在问我需不需要什么。酒?橄榄?西瓜?巧克力?他在给女儿打电话的时候,用空闲的另一只手捏我的手。我们经常出去吃饭。他不在意我们俩都要早起上班,"睡觉可以等我们下辈子再睡。"他这么说。他还会说:"我想知道你全部的事。我觉得我们没有足够的时间,我们浪费了那么多年。"我有时候会想,爱丽瑟是错的。有时候又会想爱丽瑟说的会应验的。我总是在那两种想法中摇摆。

在我收到金和赫莱娜水晶婚纪念的请柬的那天晚上,洛阿尔在我边上躺着。我们能从天窗看到外面的蓝天,那是6月最明媚的一天。我们一起聊到了夏天,聊到我们要去做什么,去哪里,有种不安在默默滋生。好像是柱状统计图,我的话越来越长,他的话越来越短。我越感觉他的话在变短,逐渐沉默,我就越不由自主地说得更多,说我们可以做什么。我们可以开车,开他的车出去,往欧洲南部开。想在哪里停就在哪里停,想在哪里睡就在哪里睡,想吃什么就吃什么,一直做爱。哪里都好,德国、法国、意大利。我一直说一直说。我重复说着同事给过的推荐。我想,虽然他还没开口,但我其实早就知道了,虽然这感觉就像是一大块冰压在我身上,使劲把我往下压一样。

洛阿尔所有的动作都像是慢镜头。他抬起手,缓缓向我伸过来。

"最近我一直觉得不太好,我一直在想,一直在想。"
"你想过了吗?"我说。
"我觉得我最好还是回到安身边去。"他双手捂住了脸,抽泣着,"这对我来说太难了。原谅我。"

我脱口而出的话就像是个爆发的青春期少女,那些话在出口前我都没听过自己这样的声音,这和我计划中的声调完全不同。我想象中的自己应该是冷静的、克制的、世故的。

我无法理解。
你什么时候开始这么想的?

是我什么事情做错了吗？

你知道自己对我做了什么吗？

你就打算这么算了？

你就打算这么算了？

所有的答案不言自明，或者说毫无意义。

他看着我，眼睛里含着泪，几乎是倔强的表情，像是在求我。好像我什么都不懂，是的，我是不懂。好像我不希望他好。我都放弃了生孩子，繁衍后代，放弃了生命的意义。

"是我对不起你，"洛阿尔说，"我不应该再去找你的。我对这一切很抱歉。原谅我。"

这就像他后悔了。他好像在说：我不是故意的。所有这一切的美好，对不起。激情，对不起。我们在这个泡泡里待了一年。啪的一声破灭了。"我们究竟做了什么？"我想着。所有我想和他一起做的事情，所有我们错过的时光。现在感觉这一年我们大多数时间都躺在这张床上，或是在瓦尔基里酒吧喝啤酒，在瓦尔卡或是中餐厅吃当日套餐。我们几乎从来没自己做过晚餐。

"我必须和安最后努力一次，"他说，"为了女儿们，这是我们欠她们的。"

"可她们都已经那么大了。"我说。

这是他第一次提高嗓门，他说那是敏感的年龄。

"我等的可不是这个。"我脱口而出，根本没时间思考。

"我知道，我明白。"他说得也太快，太理所当然。

"女儿"这个词一直在我脑海里盘旋。它们所包含的一切，从她们出生，或是说从安怀上她们开始到现在，这现实的生活。我想象着那么多男人抱着婴儿的样子，大手抱着孩子,却离身体很远,那种陌生的、想贴近又不知道该怎么做的样子。我想象着索菲亚和蒂拉还是小孩子的时候,跑着奔向洛阿尔,然后被举起来。胖胖的露在外面的小腿,还有坐在这间小公寓厨房桌子旁边的蒂拉,一点儿都不像在自己家的样子,头低着,厚厚的头发在脖子后面分开。作业被留在了自己家里。

洛阿尔说不是对我的感情变淡了,我不应该这么想。他说这话的时候,我的心里还升起一种愚蠢的希望,好像让他这么说的是一种无法控制的冲动,它会继续发展,让他改变主意。可是我知道的,我对自己说,没希望了,一切都结束了。

"莫妮卡,对我来说,你永远有着特别的意义。"他吻了吻我干燥的嘴唇。我的大脑里又一次燃起一丝希望,可是没有更多了。树影移动,遮住了天窗的蓝天。距离他说他没有我不能活已过去了13个月。我为了很多愚蠢的事情后悔,后悔很长时间没有给他买他最喜欢的果汁。我站在他小小的公寓里,发现我和他分享的一切,毫无保留的一切都是精神上的。从实际上说,我们要分开无比简单,我们什么都不是共用的,我在公寓里几乎没什么东西。护肤品,衣服,几本书,一张外婆给的老旧的软凳子。我躺着,心里想着我得站起来,我得穿衣服离开。我想他肯定从来没有爱过我,但这让我太痛苦了,还不如想他是爱我爱得太深了。

我打车去了妮娜家。我从那里给爱丽瑟打了电话,过了一会儿妈妈给我打了电话。克里斯汀带着两个儿子开车到妮娜家来接我,送我回了老家。我坐在车前座,听着从汽车音响里播放的儿童歌曲,望着窗外绿色的田野和树木。

我想，夏天很快就要过去了，秋天就要来了，接着就是圣诞，是新年，之后是2月、复活节、春天。所有我走进的房间，所有我走过的街道，所有我聊过的天，所有的所有，都会代替洛阿尔，没有洛阿尔。我看到的，我拥有的，我做过的一切，都回荡着没有洛阿尔。放开洛阿尔。除了洛阿尔的世界。等我们到的时候，妈妈已经收拾好了我原来的房间，那个朝北的房间，窗户被花丛挡住一半。房间里的灯光很亮，有点刺眼，床上还残余着一些唐老鸭贴纸，灰色的床沿有点磨损。妈妈坐在床边，就像我小时候一样，她的眉毛皱起来，有两条竖着的皱纹。我处在最深的绝望中，但她对我的态度就好像我是得了感冒或是在发烧，或者说过于戏剧化，自找罪受。这就好像她觉得她不应该来安慰我，如果她真这么做的话，是在害我。我已经35岁了，我得振作起来。然后也有一些小疑惑，会不会已经太晚了？我们难道没教过这个孩子要自己站起来吗？

"丽芙姨妈问你好。"妈妈说，"她说都不晓得你为什么不给她打电话，她说你什么时候都可以打电话给她，半夜都行。"

是的。

"亲爱的，"妈妈说，"你要不要吃点东西？不过拜托你不要在室内抽烟。你要真的要抽，去阳台上。"

爱丽瑟也上来了，她说。"哼，混蛋，真是个混蛋！"

我手里拿着烟盒走下楼，贾德戴着面具，他在玩一个《星球大战》里面的东西。妈妈在准备晚餐。松德勒在地板上爬着，爬得很快，动作很机械，就像个木头玩具一样，他的笑声听起来也很有机械感。一个陌生的男人穿着运动服从客厅里穿过，可那是尤纳斯，他比我上一次见他长高了好多好多。他已经15岁了。贾德说:"如果我摘掉面具,我就不能呼吸了,面具下面的脸上都是黏液。"

他还没学会发r的大舌音。我伸出手去摸贾德的面具。他用手掐住脖子做出无法呼吸的样子。眼睛瞪得大大的。我放开了面具,贾德呼吸正常了。然后我又去拉他的面具,他嘴里发出嘶嘶的声音,我一放手,他的呼吸又正常了。我想起了《黑暗之星》里那句"恐怖!恐怖!"的台词。洛阿尔说它的挪威语翻译特别差,直接翻成了"糟糕!糟糕!"

我们2月给爸爸过70岁生日的时候,洛阿尔不能来,因为索菲亚要过生日。那个时候我的家人们就知道这段感情是没戏的。这就好像他们怀疑是不是真的是他女儿过生日,甚至他是不是真有两个女儿都值得怀疑。克里斯汀和爱丽瑟都带着自己的丈夫,还有一共5个孩子来的,只有我一个人。我看上去还年轻,穿着无袖连衣裙,我只有这些了。我那个还在婚姻中、年纪很大的男朋友留在奥斯陆,在我家人眼中还不如没有。丽芙姨妈和哈尔沃也来了,他们俩都没有伴侣,也没有带阿曼达一起。我一方面希望,一方面又不希望丽芙姨妈问我的生活怎么样。她没有多问,除了一句流于表面的"你还好吗?"不过克里斯汀问了:"他现在算是分居了吗?他起码应该分居了吧?"

在我从老家弗莱德里克斯塔德回来之后,是托勒夫帮我去搬的家。他把后排座椅放倒,这样就能装下我的那张软椅子。西古德的儿童座椅上有一小块干掉的苹果。我一直在哭,他的冰箱上还贴着金给我的去参加结婚纪念日派对的邀请函,我当时还想和洛阿尔一起去呢。洛阿尔站在一旁,脸上带着忧伤,他突然低声说他很快要去特威德沙滩,所以要来拿点东西。他用手蒙住脸,狠狠往下抹了一把。

"我过得很糟。"他哽咽的声音从手后面传出来。托勒夫突然停下搬着软椅子的动作,带着愤怒不可置信地看了看我,他没听错吧?他的手指关节在凳子的扶手上一片青白。我几乎有种冲动要去保护洛阿尔,因为我是相信他的,我相信他是真的过得很糟。

我们直接开车去了罗德洛卡区。图伦是卡莎的一个艺术家朋友,她有个房间空着,正在找租客。图伦是做木炭画的,公寓里所有的东西上都蒙着薄薄的一层灰。我们共用厨房和浴室。原来是她女儿住在那个房间里的,但图伦说:"孩子成年了就不应该住在家里,让她搬出去真好。"

失恋完全把我打倒了。有两个星期的时间,我去单位上班,就像是行尸走肉一般,然后那之后。那简直更糟糕了。我周围的一切都带着一种徒劳、单调,让人愤怒的粗俗,没有意义,可同时我又知道我有的只剩下这些——最糟糕的是,我需要所有这些,这些人,这些环境,比任何时候都需要。托勒夫柔软的额头,妮娜的不修边幅,新鲜出炉的面包,冰镇的白葡萄酒,一张新电影的宣传海报。图伦给我做各种不同的茶,她的关心很温暖,但不会过分得让人不舒服。她给我做麦片粥,说什么都吃不下的时候这个比较好入口,营养也很丰富。夜晚我躺在床上辗转反侧,觉得自己的生命没有任何意义,就好像没有任何事情能再让我快乐了。

"我明白你爱得很深。"图伦讲的话很像是一种宣言,她说的时候,我感到很绝望,但同时好像又觉得有必须要走出来的想法,这样我才能继续前进。

有时候卡莎会进来,带着巧克力、葡萄,或是一瓶红酒,就好像是来看病人一样,她会和我们一起在门廊那里坐一会儿。有一次她带着西古德一起来的,他已经一岁半了,只想在楼梯上爬上爬下。卡莎说她又怀孕了。我35岁了,有时候我觉得自己已经老了,就像一只安静下来的蛾子,生活平静,没有什么野心,没有什么计划,其实这种感觉也不坏。没有什么要求,也没有什么期待,我对自己不感兴趣。感觉上没有什么负担,很健康。我放弃了,但并不沮丧。我完全可以为卡莎和托勒夫的幸福感到高兴。

很快,我在晚上能睡好觉了。想起洛阿尔时的痛苦也越来越小。我会出去散步,看到年轻人在公园里野餐喝啤酒。我会坐在厨房里看着图伦站在厨房的大窗户前用短短的炭笔画画,发出沙沙的声响,那块区域算是客厅和工作室的混合体。那些温暖的夏日啊。

8月我和妮娜坐在门廊上喝红酒,我觉得自己像是吃饱了感到满足的康复期病人,从通道里走出来了,到了更好的那一边。在妮娜的表情里,我能看出她有点羞愧她自己变成了现在的这个样子,好像她辜负了我,但也有一丝庆幸没有像我一样过着善变、没有方向的生活。她说着她的生活有多辛苦,她都快要爬墙了,咔嚓。她说话的时候都不自觉地带着自信和对她现在的生活的安全感,她是不会随波逐流的,只不过带着一点儿好奇和羡慕:

这里真舒服。图伦看上去很酷。

我的天哪,想想这种自由啊。

有的时候想到我这辈子都没有和除了特鲁斯之外的人上过床,真是……

我经常想要和你一起出去喝酒,喝得醉醺醺的就好了。

我现在的生活只有孩子和家务。

奇怪的是，我其实也有很多自信，虽然和她的不一样。我之前过得很好，现在也过得很好。我可以追捧她的生活，羡慕她的生活，但其实我并不这么觉得，我想要平静，我想一个人独处。

或者，妮娜和我是一样的，我们原本就没有多少不同。我们成为朋友已经15年了，非常关心彼此，需要彼此，我们希望的、期许的都是一样的。

图伦和我说她女儿几乎不想和她有什么关系。这是从青春期的时候开始的，现在她已经28岁了，和母亲距离很远，但她没说清楚她要远离的是什么。图伦唯一说的是女儿在家住得时间太长了。我见过她一次，当时她过来拿邮件。图伦和我说过："她让我给她寄过去，但她其实可以自己过来拿走的。"

那些信在桌子上放了好几个星期，来了一封又一封的，我透过信封能看到里面的内容：贷款，电费，还有从瑞典使馆寄来的机打的信封。她女儿6月来的时候，我很惊讶她和妈妈是一类人——长裙，长直发。她站在外面的走廊里，不想进来，但一点儿也不戏剧化。我从开着的门听到了她说的话，她说她没时间，约了人。然后外面的门咔嚓一声关上了，图伦大步走了进来，开始烧水，问我要不要喝茶。

要去金和赫莱娜的水晶婚派对，我很开心。我沿着索菲亚公园的外围走，手里拿着两瓶红酒和一束从图伦家走廊上的花盆里采的花。我坐有轨电车到格雷福森，好长时间都没有这么轻松的感觉了。下了电车，我脑子里想到了沥青路。穿过一块绿地，我想到草地。垃圾箱。树围栏。糖纸。糖纸。我数着石板，没有悲伤，没有那种糟糕的沉重感，没有垂着肩膀。我涂了红色的指甲油。

有一次我和金、赫莱娜，还有他们的大女儿一起在咖啡店吃午饭。他们是那种放养的父母，孩子简直是无法无天。有一度赫莱娜深吸了一口气，不管是责备、抱歉还是一笑了之，她斜着眼看着女儿，然后慢慢把气呼了出去。我在那里面看到了她藏不住的绝望，我知道他们把自己困在了一个角落，出不去了。他们不可能把孩子藏起来，他们感到非常羞耻。他们还有一个儿子，但他们没有带上他，他们不可能同时带两个孩子到咖啡馆来。她肚子里还怀着老三。

参加派对盛装打扮的客人们手中都捧着酒杯。四处走动着。金和赫莱娜家的花园里有一棵苹果树，9月已经开始结出果实来了，一架秋千和一个沙坑，边上还有一顶大大的白色帐篷。门打开了。9月的阳光真好。走廊里放雨伞的架子上只有一把雨伞，还挂着一件上面有黑色点点的粉红色雨衣和外套。赫莱娜亲切地迎接了我，拉着我进门。

厨房里站着个男人，他在切柠檬片。厨房很大，天花板上挂着一盏大吊灯。厨房的桌子上摆着一盘小食。有一个胖乎乎的小女孩想要找赫莱娜。我听见有人说"横着切"。很快，另一个人从另外一个方向大喊："不对，不是那样！"很快，两声响亮的笑声传了过来。切柠檬的那个男人袖子挽了起来，露出的小臂很有力，晒得很黑。我看了一眼他的手指，没有戒指，他举起了左手，也没有戒指。不过他缺了一根手指，或者说是那根中指的两个关节。赫莱娜穿着高跟鞋走进厨房，把图伦家的花插进盛满水的花瓶里。

"这是盖尔，"她说，"他刚从意大利撒丁岛来。他叫盖尔，不过他不能握手。"然后她大笑起来。盖尔举起沾满柠檬汁的双手，一点儿都不介意露出自己残缺的手指。赫莱娜的话飘在空中："我们请他来切柠檬！他是厨师，我们觉得必须得用上他的能力，这回的柠檬片可是职业水准的。盖尔，这是莫妮卡，她和金一起工作。莫妮卡，你拿点喝的吧。"

他和我差不多年纪，上身微弯地站在厨房料理台边。他的脸上充满了岁月的风霜，但看上去是自制、善良的。我有种奇怪的感觉："他好像很高兴见到我。好像说我终于来了。"

"还有好些人在路上，"赫莱娜说，"我觉得这里会非常挤，现在其实已经都挤满人了。"

盖尔盯着我看了一会儿，点了一下头，好像是确定什么似的。

厨师，我心里想，我觉得我是可以和一个厨师在一起的。

吊灯闪闪发着光，轻微的晃动几乎让人难以察觉。一个空的花生包装袋从桌上掉到了地板上。赫莱娜把柠檬片放进一个大碗里，然后冲着又拿起一个橙子准备切的盖尔说："好了，我觉得已经够用了。"

亲爱的小孩

1997年4月

麦肯低下头看自己的手,又长又密的眼睫毛在脸上投下阴影。她刚刚出生的时候,几乎看不到眼睫毛,可到了差不多两个月,眼睫毛突然就变长变多了,脸蛋也胖乎乎的。她开始会微笑了。现在她看着自己握着一个木制铃铛的玩具的手,然后把它举到自己嘴边,头也抬起来看着我微笑。玩具上沾着她的口水,亮晶晶的。

妈妈说了好几次,说丽芙姨妈一直让我带着麦肯去看她。"她说自从圣诞节之后就没见过麦肯了,她很想她!你就不能带她去一趟吗?"我当然是可以的,有时候我也觉得带着麦肯去丽芙姨妈那里玩会让我也很开心。我想着我的生活——是多么充实,推着婴儿车去探望丽芙姨妈也不费多少事情,这对她来说是多么重要。我们之前约过一次,不过因为麦肯感冒取消了。一直到4月我才终于去了丽芙姨妈那里。

我推着车,从这里到马克大街只需要走20分钟。麦肯躺在婴儿车里,看着我的眼睛,嘴里嘟囔着:"啊噶,啊噶。"

"我们要去哪里呀?"我说,然后又接着回答:"我们要去丽芙姨妈家。"

麦肯身上穿的是丽芙姨妈织的蓝紫色条纹的外衣,戴着白色的帽子。外衣上有些毛球,看得出之前穿过。阳光时不时地透过婴儿车的棚子。每次当太阳照到棚子的时候,麦肯的眼睛都会稍微眯一下。

"我们要去丽芙姨妈那里!"我说。她看着我,上嘴唇翘了起来,好像是要回答我什么。她的眼睛闭了闭,然后又睁开了。她在我们到之前睡着了。眼皮苍白。她睡着之后,整个人好像都变得透明了,眼皮和额头上都能看见细细的毛细血管。

丽芙姨妈家里有一股巧克力蛋糕的香味。我已经很久没有来这里了,公寓和我上次来一样一尘不染,所有尖锐的角落都被包了起来,有种很柔软的感觉。客厅是黄色的,沙发是浅蓝色。

"盖尔没和你一起来啊?"丽芙姨妈问。"哦,也对,这个时候他应该是在工作。"

"自己开餐馆,基本上是晚上比较忙。"我说,"不过今天他要熬牛肉高汤。"

"牛肉高汤,"丽芙姨妈说,"看看,看看,这个女孩真的长大了。"

麦肯醒了。她现在已经长高很多了,胖乎乎的,几乎撑满了整个婴儿车。差不多该换个婴儿车了。

"你认得这件外套吗?"我问丽芙姨妈,不过她没听见我说的话。

我把麦肯从婴儿车里抱出来,放在地上。她翻过身,想爬,表示她已经等很久了。丽芙姨妈跪在旁边,逗着她。

这里是如此不同,有着一种特定的魅力,那种家居的感觉被减弱了，或许只有我变老了。公寓里的所有东西不新也不旧，除了沙发上一个绣花的垫子和窗台上的一个陶瓷做的小马驹，还有沙发上方挂着的那张暴风雨中的船的照片是我没见过的。丽芙姨妈把杯子和碟子放在桌上，咖啡机发出咕嘟咕嘟的声音。

"你喝咖啡吗？"她问。

"嗯，"我说，"怀孕那会儿一闻到咖啡的气味就难受。现在又开始喜欢喝了。"

"我怀孕的时候也很讨厌咖啡的味道。"丽芙姨妈说。

她把一个蛋糕放在桌上，用蛋糕刀切开。我拿了一块。她把麦肯抱起来，搂在怀里。

"莫妮卡，这一切真的是太好了。"她脸上闪着灿烂的光。她下巴上长了两颗痘，上面涂着棕色的药膏。"你的人生，"她说，"看看你得到的！"

她把麦肯抱在手中摇晃着，好像中了彩票一样。好像她觉得我应该对自己的人生学会感恩？好像她觉得我获得了我不应该获得的幸福一样。

"哈尔沃怎么样？"我问。

"嗨，"她说，"他整天都是幺蛾子。我现在对他能过上正常的人生都不抱什么希望了。就像本特说的，或许是他自己不想要正常的生活？"

杯子是金色的，边缘上有一条宽宽的绿色条纹，是陶瓷的。

丽芙姨妈说："你和我过的也不是什么标准的人生。但我们还是过上了正常的日子啊！"

她继续上下摇晃着麦肯，和她玩。

我是幸运的。我真的是幸运的。

"我真希望哈尔沃能做个稳定的父亲,"丽芙姨妈说,"阿曼达已经13岁了,是个很好的姑娘,要是她的父亲更像样点就好了。夏洛特和我现在相处得很好。她刚和另外一个男人生了个孩子,他们一起住在阿麦路,阿曼达时不时会来我这里。"

阿曼达出生后我只见过她一次,那时候她大概五六岁的样子,是在爱丽瑟和扬·奥拉夫的圣诞聚会上。哈尔沃带着她去的。她没有什么存在感,玩了一会儿自己的木头娃娃,有时候带着思索的眼神坐在丽芙姨妈身上。晚上的时候我上楼上厕所,听到她喊着:我口渴,我快渴死了。她的声音说不上很大,但是很有穿透力。我过去看她,她看着我说:"我想喝水。"那时候,她就穿着一条内裤站在床上。我去浴室里拿了个牙杯给她接了水。阿曼达用双手接过塑料杯子,大口大口喝着。她的手肘上贴着个创可贴,脖子上挂着一个爱心形状的项链。我和爱丽瑟、克里斯汀小时候都有这样的项链,只是挂在她平坦的胸前看着有点奇怪。她的下唇贴着杯子。过一会儿就一言不发地躺下了。

那天和哈尔沃聊天很难。他说话很大声,自信满满地想要讨论所有的话题——伊拉克、核武器,但显然他什么都不懂。爸爸想认真和他聊,但他说的话一点儿实质内容都没有,很快爸爸就有点生气了。

丽芙姨妈说起哈尔沃的方式,总好像他是个还没发育完全的、正常的人。就好像没有人相信他的人生,他的计划和梦想一般。好像阿曼达6岁开始识字,他在城里的两居室中那个货真价实的波斯地毯,他对音乐的感觉,或是他有了新的女朋友,新的工作,要搬家,要旅行,或是换地板。一切都是空想,幼稚的,是玩笑。就好像他做的所有事情只是为了获得别人的关注，有东西可以讲。

丽芙姨妈说哈尔沃圣诞节前给她打过电话，因为他打算请几个朋友来喝羊肉汤，但他忘记提前泡干羊肉了。

"他真是无可救药。"她说，"他当时简直糟透了，就为了几块羊肉！你能相信吗？能理解吗？对别人来说不过是耸耸肩就过去的事情，起码是能用别的方式解决的事情，哈尔沃就是不行。"

她忧伤地摇了摇头。

"他只会在碰到困难的时候给我打电话，"她说，"只有碰到了大危机，他才需要他妈妈。"

她的声音和缓了下来。

"你们过得怎么样？"她问，"你和盖尔一起好吗？"

我和她讲了盖尔有关餐厅的计划。

"我们遇见之前，他在意大利的撒丁岛住了一年。"我说，"他从那里得到了很多灵感。"

我几乎无法想象哈尔沃已经是一个13岁女孩的爸爸了，就像我想象不出来这个小小的婴儿也会慢慢长大。我曾经想过和成年的哈尔沃相熟，这样我就能告诉他小时候我多么烦他，但也觉得他可怜，为发生过的事情感到遗憾。我们现在已经是不一样的人了，更相似了。可事实上，现在的我们比小时候的差别还要大。可我还是在等待，等待这样的理解。可能还早，我得耐心点，哈尔沃还没有真的长大，但他总有一天会长大的。对爱丽瑟和克里斯汀来说，这会更容易，她们比他大，会更宽容一些。

麦肯坐在丽芙姨妈的腿上。她们在玩蛋糕游戏。

"先放奶油，后放水。"姨妈唱着。

"他很善于从外国的菜里汲取灵感。"我说，"尤其是意大利菜。"

"然后搅拌蛋糕糊！用个小棍子！"

她唱得很投入，声音很尖。麦肯盯着丽芙姨妈，她没有笑，但看上去也不紧张。有时候她会看看我，就好像让我确认一下这是安全的。有那么一刻，我不太确定要怎么做，远距离确认这是安全的。

"就是要办的手续特别多，"我说，"开始的时候总是很慢，不过好像也准备得差不多了。就是以后晚上很多时候就只有我自己带麦肯了。"

"是啊。"丽芙姨妈说，"你姐姐们怎么样了？我也没怎么有她们的消息。她们应该都挺忙的。爱丽瑟已经回去全职上班了吧？"

是的。冬天我带着麦肯去看爸爸妈妈的时候见到了爱丽瑟，她看上去很累。我去她家的时候，她勉强冲着麦肯笑了笑，对我说："我们很快就过去吃晚饭，我其实答应要去给妈妈帮忙的，就是没抽出空来。你要不要问问她需不需要帮忙？我这边现在一团糟。"我们站在走廊上，正对着洗衣房。爱丽瑟指了指洗衣机：松德勒穿着连体服摔在了狗屎上面，我听到洗衣机里有金属碰到洗衣机内壁的声音，能看到一点儿蓝色和红色。爱丽瑟说："我现在真想离开挪威的冬天啊。扬·奥拉夫一到该死的冬天就说大加纳利群岛的房子的事情。但我现在算是明白了，他也就是说说，永远不会行动的。"

我觉得这是我头一次听到爱丽瑟说"该死的"这个词。"讨厌的"她说过，"该死的"还是头一次。

低垂的太阳光从窗户里投进来，给家具和丽芙姨妈的身影罩上一层橘黄色，她的头发闪着光，看着打理得很好，半长发，刚刚染过。麦肯一直盯着我看。

"啊，啊，啊。"麦肯嘴里发出这样的声音，看着我好像等我回答。

"嗨！"我说，"看！"

"嗨，麦肯妈妈！"丽芙姨妈边拍手边说。麦肯回过头去看丽芙姨妈，然后又看看我。

"你还在电信公司上班吗？"我问。

"现在叫挪威电信了。"她说，"不过现在是60%的工作时间，我周二和周四不用上班。"

麦肯探过身子来看着我。

"啊，啊，啊。"她又发声，认真地等着我回答。

"我找到了一些妈妈的老照片，"丽芙姨妈说，"你外婆年轻时候的照片。她和爱丽瑟好像。我之前就知道爱丽瑟和我妈妈长得像，爱丽瑟和艾尔色也像，不过看到我妈妈年轻时候的照片就像看到了爱丽瑟一样。"

她把几张黑白照片递给我。

真的，真的像是看到了爱丽瑟一样。

"她很漂亮。"我说。

"是啊，她真的很漂亮。"她说。

但她也可以是任何人，这种老照片感觉都很像。深色的头发梳了起来，光洁的皮肤，穿着有领子的衬衫。有一次全家人一起去丹麦度假，妈妈和丽芙姨妈说服了外婆和我们一起去。我听见妈妈在电话里说："你从来都不来看你的外孙女。没有，你没有。"我们坐船去了奥胡斯。哈尔沃那个时候特别黏妈妈，所以在酒店只能和丽芙姨妈住一个房间。我就只能和外婆一起住。那次我们去了游乐场、白沙滩，还有自然历史博物馆。

外婆很美，穿得很整洁，衬衣、窄裙、领巾。不过到了晚上当她在酒店房间里换上睡裙，就好像完全不知道那条裙子有多短、多薄、多透明一样。这对当时只有7岁的我是多么大的冲击啊。睡衣下面什么都看得见，看上去哪里都不对劲。胸部下垂，肚子上满是皱褶的肉，我甚至还看到肚子下面的毛发，大概她的内裤没穿好。她的大腿有点粗，很松。然后她钻进被窝，把手指塞到嘴里，把假牙取出来放到边上的一杯水里。我躺在床上，不可置信了很久才睡着。

"我们受邀去地下一层的巴基斯坦餐厅用餐，免费的。"丽芙姨妈说，"他们当时要在墙上挂广告，我们帮忙了，他们想感谢我们，所以要请我们吃饭。不过本特对巴基斯坦菜没什么兴趣。在吃东西这方面，他属于比较传统的那一类人。不过他也不是对什么事情有偏见。他只是觉得他的生活已经有很多冒险了，就给自己的肠胃喂点它习惯的东西吧。"

丽芙姨妈拿起盘子，咬了一口蛋糕。

"巴基斯坦人来这里肯定就会留下的。"丽芙姨妈边吃蛋糕边说，"虽然老雷娜的老板原来也是巴基斯坦人。这里都没什么挪威人了，除了本特和我，还有那些老妇人。不过我是无所谓的，本特也是。"

这时候我看到了我小时候给丽芙姨妈做的放餐巾纸的架子，在厨房桌子的最里面，靠前的地方，上面印着：1971年圣诞节 给丽芙姨妈。我对此其实应该说点什么的，我觉得自己必须这么做。但我觉得这一切太沉闷了，我觉得好累。我知道她会说什么，然后我又会说什么，所以我就算了，没有开口。

"真不敢相信我错过了这样一个人。"丽芙姨妈说。我突然感到胸口一股刺痛,像在抗拒什么。我想起了那些在电视机前的夜晚,丽芙姨妈和本特两个人,他们去提布林-杰德那里购物,厨房里的灯光照着放在操作台上装着剩菜的塑料盒。

"所有母亲最害怕的事情,"她说,"你能相信吗,就发生在我身上?"她深深吸了一口气,一只手放到麦肯的脑后,轻轻摸了摸她的头发。

"所以有份工作太重要了,"她说,声音很尖。"这样早上让你起得来,能让你想点别的。我当时很庆幸我能直接回去上班,虽然他们当时都没想到我会这么快回去的。这点我是很感恩的。"她举起一只手说:"这些手指得有点事情干。我当时在总站,那里的工作非常繁忙。"

她的声音有点尖利,眼神从麦肯的脸移到我的脸上:"那具小小的棺材。她戴着钩针的帽子。她是我生命中最重要的东西。失去一个孩子的痛苦一辈子都过不去。"

她的一只手放在麦肯的胸口,一只手托着她的背。丽芙姨妈的声音很轻,几乎像是在嘟囔,好像是从很远的地方传来的:"有半年时间我都不能看婴儿车。我是拒绝的。在街上走路,我就和半瞎一样,如果有婴儿车从我身边过,我就会闭上眼睛。我对周围的人来说都是个危险!"

丽芙姨妈的表情充满了惊愕,近乎震惊,嘴巴半张着,似乎在笑,好像为了自己的行为感到震惊,或是为了自己身上发生的悲剧,也可能两者都有。这些年里,她和多少人说过这样的话了?她希望她姐姐的女儿,而且刚刚有了自己的孩子,还是个女儿的我对此做出什么反应呢?

"好在我当时已经有了哈尔沃,"她说,"是他让我没有倒下。不管我是不是觉得天都要塌了，他总是要喝他的巧克力牛奶，吃抹着鱼泥的面包片，听摇篮曲睡觉的。"

我曾经好奇过丽芙姨妈的悲痛究竟是怎么样的，因为她没有对我说起过。但现在我听到了。她现在在讲，只是她讲的时候，很做作，是那种排练过的方式。我现在对此已经不好奇了，我已经不想知道了，或者说不适用这种方式，她离我那么近，近到我能看见她鼻子上的毛孔，看到她的牙齿，看到她下巴上被药膏盖着的粉刺。

我一想到一会儿可以回家把麦肯放到小床里，和盖尔一起吃晚饭，就觉得很高兴。那大大的窗户，浴室里的地板，厨房里的百叶窗，盘子。麦肯躺在小床上看着我，有节奏地吮吸着奶嘴，仿佛在唱着"当山妖妈妈生了11个小山妖"，脚还时不时在被子里蹬蹬腿。她睡着之后，我总得进去给她盖被子。我不想在这里再待下去了，并不是因为我有什么不好的想法，只是我在这里感觉很难过，我已经做了最大的努力，期待着一切赶紧结束也并不是什么应该被批评的想法。想到一会儿能带着麦肯回家让我感到一种拯救，在这里我觉得好绝望。"我们能干点什么？"昨天盖尔抚摸着我的大腿，亲吻我的脖子的时候轻声说："我觉得有点无聊，我们可以做点什么，你有什么建议吗？"不像很多别的夫妻，有了孩子并没有破坏我们的夫妻生活。

丽芙姨妈继续和我说着话，看着我，无助而细致，但她已经换到别的话题了，针灸，精神运动治疗，风湿病。

"我对那种非常规的治疗没有多少经验，"她说，"不过还是值得试试的吧。疼痛太难熬了。你觉得呢？"

她的眼神充满了寂寥，我不想迎上这样的目光。她想要的是归属，是共鸣，还有我永远无法给予她的理解。就好像我亏欠她什么一样。

我想起很多年前我去找她，那时候我刚20岁，和法学院的弗兰克交往4个月之后被分手了，我整个人都崩溃了，特别无助。那时候的我和现在比完全不像是一个人，那时候我几乎还是个孩子呢。

我拉起毛衣给麦肯喂奶，虽然她还没显示出饿了的样子。麦肯没什么喝奶的兴趣，总是把乳头吐出来，四处张望，拉拉我的胸衣，手臂探向我的脸。这个场景，恐怕并不是丽芙姨妈想要的亲密，对于这点我也只能怪自己。是要我带着孩子，露着胸部坐在这里的。我生孩子体重涨了11.6公斤，生完之后三个星期我就已经掉了10公斤。

我扣上了内衣。

"如果你什么时候需要有人帮忙短时间看一下孩子，可以找我。"丽芙姨妈说。

她很温柔地看着麦肯，我们是一家人。我有妈妈，有婆婆，我没有这种能力。我甚至没有那种所谓的感激之情或是责任心，我不希望她为我做些什么。我来这里就是为了让她看看我的女儿，她的外孙女。麦肯抓着丽芙姨妈的食指，把她的手摇上摇下。

"啊，"丽芙姨妈说，"你知道我有多痛吗？"

丽芙姨妈帮麦肯戴上帽子，在下巴上系上带子。我所说的一切都是为了让离开丽芙姨妈的公寓的最后这个阶段好过一点儿。我说见到她很开心，希望她来我们家做客，请她给本特带好。但丽芙姨妈要送我出门，和我们一起走下楼梯，带着金属味和砖块清冷的气息，然后推开厚重的门走到沥青路，光秃秃的树枝，那是卡尔·贝尔纳街的4月。丽芙姨妈抱着麦肯，看着我把婴儿睡篮固定到婴儿车上。她在我向麦肯伸出手的那一瞬间的小小的迟疑让我很不高兴。然后她站在原地,目送我们离开。

在达伦大街足球场旁边的沟里传出马蹄声,太阳照在婴儿车的顶棚上,很温暖。麦肯又睡着了。

我斜着穿过比科伦公园,路边被太阳晒到的长椅上坐着两个酒鬼,草地已经开始变绿了。我往路边的咖啡店张望了一眼,看到一个学生年纪的女人埋头读着一本书,面前的男人拿着咖啡杯看着她,然后她也抬头看了看他。我又感到一阵失落,那种焦虑,我永远不会知道我失去的是什么,如果我和托勒夫,和欧恩斯坦,和洛阿尔在一起的话,我会变成什么样,或是就保持单身,完全自由的样子。我也怀念之前在索尔根弗里大街合租时候的生活。我想起洛阿尔在哥德堡大学工作的那半年,他住在一个砖石结构的大房子里,里面有郁郁葱葱的花园,放着庭院铁制桌椅。那时候我经常在那里待很长时间。我会坐在后花园里,直到天气变得太冷。我边抽烟,边读中级科目的书,那时候我已经开始考虑论文的内容了。我读了《安娜·卡列尼娜》《包法利夫人》《呼啸山庄》,在书页边上做了很多记录,想起这些的时候,我觉得自己是在用洛阿尔的视角看自己,因为他有时会站在一旁,带着忧伤的微笑看着我:"你看得多么投入啊,我真期待看到你之后写的论文。"但最后没有论文可以读。我们早上会吃牛角面包,每天晚上都喝红酒。没有年龄和年龄差,没有生物钟,时间几乎像是停滞的,我没有任何牵绊,我以为我这辈子都能这样生活。

两条狗在奥拉夫·雷耶斯广场玩耍,看上去它们的主人是相熟的。一条狗是猎犬,另一条棕色的小狗我不知道品种。盖尔问过我等麦肯再大一点儿,我们要不要也养一条。我对此不太抗拒。他想搬到另外一个地方去，住得好一点儿，孩子多一点儿，安全一点儿的社区。

麦肯的头往一侧歪着，帽子也歪了，露出了耳朵。我帮她整了整帽子。麦肯把我紧紧地和盖尔，和公寓，和我们的生活连接在了一起。如果我觉得我的生活走错了方向，想要修改，我也没办法。为时已晚。当时我怀着麦肯的时候，我就是这么想的，现在我的人生就是这样了。我思考着所有一切我不再能做的事情，不再能抽烟。但当麦肯出生的那一刹那，所有那一切我都忘掉了，或许在我思考的那天之后就已经把那些想法和感受都忘掉了。只是有时候，我会希望时间能过快一点儿，快点有孩子，快点看他们长大。

我把婴儿车推进走道，拿下婴儿睡篮，把车的底座塞到楼梯下，然后带着睡篮上楼梯。楼梯涂着灰绿色光滑的油漆。回家就是回家。家里的气味，盖尔穿着围裙站在厨房案板边的身影。"上天保佑，我遇见了一个厨师是多么幸运的事啊！"我经常这么说。而且他和我在床上的性生活是我经历过的最好的。好的性生活能将两个人紧紧地联系在一起。我记得我的第一次是很美好的，那是在古纳尔父母家，他们家墙上贴着壁纸，地上放着划船机。他们俩整个周末都会在特隆赫姆。我那时候16岁，整天心里都充满了强烈的情绪，无法表达，好像这辈子都没办法和任何人表达那些情绪一样。可是突然我就能表达了。我们的感受是一样的，一切都很合拍。如此简单，用这种简单的方式就可以。这一刻这世界的一切——那种迷茫、怀旧、不安——聚集在一起，就在这短短的一刻，生活变得美好了。没有松散的线头，没有无法解决的麻烦。我想，这就是生命，生命就该是这个样子。我们起床，喝了饮料，吃了点面包，然后又做了一次。古纳尔送我回家，那时候距离我的门禁已经过去很久了，走到花园的栏杆旁，我们还没亲吻够。草地上有一个碎掉的啤酒瓶散发着琥珀色的光芒。房子里寂静无声。未来看来是那么明亮。

盖尔做了芝士意大利面，他简直不能相信我之前从来没吃过。麦肯坐在宝宝椅里吃瓶装的婴儿泥，满脸都弄上了橘黄色。我不明白为什么他自己不给她做辅食，他是厨师呢。我和盖尔讲了我去丽芙姨妈家，可我几乎不想多讲什么，我不想让他也参与进去。我以为我去过她那里之后会有种满足感，那种把事情做完了的感觉，可正相反，我感觉的是刺痛。好像我忘记了什么，或者没有好好做，但我又说不出来具体是什么。

"就是那种鸡蛋碎吗，是不是可以这么叫啊？"我说。

盖尔点点头。"嗯，里面是有鸡蛋黄的。"

我用叉子戳了戳。盖尔微笑着。

"嗯，它碰到热的意大利面就会凝固。"盖尔说。

我点了点头。盖尔笑出声来。

"你喜欢吗？"

我说我觉得我会的。我喜欢这顿晚餐。

"丽芙姨妈太爱抱着麦肯了，"我说，"她都有点被抱烦了。"

"她不能趴着，"麦肯三周大的时候，我在弗莱德里克斯塔德的家里告诉丽芙姨妈。

"什么？"丽芙姨妈说。然后她还是继续让麦肯在婴儿睡袋里趴着，挠着她小小的胳膊和脑袋。我有那种要去抢救麦肯的冲动，好像她趴着30秒就会发生新生儿窒息一样。

我把麦肯翻了过来,让她平躺着。

"新生儿不能趴着。"我说。丽芙姨妈一脸惊讶和羞怒。

"为什么不能?"她说。哦,这太糟糕了。爱丽瑟和克里斯汀也在,丽芙姨妈转过身,看着这两位很有经验的妈妈说:"你们那时候都让儿子趴着的,不是吗?"

爱丽瑟把松德勒抱了起来,检查了一下他的尿布,做出他该换尿布了的样子。

"这是新的说法,"克里斯汀说,"一个学者的研究说的。他们的观点也老在变。"

盖尔躺在地板上,把麦肯举起又放下,她笑得歇斯底里,一只袜子都快掉了。她的大腿内侧、胳膊和脖子上都有褶皱。我们在洗衣机上铺了一张垫子给她换尿布,用花洒给她冲屁股。爱丽瑟看到的时候说:"你没想过她的脚可能会踢到热水龙头吗?"等我们搬到大一点儿的地方,麦肯会有自己的房间的。我也可以再生更多的孩子。我曾以为我的人生会天翻地覆,结果却只是不易察觉的改变,就好像麦肯一直都在,我已经记不起没有她时候的样子了,那种想睡觉就睡、想出门就出门的日子。

在我要生麦肯的时候,我把自己的一切都交给了专业的人员——助产士、护士、麻醉师,就好像我和他们紧密相连,无条件地信任他们。虽然所有这一切都是短暂的,很快我就会出院,带着新生儿回家,可能这辈子也不再会见到他们了。但我依旧还是和他们紧密相连着的。躺在病床上,接受检查,那是如此无助的时刻。我手腕上系着写着我名字的丝带,因为开指快被赞许,因为在宫缩中保持好呼吸被赞许。我真希望他们能了解我,理解我,赞许我,我的童年,我的生活,我的一切。助产士比我还小,她很瘦，很漂亮，说的话是那种说滥了的套话，但这没什么。她是最能让我安心的人，她属于这里，在我从医院离开之后，她还会继续留在这里，做她一直在做的事情。我唯一不能接受的，不愿意去想的是：在这个我会记住一辈子的事件里，我其实是孤独一人。这些穿着白大衣，带着柔和的表情的人们其实并没有和我一起经历这件事。对他们而言，这是例行公事，他们会想着自己的午餐，想着什么时候可以下班，晚上要做些什么。冰箱里的蓝莓，圣诞节要装修新浴室。我听到助产士和照顾婴儿的护士说她现在喝茶已经不放糖了。然后他们其中一个人对另外一个人说："这位现在状态很稳定。"我对此很骄傲，只想表现得更好、更棒。而在远处，盖尔戴着绿色的帽子。我离死亡很近，这是我的生命距离死亡最近的时刻，但这是我自己的生命，完全孤独的。连麦肯都已经不属于我，从一出生她就已经是属于她自己的，与我分离的另外一个个体。她不知道发生过什么，也不知道会发生什么。她穿着白色的衣服和尿不湿，深深的眼眸。长长的有些翘的睫毛，皮肤和嘴唇好像被液体浸泡得有点透明。我把她放在透明的塑料婴儿箱里。她的脸有点向前突出，皱在一起。我感觉到了母爱，我原本有些害怕它不会到来，可从第一秒开始它就出现了。我把身体探出床，感觉子宫那里有种奇异的感觉，我听到隔壁床的呻吟，还有另外一个母亲轻柔的声音。

将生命交与他人之手

2000年10月

我不会经常想起哈尔沃,但每当我真的想起他,最先感觉到的总是沉重,就好像有什么东西遮挡在我面前,是我想要拨开却无法逃离的,痛苦会追着我,几乎让人无法忍受。但过一会儿,这就过去了。我最后一次见到哈尔沃,是他结束生命的三个月前,在格伦洛卡区那边的一个酒吧。我和盖尔与几个朋友在那里,也是临时起意碰见的。他和女朋友在一起,她看上去不是很和善,有点可怜兮兮的,年纪比他小很多。我当时心情不错,好心介绍他们给我的朋友,大家一起玩。过了一会儿,哈尔沃从口袋里拿出什么东西说:"我有两张5月大举进攻乐队[①]在洛克菲勒演出的票!"

"天哪!"我说,"真的假的!"虽然我追大举进攻乐队已经是从前的事了。我转过头看着盖尔,觉得他可能在这一刻看到了我身上的新的一面。给对方惊喜,在你害怕一切都一成不变的时候,发现对方新的一面。麦肯现在15个月大了,我经常觉得尿布和婴儿食物占据了我个人和生

[①] 英国布里斯托的乐队。

活太大的比重。不过几个月前我已经开始做自由撰稿人了，我的几篇文章在一本杂志上发表了，感觉一切都会慢慢改变的。我在排幼儿园的位置。

"你想一起去吗？"哈尔沃问我。我突然转过身看着盖尔，手掌交合在一起："这个演唱会我必须去！"不过我又看了看哈尔沃的女朋友："可是凡雅怎么办？"

"凡雅不喜欢大举进攻乐队。"哈尔沃说。

可后来他自杀了。我和他的这个演唱会之约化为了泡影。

"我们原本要一起去看演唱会的。"我说，"就在5月。那天晚上我们一起过得很开心。真的很开心。"

我和丽芙姨妈说，和克里斯汀说。我也想和爸爸说，但最后还是没开口。

我有那么多话想说，从很早以前开始讲起，但这些话不再有意义。我觉得自己像个孩子，真的碰到什么重要的事情的时候，并没有人有时间听我讲话。我精神紧张，不安，经常想哭，就好像嗓子里不舒服，咳出来就好一样。那是两年半之前的事情了。

我和盖尔在8月的时候买下来乌尔斯路的一座排屋。我买了放在客厅窗户前的植物，一个摆放在桌子上的一条腿举起的娃娃。娃娃和桌子都能从客厅的窗户里倒映出来。二楼传来盖尔陪麦肯做睡前准备的声音，流水声，给麦肯刷牙的声音，盖尔的声音，麦肯的声音。

"可是我不想尿尿。"

"不行，睡觉之前一定要尿尿的。"

"爸爸呀，牙膏。你忘记涂牙膏了吗？"

明天早上，爱丽瑟和扬·奥拉夫要带着松德勒来我们家。爱丽瑟很早就说想来看看我们的新房子。这提醒了我还有一些布置没有完成：再挂几张照片，给地下室的厕所买刷子和肥皂盒，还有地下室客厅的地毯。我们去宜家买了餐桌，不过要等六到八个星期才能送来，所以我们这个周末只能围着厨房里的桌子吃饭了。这个秋天大多数时间都在下雨，我和盖尔带着麦肯去东郊玩的时候就是穿着雨衣去的。我站在客厅里看着窗外的雨，转身看着墙壁和天花板，计划要做多少装饰。我曾经和盖尔说："咱们得想好，咱们是一下子都装修好，还是先弄一部分。"这些排屋是60年代建的。

我在沙发上蜷缩着躺下，这样盖尔一会儿可以躺在我身后。

"你看上去有点紧张。"盖尔说。他的鼻子摩擦着我的后颈。

"明天煮羊肉炖锅。"他说，"可以吗？"

盖尔其实是想做泰式炖锅的，但我不太确定他们会不会喜欢。他们口味比较传统。

"难道不能挑战一下吗？"盖尔说。其实这不是我想不想改变他们的问题。我只想大家一起过得愉快点，我这辈子挑战的事情已经干得太多了。

"那我可以放点小茴香吗？"他说。

"小茴香他们能吃。"我说，"抱抱我。"

盖尔向我保证他尽量明天晚上不去餐厅。他觉得周五晚上要是没有他，餐厅的其他人搞不定。

"你不是不可替代的。"我说。

"不是吗？"他问。

"好吧，好吧。"我说，"明天晚上我没你就不行。"

"我们院子里有只受伤的喜鹊在跳来跳去,"第二天,伊凡在幼儿园的更衣室里说,"它的一个翅膀折断了,就像坏掉的雨伞那样。"

伊凡是和我们住得最近的邻居,已经差不多成为朋友了,我们经常一起在阳台上抽烟。今天外面在刮风,多云,不过还没下雨,乌云在天空中移动着。麦肯和哈娜在我们背后用棍子玩沟里的草。

我和伊凡说我的二姐和妈妈要来。她已经见过克里斯汀了。

"你们几个长得像吗?"伊凡问。

"一点儿都不像。"

伊凡和卡勒住在我们边上这座排屋已经快4年了。我们刚搬过来几个星期就和他们认识了,其实我们还没搬过来的时候,两个小女孩就发现对方了。哈娜现在5岁,比麦肯大一岁。

盖尔在卡勒和伊凡请我们过去吃晚饭的时候挺开心的。他们的墙上贴着演唱会和艺术展的海报,走廊上放着一个插着芦苇的大罐子,书架上摆满了书。凳子是宜家买的,餐桌是家里传下来的古董。

盖尔说起伊凡的时候说:"我觉得她很有意思。她看上去有点迟钝,但人很好,她幽默的点很奇怪,效果反而更好。我挺喜欢她的。"

我也发现伊凡有点迟钝,不过这也没什么关系,我还是挺喜欢她的。我也挺喜欢卡勒的,他是地质学家,在植物园工作。他回家的时候都会穿着工作服,裤子上有很多口袋,反光背心,看起来一点儿都不学术。伊凡说:"他喜欢被看成工人,就有种反差的优越感的感觉。"

两个孩子经常回家了就在对方家里吃饭,有一次我们在阳台上喝啤酒的时候发现两个孩子会看两家的晚餐是什么,谁家冰箱里的冰棒好吃来决定去哪里。卡勒说:"这两个小机灵鬼。"他喝完瓶子里的啤酒,放在一边。我有种奇异的感觉,感觉自己升华了。两个世界的融合居然是可能的。不过一会儿我就平静下来了,因为事实并不是这样。这让我想起自己从前在克里斯汀和伊瓦尔家的书架上看到托马斯·曼的书时的感觉。书是伊瓦尔的。伊瓦尔啊,那个说起话来慢条斯理的律师,头发花白,一直穿衬衣和鸡心领毛衣的英俊律师。

伊凡问起了安娜·洛维瑟的情况。我说她还行,事情解决了。

"弗洛德回来了,现在她还在等他们讨论这些事情的时机,不过弗洛德觉得没有必要。"

"过去了就是过去了。"伊凡说。

麦肯和哈娜跟在我们身后,我们必须走得很慢,很慢。伊凡和卡勒两个人生了哈娜,但卡勒之前和别人生过一个女儿。他比伊凡要大12岁呢。我没见过他的大女儿,她很少来这里。

"卡勒花3000克朗买了台咖啡机,"伊凡说,"这简直是可以离婚的理由了,对不对?"她戴着绿色的围巾,穿着黑色的雨衣,大概是卡勒的。她红色的头发披散在绿色的围巾上。她和我讲卡勒要买这个咖啡机的理由。

我们已经走到了排屋的旁边。伊凡停住脚步看向花园的方向。

"我现在看不到它了,"她说,"那只喜鹊。今天早上它还在的。"

"它受伤了，大概有人帮它解脱了。"我说。

9月的时候，安娜·洛维瑟连续三个晚上都给我打电话，说弗洛德有了一个年轻的女人，可能会离开她。最近几年我和她几乎没什么联络。最后一晚，她在电话里说："我必须得离开一下。我能去你那里吗？就待一两个晚上？"

我听到客厅里电视传来的足球比赛的声音。盖尔向我保证晚上会和我一起挂几张照片，虽然他自己其实更喜欢空的墙，我觉得我已经得到了他的好意了。

"当然了。"我说，"来吧。"电视里传出观众的欢呼声。

"明天就来可以吗？"她说。

"可以啊！"我说。"盖尔周末都要工作，我也没什么计划。我去查查火车时间表。"

不过她已经查过了。

"弗洛德说想和我谈谈。"她说，"要是他周末想谈，那我就不在家了。"

"嗯。他活该。"我说。

公寓，麦肯上了幼儿园，和盖尔的关系，新沙发，在杂志社的工作，这个秋天我的生活是充盈的。虽然工作上要做的事情很多，虽然我们刚刚搬进来，还没有完全整理好。安娜·洛维瑟要来我很开心。这样一种爱的力量，如果我很快乐，那我也愿意将它扩散出去，让我周围的人也快乐。当这种快乐的感觉足够强烈，很难想象别人不会受到这种影响，他们自己的不快乐会变少。

"安娜·洛维瑟？"盖尔一边看着电视屏幕一边问。"她是谁来着？我见过她吗？是那个得妇科病的吗？"

"我小时候的好朋友，"我说，"不过我们最近几年来往不多。不是的,得妇科病的是妮娜。可以让她过来吗?"

天又开始下雨了。麦肯把一盒盒的拼图都倒出来,但是又没有拼好,我跟在她后面收拾。盖尔穿着雨衣雨鞋出去接爱丽瑟和扬·奥拉夫了,他要给他们指停车的地方。羊肉汤已经炖好,麦肯的玩具也收拾好了。

扬·奥拉夫穿着黑皮鞋,卡其色的裤子,一脸的水珠。他一进来,整座房子好像都变小了,整个家,盖尔和我,还有孩子的家,车和工作。虽然这个房子有三层,总共134平方米,我们住是刚刚好的,我还是有种把爱丽瑟和扬·奥拉夫请到了学生公寓,或是玩具房的感觉。这仿佛不是我们的,仿佛我不知道我们在这里要怎么生活。虽然唯一缺少的东西只有那张新的餐桌,还有要挂到墙上的镜子。

"你这里真不错呀!"爱丽瑟说,"有几个卧室?"

"三个,"我说,"楼下还有一个客厅。"

"你们还要更多孩子吗?哈哈,当然这不应该问的哈。"爱丽瑟边说边笑,热情地四处张望着。

松德勒追着麦肯去了楼下的客厅。扬·奥拉夫说我们买得很值。

"这些房子之后会升值的。"他说。盖尔说他没把这个当成投资。我们很喜欢这里,会一直住下去的。

盖尔倒了红酒。爱丽瑟和扬·奥拉夫一开始吃晚餐,就异口同声地称赞起食物。

"盖尔,你做什么菜都好吃啊。"爱丽瑟说。"蔬菜煮得刚刚好,菜都是热的,也没有煮过头。而且味道还总是特别好。"

"我不喜欢。"麦肯说。

"你做菜也很厉害的。"盖尔对爱丽瑟说,然后对麦肯说:"你都没吃,你知道什么呀。"

"啊,谢谢,"爱丽瑟说,"我喜欢做菜,但我做的和你完全不能比。"

我把麦肯的肉弄碎,和土豆、酱汁混合在一起。肉煮得很软烂,很轻松就能弄碎。麦肯说她不要吃肉,只想吃甜点。我努力想要维持冷静。爱丽瑟帮松德勒把肉和土豆弄成小块,他自己拿叉子吃得很好。

"你为什么不想吃呢?"我说。

"因为,因为。"麦肯说。她把叉子推出去,一些捣碎的食物从盘子里挤出来,落到了桌子上。

"你不觉得晚饭好吃吗?没有你想吃的吗?"我说。

扬·奥拉夫看了看我,看了看麦肯,再看向我。

麦肯摇了摇头。她伸出手来弄我的脸,我让她听话,但她根本不听。扬·奥拉夫的叉子刮到了他的盘子。盖尔转头看着爱丽瑟,问尤纳斯和斯蒂安怎么样了。

"不行,你必须得吃点东西。"我说。

"我不要。"麦肯说。

"为什么不?"我说。

"麦肯,家里谁说了算?"扬·奥拉夫说。

"我一点儿说了算,妈妈一点儿说了算,爸爸一点儿说了算。"麦肯说。

"啊哈,完全民主的呀。"扬·奥拉夫说。

"嗯,嗯。"麦肯说。

爱丽瑟说斯蒂安一个人在家,他们也不知道会发生什么。

"但总得让他们自己承担点责任的,"她说,"哪怕我们也总是会失望几次。"

"斯蒂安现在……16岁了?"盖尔说。

"17岁了。"爱丽瑟说。

麦肯现在跪到了凳子上。

什么都不可能让扬·奥拉夫满意的。无论我做什么,或者不做什么,我都被认定是失败的。我想不出比"你不能来我家,决定我要怎么养我的女儿"更合适的话来回应他。

可这只会让我更难堪。

"你坐下来。"我对麦肯说。

"拜拜,"她边说边从凳子上滑下去,跑进了客厅。

我全身发热,热量冲进我的眼睛、我的耳朵,不要冲麦肯大吼,不要冲扬·奥拉夫大吼,不要哭,这些都不是出口,不会让事情变好。我不能看向盖尔,要不然我就会哭的。我那么爱他。我咬紧牙关,举起杯子,喝了一小口。

"我们明天要和尤纳斯一起吃午饭。"扬·奥拉夫说。"他住在松恩的学生城,不过那里不太好邀请人去,所以我们打算去餐厅。"

"那我们请他来家里?"盖尔说。

扬·奥拉夫用刀叉把肉和酱汁都弄到了叉子上。

"好啊,"他说,"下次吧。"

"我们明天晚上要去看几个住在诺尔贝格的朋友。"爱丽瑟说,"他们的派对很有趣哦。有一年我们还玩了脱衣扑克游戏呢。"

"啊。"盖尔说。我看了看他,不过看不出他是什么表情。

我住集体宿舍的时候也有一次想到要玩脱衣扑克游戏,

那时候我和托勒夫还不是男女朋友，他显然是我们中最搞笑的。他可以是沉默和闷闷不乐的，但也会突然变个样子。输掉游戏的他只穿着一条内裤在房间里晃悠，手里还抓着一只袜子在头顶挥舞。我们都笑趴下了。当时他父亲刚刚去世，托勒夫对喝酒这件事没那么小心了。

"玩到什么程度？"我说。

"还挺厉害的，"扬·奥拉夫说，"布利特只剩下胸罩和内裤，不过这就是极限了。"

"还有汉娜·玛丽，"爱丽瑟说，"她把内裤都脱了，不过上衣留着。太搞笑了。"

我看到盖尔在嚼着食物，然后我看着他的喉结滚动，咽了下去。他透过玻璃杯看着我，举起杯喝了一口。

松德勒一吃完就从桌子旁离开去找麦肯了。扬·奥拉夫聊起了我在杂志上写的女性生殖器阉割的文章，说他看了。是爱丽瑟拿给他，然后他读的。"我不会经常看女性杂志的。"他笑着说。他很好奇我花了多长时间去了解那些异域文化的。

"这不是什么典型的女性杂志。"我说。

"做这个够生活吗？"扬·奥拉夫问。

"暂时还行。"我说。

"你不想要份稳定的工作吗？"扬·奥拉夫问。

"不想，"我说，回答得有点太快了。"自由职业会有更多自由和独立性。还有更多变化。"

扬·奥拉夫点了点头，用手指摸了摸嘴角。我有种什么东西在跌落的感觉，我好像一次次地掉进陷阱。麦肯和松德勒被电视里的什么逗得哈哈大笑。我不觉得扬·奥拉夫高我一等，正相反，我觉得他的思维很有局限性，看问题很片面。但让我烦心的是他不是意识不到自己的浅薄，而是他不在乎。这种不在乎的能力如此强大，让他对我一直能保持胜利。

"我今天采访了一个做寿司的厨师，"我说，"他刚在玛约斯坦开了一家小餐厅。挺不错的。"

"日本人吗？"扬·奥拉夫问。

"对，"我说，"不过他在挪威住了快20年了。你们喜欢寿司吗？"

爱丽瑟皱了皱眉。

"我从来没吃过。"她说。

"我很喜欢。"盖尔说。

"他会把r的音发成l吗？"扬·奥拉夫说，"没有日本人会说'艾尔'的音的，对吧？"

我笑了，他说得对，但我不觉得他这样有趣。

"你还和安娜·洛维瑟有联系吗？"爱丽瑟问。

"嗯，她刚来过这里。"我说。

爱丽瑟说她在商店碰到安娜·洛维瑟的，在那里她说弗洛德离开了她，和一个年轻女人在一起了。

"这其实有点怪。"爱丽瑟说，"一见面就说这个。而且她还带着儿子，但根本不在意他听到她这么说。他好像七八岁的样子吧。她讲话的时候，他忙着把垃圾食品一趟趟地放到购物车里。她讲个没完，他就把车子都装满了。"

"因为你总是很容易让人产生信任感啊。"扬·奥拉夫笑着说。

"嗯，会好的。"我说，"他回到她身边了。我觉得现在一切都会好的。"

"那太好了。"爱丽瑟说。

在奥斯陆中央火车站,火车门一打开我的热情就消退了。安娜·洛维瑟走下那几步台阶,漂白的头发,背着一个不太大的包。我的第一个感觉是内疚,然后就是不高兴。这两种感觉交织在一起。我突然意识到,自从我们长大之后,我想到她的时候就是这两种感觉的混合:内疚和不高兴。我们拥抱了一下。

"能从家里离开一下真的太好了。"她说。

但这是我的城市,我的心里生出一种警惕。这是紧急情况。你之后要回到属于你的地方。

"见到你真好。"我说。

"不过丢下一切的压力也好大,"她说,"你觉得我走开是对的吗?"

"嗯,"我说,"不过你也不需要离开太长时间。"

她说她在这里会过得很开心的。她说弗洛德周末得自己照顾孩子:安德烈亚斯要去一个派对,所以弗洛德晚上得等他,马尔库斯第二天早上要特别早去森林球场踢足球比赛,晚上还要去参加人家的生日会。

"我没给他准备要送的礼物,也没找他要带的东西。"她说。她耸了耸肩,有点难过地笑了笑。本来周六和周日都要开车送特蕾莎去骑马的,而且她肯定会问周末能不能请朋友过来住。

等麦肯睡着我下楼的时候,安娜·洛维瑟坐在沙发上哭,她甚至没遮脸。

"哦,安娜·洛维瑟。"我说。

每块石头都要翻动。他是什么意思,什么意思。这些不同的感觉是什么时候涌起的,代替了另外的感觉。她不能吃,不能睡。

"我已经崩溃了。"她说。

"你不要这样。"我说,"你之前就够瘦的了。"盖尔去上班前给我们做了鱼汤,不过安娜·洛维瑟几乎碰都没碰。我看着我的新家的墙面,那上面还留着之前的主人挂过的照片的印子。有钉子留下的洞,还有四方形的影子。

我感觉自己那小小的充满关爱的库存快要用光了。

"你知道我干了什么吗?"她说,"我把我们的婚礼照砸了。"安娜·洛维瑟大哭。"我没办法,真的没有办法。"

安娜·洛维瑟也注意到了敲门声。是伊凡。我说了她可以过来的,不过我没想到她真的会来。

"是我邻居。"我对安娜·洛维瑟说,"她人很好的。"安娜·洛维瑟看着我,眼睛里有害怕,也有好奇。

然后,伊凡站在厨房桌边,拿着一个碗,喝着鱼汤。

"啊,我从来没喝过味道这么好的鱼汤,"她说,"有你们做邻居真是最好的,盖尔是厨师,还是极好的厨师。"

她坐了下来,我们一起喝着红酒。

气氛很快变好了。好像是因为我们每个人的年龄、生活境遇还有星座的关系,会有一种既定的对话模式。安娜·洛维瑟和我认识快一辈子了,非常了解彼此,伊凡和我虽然刚认识不久,但也很熟悉了,而她们俩之间是完全不认识的。当然还有酒的关系。

"你有出过轨吗?"伊凡问安娜·洛维瑟。

"这个问题太私人啦!"安娜·洛维瑟说,但她是笑着说的。

"这里可没有什么太私人的问题。"伊凡说,"来,再来点酒。"

她几乎把安娜·洛维瑟的杯子加满了。盖尔从来不让人家把酒加满,说这样太粗俗了。

"你呢?"安娜·洛维瑟说。

"我只能说,我从来没背叛过卡勒。"伊凡说。

一个小时之后,她的答案变了,不过那次没什么意义。那是和几个女朋友一起去南边旅游的时候,和一个丹麦人。

"瑞典人?"安娜·洛维瑟说。

"丹麦人。"伊凡说,"一个修电梯的丹麦人。"

她说到了激情。

"我绝对可以说,卡勒和我的夫妻生活是很好的。但是我和这个修电梯的男人在一起时所感受到的,完全是不同的层次。但我不知道这种激情同房子和孩子有没有可能组合在一起?又或者和换尿布、擦玻璃?"

"那你和卡勒刚在一起的时候,你有这种激情吗?"我问,"在哈娜出生之前。"

"可能吧,但我记不清了。"她说,"感觉那是很久很久以前的事情了。"

"我好像从来没有出轨过。"我说。

"你没有吗?"安娜·洛维瑟说,不过看上去她不相信我。

安娜·洛维瑟说她和弗洛德在一起的时候也有出轨过,两次。

"我和弗洛德在一起的时候还那么年轻,那时候我还不太了解自己的身体呢。"

但安娜·洛维瑟上完厕所回来的时候,她很难过,羞愧于她讲的关于弗洛德的事情,好像她对弗洛德的出轨带来的悲伤被毁灭了,或是被简化了,不应该再被认真对待。

"我很爱弗洛德,"她说,"这是不能和别人拿出来做比较的。"

不是的,我想。悲伤就是悲伤。当人在悲伤的时候,就是这样。

"我觉得,没有弗洛德,我活不下去。"她说,声音里的认真很有说服力,她在平静中的痛苦,很有说服力。

"不会的,你可以的。"我说。

不过,伊凡也露出同样的神情。

"我也觉得,没有卡勒我就活不下去。"她说。

她们在那里说着我没有过的东西:她们可以用全身心去爱,爱一辈子,或者说她们确信自己可以这样。我对自己对盖尔的感情没有这种理所当然。虽然我觉得我这样和他在一起,或许一直在一起,比安娜·洛维瑟和伊凡此刻表现出的绝对要好。一生一世只有这个人。肯定不会是这样的。

他们会怎么看我、看盖尔呢?我现在比我生命中任何时候都要幸福,过得都好,但这也不能让我觉得我离开他不能活。没有他,我当然可以生活。我希望他们能理解我所拥有的,理解我是幸福的。

伊凡灭掉了一根快要熄灭的蜡烛。她说:"我刚认识卡勒的时候,他特别讨厌蜡烛,但我让他喜欢上了。如果我们不能时不时有个浪漫的夜晚,我是过不下去的,我们的关系需要这些。"

我想告诉安娜·洛维瑟和伊凡我和盖尔是怎么认识的。这是命运的安排,我是怎么在我们还没说话的时候就知道我们会在一起,会住在一起,会有孩子。那时候我基本都已经放弃爱情,放弃做母亲了。

"我遇到你的时候,"盖尔之前经常说,"你就像一只受伤的小鸟。在那间昏暗的公寓里,和那个疯狂的女艺术家。但你特别有生存的欲望,而且很性感。"

是的,我们整天都在做爱。每天好几次,每次好长时间。我一定不能忘记,那样的激情。他也不能忘记。

"你最终进入了房屋市场总是好的。"扬·奥拉夫说。麦肯上床了,不过已经跑下来两次了,盖尔和我每次陪她上去,她都会强烈抗议,找出好几天前发生的事情来发脾气:她不喜欢我昨天放在她饭盒里的小奶酪。她不想吃。她不要在幼儿园放学后和哈娜玩。别人不可以向她借玩具,松德勒也不可以。

"你为什么要给她喝水?"扬·奥拉夫说,"她又不口渴。她10分钟前刚喝过水。"

我对麦肯说,如果她表现不好,明天星期六的糖果就取消了。

"那你就得说到做到。"扬·奥拉夫说。

我没有回答。

"这样才不是空洞的威胁。"扬·奥拉夫说。

爱丽瑟看了眼扬·奥拉夫。

"对每个问题,他都有唯一的正确答案。"她说。

我笑了,我不知道该说什么,扬·奥拉夫对此没什么反应,好像这是对他的肯定一样。盖尔站起身,上楼去麦肯那里了。

"我还是经常想起哈尔沃自杀的事情。"爱丽瑟说。她拿起自己的酒杯,眉毛挑了挑,抿了一小口,借此掩饰她快要涌出来的眼泪。我看到了扬·奥拉夫的动作,他的上身微不可见地移动了一下:他知道自己会感到无聊的。他在为此做准备。

"没有什么是你们能做到的。"他说,很明显想表示这没有什么好讨论的,这个话题到此为止了。我说我也会想起。

盖尔下了楼,他从厨房把甜点拿出来放到桌上,焦糖布丁配梅子果酱。

"哦,我的天哪,太好看了!"爱丽瑟说,"完全是专业级的。"

这当然是专业级的,盖尔是职业厨师啊。

扬·奥拉夫拿自己的勺子挖了一块尝了尝,他冲着厨师点了点头,作为肯定。

我上次去弗莱德里克斯塔德的爱丽瑟家的时候,我和麦肯一进门,她就指了指放在厨房桌上的巧克力蛋糕。"纸袋蛋糕,"她说,"当然这和家里用自己的配料做的比不了,但味道也不差。而且特别简单。我用黄油代替了食物油,还多放了一个鸡蛋。"她脸上的神色很严肃,好像是用了理智战胜了羞耻感。我完全不懂烘焙,纸袋蛋糕什么的,对此我也没什么意见。我不明白为什么她需要特地说服我。没有人比爱丽瑟更有控制力了,没有人比她更会做出迅速而简单的决断了。像所有别的选择一样,这个也一样是明智和经过了深思熟虑的,可她脸上这种莫名的羞耻感让我想到了过去。

"可怜的丽芙姨妈。"爱丽瑟说,"我真的很为她难过。"

"我们聊起了哈尔沃的事情。"我对盖尔解释道。

盖尔说丽芙姨妈看上去是个非常坚强的人。扬·奥拉夫点了点头。

"但一个人能忍受多少也是有极限的。"爱丽瑟说。

爱丽瑟说丽芙姨妈在哈尔沃自杀前三个星期给她打过

电话，说她很担心他。

"我当时有点忙，我在和斯蒂安进行没完没了的室内讨论。我说我会给她打回去的，但我后来没有做到。"

我脖子迅速地动了动，又有点像点头，又有点像摇头。爱丽瑟看着我，目光空洞。

"还有松德勒的一切。"爱丽瑟说。是的，松德勒。他住了好几个星期的院，好像是肠子有什么问题。一个护士胸前抱着夹子说："松德勒和妈妈一起在看电视，但如果他姨妈和表妹能来看他，他肯定会很开心的。"爱丽瑟几乎一直都在医院，晚上也睡在那里。我记得松德勒在医院期间，有一次斯蒂安喝醉了，扬·奥拉夫不得不去接他。爱丽瑟看上去被自己的二儿子伤得很重，她说："该死。他怎么能因为我整天在医院，碰到点事情就去喝得烂醉呢？一不留心他就用这种方式博取注意力。"

斯蒂安这种有策略但没有责任心的行为，仿佛给我的人生打开了一个新的局面，我仿佛可以成为那个站在斯蒂安一边，或是理解他的心情的人。我也会做出和他一样的选择，只不过对我来说太晚了，要是我早点想到就好了。我记得自己15岁时各种自我怀疑的样子，我记得那时候在醉酒之后昏昏沉沉地醒来，发现记忆一片模糊，在爸爸面前大声咆哮。然后爸爸会特别冷静地说，你妈妈偏头痛犯了在楼上躺着呢，你快把她气死了。还有那天晚上更远一点儿的记忆，我和阿莱克斯睡了，我很后悔，后悔一切。那是一种让我自己几乎无法站起来继续生活下去的感觉，我几乎不相信冷漠和破坏的冲动之外的任何感觉。

"那段时间特别难，"爱丽瑟说，"我忽略了好多好多事，尤纳斯，斯蒂安，一切。还有工作。我不知道哈尔沃过得如此艰难，但就算知道我也没办法照顾他。"

她深吸了一口气，看上去快哭出来了，但之后她的呼吸又慢慢恢复平静了。接下来反而是我突然感觉所有的事情都堆积在了一起。松德勒因乳糜泻在医院住了好久。在哈尔沃自杀的时候，他还住在医院里，之前我已经忘记了。所以扬·奥拉夫没有去哈尔沃的葬礼。

"爱丽瑟，你离水池近，你能过去把水壶装满吗？"

爱丽瑟看了看他，好像不明白他什么意思。她看起来有点困惑，然后她转向我说："所以我觉得哈尔沃死后，也没办法为丽芙姨妈做什么。"盖尔拿着一壶水回到了桌子边，扬·奥拉夫表示了感谢，伸手拿过酒瓶又给自己倒了点酒。他环视了一下我们，看看有没有人的酒杯空了。

"她有本特。"我说。

"这个酒很不错。"奥拉夫说，好像他比盖尔更懂这个话题的样子。

可是我呢？我呢？我那个时候在做什么，我有照顾丽芙姨妈吗？我们刚把孩子送进幼儿园。我可以说我有很多记者的工作要做，那些任务在那个时候对我很重要。而且我没有利用丽芙姨妈给我们管孩子，我觉得那是给了她自由。我也不愿意一个人在家陪麦肯了，所以在丽芙姨妈休息的时候，我请她来帮我照顾麦肯。

在麦肯去幼儿园的第三天，我采访了一个新出道的作家。盖尔把麦肯从幼儿园接回家，等我到家的时候，他已经做了非常美味的晚餐。我很感动，非常感动。盖尔开了第二瓶红酒，地上所有的玩具都被收拾好了。那天我们做爱，就像我们刚刚相爱的时候那样，对未来充满了新的向往。就在那之后的第二天，爸爸打电话来告诉我们，哈尔沃在女朋友父母的车库里上吊了。

我记得我穿过索菲亚公园，手里拿着一双20码的雨鞋，我忘记让麦肯带到幼儿园了。20码真的很小。我只有一个念头，我得把脑袋清一清，我得努力写好那个采访，在完成那件事情前，别的什么都不能想。我怕死之前记住的信息会从我的脑海消失。

之后我又写了一篇去斯德哥尔摩的报道。克里斯汀帮着丽芙姨妈处理了所有的事情，和葬礼公司见面，写了讣告，妈妈和爸爸到奥斯陆来见了牧师。克里斯汀还帮丽芙姨妈订了葬礼的场地和餐饮服务。在很长一段时间里，我都有种感觉，有人把放在我面前的东西一点点拿走了。别人都参与其中，只有我没有。葬礼的前一天我从斯德哥尔摩回来，我的感觉就像那些情绪被一层具象的壳罩在我身体上，最上面是悲伤，厚厚的安全的一层，但所有那些被隐藏的快乐，所有我必须记住的东西都在那下面涌动着，想要冒出来。

葬礼后，我从教堂走出来，我被阳光闪花了眼睛。空气中有着春天的气息、泥土的气息和马的气息。盖尔在我身后两步的地方，爱丽瑟、爸爸妈妈、丽芙姨妈和本特走在一起。我听见爱丽瑟和丽芙姨妈说："哈尔沃就像是我们的弟弟一样。"我想，这话她说起来很容易，她比他大6岁，而且她从来也就是远方的大姐姐的感觉。哈尔沃和我曾经被迫一起待过好几个星期，或许我是把他看成哥哥的，但人们都是怎么对待自己的哥哥的呢？可是我长大之后，并不觉得和哈尔沃有什么亲密的。每次我听到他过得好或者好一些了，我都会有一种松了口气的感觉，很快就会把这件事情抛到脑后了。每次听说他过得不好，他丢了工作，或是因为失恋情绪到了谷底,我都会感到很不安,但也很快就忘记了。

有一次我和哈尔沃说,那时候我们还小:"你能不能正常一点儿?我就不用为你感到丢脸了。"当然我也会因此非常内疚。在教堂里,阿曼达坐在妈妈和丽芙姨妈中间,哭得很大声,有时候弄得牧师都想是不是自己应该停下来一会儿。阿曼达是个胖乎乎的女孩,留着刘海,戴着耳环。眼睫毛哭花了,在脸上留下黑色的印记。在教堂里的时候,我想:我可能永远都放不下对哈尔沃的内疚了。但后来我又想,我也可以带着它生活下去的。是的,就带着这种内疚的感觉,继续生活下去。出门,走上大街,每天早上起床,晚上睡觉都带着它。这种持续的内疚不会变多,不会变少,只会因为时间而渐渐褪色。喝咖啡的时候,和人聊天的时候,上班的时候,它都会在。

安娜·洛维瑟和我在上高中一年级时经常会在小广场碰头。她学的是卫生和社会,我们会一起抽烟,喝从家里酒柜里面拿的不同的酒水。有一次哈尔沃也来了小广场。很早之前我就发现他喜欢安娜·洛维瑟了,而且我也告诉她了。安娜·洛维瑟低声和我说了什么。然后我们当着哈尔沃的面将脸凑向对方,亲吻了一下。他立马逃跑了,消失不见。多么大胆,多么欢欣,多么有活力,我觉得这不是因为忌妒,或者说是因为另一个人的忌妒而感到开心。当然我也有点儿害怕,有种很早之前残留下来的担心,担心他会把这件事告诉爸爸妈妈。但他不会的。或许另一种恐惧是不知道哈尔沃能忍受多少,是不是打击太大、太多了。或许这只是我自己这么想而已,对于生活,他一直都处理得很不好。但我也放不下自己做得太过分了的想法。

"男孩更难一点儿,"妈妈曾经说过,"他们不会把让他们难过的事情讲出来。你们就不同了。"她是指爱丽瑟、克里斯汀和我。"你们有点不如意都会说出来的。"

其实我觉得正好相反,女孩儿比男孩子更脆弱。可当我想到我的外甥的时候,他们感觉就是很难接近,很封闭。还有乌尔里克。哦,不,乌尔里克不是。他是那么开放。他想给我整个世界。他会在铺满树叶的地上四处寻觅,找到比自己脑袋还大的叶子送给我。他会给我石头、小糖果、画,他会告诉我他和小伙伴们玩了什么,他学了冥王星、水王星,他挠了挠屁股。

安娜·洛维瑟和我几乎有好几年时间没什么联系,然后在哈尔沃自杀之后的那个国庆节我们在弗莱德里克斯塔德偶然间遇到了。麦肯那时候1岁半,坐在轻便的童车里,我和爱丽瑟为了松德勒一起去学校操场。安娜·洛维瑟在组织"鸡蛋跑",正好在给下一组参加的人发勺子和鸡蛋。一个孩子的鞋带散了,她手上拿着鸡蛋和勺子看到了我。"你能帮我拿一下吗?"她说着,突然认出了我说:"啊!莫妮卡!"我们很快地拥抱了一下,然后我接过了她手中的勺子和鸡蛋。鸡蛋一头是敲扁的,很显然是个熟鸡蛋。我的第一反应是把哈尔沃的事情告诉安娜·洛维瑟,但我后来还是没那么做,时间、地点都不对,我得控制一下,把注意力放到眼前的事情上来。我觉得我自己随时都可能大哭起来。只是一看到她,我的身体就好像被什么东西淤堵住了。我想,这就好像是喂流浪猫,必须小心做出我做的承诺。我看着勺子、鸡蛋,死死地盯着那颗鸡蛋,努力把眼泪憋回去。

安娜·洛维瑟蹲下身,给那个男孩系上了鞋带。她穿着一条红色低领的裙子，身材很苗条。她都有三个孩子了，简直让人不可思议。我把勺子和鸡蛋还给她，想到一句和当前的情况一点儿关系都没有的话：把自己的人生交到别人手中。那个垃圾场已经被夷为平地，建起了住宅，现在真的是有人在那里居住了。安娜·洛维瑟指了指麦肯说："麦肯！天哪，她都长那么大啦！真是个漂亮姑娘。"

然后她的注意力回到了"鸡蛋跑"上面："咱们之后打电话啊！"我说。她使劲点了点头，然后我握住童车的把手，走了。我在钓鱼游戏旁边找到了爱丽瑟，松德勒拿着鱼竿站在一堵墙旁边，把鱼线甩到另外一边。他把鱼线绕起来之后，钩子上挂着一个装着广告的小球。

"啊，看看你钓到了什么！"爱丽瑟说。麦肯坐在童车里往外张望，嘴巴闭着，注意力被外面的人和发生的事情吸引了。我想着麦肯，她肯定会自己过好日子的，无论怎么样，一切都会好的。妈妈和爸爸请丽芙姨妈和本特过来，他们是前一天到的，我记得本特在丽芙姨妈身旁显得特别帅。他穿了西服，打了领带。我特别高兴，因为丽芙姨妈有了他以后，不再一直需要妈妈和爸爸了。

第二天早晨，盖尔特意布置了早餐桌，麦肯说想要吃涂花生酱的面包，可后来又不想吃了，要吃牛奶泡麦片。盖尔给爱丽瑟、我还有他自己倒了咖啡。昨天晚上扬·奥拉夫先走了。当时盖尔正在和餐厅的人打电话，好像电路出了点问题。盖尔打完电话的时候，爱丽瑟和我已经把桌子收拾好了。那时候大概11点半。

我听见扬·奥拉夫在厕所里冲水的声音。他每天早上都会占着厕所很长时间，这些年有多少次我们大家都坐着等他吃早餐。但大家都不说什么，没人评价过这件事情。

他下来了，倒了咖啡，眼睛扫着桌上的配面包吃的东西。我心里一阵恶心，他在洗手间待了很久之后，总会有这种气味。须后水、洋葱、酸酸的毛巾、牙刷、屁。潮湿的。

爱丽瑟说她觉得麦肯和松德勒玩得很好。"松德勒能有点和女孩子在一起做的事情真好。"

"能把火腿片递给我吗？"扬·奥拉夫对盖尔说。

昨天晚上我们睡觉的时候，我对盖尔有种感激，这胜过了我对扬·奥拉夫和爱丽瑟的挫败和不满。盖尔低声说："干得漂亮。"我们轻声地笑了起来，然后做爱。静静的那种。现在吃早饭的时候，我的身体还能感觉到那种美好。

"麦肯的膝盖上经常会有洞吗？"爱丽瑟说，"我以为只有男孩子会这样，我真的一点儿办法都没有。男孩子比女孩子淘气多了。我都给儿子裤子上都缝了补丁，就像那种从前的家庭主妇那样。"

扬·奥拉夫让爱丽瑟把鸡蛋酱递过去。

"麦肯膝盖上总有洞，我用这种贴布来加固的。"

爱丽瑟有了兴趣。

"这个能不掉吗？"她问，"我之前用的时候一洗就掉了。"

我说它们基本没掉过。

"你得和我说说你是怎么弄的，"她说，"我贴的总是会掉。"

麦肯从桌旁走开了，几乎什么都没吃。松德勒放下手里的面包看着爱丽瑟。

"你得和我说说。"爱丽瑟对我说。

"再坐一会儿。"扬·奥拉夫对松德勒说，"把你的面包吃完。"

爱丽瑟脸红彤彤的，看起来很高兴，我突然意识到我错了，那么多年在爱丽瑟喋喋不休地聊家庭生活、孩子和家务的时候，总有种在抱怨的感觉。她说着洗衣的程序，自制的高汤，给衣服贴标签，扣不紧的饭盒。有时候她是在提升全职妈妈的水平：煮意大利面的时间好让它更有嚼劲，给扬·奥拉夫烫亚麻的衣服，逼着斯蒂安去上钢琴课，用马苏里拉奶酪做比萨。"他有音乐天分。"她说，斯蒂安刚会说话她就这么说，他喜欢唱歌。可我从来没看到，或是听到这孩子有任何音乐天分。他唱起歌来和别的孩子一样，所有的孩子都会唱歌的。或许对她来说，向我表达这些胜利是很重要的，这是她靠近我的方式，这是一种祝愿，希望我也能和她一样进入这种有意义的人生。

那天清晨我和麦肯醒来，看到安娜·洛维瑟站在露台上，穿着外套在抽烟。那是在和伊凡喝酒那晚之后的一天。她的面前放着一碗燕麦粥和牛奶。

她做了咖啡。我把麦肯放在电视机前，拿了一杯咖啡向她走去。"我一晚都没睡好。"她说，"或者说我睡了，但5点就醒了。我在床上忍到了6点起来的。"

天空很蓝，但花园里的大多数地方还阴着。那棵小小的苹果树之前还有黄色和橘色的叶子，现在叶子已经全都落没了。

"盖尔打算在花园里自己种些蔬菜。我能抽你一根烟吗？"我说，"我的昨天抽完了。"安娜·洛维瑟把她的烟盒递了过来。

椅子上的木头都是潮的，不能坐。

"你怎么样？"我问。安娜·洛维瑟脸色苍白地笑了笑，耸了耸肩。

"他还打算种棵果树。"我说。"他说我们之后能自给自足。"卡勒和伊凡家很安静,没有亮灯。安娜·洛维瑟说:"我告诉你件事情,特蕾莎的女朋友的爸爸很帅。个子很高,很瘦,灰色的头发。"

她弯下腰,在陶罐里把烟熄灭了。

这句话悬在空中,她把一切都留给我来解读。她坐在阳台上看着清晨的阳光,头发凌乱,不知道是想得到我的祝福,还是认可,我不太清楚。或许我也应该和她说个什么秘密。她时不时用勺子从面前的燕麦粥碗里吃一口,毫无颜色,像她的皮肤和头发,像她的睡裙。我对离婚的男人没有什么想法,没有评价。她不能自己找到答案吗?

"精神科的护士,"她说,"我们聊过被背叛,被抛弃。"

"他怎么说的?"我问。

"一切都很痛。"她说。

我是可以支持她的,鼓励她走进这段感情,总比一直待在家里等着弗洛德做出决定强。但这看上去也是那么无望而悲痛。

"要是一切都完蛋,"她说,"要是弗洛德不回来了怎么办?"

"他肯定会回来的。"我说。后来他果然回来了。

"你自己也是一个女人。"爱丽瑟曾经说过,"你什么意思?"我问。"有时候你好像不喜欢别的女人。你只喜欢你自己。"她说。她轻轻地笑了笑,好像是要缓和她说的话。那时候她大概40岁,我33岁。我记得她从来没有对我说过这么直接的话。我大概和她说了半个小时的话,她一直在叠衣服。我扑哧一声笑了出来,使劲回忆我刚才说了什么。那时候我在当老师,我讲了海勒和欧恩斯坦的事情。海勒的苦涩和悲伤，因为她发现欧恩斯坦不想和她在一起，想和我在一起，四处诉苦。"可你觉得她这么做能得到什么？"我和爱丽瑟说，"她不知道这样只会让自己更难堪吗？"

是的。如果我觉得自己像是别的女人那样，或是别人是那么看我的，我一定会感觉很绝望的。有一次我在购物中心的一个咖啡厅和一些当初差不多时间生孩子的女人聚会，另外四个女人和我的情况基本一样。那些谈话，那些裹在不合身的衣服里松垮的身体，大脑里一片迷雾。她们是这么说的，哺乳期，好像脑子里都有雾。我是自己在卫生站登记那个名单的，这是完全自愿的。自从我结束产假之后，我没有读过一本书，几乎连报纸都没翻过。一个穿着西服的人看了我们好几眼，他肯定更希望在一个没有孩子大吵大闹的地方吃他的法棍。我觉得很羞愧。我为其他人感到羞愧，也为麦肯感到羞愧，她在啃着我的小臂，发出模糊的哼唧声。

我记得妮娜说过："娜拉刚出生的那几个月，我简直就活得像个僵尸。我觉得我在一颗陌生的星球上，有人强迫我接受了我根本完成不了的任务，没有任何人能帮我。"

那个时候麦肯才几个月大，我已经在和妮娜说，当然也只是随便说说，自己想要更多孩子了。

"我很害怕，"妮娜说，"我一直惶恐有人会看透我，把她从我身边带走。助产士，特鲁斯的妈妈，甚至我的妈妈，或是莱玛超市的收银员！如果她在那里大吵大闹的话。我真不确定我是不是还能再做一次。怀孕，生产就不说了，还有再一次为另一个生命承担那么大的责任。"

我从来没这么想过。不过如果我现在想想，我只是因为别人都有，才想要这些。我都没有思考过我自己是不是真心这么希望的，不过我也不记得是不是为自己是否能胜任而感到不安。

爱丽瑟蹲在地上，对着走廊里的镜子把头发梳成一个马尾辫。镜子还没上墙，就靠在墙上。松德勒冲麦肯喊着什么，态度不太好，但这多半是她先惹的他。我心里挺高兴，这三个人很快就会离开这间房子了，房子又会空下来。重新变成温暖的，墙体和家具间的秘密是我的。我晚上还会和盖尔做爱。

不过麦肯看到他们离开会很难过。她半躺在沙发底下，哼唧着。她现在满是愤怒的情绪，这是她以自我为中心的表现，她很生气是自己破坏了这一切。刚才因为她发脾气，所以浪费了很多和松德勒玩耍的时间。我让她安静，虽然我也知道这么说没什么用。我对自己说，要不就这样让她去吧，可是我真的做不到。我必须让她停下来。我把她拉出来，她喊得更大声了。我说她如果继续胡闹，星期六就没有糖果吃。她稍微停息了一下，然后又立刻开始哭喊了。

这时候，盖尔进来了。

"我刚列了购物清单，"他说，"你要是愿意，可以去购物，我来对付她。"

幸福感穿透了我。

我离开了盖尔和麦肯，她还没停止喊叫。太阳穿过潮湿，光秃秃的苹果树枝，看上去好像结满了蜘蛛网一样。

伊凡手里拿着个黄色和黑色的塑料袋，站在垃圾箱旁边。她看到我的时候，身体颤动了一下，脸上满是愧疚的神情。她说："那只喜鹊，卡勒拿石头把它砸死了，太惨了。"她打开垃圾箱的盖子，把袋子扔了进去。落到垃圾上的时候，发出很沉的一声，伊凡盖上了垃圾箱的盖子。

我沿着鲁格大街往下走，人行道边有细细的水流，在阳光下闪着光。爱丽瑟和扬·奥拉夫已经走了，结束了，一切很顺利。我思考着我要写的文章开头要怎么写，期待着我坐下动笔的那一刻。最近两三年，我已经给不同的杂志和报纸写了30篇文章，做了五到十次的采访。有关女性生育年龄推迟，足球运动员和自己母亲的关系，家具装修潮流，奥斯陆下水道的老鼠，学生午餐的营养成分，等等。好像我的大脑正在逐渐发展一种能力，让我能够对我其实完全没有兴趣的事情和主题产生新的想法。我在写作的过程中就会对这些主题产生兴趣。

如果盖尔之后能给我几个小时的工作时间，那我真的太爱他了。

"你自己小的时候就很有脾气。"丽芙姨妈和我这么说过。那个时候麦肯还是个小婴儿呢。

"我在照顾你的时候，如果你不想自己一个人睡觉，你就会大喊大叫，直到你达到目的为止。我只是要出一下房间。那也不行，我只能留下。就好像是公主殿下的命令那样。直到你睡着为止。"

沥青路上的垃圾被雨水打湿，一块巨大的巧克力包装纸在台阶下，太阳照在上面，水珠闪闪发光。我好想把它捡起来，可以用来做点什么。那些新的印象，风如何吹过我头顶的树梢，沙沙作响，从树上落下那些细小的东西，落在沥青地上，咚咚作响。我想着我要买的东西——意大利腊肠，盒装的西红柿，啤酒，卫生纸，彩椒，牛奶巧克力。生命是如此充盈，几乎让人无法承受。

有一次妈妈坐在厨房的桌边，有点忧伤地摇摇头。就好像她的生命很失败，一切都是悔恨。麦肯那时候一岁了，头发已经长到我可以扎起一个小辫。她把我妈妈所有厨房抽屉里的勺子都拿出来了，特别专注，很有系统性的。对她来说，这是一个不能乱来的大项目。那个时候她是那么可爱，看着她都觉得有点痛苦。妈妈说："金色的白桦树叶，放着巴赫的音乐。这些事情让生命活得有价值。还有你们。你坐在儿童椅子上，吃着涂满覆盆子果酱的面包片。"她用手蒙住脸，让指尖慢慢滑落。"整张脸，"她说，"你让生命有价值。你明白吗？"我点了点头。我说不出话，理智上说，我知道这是因为她的多愁善感，她的戏剧性，但我的感性让我感觉无比幸福和感动。做一个一岁的孩子，做那些一岁孩子能做的事情，就能让妈妈那么幸福。

"我们俩都有自己要面对的问题，我们俩都是。"妈妈说，"我觉得这也让我们成为更好的人。"这是我第一次听到妈妈拿自己和我做比较，她之前一直强调说我和她很不一样的。她不理解我，她觉得无法明白我的想法。而我也不愿意和妈妈一样，那么抑郁而冷漠。我觉得我身上完全没有那样的东西。

分享快乐，快乐就变成为双倍

2002年7月

有一次我带克里斯汀的儿子们去城里玩，那是我刚认识盖尔的几个月后。我觉得大家刚开始恋爱的时候都会特别开心。我想带他们去柯尔克喝热可可的，不过他们想吃冰沙。

"冰沙啊？"我说。那时候圣诞节刚过，天气还是零下好几度，刮着大风。"你们不想喝热可可吗？"

"不要！想吃冰沙！"嘉尔说，他那时候大概五六岁的样子。

"我也要吃冰沙！"尼尔说，他八九岁。

我们在奥斯陆购物中心找到了一家卖冰沙的店。我们穿着外套坐在塑料凳子上。

"你知道要是吃冰沙吃到头疼要怎么办吗？"嘉尔说，"接着吃。但大家都不是这么想的。"

后来我们去了卡尔约翰大街。我们路过艾格购物中心的时候，就已经能看到王宫了。冬天的光线真美，不管是早上还是傍晚，天边地平线上都是暖暖的橘黄色。孩子们的眼睛很蓝，很蓝，脸被帽子和围巾遮起来。尼尔比嘉尔高一个头。我那天晚上要和盖尔见面的，我们的感情是双线的,非常有安全感。我觉得我又相信了,一切都很好,今后的一切也会很好的。我们在路边看到了一个小丑,他在用细细长长的气球做动物,这吸引了嘉尔的注意力。虽然我没有和小丑有眼神的接触,但他的目光跟随着我们,突然,嘉尔手里拿到了一个用气球做的小狗。

"莫妮卡姨妈。"他小声说。

"你把它还回去。"我说。他试了试,但小丑不愿意接过去。我们继续走,我加快了脚步。现在小丑挥舞着手中长长的气球追着我们跳舞,他的嘴边画着大大的笑容,但他的嘴并没有笑。他向我们伸出手要钱。他的眼睛旁边画着白色,使他的眼白看上去有点发黄。我再和嘉尔说了一次让他把气球还回去,嘉尔两只手都伸出去要把气球塞给小丑,但他就是不接,他就是要钱。他离我们越来越近,挡着我们前进的防线。周围的人都绕着我们走。我看了看四周,想看看有没有人看到这里发生的事情,愿意来帮忙,但所有人都忙着自己的事情。有个穿皮草大衣的女人路过的时候眼睛看着我们。最后我放弃了,问小丑他要多少钱。他轻快地说:"25。"他的牙齿是黄的。我指了指另外一个蓝色的动物气球,给了他50克朗,然后把蓝色的气球给了尼尔。小丑蹦蹦跳跳离开我们的时候,我感觉到一阵轻松。我刚才都有点害怕,然后是生气。在这么人来人往的卡尔约翰大街上会发生什么呢?尼尔把气球举在我面前说:"莫妮卡姨妈,我不想要这样的!"他咬牙切齿地说出这句话,这让我感到一种永远不会褪去的羞耻。尼尔和嘉尔永远都会记得的。我只想蹲下来,用双手捂住耳朵。

"你知道我多大了吗?"尼尔说。

"对不起。"我说,"那两个都给嘉尔吧。"

"那给我什么呢？"尼尔说。

伊凡给了两个女孩一人一个冰棒。我从阳台看过去，他们的遮阳棚整个都被放了下来，整个阳台都在阴影中。

"我们也应该弄一个这样的。"我指着遮阳棚对盖尔说，他点了点头。我们快吃晚饭了，但还剩下了很多火腿片、扁面包和芦笋罐头，白色有光泽。回家的时候我知道盖尔会说什么：店里有那么多新鲜的脆芦笋，她偏偏要买罐头的！

"你们最近注意到哈娜了吗？"伊凡说，"我们有点为她担心。她最近身体不太舒服，总是说腿疼。"

"她有点不像自己了。"卡勒说，"不过我觉得应该不太严重吧。"

"我们担心的是会不会是白血病。"伊凡说。她半张着嘴，没有说下去，看了看我，又看了看盖尔和卡勒。"她有点……贫血。"她摸了摸脸。

我说我们没注意到什么特别的。

"你们不能带她去看一下医生吗？"盖尔边给自己和伊凡倒啤酒，边说。

"嗯，不过医生休假去了。"伊凡说，"所以我们想着等他回来再说。"

"应该没事的。"卡勒说。

"嗯，"盖尔说，"孩子总是要生病的，有些阶段可能生病多一点儿。我觉得她现在看上去挺好的。"

伊凡调了调太阳椅的靠背，往后倒了一点儿。

盖尔和我在买花园家具的地方买了带绿色垫子的硬木凳子。那个年轻店员花了好长的时间也没找到我们要的凳子。盖尔越来越急躁，他们让我们到谷仓外面等。这就好像是因为盖尔的行为威胁到了他们一样。这让他更生气了。我们站在沥青路面上，6月的天气很不错，其实站在阳光下我们挺开心的，但我的身体好像很僵硬。我不知道我究竟是喜欢盖尔生气，还是不喜欢。我喜欢他因为合理的事情生气，但我并不喜欢他生气的样子。

"不过我能理解你们担心，这很正常。"我说。

卡勒指了指哈娜和麦肯，她们手里拿着冰棒，肩并肩地坐在台阶上，光着脚。麦肯侧着脑袋，从边上舔着冰棒，她的头发扎成一个马尾，在阳光下是淡淡的金色。我一点儿都不为她担心，我几乎从来没有为麦肯担心过什么。

"夏天要让孩子开心太容易了。"卡勒说，"给他们冰棒就好。让孩子吃吧，夏天那么短暂。"

我冲他笑了笑。

"这俩孩子可没少吃冰棒。"盖尔说。

伊凡又给自己和盖尔倒了啤酒。

"塞尔玛昨天回她妈妈那里去了。"她说，"因为不想让她看到我们喝酒，所以五天我们一口酒都没喝。"

"是我前任说要这样的。"卡勒说，"我也能理解她的逻辑。不过我这么做也是想避免冲突。"

啤酒让我嘴里有种吸住的感觉，大腿有点紧张，好像不像往常那样放松。

"麦肯秋天要开始踢足球了。"我说，"盖尔是这么希望的。"

卡勒点了点头，手里收拾着盘子和餐具。

"你知道我们可以和谁联系吗？"盖尔问。

"我可以给你女足带队教练的电话。"卡勒说，"我们一起鼓励哈娜和麦肯夏天多踢踢球吧，这样麦肯开始的时候能顺利点。和男孩不一样,女孩子很难判断足球会怎么运行。"

他拿起一堆盘子,走进房间去了。伊凡转头看向我,低声说:"你不知道塞尔玛回她妈那去有多好,我都快想弄死她了。"

早上,卡勒出现在我们两家共同的车道上,他手里拿着一个很大的白色物体,后来发现是个火腿。苹果树上掉下来一个果子,就掉在他旁边。

"这个五公斤多呢。"他说。他用棉布包裹着这块火腿,能看到一点儿露出来的肉,有点像木乃伊的样子。他的头顶,阳光闪烁,树影婆娑。

"伊凡让我请你们晚上来吃火腿。"他说,"我们可以在阳台上吃。"

他抱着火腿的样子就好像在抱着一个小婴儿。我看了看天。苹果树的树叶在风中摇晃着,天空中飘着很厚的云。

"你觉得天气能撑住吗?"我问。

一个小时之后下了一阵雨,打湿了一切后,太阳又出来了。一切都闪闪发光,树丛、花朵、树木,阳台下放着的玫瑰花。

从卡勒说的"两个折中主义者"到我们站在他和伊凡的厨房里接吻,之后睡在他们的床上,大概过了1年8个月。我无法相信这样的事情会发生,我想我是无辜的,我没有计划这么做,没有想到会发生这样的事情,我不过是去那里向伊凡借本书的。

躺在阳台上看书,享受孤独。

盖尔和麦肯去了盖尔在康斯文格的父母家。伊凡带着汉娜去看她姐姐了。我们的周围都是伊凡和卡勒的东西。

这事情也没办法当作没发生，我想，这个影响太大了。我们大家都住在一起，在这个小小的居民区里。我想伊凡要是发现我看到这样的厨房会感觉多么糟糕。料理台已经发霉了，上面放着油瓶、醋瓶、调料瓶，还有开着罐的果酱瓶、杯子、盘子和马克杯，一个放着三个香肠面包的袋子，几把抹过黄油没洗的刀，上面还沾着面包屑。面包屑还落在桌面上。墙角落了一堆碎屑，就像沙滩上海浪留下的痕迹一样。光滑的柜门上有好多油渍和指印。窗台上摆着一个放橡皮筋的塑料盒，有红的、蓝的、黄的、绿的，散落在四周。课程表上也都是油渍。金属的吸顶灯在桌子上面，满是灰尘。我们走进了卧室，但没有掀开床罩，那上面的图案是突尼斯来的。

我们把衣服全脱了，赤裸着身体，躺在他们的床罩上。卡勒身上有晒过的痕迹。他连肩膀上都有汗毛。他很重地亲吻我。我身体里蒸腾起的欲望让我无法提问，问自己在做什么。有一个柜子的门是打开的，我能看到伊凡的衣服、裙子，还有好多颜色的衬衣、直筒裤和浅色的上衣。我全神贯注，好像我必须得观察、记录所有的细节，房间，卡勒的身体，他的举动，还有我的身体感受。这就好像我知道这是为了保存这美好和充满意义的时刻，在未来能够拿出来细细体味，或者是为了向盖尔、伊凡隐瞒发生的这一切，或是在某一天这件事被揭露的时候为自己辩护。我躺在那里，全神贯注，但我不害怕。我付出的代价，承受的风险太大了，我不能因为害怕或是遥远就毁掉这一刻的感受。

卡勒拿了一瓶威士忌和4个酒杯出来。伊凡问盖尔，如果我瘫痪了，他会不会离开我。金色的阳光打在绿色的植物上，冰棒的包装纸掉在草地上，被风缓缓地吹动。卡勒指了指放在一边的火腿。

"不要停下，继续吃吧。"他说，"要不然我们恐怕得吃到圣诞节。"

"嗯，"盖尔说，"给你穿衣服，喂你吃饭，用轮椅推着你？"他看着我的眼神有点复杂。我突然有种愚蠢的想法，就好像要祈求盖尔：我们不是爱着彼此的吗？他拨了一下额头前的头发，又落了下来。不是吗？

卡勒给4个杯子里倒了威士忌。他又指了指火腿，说："别停下来。"

"你呢？莫妮卡。"伊凡问。她的红头发像头母狮子一样。"要是盖尔只能坐轮椅了，你还会维持和他的婚姻吗？"

"我们没有结婚。"我说。但最后，我还是要回答这个问题。

"会的，"我说，"我会的。"这就像是一种宣言，百分之百真诚的，只是被逼迫出来的回答。就像年轻人回答你是不是爱你的母亲或是姐妹一样。是的，是的，好了，现在可以放过我了吧。

盖尔身体往前倾，从火腿上切下一小片肉，放进了嘴里。

"只有死亡能将我们分离。"我说。

"那……"伊凡想说点什么，但又笑起来没说下去。

"你整天也不想点什么别的。"卡勒看着自己的妻子温柔地说。他身体往后靠了靠，手插在短裤口袋里，肩膀耸着，很亲昵地看着伊凡。

傍晚的阳光落在草坪上，垃圾箱旁的松树被拉出长长的影子。我想起盖尔和我刚刚开始恋爱的时候,每天晚上我躺在他的臂弯里,感觉我们俩就是一体的。不过一会儿之后,我们之间的联系就断了。他睡着了,翻过身,我也转过身。每晚最初的鼾声一起,我明白一切都失去了。然后我脑子里的各种念头开始蔓延,想我已经多少岁了,所有那些做错了的事情,洛阿尔。我那时候其实和图伦的租房合同还有三个月,但她没有坚持,让我走了,只让我付了一个半月的房租。

"这就好像是我们只是在等一切结束一样。"卡勒说。他在说自己的大女儿。

"她和她母亲一样糟。"他说。

"这么糟吗?"我问。

"她完全让人喜欢不起来。"伊凡说,"没礼貌。要不是我知道情况,我会以为完全没人管教她。"

那一刻,卡勒脸上的神色好像8岁的小男孩,那么脆弱,需要人安慰。伊凡自己也有孩子的,她应该知道只有他能说塞尔玛不好。

"突然我们家来了个陌生人,"卡勒说,"我不觉得我们该花那么多时间去理解她、熟悉她,希望她过几年就会变成原来那个桃仁喜欢的塞尔玛了。"

"塞尔玛是世界的中心,所有其他人只是为了满足她的需要而存在的。"伊凡说。我又看了一眼卡勒,看到他脸上那种痛苦或是恼火的神情。

"她不是在装模作样,想要表现得自私自利,她现在的世界观就是这个样子。"他说话间笑了笑,举起了威士忌酒杯。

我和洛阿尔在一起的那一年,和他还有他女儿去了一次山里的小木屋。洛阿尔让蒂拉坐在副驾驶，我坐在后面。后来我问他的时候，他说他不想让女儿觉得我抢了她的位置。"她习惯坐在前面。"他说。后来我想："你是什么意思，你知道自己说了什么吗？"不过，我那时候还想努力去理解他。或者说我对他的理解是被默认的，所有的一切都基于我的理解智商。如果不是因为我的理解，所有的一切都不可能发生。蒂拉坐在副驾驶上嚼着口香糖，吃完一块吐出来又换一块新的。等我们到了目的地，在沼泽、绵羊和汽车尾气混合的气味中我们将行李包和购物袋一个个拿出来的时候，她就坐在车里。

星期六的时候我们去徒步，带了饼干、巧克力和咖啡，那天晚上我们烤的牛排，那是蒂拉最喜欢吃的食物。洛阿尔冲着太阳大喊。我们终于拥有了彼此，克服了重重困难，忍耐了那么久，最终呈现我们面前的是幸福和爱。对我来说真的是不可思议，哪怕到了现在，从别的角度看都是这样。但当我们想要找到一个合适的地方穿过沼泽地的时候，洛阿尔看了看天空，很显然是要看太阳的影子是冲着什么方向。我觉得我们可能走错路了。我很清楚，我的身体都很清楚，如果出现什么意外的情况，他一定会先救蒂拉的，比我优先很多很多次。因为她身体里流着他的血。我只是一个没有后代的雌性，我是可以被抛弃的，没有人会穿越水火来救我。我想象着那样的图景，4个人走在路上，洛阿尔走在最前面，后面跟着两个女儿，安走在最后面。他们穿着登山靴，光着的大腿上有很多蚊子包。

星期天，洛阿尔和蒂拉两个人跷着脚躺在沙发上，我一个人在打扫。洛阿尔手里拿着菲利普·罗斯的小说，蒂拉在看杂志。我把洗干净的热乎乎的杯子倒扣在格子抹布上，肥皂泡顺着杯壁流下来。苍蝇在窗户边飞着。每次我的手放进水里，热量就像怒火一样穿过我的身体。玻璃杯上沾着培根的油。窗框上满是灰尘。

蒂拉那时候17岁，她的父母刚刚分开。她在学校学习很吃力，没什么朋友，还超重。而我因为终于获得爱情而激动不已，投身命运，完全沉溺其中无法自拔。

夏天的夜晚是明亮的，天空几乎还和白天一样。无论我们谁的酒杯一空，卡勒就给我们倒酒。盖尔聊着餐厅的事情，很快又讲起了《启示录》里面那个厨师。盖尔模仿着那个厨师的样子，我已经起码看过他这么做十次了："我来这里做菜的。"他说话的时候，把啤酒杯在桌上移来移去。

"我来这里不是要干这个的！我他妈的不需要这个，我不想要！我上他妈的八年级不是为了来这里的！我只是他妈的想要做菜！我只是想学怎么做菜，妈的！"看上去卡勒也看过这部电影，但伊凡没看过。不过他们俩都笑了。我也笑了。孩子们在沙发上睡着了，电影还在放。这个季节已经到了晚上天也不黑。没啥区别。

到了某个时刻，我完全放松了，我已经不再在意任何事情，只有眼前，只有现在发生的事情。卡勒进入我的身体，湿热的气息在我的耳边：那一刻我将自己的生命交了出去。之后是那种强烈的感觉，感性。好像躺在沙滩上，忧伤地看着我的生命：所有我拥有的一切。我会失去吗？是的，有可能会。我为此感到恐惧吗？当然，可恐惧与激情，总是如此对抗着。

我和卡勒上床之后，当盖尔带着麦肯回家的时候，我的快乐如此讽刺。麦肯坐在关着的电视前唱歌。我似乎必须为这种快乐说点什么,所以我说我想要找份固定的工作。我看到一家广告公司在招文案写手。盖尔几个星期前提议过这个建议。作为我出轨的补偿,我或许应该放下自由写手这件事一段时间,再去找个稳定的工作。毕竟我们需要更多的收入。

"或许可以看看你每个月的平均收入。"

我们需要更多钱,我无法想象他会说出这样的话。

但那时我太兴奋了。

"你还是愿意去找稳定的工作?"他说。

"嗯,我有点不能接受经济上的不稳定。"我说。

很快就要到夏天了。麦肯掉了一颗牙齿,我觉得好高兴。一切都有自己的安排,一切都是应该有的样子。我在面包片上涂上猪肝酱,放进饭盒里,用抹布擦一下桌子。盖尔带着麦肯去学校,我冲他们挥挥手。但一切都不同了,我回家也和之前不再一样。新生的温柔,有时候压倒一切,仿佛盖住的是一层恼怒。我想要打破这种温柔,保留住我自己。小小的突然袭来的记忆,会在我给麦肯的麦片倒牛奶的时候,把毛巾放到洗衣机里的时候造访。卡勒用手按压着我的屁股,让我们的身体能够贴得更近,让他更深地进入我。我推着洗衣机的门,再拉开,我能听到它被空气吸住的力,感受着它的阻力。水流在里面冲刷着。我站起身的时候能感觉到自己的膝盖。我的身体完全不一样了,疲倦,致命,但充满生机。麦肯在我生日的时候送了我小小的肥皂做礼物,这是盖尔带她买的。它们被做成不同水果的形状,配上相应的气味:橘子味、苹果味和柠檬味,这些气味和卡勒联系在一起了。在他把之前摘的眼镜戴上去之前,他用T恤衫擦了擦镜片。

有一天盖尔和卡勒一起站在厨房里,我从阳台走进来。我全身都僵硬了,我走进洗手间,麦肯正坐着尿尿。她看了看我,站起身来,她的脖子上有点红色的斑点。她双腿分开,用纸擦了擦,然后把纸扔进厕所里,穿上裤子。她好像突然醒悟过来,站起身,眼神像闪电一样:"出去!我在上厕所啊!"

太阳升起来了。伊凡很早之前就去睡了,她最后说的是:"哦,还有6个小时我就要起床去上班,去帮那些醉汉和单身妈妈填表格。"

可怜的伊凡。我对要去找份固定工作恐惧了起来。麦肯在他们家的沙发上睡着了。我用脚去够另一只凉鞋。我先站起来,然后是盖尔,我们俩都有点站不稳。但样子不太一样。桌上还剩下不少火腿。卡勒收着杯子,从他的动作也能看出来他也不稳,这是第三种样子。盖尔肩膀上扛着睡着的麦肯走出阳台,他把她往上耸了耸,往我们家阳台走。她的手臂露出来,从他背上挂下去。我跟着走,身体里感觉湿湿的。我走上我们的阳台,站在那里,门开着,我听见盖尔在刷牙。我往下走,走到草地上,穿过盖尔的菜地,走过灌木丛,又到了卡勒和伊凡的阳台,坐在马尼拉椅子上,喘息。桌上还有两样东西,空着的啤酒瓶和一把抹黄油的餐刀。卡勒站在门口。

我想要什么?

和他说说话?

然后他走向我,步子很慢,背弓着,像个老人一样。阳光从树枝间落下。一道门关上的声音,是我们家的还是他们家的?有风刮过桦树,他站在斑斓的阳光中,我不知道谁睡着了,谁没有睡着。

我的下面像是在微笑，这让我的脖子僵硬、麻木。卡勒在桌子的另外一边坐了下来。他手拿着刀转了半圈，细小的面包屑落到了桌子上。

"我觉得我也得去睡了。"卡勒说。

我用大拇指的指甲把一小块扁平面包在桌子上压成了两半，在这细微但坚持的动作中，我感觉到强烈的绝望，放弃一切，拉下百叶窗。日复一日重复这样的生活，麦肯会从家里搬走，我会在房子里擦干厨房的料理台，给植物浇水，而盖尔会去跑步。

"你确定吗？"我说。

住在马克大街的看顾孩子的那段时期，盖尔早上不上班，我们并排躺在双人床上，从一旁看着麦肯。盖尔用一只手撑着脑袋，另一只手戳着麦肯。麦肯双手摊开，放在头顶，胸腔起起伏伏，手在耳朵旁微微张开。要是麦肯把手指放在她的手心，她的手指就会开始微微颤抖，抓住它。"就像是那种食肉植物。"盖尔说。我每天会吃几次酸奶拌麦片。洗澡的时候只要热水一冲，我的奶水就会流出来。和妈妈或是爱丽瑟打电话的时候，我用一只手抱着麦肯。从镜子里看，我的脸看上去新鲜而陌生，似乎老一些，又年轻一些。麦肯的头部后面露出一条线的皮肤。

"嗯，"卡勒说，"这太复杂了。"

卡勒就是这样。如果压力太大，他就逃跑了，没有一点儿预告，这种感觉就像是一个物体突然落在了地上。从半空，扔到地上。

"如果我们不是邻居的话。"他说。

永远不要把你自己的生活放到这个男人的手心！但我也已经把自己所有有点价值的东西放在了他的手心，而他就把手心这样翻了过来。不，不要这么想，这样说是夸张了。不要这么想。

"不管怎么样，我不想冒险，我是很爱伊凡的。"他说，"我们还有汉娜要考虑。我们现在还想再要一个孩子。不过不要说是我说的。"

卡勒要进屋子，回到他的家人身边了。我现在根本不关心汉娜会怎样。这是会变的，我之后会在乎她的。我心中的风暴，我的失望，总会过去。之后我还会做个人的。我还有自己的孩子呢。

我走之前说："但我没办法住在你旁边，每天都想和你上床！"

我很后悔我能这么说。于是赶紧走了。

清晨的露珠点缀在新开的野蔷薇上，灰灰的好像是哑光银，这种灰色，或者说是银色的水珠在绿色的叶片，红色的花瓣，金色的花蕊上，大大小小，几乎铺满了所有的平面。我在床前脱掉了裙子，胸罩掉到地上，脑袋里感觉嗡嗡作响。盖尔还醒着，他伸出手，抚摸着我的后背，说："如果我瘫痪了，你还会和我做爱吗？"

"啊？"我说，"你什么事情都要拿来开玩笑吗？"

他抬起头。他什么都不知道。

"真的是什么事情都要拿来开玩笑吗？"我又说。

"莫妮卡。"他说话间抱住了我。

他拿这种黑暗的事情来开玩笑，是我不喜欢的，可能也是我良心不允许。我不想去想那样的事情。

床上是空的，阳光从窗户里照进来，我浑身是汗。我听到盖尔在喊，有我的电话。然后他拿着无线电话走到了门口。他示意他也不知道是谁打来的。

"现在几点了？"我轻声问。

"11点。"他轻声回答。

我拿过电话，说了我的名字。那边是个叫弗莱德里克还是什么的人，过了好一会儿我才明白他是从广告公司打过来的，我之前去那里面试过。

"我们很看好你，"他说，"我们很信服你的经验。"

复印机、会议室、咖啡机和饮水机，文件夹和文件。同事，新的人。周五一起喝啤酒。有点激动，有点抗拒，不过还是激动多一点儿。

"我们很喜欢你，我们三个人都是。"

我的睡意全消，从床上坐了起来。

因为我是自由职业，所以他想知道我是不是可以从8月就开始工作。

我说可以。

我下楼的时候，盖尔拿着咖啡坐在阳台上。麦肯在客厅里看电视。

盖尔向我伸出双手。卡勒和伊凡家的阳台门开着，阳台上没有人，不过我能看见卡勒，他弯着腰拿着花剪在花盆那里。你邻居的孩子得了癌症，不会让你自己的孩子得癌症的概率变得更大。当然，也不会变得更小。嗯。我要做什么反应呢？平静的就好。

我小时候做完盲肠手术的时候，爸爸来医院看我，他的脸上混合着担心和轻松，或者说是一片空白，他的生活已经结束，梦想也粉碎了，这是我这些年来来回回的感受。我躺在那里，肚子上绑着绷带，小心翼翼地呼吸。我还是个天真无邪的孩子，面对死亡的临近，爸爸抚摸着我的脸颊。他离开了5个星期。他积聚了很久的想要冲破这段生活的力量，不断被推迟，再推迟，终于因为我出问题的阑尾被彻底取消了。这种能量是无法重复的，那是爸爸唯一拥有的离开妈妈的机会。我想起在看到爸爸回来的时候获得的那种松了一口气的感觉，其实不是真的松了一口气。那仿佛是幸福在一阵掌声中消失不见。背叛就这样终结了。我记得爸爸给船买了一个新梯子，因为手术的伤口，我不能游泳，而显然他没有想到这一点。他带着克里斯汀和爱丽瑟出海的时候，我一个人躺在家里的沙发上。不过我康复的情况还可以，所以二年级开学第一天，我能去上学了。

哈娜在隔壁花园的草地上奔跑，蹦蹦跳跳，跳着舞。卡勒在用除草机，她跟在他身后跳着不协调的舞。她的腿还疼吗？苍白，贫血呢？我看不出来。那时候我脑子只剩下：那个孩子没有生。但她的父母的担心确实真实存在，他们永远不可能放下这种担心。这种担心将卡勒和妻子女儿紧紧联系在一起，不可能再生出什么别的感觉和联系。虽然卡勒推着割草机在草地上来回走着，伊凡在社会保障局里处理案子，他们两个人的距离很近，没有人能插进去。或许盖尔和我的生活了缺少一些东西，一切都太顺利了，没有什么问题。麦肯没有什么问题，没有那种将我们真正黏合在一起的绝望和永远不离开对方的承诺。或者是那种轻松说出的承诺：我永远不会离开你的。我不能离开你。我们会永远在一起。卡勒和伊凡永远不会离开对方。我在这一刻无法想象盖尔和我不会这样。在这个7月的星期天，在卡勒来来回回割草弄出的汽油和青草的气息中，这是我唯一的慰藉。我的人生起码还有回头路，真的有回头路，哪怕这种回头路是去往更糟的方向。

"是谁打来的电话？"盖尔问。

"我得到了那份工作，"我说，"就是我上次去面试的那家。文案写手。"

盖尔高兴得笑了出来。

"太好了。"他说，"这让我都想赶紧出去旅行了。意大利或者法国。"

麦肯穿着T恤和小短裤走出阳台，肚子上有朵大大的向日葵，上面挂着大大的笑容。她一直都会很直接地表现出自己想要表现的情绪，立刻，马上。黏糊糊的情绪，开心的笑容：妈妈，我爱你，我爱你！疯狂的宣泄：妈妈，你居然扔掉了我的画！粗鲁的讽刺：那不好意思啦！是的呀！不停重复的要求：妈妈，我要喝汽水。不要，我不要喝水。我要喝汽水。我是口渴。但是我要喝汽水。我要喝汽水。为什么我不能喝汽水？为什么为什么为什么？我得忍受她这种混乱的情绪，学会忽略。

我知道卡勒和我做的事情也可以这么看待：为什么我们这么做？因为我们可以。因为伊凡、哈娜、盖尔和麦肯都不在。

我感觉到了平静。回到规律的生活也是好的，稳定的收入，有安全感的未来。盖尔的肯定。

孩子

2005年3月

妮娜给我打电话的时候,我正在卧室里收拾衣服,她说特鲁斯的焦虑症没有好转,而且越来越厉害了。我把一件绿色的马海毛的毛衣扔进框子里,这是我要捐给二手店的。

"我开始有点担心了。"妮娜说。

"但是他能愿意说还是好事情。"我说,"很多男人都不愿意提起这种事情。"

我把那件带有绿色和白色图案的裙子从要送出去的那堆衣服里拿出来,在决定扔掉之前,我打算再试一次。

"很快就要三个月了。"她说,"你觉得多长时间能好啊?他是不是应该和自己的医生,或者找个心理医生聊聊啊?"

"那也是没什么坏处啊。"我说。

我拿起两条穿不下的牛仔裤。我可以再减减肥的。

"现在女儿们的房间里又装了两个烟雾报警器,"妮娜说,"他又买了两套灭火器,这样我们每层楼都有两个灭火器了。他整天在网上看火灾的事情,有点过头了。"

我有时不知道为什么会想起妮娜和我在20世纪80年代

的时候在索尔根弗里大街看的电影《着火的床》。托勒夫显然觉得我们有点毛病,但他什么都没说。我们看过比这更糟糕的电影的。我们觉得自己读书的品位更好一点儿,电影就差一点儿。不过我们也读过很糟的书,比如我们都读过这部电影的原著小说。

我差不多要把自己三分之一的衣服捐给二手商店了。我对自己买了那么多衣服有点羞耻,或许说买了那么多不合适的衣服。有些衣服我从来没穿过。

我从来不会向洛阿尔承认我会看那些烂片,读垃圾的书。托勒夫怎么看我的,我就不太在意。不应该这样的。

那个圣诞节后,妮娜和特鲁斯的房子着火了。他们忘了熄灭蜡烛,蜡油滴到了桌子上,烧了起来。他们是被警报声叫醒的,家里的损失不太大。他们把那块地板换了,然后把墙壁和屋顶重新粉刷了一下。等到特鲁斯2月过50岁生日的时候,已经看不出这期小火灾任何的痕迹了。虽然其实这不算是什么大事,但特鲁斯之后一直非常焦虑。

"这让他很害怕,他一直都没办法摆脱,他睡眠变得很差,总是会醒来,说自己闻到了烟味。"她在一次派对的时候对我和另外两个女性朋友说的,那时候窗框上放着点燃的小蜡烛。她的脸上皱纹明显多了很多,用了不少粉底液和腮红。我在想我们是不是已经渐行渐远了。

她说她很担心女儿们也发现这一点,然后也变得紧张起来。娜拉秋天就要从家里搬出去了。或许她们会失去对父亲的尊敬。

"特鲁斯现在完全不让我们在晚上点蜡烛了。"她说,"但我和他说,我们不可能不点蜡烛的!我们只需要在睡觉前检查一下,确保都熄灭了就行。"

盖尔没有去参加特鲁斯的50岁生日会，我有好几次被问到为什么盖尔没有去，我的回答总是："他在家陪麦肯。""没有，我们没有分手。"

"哦，"他们会这么回答，或者说，"哦，是真的吗？"托勒夫站在我身边，环住我的手臂，和我拥抱了一下。

我们一起在阳台上抽烟的时候，托勒夫说："我希望你们不要分手。我希望你们能想想办法。"就在这短暂的对话中，我脑海里想到的是盖尔和我之间发生的一个个美好的瞬间，我希望能像托勒夫说的那样做。

盖尔在客厅中央，身边都是纸箱子，脸上带着一种凄然的神色，让人生气多过让人心疼。那是个长周末，麦肯很不安分，没有人和她玩。昨天卡勒和伊凡带着孩子去小木屋度假了。

当我告诉卡勒我和盖尔要分手的时候，他表现得很激动，好像他觉得这是很极端的事情。他自己永远不会做这么极端的事情。而且他觉得我把它说出来也很让人不舒服。可前提是他早就知道这一点的，我早几个星期前就已经告诉过伊凡了。

"我在格林洛卡区买了公寓。"我说。卡勒点了点头。

"唉，可怜孩子们了。"

"不过盖尔会继续住在这里的，"我说，"起码还会再住一阵子。麦肯会继续在东湖小学上学。我们分手了还是朋友，会继续和你们保持联系的。"

他们的猫在草地上跑了一会儿，在卡勒腿边蹭了蹭。

"我们复活节要出去旅行。"他说，"你们能帮着喂一下猫吗？如果不行的话也没关系，别为难。"

"当然，"我说，"我们很愿意帮着喂猫的。"

昨天是复活节，卡勒、伊凡和哈娜带着宝宝一起出发去山里了。车顶上放着三副雪板，后备厢里装着雪橇。麦肯说："复活节我不用去滑雪！太好了！"

我站在那里看着车子离去，不知道自己是什么感觉。我不知道我思念的那些东西是不是其实并不是我想要的，滑雪板，包装好放在包里的食物，给雪板打的蜡，橘子。

盖尔说服我买下了在海尔格森大街的公寓。他陪我一起去看的房子，那是特鲁斯50岁生日的第二天。他那时候穿着有很多口袋的裤子，看上去好像是穿着工人的衣服一样。

"我觉得这个房子挺值的。"盖尔说，"我不觉得你第一次买房能负担更大的房子，如果你不想搬到很远的地方去的话。"

"我不想。"我说。盖尔看着我，就像看着一个大孩子一样。

"我会帮你粉刷的。"他说，"然后把玻璃纤维弄掉，如果它让你特别不舒服的话。"

这确实是让我不很舒服。

在看房的一星期后，我买下了这间公寓，我负担不起三居室，哪怕妈妈爸爸会支援我一点儿钱。我们当时买排屋的时候，盖尔妈妈支持了我们30万克朗，我想起当时我对她说的感激之词。但最后我们分手了，也就只有盖尔真的得到了这些钱。他要从我手里把我拥有的那部分产权买回去的时候，我才发现我只有房子25%的产权，这根本和我付出的贷款不相称。"我以为她的钱是给我们的，"我说，"她是这么说的，她是要帮助我们。"盖尔为此很生气，觉得我居然那么不知感恩，但我其实什么都没得到，我怎么可能感恩呢？麦肯站在台阶上说："你们能不能待在自己的房间里！你们要是吵架，就不要在一起说话了！妈妈，你可以去厨房，爸爸去客厅。"作为独生女，她从来没有过这种待遇。她才8岁，但已经那么像个大人了。

"你得为孩子想想。"盖尔说，然后讨论就结束了。麦肯会毁掉我们的每一次谈话。当她终于上床，或者去上学的时候，我们俩之间的怒火就已经消退了。我们可以低声地聊天，说起我们之前经历过的一切，我们曾经多么努力，其实我们是那么爱着彼此。我们说或许可以再尝试一次。这不是什么有建设性的谈话，其实也没有什么事情发生，我们只能说是在原地休息。我们在争吵的疼痛中沉沦。盖尔说了他永远都不能收回的话，我也是。有很多事情都让我难过，但不知从何说起，把所有的愤怒和良心都放到桌面上来说其实是最徒劳而没有意义的。我们俩都是一样，一直倾诉，哭泣，暴露自己，我们几乎走到了终点。或许我们还能一瘸一拐地继续下去，但那也不过是在拖延而已。

他也可以说：想想女儿！有时候他会说"孩子"，在他特别忧伤情绪化的时候。孩子是最重要的。你能不能想想孩子。他让我感觉恶心，他像是个陌生人。他把我们两个人放在了不同的道德层面上。我们曾经讨论过要一起生个孩子，有孩子是什么样的体验，这都是泛泛的讨论。我们从来没有将这个具体的孩子叫作孩子。

"那我会有两个复活节彩蛋吗？"在我们告诉麦肯我们要分开的时候，她是这么说的。那是在5个星期之前。"过两次圣诞节？"她又说。她很高兴地说，她要告诉自己最好的朋友克里斯汀娜，她的父母也离婚了。几天之后她又问："离婚会怎么样？"我们那个时候一下子没有回答：

"你们是不是不离婚？但你们是说要离，是吗？"

柜子里有两种不同的茶。一种是香料茶，一种是好多年前的玉米须、煎米、大麦粒和蔓越莓干茶。盖尔希望在我搬出去之前，能一起把所有的柜子和抽屉都整理一遍，他不想留着所有我也不想要的东西。我在忙着，给爸爸打了一个电话，他是在小木屋后面的小山包上接的，那里的信号最好。他又问了一次我们想不想上山去小木屋。我说不去了。

"你们俩还好吗？"他说。

我说一切都挺好。

"好的，"爸爸说，"我们和克里斯汀还有大家一起上来的。男孩子们堆了个可以跳雪的坡。"

我要去波波家吃晚饭，他是我们单位的文案写手之一，还有他的外科医生伴侣。我们有好几个同事要一起去。

我和盖尔说我要出去吃晚饭的时候，他的身体抖了一下。他也想出去，离开这里。我太了解他了。

"波波？"盖尔说，"没有人会叫这种名字的吧。"但我说有好几个同事都会去，而且他的外科医生伴侣也是男的。盖尔一下子就放松了很多。

"明天你要出去吗？"我说。我希望他也能过得好，不，我不希望他过得好。

"那就是复活节了。"他说，"我觉得如果我们俩都不在家，麦肯会很失望的。"

不要让麦肯失望。

麦肯在看电视。她根本对此无动于衷。她那么不耐烦，并对即将开始的未来新生活充满了期待。

盖尔往窗外看，我走到他的旁边，说我爸爸问候他。

伊凡浪漫的花园长椅放在金色的草坪上，四周落着一些去年干了的水果。我说："这条长凳根本不适合60年代风格的排屋。"

盖尔同意。

"我要喂猫去。"我说，"你要一起吗？"

盖尔摇了摇头。

我穿上靴子，走过低矮的栅栏，开门进了房间。那里面有淡淡的运动服或是猫尿的气味。厨房的料理台上有个盘子，里面放着半片面包，以及被咬过的奶酪。客厅的小桌子上的透明花瓶里插着半枯萎的花，里面的水已经变成棕色了。苏格拉底跑过来蹭着我的腿，它轻声叫了几声。我弯下腰，把它抱起来，它的身体在我手里颤抖着。我看到墙上挂着的照片，那是卡勒和伊凡在突尼斯拍的，他们各自坐在一头骆驼上。苏格拉底用脑袋蹭了蹭我的脖子。有一次在机场，盖尔和我买了夹着奶酪和火腿片的圆面包。盖尔又开始例行的抱怨，那次是因为什么来着？哦，对，圆面包里面用的是植物黄油，不是黄油。我试着用餐巾纸把里面的植物黄油刮掉，当然这没什么用。麦肯那个时候两岁，她去盖尔姐姐家里了。我希望再要一个孩子，要个儿子，但我也记得，那时候我觉得有麦肯已经很辛苦了。在车后座，在晚餐的餐桌上，她那么多需求，现在终于上幼儿园了。生活和幸福，但更多的是辛苦和噪声。我们刚刚去了罗马，去了西班牙台阶，也去了《简妮》那本小说里简妮下葬的教堂墓地，我们还给麦肯买了乐高。我们在酒店房间里做爱，但两天后到了机场，好像这一切都没有发生过。盖尔关心的只有一个不完美的小圆面包。而我独自一人坐在那里吃着那个圆面包。一片灰暗。我们面前的岁月，看上去一片灰暗。

我从冰箱里拿出一个盒子，把很难闻的猫粮倒在一个碗里。

卡勒和伊凡家有一面墙上都挂着孩子的画。哈娜抱着刚出生的安东。有一天晚上他们来我们家吃碱水鱼的时候，伊凡告诉我她怀孕了，刚刚发现的。

"你们还想要一个孩子吗？"在他们离开之后，我问盖尔。他回答道："是的，你知道的。所以我们才买了这间排屋。"

"我不知道现在是不是太晚了。"我说。我那个时候已经43岁了。

"是啊，"他说，"其实应该几年前生的。"他没有想过我的年龄。"我们俩现在的情况也不是太好。"他说。伊凡在11周的时候流产了，但几个月之后又怀上了，那就是安东。

我同事苏珊娜那天晚上也会去参加晚宴。她41岁了，也没有孩子。她有男朋友，是个电影导演，有一次我问苏珊娜她有没有想过要孩子。她只是回答："没有。我知道我现在不想要。"

当我告诉妈妈我和盖尔要分手的时候，她的反应不出我意料。她问了我很多问题，问我是不是已经是最终的决定了，我们是不是可以再试一试，很激动，很失望，但她还是给我了一定的安全感。他们总是会陪着我的。

我把这件事情告诉爱丽瑟的时候，她开始哭。第二天她给我打电话，希望我们能一起去山里的木屋。"大男孩可以留在家里。"她说，"我们可以带着松德勒和麦肯一起。我们可以好好聊聊。"

她说:"扬·奥拉夫觉得很遗憾。"

曾经我在离开欧恩斯坦,与洛阿尔同居的时候和丽芙姨妈聊过一次。我和她在奥斯陆火车站的一家咖啡店见的面,我没想待很久,想快点结束。我的面前就是幸福的海洋。所有人都知道之前我怀孕了,又流产了。我既快乐又脆弱,我不能忍受关于我人生的问题,我感觉丽芙姨妈和我的区别太大了:她失去的是一个婴儿,我也是,只不过那是刚刚开始生长的,我根本还没开始在意,也不想再做更多尝试了。可是,她一开口说的就是:"最重要的是你觉得幸福。我看得出来你是幸福的。"然后我们就随意地聊着,她说她和哈尔沃计划一起去南方度假,带着阿曼达一起。然后她又聊到了爱丽瑟。

"她的日子真不容易,"丽芙姨妈说:"三个孩子。太容易失去自我了。"

我们站在5月炽烈的阳光下,身边闪闪发光的汽车和大巴在建筑投射的阴影中穿进穿出。

"你觉得她和扬·奥拉夫在一起好吗?"丽芙姨妈问着,轻轻摇了摇头。"我有点怀疑。"她说。

我觉得有一种温暖的感恩和幸福的情绪穿透了我的身体,传递到我的手上,混杂着内疚和喜悦。一切不都是固定不变,被人认可的。爱丽瑟代表的坚实和权威,完美的家庭生活,而我摇摆不定的人生,一段关系接着一段关系。爱丽瑟的幸福其实也显得如此脆弱,充满了无常。只是表面。我的选择是正确的。那时候的我完全被幸福冲昏了头脑。我想要说点什么,我想让那一刻变得长一点儿,但我必须收敛自己。

但是,爱丽瑟还是继续带着平静和无穷的能量继续着自己的家庭生活，年复一年。解决所有出现在她前进道路上的问题：圣诞派对，整牙，会议时间表，工作上的冲突，小松德勒肠胃的问题，还有扬·奥拉夫的肠胃问题。

我从淋浴房里出来，打开了卫生间的门，卧室里透出复活节的阳光，温暖的、谨慎的，就像是有黏性一样。我听到麦肯在楼下客厅玩任天堂的游戏。我给麦肯买了一个特别大的复活节彩蛋——作为我们现在还住在一起的补偿。在彩蛋表面上画着的小鸡仔穿着复活节颜色的衣服，其中一只坐在婴儿车上，还戴着帽子。

麦肯停下游戏，抬头看了一眼。

"我们不去度假吗？"我用毛巾包着头发，说："不去。星期天我们要不然去游泳，或者去看电影？"麦肯噘起了嘴。

"是啊，这多有趣啊。"她说。我的眼下都是黑眼圈。

"这个复活节真有意思！"麦肯说。

我得忍受这一切。我得忍受这种方式。我听见盖尔切黄瓜和彩椒时刀压到案板上的声音。我指望一切都可以好好的，我把自己交给了"自动模式"，希望能成功。

奶酪被放在厨房的桌面上。我走的时候把它装进了塑料袋里，奶酪是软的，复活节也是软的，然后把它放进了冰箱，门关上了。一切都是软的。麦肯在沙发上看电视上的动画片。

我看着客厅走廊里挂着的全身镜，涂上了口红。

盖尔把肉末放进了锅子里。

一切都很温和，潮湿的沥青地，天色还很亮。每年春天来的时候，夏天的阳光都让我们很惊讶。我想念那种热烈可以让我疼痛，将我撕裂，将盖尔撕裂，撕裂我们一起拥有的，撕裂我们俩在一起。用这种温暾的、没有痛苦的方式来结束总觉得不太对。

妮娜在我快到地铁站的时候打电话给我。

"我得出来透透气，"妮娜说，"咱们晚上一起喝一杯吧，拜托。"

"啊，"我说，"明天！哦，不行，星期天！我约好了要去同事家吃晚饭。"

"我要疯了，"她说，"我要离婚。"

还有一分钟地铁就要来了，我感觉身体里充满了快乐，我真高兴我不是妮娜，过的不是她的生活。

"我也不需要一个高大强壮、无畏的男人来保护我，"她说，"但他现在真的太弱小了。"

"这件事会留下这样的影响我一点儿也不觉得奇怪。"我说，"地铁来了。"

但我其实是觉得奇怪的，这不过是一起小小的火灾，全家人都明白，这样的事情再发生的概率真的是微乎其微。他是个成年男子了。地铁门打开，一个推着双胞胎童车的男人走了出来。

"给他一点儿时间，"我说，"我保证我们很快约。"

我和苏珊娜一起到的，我觉得轻松了一些。我在穿过加贝尔大街的红绿灯的时候，觉得有点无助。我们一起找到了正确的地址。苏珊娜走在我前面上了楼梯，她穿着白色的新皮靴，涂着红色的口红。波波的男朋友叫亨里克，虽然是第一次见面，他还是上来就拥抱了我们，起码是我。

"我们做了西班牙海鲜饭，希望你们没有对贝壳过敏的。亨里克也烤了面包，烤了两次呢，因为第一次没成功。"波波说。他给我们倒了起泡酒。我说闻起来很香，能来这里真好。"我们一直在装饰啊,"波波说,"亨里克永远不满意。现在我们就剩下卧室没弄好了,不过我觉得等到卧室布置好了,他又想从头来一遍了。"

我希望盖尔也能在这里。但有太多事情我还没想过,我有很多事情都不再能和盖尔一起做了,这一切都会消失在拉锯战中。我其实很重视他的朋友们的。不管是去朋友家吃饭,还是和他们出去,或者是到我们家吃饭,那些夜晚都是如此愉快。和盖尔还有他的朋友在一起,有时候比和我自己的朋友在一起还要有意思。我经常会忘记盖尔的这些方面,他的特质和才能,比如能很轻松地聊天,让大家有个美好、轻松的夜晚,他一直都有这样的魅力,能松弛地控制着场面。

这间公寓有三个客厅,第三个客厅是和厨房餐厅连在一起的。层高肯定有三米。这边有很多书,一整面墙的书架,都被装满了。我几个星期前和他们吃饭的时候,很高兴地发现波波读过很多文学书。不过后来我又不高兴了,因为我发现他几乎读过最近几年所有出版的有意思的文学作品,可我完全没时间读书,或者说没有花时间去读。我的兴奋让他觉得有点意外。他读过的很多书我都没有读过。在那之后,我读了两本去年出版的新书,是波波特别推荐的,其中一个作家是他的朋友。

我们8个人围坐在桌子边,苏珊娜和布利特,波波和亨里克,费尔南德和他在教育科技部工作的女朋友希尔德,另外还有一个40多岁的在国家电视台工作的男人,我没听清楚他的名字,或者他具体是做什么的,大概是文化方面的,什么项目的负责人来着?

大家都称赞着菜品。

"1987年我和我妈妈在一个汽车站分开的,那是我最后一次见她。"波波说,"那个时候我决定我要做个作家。谁知道呢,要是我没有和她决裂,我的作家梦就实现了。所有的对抗、挫败、焦虑和自我否定在离开她之后都消失了。"他看了看亨里克。"我变得容易满足,和谐,爱自己。"他说,"其实也挺无聊的。"他大笑起来。

"你那时候想做作家?"我问他。

波波望着虚空,好像很怀念的样子。"是啊,谁不想呢?"他说。

"我不想。"亨里克说。

波波又笑了,声音很高亢。

"你是不是也有作家梦啊,莫妮卡。"亨里克说。

我笑着摇了摇头。"那倒没有,但我的梦想也不是写广告。"我说。

苏珊娜和布利特在聊去年以来的挪威电影。"我讨厌它,"苏珊娜说,"你可以说我冷漠,但那里面小孩的那场戏是我看过的最没意思的场景了。"

"我大概有那么一点儿小小的破碎的做记者的梦?"我对亨里克说。

"她男朋友是厨师。"波波说。

"嗯,你真幸运。"亨里克说。

"是啊,我们正要分手。"我说。

"啊!"那个挪威国家电视台的男人说,"永远不要离开一个厨师啊。"

我笑了。

"不过我自己是这么做了的,"他说,"她虽然是那种大食堂的厨师,但她做的菜最难吃。"

他笑起来的时候还挺好看。

"那是因为你自己没有孩子。"布利特对苏珊娜说。"要不然你不可能不被感动的。我哭到内衣里都湿了。"

布利特现在单身,有个12岁的女儿。

"你不能这么说的,你知道的。"苏珊娜说。

我问波波他的墙面是什么颜色。

他看了看,说:"嗯……白色的?"

"本白的吗?"我说。

"这个你得问亨里克了。"他说。

"不是,不是本白。"亨里克说,"古董白。"

我说盖尔会帮我装饰新的公寓。

"那个墙上有那种鱼骨一样的纤维丝,"我说,"我特别讨厌那个样子,我想要光滑、光亮的墙面。"

"天哪,那种玻璃纤维超级讨厌的。"亨里克说。

妮娜给我发了条消息:"我厌倦了这一切。或许我们应该离开男人和孩子,一起去希腊的一个岛屿?"

但我知道她不是认真的,任何情况下,这都不是个计划。

"盖尔真的人很好。"布利特说。

"我们还是朋友。"我说。

妮娜和特鲁斯是在妮娜上高中的时候认识的,之后一直就是男女朋友,除了妮娜大概是20岁的那一年。那个时候妮娜和特鲁斯说,她想尝试一下别的人,才能决定他们是不是能够一起过一辈子。他们约定一年之后再见面,在那之前她积极主动地去和别人交往。事情就如计划的一样。妮娜至今也说,有了那段时间,让他们与对方的关系比两个人一直在一起要更紧密。

特鲁斯在那年有三段短暂的关系。妮娜有一段稍微认真一点儿的关系，他们一起度过了高三的毕业季。但是她很想念特鲁斯。一年之后，他们俩都非常确定对彼此的感情，但同时也习惯两个人不在一起的时光了，所以和别的情侣相比，没有那么互相依赖。又过了三年，他们搬到一起住，妮娜那时候其实很希望能继续和我们一起合租的。但那时候托勒夫和我搬了出去，另外的人住进了我们的房间，这让她离开变得容易了一些。不过很快她怀上了娜拉，所以也就顺理成章搬出去了。

妮娜在索尔根弗里大街的房子里，躺在沙发上，手捧着肚子。她说："我的天，我的天。"她对一切事情都不确定，特鲁斯，孩子，新的公寓。"我还只有25岁。"她说。

我向妮娜保证，我和托勒夫两个人一起住是很好的。

"不管怎么说，你们搬出去之后，住在这里的感觉就不一样了。"妮娜说，"亚妮和延斯两个人整天只待在自己的房间。里卡尔德也变了。"

我看着红色的墙壁和上面挂了好几年的电影胶片和黑胶胶片。我想，在这样合租的公寓里，所有住在这里的人都不会有什么成长的。人如果进入了一个固定的模式，要从这里挣脱就会越来越难。一个合租的公寓会加强人负面的特质：你要是吝啬，你就变得更加吝啬；你要是慷慨，就会变得更慷慨，甚至到浪费的地步。如果你之前是脏乱的人，你到这里就会对脏乱视而不见，你对混乱的容忍度会进一步降低。如果你是个开朗的人，你会变得无底线的开放，反之亦然。里卡尔德作为第四个人很好地融入了进来；他可以是有趣的，他喜欢派对，有时候会给大家做饭，但如果只有他自己的话，我是不太愿意和他待在一起的。我很容易想象到在我和托勒夫搬出去之后，他会是什么样子。

"不管怎么样，现在都是你搬走的好时机。"我说。我有点同情她，我也很希望她的生活能够幸福，对自己的生活满意。但我同时也有种近似于嫉妒的情绪，感觉这样突然怀孕会让生活突然安定下来，接管你对它的控制。我还记得脑子里闪现出的念头：托勒夫和我会怎么样？无论是妮娜、托勒夫还是我在妮娜从索尔根弗里大街的公寓搬出去之后，都没有再回去过。

"那麦肯呢？"布利特问。

"她看上去接受得很好。"我说。

"盖尔呢？"

"我不知道。"我说。

"你们在一起多少年了？"布利特问。

"快十年了。"我说。

亨里克收拾了桌上的盘子，波波给我们倒了酒。

"你们知不知道有什么词可以描述对火的恐惧的？"我大声说，"火恐？"

"我不知道。火的拉丁语是什么？"波波问。

"我一个朋友的老公最近对火的焦虑几乎病态了。"我说。

"伊格尼斯是火焰的意思，"国家电视台的男人说，"那么叫伊格尼斯恐惧症？"

"伊格尼斯恐惧症，"我说，"他得的就是这个病。"

上周我去宜家给麦肯订了张床，给自己订了张沙发床。我等不及在公寓交房后再开始买东西。我坐在宜家的免费大巴上，两腿之间有两个大大的纸袋，装满了厨房里用的东西，还有毛巾、马桶刷，一些储物盒什么的。我感觉很开心，为了那些新的用具，新的白色毛巾。我想到我小时候的梦想，和一个我爱的男人一起去宜家为了两个人的家采购。两个人组建一个家，生孩子。这不是我绝大部分的人生，但我也没有完全挣脱它而得到自由。

"我和玛丽的父亲在一起有差不多12年。"布利特说。

"我现在不太喝酒，"希尔德，就是费尔南德的年轻女朋友说，"我们准备要孩子。"

我心里想了想我应该做什么反应，灿烂地笑，谨慎地笑。但我心里感觉有点抗拒。她看上去根本没有不想喝酒的样子，我看她反倒是喝得太多了。

"啊，真好。"亨里克说。

"现在这还算是个秘密吧。"费尔南德说。

"我们已经试了很久了。"希尔德说。

她很年轻，在这个派对上有点格格不入的感觉。但她现在吸引了所有人的注意力，好像顺利融入了派对。所有人都冲着她微笑着，甚至苏珊娜也是。

"我还得冲着一个塑料杯干那事儿。"费尔南德说。我想如果盖尔听到这话会是什么反应。我之后肯定会和盖尔说的。我们对事情的看法几乎都是一样的。我们对别人的事情都很有好奇心，很有兴趣，这种好奇心没有什么坏心，只是为了好玩。我还记得我大声读出爱丽瑟那封圣诞节的信的时候，我们是那么开心。盖尔躺在沙发上大笑。但我知道他是喜欢爱丽瑟这个人的，至少他不会瞧不起她。

亨里克离开去睡觉了。费尔南德、希尔德和布利特已经走了。到了最后，那个国家电视台的男人在阳台上的时候想吻我，我们那时候站在外面抽烟。我的身体里涌出欢欣和胜利的感觉，这些事还会在我身上发生。我把烟熄灭在一个花盆里潮湿的泥土上，一辆亮着顶灯的出租车开过去，一个男人牵着狗从楼下走过。

但是，不行。他的手臂拥着我的肩膀。背后靠着阳台的墙。

大大的、柔软的嘴唇，错的嘴唇，错的亲吻的方式，错的手。

啊。

他脸上的骨头很明显，在大自然的风中，他的皮肤好像完全没有弹性。我的身体开关没有被打开，或者是关闭着的，他做的任何事情都不能让我有什么反应。

房间里有人放起了艾迪斯·琵雅芙的音乐。波波和苏珊娜在跳着狂野的双人舞。一个酒瓶躺在地上，旋转一下，瓶口会指向一个方向。

红酒让我变得感性、忧伤。我把头转向一边，第二次。

波波和苏珊娜撞翻了屋里的棕榈树。我想起家里客厅窗前的植物，我很久没有给它们浇过水了。我完全忘记了，它们需要水，然后我又想起了所有麦肯需要的——新的雨衣，她正在读的漫画书的第三册。去运动馆的室内鞋。创可贴，上次她把膝盖蹭破的时候，家里的已经用完了。

我表面上笑了笑，带着点歉意，我抬起一只手，后来抬起了另一只手。可这样他也没想停下来，我只能用两只手放在他胖乎乎的胸口，把他推开。

"对不起。"我说，"现在我脑子有点不清楚。"

我现在脑子有点不清楚。

我先进客厅，他跟在我后面，他清了清嗓子想要说什么的样子，但后来也什么都没说。

"现在我们来调酒吧。"波波大喊道。可是,不行,我要回家,明天是复活节。

我的大衣。

"非常感谢,这个晚上过得真开心。"我说。

"不要走,"国家电视台的那个男人说,"我希望你能留下。"他说这句话的方式有些特殊,是一种绝望和幽默的混合体,这突然让我觉得他变得有点儿意思了,有一瞬间让我考虑我是不是应该改变主意。不过我还是走了。

在回家的出租车上我想起了洛阿尔。现在是两点半。我算了算他的年纪,他的孩子们的年纪,我在想他是不是还会和安做爱。在我认识盖尔之后不久,洛阿尔给我打过电话,想和我喝个咖啡。我觉得他可能想重新恢复我们的关系,我犹豫了。我和克里斯汀、托勒夫都谈过,我说我害怕我会妥协。克里斯汀说:"不会的,这根本不可能。"托勒夫说:"我不确定你应该和他见面,或许你应该放下。"

但洛阿尔想要的是原谅。我们在大广场那边的一个咖啡馆见的面,我们喝的是特别淡的牛奶咖啡,简直就是一杯牛奶。他脸上的表情很悲痛,声音低沉嘶哑。

"我需要安慰或者抵抗,但不是无所谓!不要这样看着我,莫妮卡,"他说,"我忍受不了。我已经做了我能做的。我没有什么策略,我只是遵从了我的感情。"

安慰。他希望我安慰他。要不然就是责备,痛斥他是怎么对待我的。我感到疲倦,我不是没有精力,我想把自己的精力放到别的地方去。两个月后,我怀上了麦肯。

我回到了排屋,这现在已经不是我的了。出租车亮着顶灯开走了。我从大门旁边的小玻璃窗上能看到麦肯的唇印,窗框上放着一根团成一团的鞋带,还有一盒润喉糖。

房子里是黑的。很多箱子。我拿它们没有办法。我无法开始的新生活。距离我拿到新的公寓还有一个星期的时间。这是一段等待的时间，无法快进，无法准备。我无法理解盖尔选择继续住在这里，对我来说，这意味着他在宣告他并不希望往前走。

"感觉这是正确的。"我对波波和苏珊娜说，"太正确了，我都不能和盖尔说。这也是让人悲伤的，虽然大部分时候都是美好的。"

那么安静。

通往我们卧室的门掩着，我推开了它。地板上都是我在整理的衣服。盖尔趴着睡着了，没有盖被子，他穿着平角短裤，他不再裸睡了。左手和大腿在身体旁边构成一个角度，就好像凶案现场画出的受害者线条一样。

我脱掉衣服，就留下内裤，躺了下去。我也不再裸睡了。

8月的时候麦肯曾经说："等到暑假过去，我内心的快乐就都没有了，到时候就会是一片黑暗。"我想到她早晨走进厨房，一副很累的样子。很长时间她都希望自己的午餐盒里面装着的是两片面包，一片上面放奶酪，一片上面放火腿片，但突然她就不吃了。她现在只想要草莓果酱，两片面包上都要。我拒绝了，哪怕盖尔说："就让她吃草莓果酱吧，又能怎么样呢，她很快也会吃腻的。"但我还是不能放弃，不能松口，我必须执行我的想法，因为我认为这是唯一正确的做法。"果酱里面54%都是糖。"我一定要这么说。

我躺下，听着麦肯在隔壁咳嗽。床单上是我们的气味。我们已经这样过了那么久，生活让我们变笨了，装作一切的痛苦和挣扎都无缘无故，只是我们在为琐事争吵而已。我们让彼此停留在自己的表面，亲吻，做爱。但这样是不可持续的。我们俩是那么相似。

麦肯的房间不断传来咳嗽声。我的大脑里缓慢地播放着一些场景和图片。绿色的草地，吃草的牛，装满谷物的红色谷仓，仲夏夜燃着篝火的石头海滩，一个帐篷中的睡袋。被一脚全速踢到山坡下的球。安全的，像是童话一般的童年场景，就像林格伦童话中描述的那样，距离显示很远。麦肯的童年还剩几年。我想着我们所有还没做的事情，就像我们好像还没有真的和她共度童年。我们刚刚开始唱歌，读童书，去远足，我们只有每一天的规律生活和每天晚上她上床之后的宁静时光。现在她要有两个家了。每一次下雨，从她还是婴儿时候开始，我就想要给她读奥布斯菲尔德写的诗《雨》。但是我只记得"雨，雨，雨，雨，倾盆的雨，磅礴的雨。"每次我都想着我得去书里找一下这首诗，后来我都能在网上找了，但我还是一直没有去做。

我梦到在花园里的工作，把铲子插到土里，泥土被翻出一股酸味，或是我一个人孤单地坐在海上的一只小船里。盖尔用手脱下我的内裤，喘息，我自己的喘息，当我用手抱住他的脊背的时候，我几乎没有清醒过来。幸福的，甜蜜的，完全无法抵抗。一切结束得太快了，他紧紧地抱住我，我昏昏欲睡。我注意到他下了床，远处有麦肯的声音，然后我又睡着了。

盖尔穿着睡裤坐在厨房的桌子边上，他把咖啡倒进一个杯子里。麦肯在大叫着："妈妈，我早饭要吃爆米花！"

盖尔拿起杯子喝了一口,然后放下杯子低声说:"她很困惑。"

"麦肯?"

麦肯手指张着,眼睛看着电视。

"我觉得她不明白现在发生的事情。"他说,"现在还没有人搬出去。突然我们两个人都在了。她刚才进来的时候,我们俩还缠绵在一起。"

我不知道她刚才进来了。

"是的,或许我们应该停止了。"我说。

"你希望这样吗?"他说。

啊,这真是个愚蠢的问题。我从橱柜里拿出了一个杯子。

"当然。"我说,"等我搬出去之后。"

他站起身,拥抱了我。就像任何人拥抱我,或是没有人这么拥抱过我一样。我们早就该停止这样了。每当我们再做一次爱,就会有短暂的一刻觉得这是必要的,无法拒绝的,他的皮肤碰到我的皮肤的感觉,是那么熟悉,我们触碰对方的方式依旧像是我们还相爱一样。沉重而无力,像是献身于比我更大、无法被我控制的东西。或许是那种有着两种不同的感觉。永远不要听从或者从自己的感觉出发,因为之后会有另外一种感觉来接管一切,而哪种感觉才是正确的呢?我希望他能紧紧地抱住我,但这又不是我真的想要的。我曾经以为真正成为大人之后的生活会更加平静,一切都更加清晰。我没想过一个人会这样举步维艰,做不出选择,或者做出错误的选择。

我和盖尔在一起的生活还剩下一个半星期。

我们各自坐在餐桌的两旁。

"我们必须继续聊这些困难的话题，"盖尔说，"在这个孩子的事情上，我们需要合作。"他又说"孩子"了，只是在前面加上了"这个"。麦肯就是麦肯，一个8岁的女孩。如果我不注意，她的指甲就会长长，会变得脏兮兮。她喜欢踢足球，做珍珠项链，玩芭比娃娃。她得有人劝说才会去洗澡。他可以说"宝宝"的，这就不会让我怀疑他的爱心。

"你遇到新的人了吗？"盖尔问。

"没有。"我立刻回答。我转过头看着他，又说了一遍："不会的。我不会很快就交新的男朋友的。"

我把一条腿放在盖尔的大腿上，他几乎是很自觉地开始按摩我的脚。然后好像突然改变了主意，放开了手。

"你呢？"我问。

盖尔摇了摇头。

在我们在一起的时光里，大部分时光无法让我们摆脱，它用很多方式将我们联系在一起。并不是所有的时光都是我们希望的，回忆是如此激烈、亲密，这让我觉得我们不用继续在一起很多年也是一种放松。

"你觉得指甲油好看吗？"我问。他抬起我的脚，仔细看了看我的脚指甲，然后放开了。就好像这不再是他的任务一样。不过他点了点头，就像预期的一样。厨房的窗台上放着麦肯的在复活节得到的小鸡和鸡蛋，她把它们排成了一排，从小时候到现在的，其中一只鸡的脸特别可爱，仰面躺着，将冰棒做的滑雪板举在空中。

我去伊凡和卡勒的家给他们家的猫喂食。我回来的时候，盖尔站在厨房的料理台旁边，搅拌华夫饼的面糊。他的菜谱、牙签，还有放在口袋里折叠好的纸巾，一切都有他留下的痕迹。他喜欢看电影,喜欢喝威士忌,爱吃生鱼!在我看到他坐在那里吃生鱼的时候,我脑袋里有很清晰的想法:我不爱他。我受不了他了。

我走到他身边,从后面抱住他。

他搅动面糊的时候,肩膀一震一震的,摩擦着我的脸颊。

我们能为了所有事争吵。厕所纸的价格和质量,麦肯吃的麦片粥的含糖量。花园里的家具。阳光从盖尔的背后照过来,他的脸几乎都在阴影里,他喝了一罐香瓜味的酸奶,说他不会再反对那个中心花园了。我因为缺少爱而不舒服。我想:这行不通,我不能继续和这样有强迫症的男人在一起了。他继续搅拌着华夫饼糊,我站在这里抱着他,我不确定炉子是不是已经够热了。

我们得在商店关门前去买东西。

我不想一个人孤苦终老。

我用鼻子使劲蹭了蹭他的脖颈,摸到他的手,抚摸了一下他缺失手指那里突出的部分,但他挣脱了出去,举起手,抹去手背上沾到的华夫饼糊。我有种冲动想要问他:盖尔,你究竟刷过多少次马桶?在我去上班的时候,在我把鱼子酱泥抹在面包上的时候,在我看电视的时候,我都在想这个问题。就好像我的痛苦都被放在那里,我一个人刷洗着厕所。弯腰在马桶上方,一直刷,一直刷。

昨天布利特问我和盖尔为什么要分开。

"我其实不太明白,"她说,"要是我太唐突,或是之前没听你说,或者你不愿意的话,你可以把我抓起来。"

"这种事情有时候也没有什么明确答案的。"波波说。他站起身,又倒了些酒。苏珊娜点了点头。

有一次，那还是麦肯五六岁的时候，我们从游乐场回家，路上开始下雨了，车上的雨刷器好像都没什么用了。麦肯很累了，又吃了很多糖，她就是那种典型的知道自己没什么好催的，没什么可以达到的状态。很被动，也很冷漠。这个时候很难和她沟通，如果给她下达指令，让她合作是一件特别困难的事，因为她觉得合作不会给她带来什么好处。坐到车里去，麦肯。系上你的安全带。不要把雪和泥弄在车里。她要抗议或者对抗也没什么好处，所以她还是配合了，只是动作很慢，很延迟。我心情很差，盖尔看上去也是，也可以说是无所谓。我坐在车里，想象这样带着麦肯回家会是什么样。我想象如果麦肯上床了会怎么样，这好像也没给我带来什么积极的好处。然后又很快想到等麦肯搬离家里会是怎么样，那时候就会只有盖尔和我了，我没有继续想下去。

麦肯在摆桌子，拿好了盘子，把草莓果酱、酸奶油和糖放在桌子上，前前后后的，摆好勺子、杯子。当然对一个8岁的孩子来说，我们没有期望她真的能给我们端上华夫饼，但她充满目的、灵活的动作让我想到一个承担了太多责任的孩子，她被赋予了要把事情安排好的责任，尽她所能去挽救一个家庭。但麦肯是那种没心没肺的孩子，她希望一切事情都美好有趣，尽可能快。盖尔把一盘华夫饼端在她的面前，她接了过去，很高兴地把它放到了桌上。

其实我们让她感觉这一切都是愉快、和谐，没有改变并不好，我们没有告诉她现在发生的事情其实是会带来痛苦的，是令人难过的，这会对她的成长和未来产生很大的影响。我想着如果我没有麦肯，我的人生会是什么样。从各种角度来说，麦肯都是一个负担，但我已经不能想象没有这种负担的人生，我所有的生活方式都要承担这个负担，所有的尝试都是为了减轻或是避免它。如果要想象没有了这种负担的人生，那应该是完全空虚的吧。

我们没有赶上去商店，因为复活节，它提前关门了。我计划着要买羊肉的，哪怕不是一整条羊腿，也得是羊肉块。盖尔几乎不在家做饭了。

冰箱里冻了很多东西，我都不知道是什么。它们被包裹在锡纸或是塑料袋里面。我们要拿这些东西怎么办？所有在地下室里的、洗衣房里的东西。我面前的一切。我想着半年后的我，我们那时候会在哪里。那时我应该已经住进了新的房子，麦肯开始上四年级，我会辅导她的功课，会非常担心。学校家长会和工作上的活动有了冲突。麦肯新的牛仔裤上膝盖破了洞。

我拿出一块冻着的猪肉，用刀刮掉冻肉表面的冰，外面一层完全是白色的。这些肉被冻在那里有多长时间了？被冰霜覆盖着。

我把麦肯的复活节蛋藏在了沙发底下，放在一个装着旧毛线的篮子后面——我收拾行李的时候也得把它处理了。猪肉在热锅里慢慢解冻，煎猪肉的热气真的太让人难过了，夏天和圣诞节融合在一起，所有这些我和盖尔在一起的岁月啊。我们应该去山里的，应该去西西里的，应该去撒丁岛的。我遇到盖尔的时候，他的皮肤是黝黑的，留着胡子，刚从撒丁岛回来，对生命和一切都充满了向往。对我，新鲜食材，好的红酒，美味的酱汁，旅行。他的手指抚摸着我，给我讲着那些戏剧化的故事。一切都是那么让人心醉。

麦肯在2分钟之内就找到了复活节蛋。

"真容易，超级容易，我一下子就看到了。"她说。她很失望自己一下子就找到了，失望我没有更努力地藏，失望我小看她了。盖尔半躺在沙发上，长长的手臂垂下来，脸上什么表情都没有。没有想法，没有愿望，没有欲望，甚至没有悲伤或是失望。

"有人想吃吗？"麦肯把复活节蛋紧紧抱在胸前问我们。盖尔伸出一只手，毫不在意地随便拿了一颗糖，塞进了嘴里。

我开了一瓶红酒。麦肯在吃糖。锅里煮着土豆。盖尔在看麦肯学骑自行车时候的视频，他双手捧着摄像机，看着小屏幕。麦肯在石头路面上摇摇晃晃，我跟在后面弯着腰跑。还有盖尔传来的声音："再来一次，再来一次。"他一次次地重复播放着这个视频。在某个时刻，我的笑声和麦肯的尖叫声混合在一起。我的脸上挂着灿烂的笑容，那时候我是那么快乐。树冠在屏幕上频繁出现，阳光晃到了镜头，整个屏幕变成了白色。那个时候，盖尔也是那么快乐。还有麦肯，她总是那么快乐。

知道我那么多事情的他，要回到另外的世界去了。

麦肯凑到盖尔身边，看摄像机上的小屏幕。

"我记得我摔倒了。"她说。

是的，她摔了一次又一次，很多擦伤，嘴唇都肿了，创可贴接着创可贴。

我给自己又倒了些红酒。

土豆煮好了，我把炉子关掉，沸水里的泡泡慢慢停了下来。我布置好了餐桌，把之前买的黄色的餐巾纸铺在了桌子上。

盖尔手里拿着摄像机在沙发上睡着了。我让麦肯叫醒他。

盖尔吃猪肉的时候继续喝着啤酒,他没有喝红酒。这样的小事让我知道我们没有办法再继续下去了。或者说是我对这件事的反应:不满、悲伤。这是那种缺乏接触,没有共同的愿望,并且不能去讨论这件事情的感觉。然后我会记起更多的事情,我们之间的事情:我想要在墙上做书架,盖尔讨厌所有的架子,他也不喜欢照片。他希望墙是干干净净的。我不小心划伤了硬木地板,他简直气炸了,但到现在也没修。去年夏天我们为了去希腊还是意大利争论不休,他说"我再也受不了希腊菜"的样子,就好像这不是要拖延,而是任何事情都要把它放在第一位。

我现在想到的所有关于我们的事情,好像都是在确认我们分手是正确的。

几天前,我试着对盖尔解释麦肯不喜欢连续几天的午餐包都是培根奶酪,她会不高兴,他得让她换换口味。黄色的奶酪,煮火腿,花生酱。我站在料理台的前面,面前放着面包,料理台上到处是面包屑。这种感觉好像是我在对自己的脑袋说话,无法有效沟通。这可能只是非常简单的事情,应该换的床单,打开的饼干罐,我不用动脑子就会说出来,完全是本能的,我说的这些话好像不对别人起作用,只是对我自己说的。好像它唤醒的是一个昏昏欲睡但顽强的恐惧。我很确定地认为:这是正确的,无可避免的,我没有失去什么,没有关系。

猪肉很老,干巴巴的。但盖尔吃了,没有批评,胃口还挺好。麦肯虽然之前吃了很多糖,她还是把猪肉吃完了。这让我们很惊讶。盖尔说了好几次。

"看,看她吃得多好。是喜欢吃肉的啊。"他看起来真骄傲。他很骄傲她在吃猪肉！因为之前基本上除了香肠、面包干和香蕉，麦肯什么都爱吃。

我又倒了些红酒，已经喝了大半瓶了。盖尔每次吃一口都往前弓着腰，用叉子叉起肉排和土豆，还蘸一下酱汁。没有配蔬菜，我忘记了，我根本没有往那里想。我和盖尔做爱，几乎都可以到高潮。有时候我自己还没注意到，一阵阵波涛就从我的子宫窜出，穿过我的身体。不过也就是这样了。

我还清楚地记得在马克大街的公寓，就好像我还住在那里一样。卧室里敞开的衣架，厨房窗框上放着的香料的罐子，还有固定在墙上的不锈钢水槽，有着一道细细的裂缝。放在洗衣机上的换尿布台，还有总是会掉下来的软膏。盖尔重重地把啤酒罐放下。

"不行。"他说，就好像一个在晚饭后回到自己天地里的男人一样。他慢慢站起身，环顾四周，看着我们的东西，那些箱子。我也站起身，我要怎么认真严肃地把这件事情做完呢？我们几乎记不起来那些书，那些音乐光盘都属于谁了。

盖尔握住挂在墙上的照片的相框，那是我的，他从来都不喜欢。他想把它从墙上取下来。他终于可以摆脱这张照片了，他的墙壁终于可以干干净净了。但他转过身看着我，有点挑衅的样子，然后又转过身面对那张照片。他需要帮助，希望我能帮他，我们又要两个人一起把这张照片从墙上拿下来？外面已经完全黑了。我想象着我说的话："盖尔，我们也不是非得这样。"然后他会停下，停下从墙上摘这张照片的动作，看着我。他在观察我，而我会因为这种目光变得嗫嚅，眼神飘忽。怀疑心起，然后是后悔。

改变主意，放弃。或者只是问：我们究竟在干什么？我们为什么要这么做？真的必要吗？我不记得我们是什么时候，怎么做出最后的选择的。他把照片摘了下来，跪在地上，弯下腰，慢慢地把它靠在墙边，放在地上。照片挂在墙上留下的痕迹很浅，看得不是很清楚。我所有的箱子上都用马克笔写着字。书。书。厨房。麦肯站在厨房的地板上，手里拿着阿莱西的红酒开瓶器，大声地问："这是谁的？这要不要放到妈妈的箱子里去？"

所有幸福的童年都是相似的

2006年12月

"思尘",芙萝娅讲吸尘器的时候都会这么念,她是为了烦人而烦人。"她太huán①人了,"芙萝娅在麦肯取笑她的时候这么说。她把刀念成挑,说话念成锁话。现在是6点15分,如果我现在就起床,那我还能在喂完鸡之后抽根烟。每天早晨和特隆德·亨里克从这张温暖的床上起来,就像是撕掉一张创可贴,带着点甜蜜,司空见惯的重复、规律,这就是我现在的生活。特隆德·亨里克还没完全睡醒,他搂着我,我挣脱开了,发出了哼唧的声音,再睡一会儿。我醒来想到的第一件事就是鸡,那只白色的鸡一直被另外几只欺负,每天早上我到鸡舍的时候,它的羽毛都是乱糟糟的,背上的羽毛还经常有血迹。白如雪,红似血。芙萝娅给它取名叫白雪。那只该死的西格里,最近两天它一直想要孵蛋,虽然那些蛋没有受过精。我要去拿鸡蛋的时候它总是很愤怒,我必须戴上手套才敢去拿蛋。

圣诞星在窗口闪闪发光。我准备好了午餐包,冲了咖啡,把发酵的牛奶倒进没有什么装饰的麦片碗里。芙萝娅

---

① 表示小朋友发音不清楚,把烦的音发成huán。

没有穿袜子,我抓住她的脚,她的脚冷冰冰的。麦肯慢慢地走下台阶。芙萝娅说他们今天在幼儿园也做了圣诞礼物,然后西蒙把她昨天做好的弄坏了。她做的是一个门前有小精灵的房子。

"小精灵说:圣诞快乐,圣诞快乐!"她用尖细的声音说。

她跪坐在凳子上,穿着红色的羊毛裤,光着双脚。麦肯穿着运动裤,膝盖上破了洞,我能看出来她没有穿秋裤。我们早上最晚得在7点15分就出发,要不然送孩子上学和上班就会迟到。两个女孩相差6岁,我们第一次见面的时候,芙萝娅晚上还要穿尿不湿。这个男人带着孩子住在这个房子里,里面没有刮奶酪的刀,没有干净的毛巾,厨房的料理台上都是油渍,马桶也是脏兮兮的。我感觉我必须要拯救他们,给他们家庭的感觉,还有麦肯,我也希望给麦肯家的感觉。一起玩桌游,看电影,四个人一起吃晚餐,一起去度假。

外面的温度是-7℃。我蹲下来,给芙萝娅套上袜子。

"你得把秋裤穿上,"我对麦肯说,"外面很冷的。"

她头发上编着珠串,是昨天在盖尔家的时候一个朋友给她弄的,两边各两串。"这完全是在锻炼耐心。"麦肯笑着说,她总算是开心了一回。每天她放学后会先到盖尔那里,直到我下班。

一辆车开着车头灯从国道开了过去,土地还是黑黝黝的。这个秋天一下雨地上就会结冰,哪怕天气没那么冷的时候都这样。客厅里靠墙边还放着好多箱子。要把它们整理出来简直是无休止的工作。特隆德·亨里克三年前从芙萝娅妈妈那里搬出来的箱子都没有打开。现在所有的东西都得归置了。高中毕业的帽子，父亲给的皮夹克，之前上学时候的书。当兵时候的东西，他和芙萝娅妈妈婚礼蛋糕上的两个小人，他最初写的书，是用铅笔写在作业本上的，在封面上写着"作者：特隆德·亨里克·古德布兰森"。他说他4岁就会读写了，还说要买秋千，吊到二楼休息室里去。

我听到特隆德·亨里克在二楼冲了厕所，那个水箱有点漏水，每次冲水都会在地板上留下一小摊水。然后他又回去躺下了。

"圣诞快乐，圣诞快乐，圣诞快乐！"芙萝娅大声喊。麦肯嫌弃地看了她一眼。我让她们赶紧吃完，然后去刷牙，准备好出门。然后我又嘱咐了麦肯一遍，让她穿上秋裤。

"可以玩游戏吗？"芙萝娅问，她歪着头笑着看着我。

"10分钟。"我说。

我拿上我的咖啡杯和特隆德·亨里克的大外套，去看鸡，抽烟。

太阳刚刚出来，刚照亮了地平线上的楼。四面的土地上都放着塑料包装好的牧草。有一道犁过的土地，黑色的泥上面结了斑驳的白色的霜。两只鸡走到外面，用嘴啄着冻住的土地。我进了农舍，打开通往里面封闭鸡窝的门。里面的空气很难闻，比之前还要难闻。我屏住呼吸，心情很不好，很想发火。白雪待在最低一层的架子上，背上的羽毛又有血迹，屁股旁边都是粪便。或许应该把它和别的鸡分开。

西格里还在那个箱子里，它又下了一个蛋。在我要去拿那个蛋的时候，它很焦躁，发出很大的声音，想要啄我的手。所以我就把它留在那里了。它们看上去都很委屈，所有鸡在一起,即使没有什么特别的问题,它们带着很不满意的神情走来走去。这就好像它们想告诉我,它们什么责任都没有,这一切都是我的责任。我在箱子里找到了三颗鸡蛋,我小心地把它们放进外套的口袋里。

我在开着的谷仓门上坐下,点了一支烟,深深吸了一口,感觉它进入肺,带来舒爽的感觉。这里是特隆德·亨里克长大的地方,但从特隆德·亨里克的哥哥搬家到瑞典之后,这个房子已经有10年没有人住了。我们接手的时候里面还有很多东西。房子里的东西大多是七八十年代的,不过在谷仓里有很多老家具。我一直有新发现。我已经整修油漆了一个放在厨房里的台子,还有两个不同的床头柜。这种创建一个家的感觉,或者说是小时候过家家装扮玩具屋的感觉,让我想起老家的那个垃圾堆。没有人能找到我,那里只有堆得像山一样的被人丢弃的东西,有些能用,有些不能用,那真是无边无际的宝藏,我总能找到一些宝贝。脱落了一半塑料表面的厨房桌,露出里面的泡沫的沙发垫,花园的水壶,被浸湿的书,床垫和床架,还有一台生锈的除草机。我从家里食品柜里拿食物过去。小饼干,冬天干了的苹果,椰子巧克力,半瓶温的苹果汁,苹果泥面包还有红醋栗。我会带安娜·洛维瑟去那里,还有哈尔沃,后来还有古纳尔。

地平面上是淡淡的橘红色。今天中午我要和盖尔一起吃午饭,我们现在的合作比之前好了很多,他不会刻意和我对抗了。特隆德·亨里克,小农场,搬家,他是希望我和麦肯能留在那间小小的两居室的。

爱丽瑟和扬·奥拉夫最近几年都是在自己家过的圣诞节。自从我和盖尔在一起之后,妈妈很高兴能够摆脱做圣诞节大餐这项"工作",所以盖尔和我一年去她那里,一年去盖尔妈妈那里。爱丽瑟的圣诞卡上想当然地写着:"我们期待在圣诞晚宴上见到你们。"哪怕我之前也说过希望请所有人到我们家来。

烟抽到一半的时候,麦肯过来了。她穿着特隆德·亨里克的靴子,没有穿外套,嘴巴里冒出白气。她坐下来,什么都没说。我吸了一口烟,烟头亮了起来。

"你不穿外套出来太冷了。"我说。

她看我的眼神满是愤恨,或是绝望,咄咄逼人。好像她的脑袋里装着的都是生命中重要的问题,而我想用各种琐碎的事情来吸引她的注意力一样。她头发上编着的珠串晃来晃去。

"白雪公主不太好,"我说,"其他鸡一直欺负它。"

"不能单独给它一个房间吗?"麦肯说。

"我不知道,"我说,"那样它会非常孤单的。而且我们也只有一个暖灯。"

麦肯打开门,走进了鸡舍。

"可怜的。"我听见她说。

"我下午要去阿奈特那里一趟,问问她的意见。"我说,"你要愿意,可以一起去。"

她站在鸡舍和谷仓中间的通道里,手撑在边上的门框上。

"我想了一下,这个圣诞节我还是想和爸爸一起过。"她说,"我要去爷爷奶奶家。我基本上一直在那里过圣诞节的,这是个传统。"然后她转过身,看着谷仓的方向,好像是第一次来一样。

"我一直是在爷爷奶奶那里过圣诞节的。"她说。

事实根本不是这样。

"爸爸说我可以。"她说。

我熄灭了烟,扔进边上的泥地里。这次轮到我了,我想这么说的。不可以这样,我们得按照我们之间的约定来。

"但我们是计划在这里过圣诞节的呀。"我说,"大家都要来的!这会是一个很棒的圣诞节。我们可以把给圣诞小精灵的奶糊放在这个谷仓里!"麦肯瞥了我一眼。给圣诞小精灵的奶糊?你以为我几岁了?

像通常一样,我得把芙萝娅从游戏机那边拖开,她非常不情愿,动作慢吞吞的。我得给她穿上衣服,戴上脖套,戴上帽子,把裤子扎紧,好塞进靴子里去。

我把芙萝娅送出门,叫麦肯戴上帽子和手套,带上中午的便当。我穿好外套,跑上楼梯,让我晚一点儿被那种可怕的感觉侵袭,用10秒钟感觉一下特隆德·亨里克窝在床上的身体的温暖,然后又跑下楼。

"我今天要和盖尔吃午饭。"我说,"现在麦肯说他们商量好了圣诞节她也要去他那里过。"

特隆德·亨里克摇了摇头。

"不行,麦肯应该和我们在一起。"他说。他还没刷牙,嗓子和胸腔发声还有点不清楚,他用鼻子哼了一声,说:"待在这里,只能待在这里。"

所有这些都是微小的爱的表达。虽然我已经没时间了,但还是跑上楼,他紧紧拥抱着我,就好像这是不可能发生的奇迹,我们爱不够对方,整天都想方设法把所有可能表达爱意的信号塞进这24小时。我们寻找彼此的痛苦,扩大所有爱的边界,尤其是以孩子为代表的。

我下楼的时候,芙萝娅站在走廊里兴奋地大叫下雪了。

"雪！"

她是对的，空气中突然密密麻麻地布满了雪花。麦肯走出来，没有戴帽子，坐进了车前座。她还是穿着那条破洞牛仔裤，不过我能看到她底下穿了打底裤。雪很快在路上、树上积了薄薄的一层。我开车的时候，雪不断落在我的挡风玻璃上，一直下着。我觉得很开心，我想象着白色的圣诞节，这种快乐好像是根植在我身体里的一样。下着雪的圣诞节。就像是一种解脱，更重要的是，心灵的平静。

我不知道之后会发生什么，圣诞节会怎么样。

我和爱丽瑟讲起特隆德·亨里克的时候，她立刻就有了自己的两点意见、两个结论，虽然我根本没有问她的意见，也不想听她的结论。"太早了，"她说，"你不应该把麦肯扯进来。"我说："这不过是因为你们觉得只要是分手了就得难过到不行！"她面带同情地看着我，微微地摇了摇头，然后什么都没说。

我试着和爱丽瑟解释，虽然盖尔和我正式分手只有8个月，我搬家才5个月，但从心理上说，我们分开已经很长时间了。从圣诞节的时候，我说，甚至是之前那个秋天就开始了。爱丽瑟摇了摇头，这次更明显了一点儿。"我的意思是，这些事情慢慢来可能更明智。"她说。她看了一眼厨房墙上的钟，说她下午很忙，要去足球队接松德勒，所以她要给大家烤个蛋糕。

"你可以和麦肯分开一整个星期吗？你难道不会很想她？"她说。有一次扬·奥拉夫在秋假时放了一个星期的假，带着松德勒和斯蒂安去山里的小木屋。尤纳斯和一个朋友去了瑞典。"我有4天是一个人。"爱丽瑟说，"我觉得自己都要撞墙了。"

我带着特隆德·亨里克去了爸爸妈妈家，和他们讲了他长大的那座旧房子和一片小土地的事情。他们不是很赞成。我们要怎么生活呢？怎么才能把在奥斯陆的工作和麦肯的学校结合起来呢？住这么远，交通费不是会很贵吗？我们坐在那里的时候，特隆德·亨里克拉着我的手，爸爸盯着我们拉着的手看。特隆德·亨里克笑得很紧张。

"这样离你们比较近，"我说，"开车差不多四五十分钟就到了。其实这样挺好的，你们也能更经常见到麦肯。还有芙萝娅。"

爸爸妈妈对此都没说什么。

"所以你打算每天往返？"爸爸问。我点了点头。

"其实离奥斯陆也就半个多小时。"我说，"麦肯和芙萝娅会继续在奥斯陆上学，上幼儿园。我们没有计划让她们和之前的生活割裂。"爸爸的身体微微地震了一下，很不礼貌地哼了一声。他站起身，但站在凳子旁边等了几秒钟，好像有点后悔了，然后去了厨房。那时候距离他被确诊已经扩散的直肠癌刚过去几个月，我想，在接近终点之前尽量能离他们近一点儿。我当然不能这么说出来，我觉得一旦我这么说了，他也会对此嗤之以鼻，或者一言不发。

在回奥斯陆的路上，特隆德·亨里克说："我有点好奇他们究竟觉得你几岁了，就好像你自己不能做决定一样。"

"是啊，"我说，"一直都是这样的。"

我想象着我们今后会喝蔬菜汤配鸡蛋，所有都是我们自己种的、养的。

在我们搬进那间房子几个星期之后，克里斯汀和伊瓦尔就来做客了。这真是个意外，就好像是将这件事情积极的一面被激发出来了一样。他们让我很意外，但他们真的是如果心里确定了就能这么做的人。这里的一切都是那么美好:"天哪,你们居然拥有这么一间谷仓!你们要养母鸡!啊,这里的板子画得太好看了!我也想住在这么一间老房子里。"

去奥斯陆的路上还是像平时一样堵车,但是我还没完全习惯。等我把车停在东湖学校门外的时候,麦肯解开安全带,重重地哼了一声,上课铃已经打过了。芙萝娅又用腿踢了一下座椅。

"快点,快点,麦肯。"我说。

我看着她小跑着穿过空荡荡的操场,书包在身后一跳一跳。我在她那么大的时候也总是迟到,不过那时候总是我自己的原因。我有一次听到麦肯对克里斯汀说:"我和妈妈住的时候,几乎每天上学都会迟到。"这当然是夸张的说法。"那在你迟到的时候,老师会怎么说?"克里斯汀问。"麦肯,早上好。"她说。

"我讨厌早起。"她接着说。

"你晚上几点睡觉呢?"克里斯汀问。

我继续开车去芙萝娅的幼儿园,停好车之后,牵着她的手下车。更衣室里没有人,我抱起她,给她脱衣服。已经很晚了,这样做比较快。紫色的帽子,手套,拉下外套的拉链。她现在刚5岁,手臂很细、很白,但她的脸蛋是柔嫩的,小耳朵在阳光下看上去很大,头发有点打结。她很挑剔,几乎什么东西都不喜欢。在我遇见特隆德·亨里克的时候,她一天会吃好几次爆米花。后来我立下了规矩,我们必须有共同的原则,特隆德·亨里克在我介入之后好像松了一口气,他说他总是会妥协,这对他来说太难了。

"我爱爸爸和爱妈妈一样多。"芙萝娅说。

"是的。"我说。我把她的冬靴脱下来，给她穿上软拖鞋。"有人说你不是这样吗？"我说。她摇了摇头，手里按着午饭盒的开关。她细小的乳牙几乎像是透明的。

"你妈妈这么说过吗？"我说。

她摇了摇头。

"那你喜欢我吗？"我说。

她过了一会儿才回答。

"你不是我妈妈。"她对我说。

"不是，"我说，"我不是。不过，如果你愿意的话，你还是可以喜欢我的。"我拿手压住她的手，不让她继续打开午餐盒，摸了摸她小小的拇指。

我是在一个诗歌之夜上遇到特隆德·亨里克的，他是第三个朗诵者。他从自己最新的一本诗集里朗读了一首，关于公路、大海、离别，有裂缝的咖啡杯和留有脑袋印记的枕头的诗。他的头发很长，梳成一个马尾辫。在他读诗的过程中，有好几次我感觉自己有了全新的感觉，就像身体里被幸福或是焦虑穿过，但都一闪而过。于是我充满挫败感地想要去寻找那种感觉，他读的诗中有什么地方和我有关，让我渴望更多，或是说想要把它找回来的东西。这就好像是抽象和具象的关联，离别和咖啡杯，风景和餐巾纸，既新鲜又寻常，应该是说极其寻常。特隆德·亨里克下台的时候盯着我看，他把打开的书靠在大腿上，好像他之后还要继续读下去一样。那天晚上我穿着黑色的高跟靴子和短裙。他与另外两个男人和女人一同坐在了舞台下面的一张桌子旁边，其中一个人留着长卷发。我后来得知，那是他的编辑。妮娜和我坐在他们后面那张桌子边。在节目单上写着他生于1964年，比我小4岁，他的胳膊很细。

他出版了两本诗集,现在正在创作一本小说。

我身体里的冲动在下一个诗人——一个长着雀斑的女诗人朗诵的时候继续着。我没有听她在念什么,虽然她念得抑扬顿挫,很有情绪。特隆德·亨里克看着她,时不时喝一口啤酒。我有点麻木地坐在那里,我看一眼妮娜,有点绝望,意识到我们俩之间的共同点这么少,我们其实并不了解对方。我有点生气,对自己生气,我怎么能够这么多年对自己如此空虚渺小的日子妥协。

特隆德·亨里克在去厕所的路上看了我一眼,回来的时候又停下来看了我一眼。我也看着他,微笑了一下。这个地方人已经慢慢少了起来,他说:"你们一定要过来和我们一起坐。"就这么说的,你们一定要。

我看着妮娜。妮娜摇了摇头。

"我得回家了。"她说。

我觉得她太没义气了,都不为我想一下,她能看出来我这边有戏的。妮娜站起身,穿上大衣,她在我耳边低语:"祝你好运,和这个诗人!"

"不要,留下嘛。"我在她耳旁低声留她,但她还是要走。艾琳第二天有事。可是妮娜是知道我刚和洛阿尔见过面的,我确实需要能发生一些别的事情。

我留下了,就像特隆德·亨里克说的那样在他们身旁坐了下来。他给我介绍了桌边其他的人。他的编辑叫凯伦,她很爱笑。她和特隆德·亨里克几个星期前一起去了斯塔万格的文学节,她一直在讲之前一个派对的事情,她说那天晚上的活动有位瑞典的女作家喝得酩酊大醉。

特隆德·亨里克和周围的人相处的方式有点特别,总感觉有点居高临下的感觉,他不是有意识这么做的,完全不是，好像他这么表现是不由自主的，无法控制。不过，他的慷慨和友好在某种程度上说，弥补了他的傲慢，或者我还没想好怎么描述他这种特质。就是他身上的这种东西让他十分具有吸引力，我能感觉到我是多么强烈地渴望着他，让我自己想要好好表现自己。

我跟着特隆德·亨里克回了家，他住在老城区的公寓里，家里的地板上还有早上洒的咖啡渍，他散漫地拿着抹布擦着已经干涸了的咖啡渍。他家里到处都是书，书架上都装满了，有些书叠着一起，窗框上也放满了书，地上、椅子上，甚至厨房里的一个柜子里都装满了书。他打开柜子门，问我要不要喝红酒。他从料理台上的一个纸箱里拿出了两个酒杯，倒了两杯酒。我向窗外看去，这里是三楼，我看到外面的空地上有腐烂的树叶和几个垃圾桶，有只海鸥停在木头篱笆顶上。我想象着自己住在这里，经常往外看到这个后院，我想象着所有的可能性，所有的公寓，所有的客厅，所有的风景。我想起老家花园里的那只刺猬：我想要喂它牛奶，但妈妈不让，说它喝了会肚子痛。我想知道特隆德·亨里克是不是经常会带女人回家，他会有多投入。

他没和我做成爱。这让我想他之前是不是不经常这么做。他冲着天花板叹了口气，转过身看着我，微笑着说"对不起"。这对我其实没什么影响，从这一刻开始，一切都只会更好。后来确实是这样。"我低落了有很长时间了"。他说，带着一种格格不入的欢欣，带着那么多藏在深处的爱。"非常抑郁"。

第二天早晨，我进了浴室，上了厕所，洗了把脸。我脸上的皮肤沾满了他的口水。地上丢着一些小孩子的衣服，我捡起一件，是一条小小的粉红色运动裤，上面沾了一些食物的残渣。那一整天我都很兴奋，一直在回忆，情绪飞扬，但我也同时很不安，心里不安的情绪越来越重。特隆德·亨里克到了早晨看起来很有距离感，很不舒服，他用手背遮着自己的眼睛。我起床之后就走了，没有吃早饭，因为我觉得他是希望我赶紧离开的。至今他都没联系我，虽然他有我的电话号码。我很担心再也见不到他了。每一个小时过去，这种可能性就越大，让我感觉灾难的降临。好像和特隆德·亨里克在一起的那个夜晚对我越是意义重大，对他就越是无足轻重。那天下午，我从盖尔那里把麦肯接了过来。盖尔问我："一切都好吗？"我几乎有种冲动把我所有的感受对盖尔说。不管怎样，他曾经是和我最亲密的人。我说我去听了一个诗歌朗诵会，现在有点宿醉。从前在我宿醉的时候，他都是会安慰我的。

"诗歌朗诵会？"盖尔说，"你这是40岁的危机吗？"可我已经45岁了，我的40岁危机还是和他在一起的时候。那时候我爱上了卡勒，在盖尔带着麦肯去康斯文格时候，在隔壁的房子里和他做爱。我一直都对诗歌感兴趣，虽然我读小说更多一点儿。我站在那里的时候，手机响了。我几乎等不及去读消息。麦肯在我前面下了楼梯。盖尔在我身后关上门。我赶紧打开手机看消息，结果却是托勒夫。我的失望就像是一阵恐慌袭来，我路过门口的邮箱，上面还留有我的名字，在盖尔的名字旁边。麦肯已经向前走了很远了，我不知道我要怎么才能度过这个夜晚。

但在那天深夜，几乎快到12点的时候，我的手机又响了。这次是特隆德·亨里克。"我很后悔就这样让你走了。下次我不会让你离开了。你下次什么时候来？"我就好像身体里所有的绳结都被打开了，我躺在沙发里，好像一摊温热的果冻。第二天是星期天，我把麦肯放到妮娜家，然后在特隆德·亨里克的怀里，躺着听他读诗——不是他写的诗。一切都被包裹在爱意中，成为它的一部分，无边无际，小孩，花瓣，大理石桌面上的烟灰缸，雨中的紫色树干。我什么都想要，进入所有这一切，全心全意地。所有这一切和我平常熟悉的东西距离那么远，那么有吸引力。我们喝着红酒。他问我很多关于我的问题，我的童年，我的成年生活，我和母亲的关系，就好像是要解锁我身体里的幸福感，焦虑，复仇的欲望，怀旧，他询问我对黑暗的恐惧，幽闭空间的恐惧，恐高的界限。我的生命在他面前展开，被提升到新的高度，那么全面，完全没有限制。

他极其坦白地说着自己的事情，完全没有给自己找任何借口。他是自私的，他说，在母亲去世前，他和母亲异常亲密，到现在也还接受不了她已经不在了。他做饭很糟糕，有时候会懒到不注意个人卫生，他对自己财务的掌控很松。他说他被动，怕黑，什么都怕。

就像是哈尔沃一样。

怕黑，怕闪电，怕被抛弃。

这是很严肃的话题。可他说话的时候脸上挂着大大的微笑，这让一切显得更严肃。多种维度的严肃，这是一种更高层次的、我之前没有见过的严肃。"我一直到青春期前还在尿床。"他微笑着说，"要是我没成为作家的话，那我就一文不值。"

第二天早晨他又变成那个疏离的样子，我又感觉到了不安。不过，我想他应该就是这样的人，我之后会慢慢习惯的。

在遇到特隆德·亨里克的两天前,洛阿尔给我打电话,想要和我喝咖啡。他盯着我看,充满了兴味和爱意,他已经老了。

"你一点儿都没变。"他说。但是他变了。

"你还有了个女儿。"他说,很有激情的样子。但他一直是这么说话的,总会带着这样的表情。

"是吧?她叫什么名字?"他揣摩着这个名字。

"麦肯,真好。"我的一切都是美好的,一直都是,哪怕我女儿的名字也是一样。"都9岁了!"我说麦肯很容易生气,是个标准的9岁女孩,非常漂亮,扎马尾辫,喜欢盘腿坐着。"她不是我的孩子,对吧?"洛阿尔说完,自己就笑了。他问我有没有她的照片。麦肯长得像盖尔和盖尔的姐姐,很少有人说她长得像我。

我在手机里找了一张麦肯装作要把一整袋薯片倒到嘴里去的照片,她看上去那么天真,那么具有表现力。

"啊,时间都去哪儿了?"洛阿尔说。

他给我看了他的女儿们的照片,她们现在都已经是大人了,她们坐在户外的餐厅,额头光洁,面前摆着红酒杯。

"这是今年夏天在法国的时候。"洛阿尔说,"爸爸赞助她们去度假,这两个被宠坏的女孩儿。蒂拉在学建筑,索菲亚在上护理学校。不过我们现在还没有外孙。我觉得你比10年前更美了。如果你还可能更美的话。我很确定,你确实更美了。"

然后,我和他走了。我们离我在海尔格森大街的公寓只有300米。在客厅的沙发上他把我拥入怀里,亲吻着皱纹,想着我们住在一起的时候曾经煮过的溏心蛋和温热的奶茶。"能再和你做爱的感觉太美好了。"他轻声说。他的皮肤松弛，臀部皱巴巴的，年华就这样跳跃着流逝。距离我们上一次躺在同一张床上已经过去了11年，这是一种永无止境的爱，仿佛钉在我的身体里，不需要营养，不需要刷新，只是假设，永远停留在那里，就像是某种残疾一样。他的头发有点长，一直到脖子，但头顶的头发已经很薄。在他手上蚯蚓似的血管里，血液好像静止了。我曾经以为他的手很大。其实是那么小，就像侏儒一样。

他在我这里过了夜。他蜷缩着身体，脸颊上皱纹很深，牙齿很黄。安去罗勒斯探望一个女朋友了。

第二天他落下了一件T恤，闻起来有点酸味。他的杯子放在厨房的料理台上，他削了一个苹果，苹果皮留在水池里。这也是显出他的年龄的证据之一，他不吃带皮的苹果。他喝咖啡的时候要吃糖，把两块方糖在咖啡里蘸一蘸，然后放进嘴里。

后来，洛阿尔从罗马给我发了条短信，说好久不见。我没有回复，对我来说，这不重要了。

我一有时间就会和特隆德·亨里克见面。我的感觉库存中扩充了新的沮丧，每当我看错日期，或是发现盖尔和我弄错了日子，我以为自己不用带麦肯但其实轮到我的时候，或是同样的事情发生在特隆德·亨里克身上的时候，幸福和生活的意义就好像一同消失了，我数着时间，直到我可以再次进入这种幸福。一切都是无意识的，我无法控制，无法放松。这就是为什么我特别迫切地想要和特隆德·亨里克住到一起，这样我可以不用为了麦肯在两个地方之间跑——如果我想做个好妈妈的话。我必须把两种人生结合在一起，才能幸福。

于是,那一天,我们让两个女孩坐在了一起。我很紧张,我不知道麦肯会怎么表现。她已经开始换牙了,每次她在盖尔那里住一个星期回来,我都觉得她的样子变得不一样了。我希望盖尔不要知道我已经介绍两个女孩子见面了。我们一起吃了墨西哥卷饼,一起玩了桌游,麦肯睡在芙萝娅房间的床垫上。早晨两个女孩吃的甜玉米球,特隆德·亨里克吃的是火腿面包,我太激动了,吃不下什么东西,就咬了两口黄瓜。特隆德·亨里克在桌下偷偷把我的手放在他那里。晚上我们在同一张床上一个又一个小时,但没有真的做爱反而给了我们更大的韧性,虽然有点自相矛盾,但这种绝望的激情,没有救赎,没有结束,我们像是一直漂浮在海浪的顶端,永远落不下来。在回家的有轨电车上,麦肯说:"她说起话来像个小婴儿。"

我说:"她才4岁。"

"所以现在是要我们相互认识,让我对她好?"麦肯说。

"你想对她好吗?"我说。

"你看到她吃墨西哥卷饼的时候吃了什么吗?"麦肯说,"她只吃了玉米和酱,别的什么都没吃。"

"嗯,我看到了。"我说。

"要是她不想对我好怎么办?"

"那你比她大啊。"我说。

"切,这和这件事有什么关系?"麦肯说。但就在当天晚上,她开始清点自己的玩具,这个,这个和这个可以给芙萝娅。

波波提交了给卫生部南北合作项目的提案。约纳森说他们那边离完成还差得远。

"要找到合适的语气太难了。"波波说,"我太心累了。这个既要给医护人员看,也要给政客看。"

波波给我看了一个采访对象的清单。

"我已经约了这里半数以上的采访对象了。"他说,"这个事情很花时间的。另外的是霍尔格的,我觉得他应该心里有数。莫妮卡,你看上去很累的样子,一切都还好吗?"

我和波波讲了鸡的事。

波波摇了摇头,笑了。

"这听上去太有异国风情了。"他说。

"这确实比我预想中头痛很多。"我说。

莱娜进来了,她没有敲门。

"莫妮卡,"她说,"我们10分钟后能不能开个会?我们得看看你的文本。"

"哦,不行,"我说,"我不行,今天中午我约了盖尔吃饭,这很重要。关于麦肯的。"莱娜盯着我,眼神和我对视了很久,就好像她希望我能改变主意似的。

"好吧。那1点?"

"1点半?"我说。

"好吧。"她说。然后她走出去了,门在她身后静静地关上了。

约纳森翻了个白眼,耸了耸肩,但他的动作也不完全让人信服。我有种感觉,在那个文本里有什么东西不太对,有什么关于我的事情不太对。我给特隆德·亨里克发了条短信:准备去和盖尔吃午饭。想着我。爱你。很快我收到了回信:所有那些杂音都微不足道。我爱你,早点回家。

盖尔和我在艾格广场见的面,我们找了家有大玻璃窗的咖啡厅,外面一直在下雪。大街上满是圣诞装饰,很多圣诞的彩灯。一个很胖的年轻男人坐在一旁,用一根手指在笔记本电脑上打字。服务生给我们拿来了菜单。盖尔翻了翻菜单,漫不经心地问我:"在农村的日子怎么样?"

他戴着老花镜看着服务生,这副眼镜让我觉得他古怪、苍老,但又有种恰到好处的陌生感,有点权威。

盖尔问:"芝士派的话,是会有面包和黄油和它搭配的吗?"

"嗯,可以给您配上。"服务员说。盖尔点了下头,又低头看菜单,不紧不慢。然后他看了我一眼问:"我饿了。"他又看了一眼服务员,说:"我要一份芝士派,绿瓶的法瑞斯苏打水。"

"我们这里只有蓝瓶的。"她说。

"哦,"他笑着对她说,"那我就要蓝瓶的吧。"

"我和他一样。"我说。

在我听到他和别人交谈的时候,哪怕是很表层或是很专业的交谈,都会让我感觉一种陈旧的气质。无论是和商店柜台里的男人、麦肯的老师,还是打电话给一个供应商,而我站在他家的走廊里,烦躁地等他找出麦肯的冬季装备。哪怕是和他自己的姐姐,我的姐姐,还有现在的服务员说话都是一样。他有一次说:"我们真的曾经爱过彼此吗?"

是的,或许我们从来没有真的爱过彼此。

或许不过是欲望和友谊。

我们可以对彼此说出这样的话,似乎像在反思,是有建设性的,而事实上这只是为了互相伤害,仿佛要宽宏大量,清醒诚实,但事实上根本不是这样——这不过是可悲的假装不在意而已。

一个女人从桌边站起来,把外套的拉链拉到头,然后站在那里伸长脖子往外看。盖尔看了我一眼。

"麦肯，"他说，"麦肯表达了想和我一起过圣诞节的愿望。"

表达愿望。

"不行。"我说，"她今年要和我一起过圣诞。去年是去你那里的。"

"重要的是我们要听取孩子的想法和愿望。"他说。他倒了些苏打水，我们俩没有人说话，只能听见苏打水气泡的声音。我听见身后两个女人见面开心的声音。盖尔低声说着，语气温和，举起杯子喝了一口，然后再接着说，孩子应该有发言权。听孩子的意思是重要的。我很想说"那个蠢货""那个容易被操纵的姑娘"。他想要的就是这样，他想努力让我崩溃爆发，当他做到这一点的时候，那这事情就尘埃落定，他就赢了。

"麦肯说过她觉得搬家去阿斯科姆给了她很大压力，而且还加上一个继父和妹妹。"盖尔说。

我吸了一口气之后爆发了。

"这是她自己愿意的！我们大家都说好了的。"

这听起来无比苍白。或者说不像真的。

盖尔点了一下头。

"但她现在只有10岁。"他说，"那时候她才9岁。她根本想象不出这意味着什么。"

你可以让一个10岁的孩子说出任何你想要她说的话。我无法想象麦肯和盖尔讲她的感觉。因为我知道的是，麦肯和盖尔在一起的时候是完全不一样的，很多个性和喜好，或许她喜欢单面煎鸡蛋，而不是双面煎，或许她不会坚持床上必须放两个枕头，在早晨或晚上的情绪或许会完全不一样。她回答盖尔的问题的方式可能和回答我的时候截然不同，或许她不会乱发脾气，大哭大闹，她的年纪其实应该已经不这样发脾气了。我一直是什么都告诉盖尔的，他也会好好倾听，并给我建议。可我们现在突然就变成了这样，他会利用我的信任，所以我必须管住嘴。我永远不能和他说："啊，我真不是个好母亲。哦，麦肯长大了会恨我的。"

服务员送来了我们点的芝士派，盖尔想要说什么的，但又停下了。

"我们可以好好沟通的，"他等服务员走开立刻说，"让我们就事论事，有点建设性。我们现在的状态让人太不舒服了。"

让人太不舒服了，除了盖尔，没人会说出这样的话。

盖尔放下了叉子。

"这东西没法吃。"他说。

我看着我们准备吃的东西，干巴巴的棕色芝士派，上面有片苍白的西红柿，还有点沙拉叶子。

我点了点头。我身体里涌出一种温暖的感觉，我们意见统一了。盖尔放下餐巾纸，看了看周围，然后他的目光和我的目光撞上了，他的眼神里有气愤，我的眼神里也有，这是冲着别的东西去的。我们又团结在了一起。盖尔叫来了服务员，但是我们俩都没时间等换新的菜了，所以我们也不能做什么。

我们还是把芝士派吃掉了。

盖尔说伊凡让他给我带好，她之后会给我打电话，想找个时间和我喝个咖啡。他说他感觉他们家的情况不是太好。

"伊凡好几次到早晨才开车回来，"他说，"这不太寻常。"

"她不是去上班吗？"我问。

"她因为背伤在休病假。"盖尔说。

"所以她能开车，但坐不了社保局的办公椅？"我说。

"显然是这样，"盖尔说，"不过也可能是什么心理的问题，社保局要和别的机构合并，不知道她的岗位会怎么样。"

我们看了看对方，没有说话。我微微点了点头，在他看来就等同于微笑了。

后来，在12月的寒风里，我们俩站在卡尔约翰的大街上，没有麦肯，一切都说明白了。他拥抱了我一下，告别的拥抱。我得到了我想要的，麦肯会在我这里过圣诞。我倒退了两步，从他的臂弯中出来。我很想对他说："现在我看到和自己的父母在一起的孩子还是会觉得难过，你还记得麦肯是怎么黏着我们俩，让我们带着她往前走吗？"

那是我刚搬出去的时候，那个星期天我们三个人聚在了一起。我们一起喝了咖啡，或是在学校操场见的面。麦肯在我们中间。她被一种激昂的情绪控制着，很疲惫：完全专注于自己的起起伏伏的情绪之中。她一会儿夹在我们中间，一会儿退后几步，让我们俩能单独待一会儿。每次她往前走的时候，我都能看到她在偷偷看我们。我们买了很贵的碗，放在纸袋子里，还有外卖的咖啡。我们靠在攀爬架上聊天。麦肯就在我们身后，像一只孤单的蜘蛛要爬上攀爬架，每走一步就看我们一眼。

盖尔说他要去开会，我也要和莱娜开会。我看了下表，我得抓紧时间了。盖尔往王宫大街走了，头顶满是闪闪发光的红色爱心。法兰绒衬衣被风吹得鼓了起来。他穿的外套和眼镜看起来真傻。

莱娜的办公桌上放了一个板，里面放了三块巧克力、两块杏仁糖和一块大料糖。一个纸袋里面放着透明的塑料沙拉碗，里面还有一个叉子。我完全放弃了争辩，接受她所有的修改建议，但这样还不够，莱娜要我有建设性，有创意，要在现场就给出全新的东西。可我的大脑空空，我现在一点儿状态都没有，我真想念做自由写手的时光。来回的通勤让我筋疲力尽，麦肯的足球训练让这一切雪上加霜，她现在还在说要去参加联赛。

莱娜说的一切都像是对我生活的比喻，我真想告诉她。那样我们俩都会笑起来的。

"光把没效果的东西拿掉是不够的。"莱娜说，"我们要的是有用的东西。"

我说这听起来像是在分析我的人生。

莱娜没有大笑出声，她只是微微笑了笑，"嗯"了一声，然后继续说。

"你得写篇新的文案。"她说，"全新的。什么时候能写完？明天早上？12点？"

我看着她，深吸了一口气，点了点头。我还没有完全放弃制造一点儿幽默。但我觉得我现在像是个青少年，不想承认自己失败的。

我一直都在尽自己所能地让一段关系长久，但我从来没有像现在这样希望过，我从没感觉有人如此需要我，我是如此地被需要。在我们搬到这座老房子的两个月之后，爸爸妈妈、爱丽瑟和奥拉夫第一次来看我们，毕竟这里离他们家开车不到一个小时。爱丽瑟和扬·奥拉夫带着松德勒一起来。那是7月,天气很暖和。我很惊讶他们那么快就带爸爸过来了。他走得很慢,慢慢地在一把椅子上坐了下来。

妈妈说:"这里简直像是世外桃源啊。"

"是啊,几乎就是。"爸爸说。

一辆破车几乎被植物盖满了。谷仓的墙有些地方已经烂掉了,不过一旁放着鸡舍要用的新材料。草干透了,天很蓝,接近地平面的地方飘着几片白云。洒水器缓慢地旋转着,喷出的水在阳光的照射下产生了彩虹。小水珠闪闪发光,点缀着近乎棕色的土地。我们带他们转了一圈,每次我们停下来,我靠在特隆德·亨里克身旁的时候,都能感受到他身上的气息。我们带他们边看边解说,说着我们的计划。那些计划并不是无法实现的,只是每次我说的时候,都感觉自己是在说着事先排练好的台词。

"这里太漂亮了,莫妮卡。"妈妈说,两手握在一起,她想表示热情的时候都会这样。

"不过你们得在种蔬菜的这块地上除除草。"爸爸说。他看了一眼特隆德·亨里克,不过很快收回了目光,好像突然想起来他们还不太熟,他刚刚来到这个家庭,不是他可以指挥的。

"看起来没有那么明显吧?"我说。

"嗯,不过杂草会抢蔬菜的营养。"爸爸说。

特隆德·亨里克快速点了一下头,他看了一眼不远处的那一小片地。

"好,我们会除草的。"他说。

我们坐在房子和谷仓中间的桦树树荫下,白色的塑料椅子，上面有点脏，有些泥点子，垫子也有点褪色。特隆德·亨里克说起了自己翻译的工作，之后这种工作应该会越来越多的。他的手戳着树干。

"那你懂电子什么的吗？"爸爸说。

"你会瑞典语吗？"妈妈说。我深吸了一口气，但还是没开口。

特隆德·亨里克的指甲有点发白，说："我主要还是要写小说的。"

天气很热，太热了，一切都被太阳烤着。爸爸说这里之后应该是会挺好的。这是我们的家，我们已经为此做了很多很多事情。我们已经习惯住在这里，日常的生活，晚餐，早餐。这就好像爸爸妈妈不明白我们已经住在这里，日复一日在这里生活一样。爸爸一直在擦额头的汗，妈妈一直不安地看着他。她看上去有点生气，气他出那么多汗，说话那么慢。我们冻了两升的冰激凌，但还没等大家去吃，就已经全部融化了。麦肯、松德勒和芙萝娅在谷仓里玩，芙萝娅已经哭着跑出来三次了，麦肯和松德勒欺负她了。特隆德·亨里克皱了皱眉，最后扬·奥拉夫站起来说："好了，你们不能这样！"然后跟着芙萝娅一起去了谷仓。

爸爸经常说，人应该发挥自己的潜力，让可能变成现实。

他们不愿意留下来过夜。

"不用了，"爱丽瑟说，"扬·奥拉夫太依赖每天早晨这杯咖啡了，他说除了自己家的机器，别的地方都做不出来那样的咖啡。"她的笑容里有些试探，不过似乎还有点什么别的东西，她看上去好像非常爱他，或是说她拒绝以任何方式站在扬·奥拉夫的对立面。我幻想自己恳求爱丽瑟：

帮我，帮我维持这段关系，帮帮我，别让它又越来越糟。

他们在下午光线最漂亮的时候开车回家了。每一朵花、每一根草上都点缀着阳光。我站在谷仓边的小花丛边，狗饼干花开花了，还有一些类似的小黄花和红色三叶草。边上是被杂草覆盖的老汽车，是很多年前特隆德·亨里克的哥哥留在这里的。麦肯和芙萝娅直接就着盒子把剩下的融化的冰激凌当成奶昔喝掉了。我走向特隆德·亨里克，他背着光，我靠在了他身上。"这是两个简单的人。"

"爸爸妈妈？"我说。我不明白他是什么意思，我觉得他们总是居高临下地粗鲁地干涉我的生活，但从没觉得他们是简单的人。

"不是的，你父母是年纪大了。"他说，"我是说你姐姐和姐夫，我从来没持续听过那么多平庸的事。"

特隆德·亨里克说这话的时候，手臂环抱着我。这么说好像是公平的，但又感觉不至于如此。生活是如此简单，不会因为岁月过去就变得容易，我完全无法将一切合理串联起来，分裂的生活，没有希望能够和解。我希望特隆德·亨里克能够接受我自己都无法接受的爱丽瑟和扬·奥拉夫的那一面。我感觉自己对扬·奥拉夫有种类似于痛心的感觉，他其实很努力了，或者说他不可能做出别的样子。我那么看不起他，但我肯定在深层次上对他有某种认可，才会痛心。

我把三文鱼块从塑料袋里倒出来，放到烤盘里去，袋子里剩下的液体顺着料理台往下滴。特隆德·亨里克一手拿了两个红酒杯，另一只手拎着红酒的盒子。他亲吻了一下我的脖子。我把煮意大利面的水倒进锅里，点火，快速地把西兰花切成小块。然后我去找特隆德·亨里克了。

我们想要努力抓住这个黄金时刻,我们是这么称呼它的,我们自己也会嘲笑自己。从第一个星期带着两个女儿生活的时候就开始这样了。有时候每天会有好几次,我们两个人偷来一些单独相处的时光,一直继续下去。现在我们会在晚饭前在玻璃房里喝一杯红酒,我和特隆德·亨里克讲我和盖尔的午饭。他背对着玻璃坐在凳子上,我坐在沙发的扶手上,我们向前倾,嘴贴着脸颊,鼻子对着鼻子,嘴对着嘴,从开着的门那边我能听见孩子们玩电子游戏的声音。当我同特隆德·亨里克聊起和盖尔的冲突,对爱丽瑟的挫败,还有所有别的事情的时候,它们都好像变得没有意义,像是发生在另外地方的事情一样。

我们热烈地接吻,好像还是17岁的样子,好像我们已经很久没有见过对方。

然后他往后退了一点儿,看着我。

"不过,你会做猪排吗?"他说。我低声笑了,摇了摇头。

"总有第一次的。"他说,"你可别指望我。"

"只要不管我做成什么样,你都支持我就行。"我说。

"我永远支持你,不管怎么样。"他用让我双倍放心的语气说,眼睛都快笑没了。

然后他又吻了我,在这种偷来的时光里,在根本没有时间做什么的时候,我反倒特别想和他上床。我们摩擦着彼此的身体,我有点控制不了自己的呼吸。哔哔哔哔哔,客厅里传来定时器的声音。我深深吸了一口气,站起身来,再有一步就可以享受到的。我们住在一起,睡一张床,我们会永远在一起,无论发生什么,忍耐对方的一切,因为我们俩都很努力。再过几个小时,我们就又可以睡在一起了。

特隆德·亨里克又倒了些红酒，红酒配三文鱼，要是盖尔看到会抱怨的，很多事情他都接受不了。我向麦肯解释我和盖尔谈过了，麦肯暴怒。

"我不想在这里，"她说，"老师说你们要听我的意见。"

"这样对你爸爸也比较好，"我说，"明年你可以和他一起过圣诞节。"

我叫了一声芙萝娅。麦肯说："你为什么一定要和爸爸分开？"我说有些事情不一样了，凡事不都那么简单。

"究竟是什么不那么简单？"麦肯说，"是什么？说啊。喂，你要是说不出来，那肯定就是没有。妈妈？妈妈？喂喂？"

特隆德·亨里克叫了一声芙萝娅。

"拜托，麦肯。"我说。

意料之中，她的声音越来越大。

"我不要待在这里，我不想，你难道听不到我说的吗？你聋了吗？"

芙萝娅进来了，爬上了自己的儿童餐椅。她看了看桌子，嘴巴抿起来，摇了摇头。

"我不喜欢吃鱼。"她说。

"你一定要尝尝。"特隆德·亨里克说。

麦肯狠狠地把面前的盘子一推，撞倒了杯子。

"我才不要吃这个垃圾鱼！"

"麦肯！"特隆德·亨里克严肃地说。麦肯嗓子里发出一种奇怪的声音，越来越响，越来越像低吼，然后她又大喊了一声："垃圾鱼！"只有一个词——垃圾鱼，对晚餐的鱼的愤恨。我昨天想带着她们一起做圣诞装饰，准备圣诞礼物的。下午的时间特别短，一下就过去了，在我还没意识到的时候,一个星期就过去了,孩子们都要去自己另外一个家了。

然后这里就会空下来。空荡荡,奇妙的。我可以休一天病假,我们可以一整天都躺在床上。

特隆德·亨里克的头低下来面对着盘子,麦肯的头偏向一边,她盯着墙上放调料的架子,那里有一块旧的板子上写着:每日赐予我们面包,我不知道她的愤怒点是针对我还是特隆德·亨里克,或是针对鱼,针对盖尔。凳子腿摩擦着地面,椅子的靠背砸向地面,麦肯跑上了楼梯。

我刚从盖尔那里搬出来的时候,周末我会带麦肯去爸爸妈妈家,爸爸的态度逐渐冷淡下来。

"嗯,好。"他会在我打电话给他说我们要过来的时候说。有一次他说:"你妈妈有点累。你们星期天不要待太长时间。"

那个星期天晚上,克里斯汀打电话给我,说她觉得我不要那么经常回去比较好。

"爸爸最近身体不是太好。"她说。

"他说你回去得太多了,"克里斯汀说,"你们隔一周就会去。"

我以为我做的事情是对他们好,也对麦肯有好处。一石二鸟。她可以见到外公外婆,他们也可以见到外孙女。我是想要给予,却被认为是我在索取。

这不是为了要逃避做饭,逃避早上起床陪麦肯,麦肯可以自己待着的,只要把她放在儿童电视节目面前就行。其实在奥斯陆和她在一起时反而更容易。每次在弗莱德里克斯塔德,等到麦肯睡下,我都坐在沙发上,都会感到后悔。在这里待着的时间太长了,在我和爸爸妈妈说完话之后，我都会因为他们问出的问题，或者他们不问的问题，他们对我的回答的反应感到气愤。爸爸让我觉得我好像是刚刚从家里搬出去的学生，回家就为了蹭免费的饭和看孩子。

后来爱丽瑟还说，妈妈和丽芙姨妈在突然拜访了我的公寓之后，一直在为我担心。

"她们很担心你是不是抑郁了。"爱丽瑟说。

"抑郁？"我说。

"因为不同的事情。"爱丽瑟说。她说妈妈和丽芙姨妈说麦肯用的新推车上面的标签都还没摘掉。

"而且你的厨房里面也少很多工具。滤茶的，分蛋的。还有，你家里乱糟糟的，没什么生气，橱柜下面的灯管都不亮了。"爱丽瑟说，"姨妈还说她们来的时候，你的桌子上有一盘薄饼，那是你正准备吃的。那个饼上面放着的是青椒和黄瓜。"爱丽瑟说这些的时候带着些情绪，就好像她是站在我这边的一样。

我还缺少压土豆的工具，用来把土豆压成土豆泥。在我和特隆德·亨里克搬到一起之后，我有一次对妈妈说，我发现我们其实完全不需要把土豆去皮。我说麦肯和芙萝娅都已经习惯连皮吃土豆了，毕竟其实营养都在土豆皮上。但妈妈只投给我一个疲惫的眼神，好像我这么说是为了惹她生气一样。

"没有，没有。"我对爱丽瑟说，"我离抑郁远得很。"

我把盘子摞起来，一起抱去了料理台。特隆德·亨里克走到我身边，从我身后抱住我，吻了吻我的脖子。

"我出去抽根烟。"他说，"我一会儿可以洗。"

我说我一会儿要开车出去，去找阿奈特。

芙萝娅在看电视，麦肯还在自己的房间里。外面楼梯上的灯已经亮了，照着我们的花园，不过稍微远一点儿的地方就很暗了。我只能看到谷仓模糊的影子，和后面的树。鸟窝里没有鸟。

厨房的墙上挂着芙萝娅的石膏手印。爱丽瑟家里到处都挂着孩子们的东西。我留下的麦肯的东西特别少。我想象不出来时间就会这样过去，或者说我没有对时间就这样过去感到难过，时间过得那么慢，她会好多天都连着做同样的事情，一天画十张画。

我应该要写明天交给莱娜的稿子的。根据经验，每天早上上班的几个小时很容易被别的事情占据。但我要先去农场一趟，我很担心母鸡的事。两个孩子都不想和我一起去。开车过去只要4分钟，现在雪已经停了，地上积了一层薄薄的雪，泛着光。

"你要找阿奈特？"罗伊问。他身后的房间明亮温暖，闻起来有肉香，他穿着羊毛内衣，领口有拉链，他身边的牧羊犬想要越过他来和我打招呼，但他把它拉住了。

"她在谷仓那儿，正在配种呢。"他说。

谷仓里比平常更吵，充满了沉闷的声音。空气里满是羊和鸡的气味，在饲料间里，两种气味混合在一起。鸡的气味更潮湿、更涩，羊的气味更刺鼻。山峦、苔藓、天气和风。阿奈特答应我春天会给我一只小羊羔，可以把它和鸡养在一起。我走到右侧关绵羊那边，阿奈特正要把几头羊关到另外一个小空间里，这个过程让我看得有点不忍心。

"我很快就好了。"她说，"我要把卡斯腾·布鲁赛弄到小房间里去。"她抓住它的角，把它赶到里面去。它转过身想要出来，但是她关上门，冲我走过来。

"卡斯腾喜欢年纪大点的。"她说,"和大多数男人正相反。我得把年轻的母羊分开,最后把它和年纪大的羊关在一起。如果没有别的成熟一点儿的母羊,它也会找那些年轻的。"

公羊象征性地冲着屏障撞了几下,然后绕着自己转了一圈。之后它有点意兴阑珊地转过身,闻了闻年轻小母羊的屁股。

"它前腿中间带了有颜色的袋子。"阿奈特说,"这样我们就知道哪些小母羊被它骑过了。你能看到的。"她指了指边上的一群羊。几乎所有的羊背上都有蓝色的标记。

"这也太丢脸啦!"我说。

阿奈特止住手里的动作,看了看我。她脸上笑得很明媚。

"它从一只身上下来马上到另一只身上去,连着上5到10只才会停下来喝口水,吃点东西。"她说,"这样之后它体重都会轻好几公斤呢。"

"可是它喜欢这样吗?"我问。阿奈特大笑起来。

"它喜欢吗?看上去是的。"

"这就纯粹是工作吧,"我说,"它除了这个什么都不会,也没有任何选择?"

阿奈特又大笑起来,有点粗鲁的笑声,绵延很久。她从食槽里扒拉下来一坨干草。

"大自然可不会问这种问题。"她说。

我说我的两只鸡有点问题,和她解释了一下西格里的事。

"哦,它是想护蛋了。"她说,"这是鸡的专业词汇。"她接着说,"母鸡坚持下蛋之后自己孵蛋,哪怕它没有受精。总之就是母性爆发了。"

她说我可以从她那里拿几个受精的蛋，或许母鸡可以把它们孵出来。

"也可能是这几只母鸡在抗议自己只被当作蛋的运送机器，想要回归自然。"她说，"突然她们在问自己生这么多蛋是为什么。这里完全没有公鸡什么事，她完全没想过。她们只是想当妈妈！"

阿奈特比我小几岁，是那种很率真的人，长得不难看，只是没什么女人味。她没有孩子。她上学的时候比特隆德·亨里克高两个年级，不过现在完全没联系了。

我想起第一次去见她的时候，特隆德·亨里克给我讲了下路怎么走，然后我就自己一个人开车去了，我想听听她关于养鸡和养羊的意见。阿奈特刚准备吃自己的午餐面包，她请我坐下来，我们一起坐在羊圈旁边的老旧家具上。她穿着淡紫色的抓绒毛衣，一个长辫子从一边的肩膀垂下来。她从一个保温杯里倒出热咖啡，倒进用水龙头冲了一下的塑料杯子。阿奈特打开自己的午餐便当，里面是一片涂着猪肝酱的面包片，配着酸黄瓜，还有一片铺着芥末酱的面包片。她也请我吃，不过我谢绝了。她的头发好像刚洗过。芥末酱、酸黄瓜加上洗发水的气味，混合着我们身后干燥的羊圈里的羊的气味，让我动弹不得。她说她是在边上那个农场长大的。"养牛，还有种地。"她说。她其实是家里唯一一个有兴趣接手一切的人，但爸爸不愿意。"他要花好多年去说服我的一个哥哥，但肯定是没用的。"她说，"所以我现在暂时在这里工作，等着"。我看不清楚她的发际线在哪里，她的头发一直往下长，越过耳朵，越过前额。她的辫子非常粗。

我和她讲了白雪的事。

阿奈特摇了摇头。"有些动物就是天然会成为被欺负的对象。"她说，"有点焦虑的鸡可能更容易被欺负，我觉得别的鸡不喜欢白色，它们看起来太特立独行，太与众不同了。"她说她也没什么好建议能更好地保护它，除非把它养到家里去。"鸡一般不喜欢单独被关着。"她说。

"说不好它能不能活下来。"她说。这句话有点像是警告，好像我是个小女孩，不能接受生命的真相，得温柔地为这件事情做准备一样。"这挺让人难过的。"她说，"不过我还是建议在它呼出最后一口气之前把它杀掉。自己死掉的鸡完全没有价值。你可以拿它炖一锅好汤，我有个菜谱可以给你。鸡肉配开菲尔酸奶。"

我笑起来。我以为她在开玩笑，但显然不是的。我之前也听她讲过怎么杀鸡，听起来没有那么复杂。但我完全无法想象能吃自己养的这些鸡，不过要告诉她这一点可能有点太戏剧化了。

"或许你可以把所有的杆子放在同样的高度，这样它们就不用争谁应该坐在最高的地方。"阿奈特说，"你可以把一些半块面包串起来，让它们平常有点事情做。你知道的，太闲是万恶之源。"

她把放在莱玛超市袋子里包好的几个鸡蛋交给我。

"现在天气冷，"她说，"你回去赶紧把它们放到母鸡身下去。至于那只白的……"她伸出食指在自己脖子前比画了一下。

我把鸡蛋放在车前座上，开车上路。前面的路有点蜿蜒，我面前没有一辆车，一辆拖车在我对面车道很远的地方。

我开车进隧道的时候，爱丽瑟打电话来了。我说我在开车，去边上的农场拿几个受精蛋，我跟她讲了母鸡的事情，她听着。

"真有趣，莫妮卡。"她说，"我很高兴之后能再去看看它们。"

我为自己的得意感到有一点点羞愧。白色的房子里亮着光，隐约能看到鸡舍里的加热灯。

"说到圣诞节，"爱丽瑟说，她用柔软缓慢的声音说着，"这次不可能在阿斯科姆过圣诞节。"

"爸爸的身体不允许。妈妈也不能接受那么小的地方挤那么多人。"我刚想张口表示反对意见，她就开口说："莫妮卡，不要。"我都能想象到她摇着头，嘴巴抿起来，眼睛睁得大大的样子。

最后结束谈话的是我。"不行，"我说，"我得先去处理这些鸡蛋，看之后会怎样。"

"祝你好运。"爱丽瑟说。

西格里在暖灯旁边趴着，孵着那颗没有生命的蛋，我戴上手套，小心地用三颗受精卵换它的那颗蛋。

"这样，"我说，"继续孵吧。"它摊开自己的身体，把鸡蛋包在身下，两只黑色的小眼睛盯着我看。其他鸡也蹲在那里，除了那只白色的鸡。它在一旁，头往前低着。我看它的时候，它突然往前翻了过去，腿朝天蹬了蹬，然后又拍拍翅膀努力站起身摇晃了一下。它身上的羽毛很脏，沾满了粪便。我蹲下身来，冲它伸出手，它没有理我。

"亲爱的白雪啊，你从前是那么漂亮。"我温柔地对它说，手抚摸着它脏兮兮的羽毛，摸摸它的背和胸脯，皮肤和身体外包裹着很多绒毛和羽毛。

麦肯和芙萝娅坐在地上打游戏机。芙萝娅的脸颊和后颈都因为室内外温差变得红彤彤的。特隆德·亨里克已经把碗洗好了,躺在沙发上看书,红酒杯和酒瓶放在边上的小桌上。他抬起手挥了挥:"过来,过来,过来,过来,过来,过来,过来。"他低声说。

"有只鸡不太好。"我说。

"它怎么了?"特隆德·亨里克说。他把手伸进我两腿之间,把我拉过去。

"那只白色的。"我说,"芙萝娅叫它白雪。其他鸡很快要把它弄死了。"

"那我们应该把它从别的鸡那边弄出来,是吗?"特隆德·亨里克说。

我和他讲了阿奈特说的。"我们不能让它待在那里面了。"

"是不能。"他说。两个女儿让我有点生气,她们完全没有共情,手指忙着在手柄上控制着游戏角色跳上跳下。

"不过现在西格里在孵新的蛋了,好像这是它的任务一样。"我说,"或许到圣诞节我们就会有新的小鸡仔了?"

"啊,圣诞小鸡仔!"麦肯说。

"我们可以喝可可吗?"芙萝娅盯着屏幕说。

"但是白雪看起来很不好。"我说,"它看起来快死了。脑袋垂下来,眼睛都闭上了。"

特隆德·亨里克开始笑了起来。

"你这个样子多可爱啊。"他说。他是指我刚才模仿小鸡的样子。

"我觉得我们得把它宰了。"我说,"要是它很痛苦的话。"

"宰了？"特隆德·亨里克说。

"嗯，我们应该这么做。"我说，"不能让它自己死掉。"

"宰了？你疯了吗？"麦肯平淡地说，还是完全投入在游戏中。

"作为男人，我大概是要让你失望的。"特隆德·亨里克抚摸着我的屁股说，"如果你要我动手的话。我连一只蜜蜂都没杀过。"

"如果这会让它太痛苦的话。"我说。

"我也不行，"麦肯说，"我要开始吃素了。"

特隆德·亨里克微笑了一下，吻了下我的脖子。

"那只能由你来砍掉它的脑袋了。"他说。

"阿奈特不用斧头的。"我说，"她抓住它的头，然后用锋利的刀割。"

"妈妈！"麦肯大喊，现在她把游戏手柄放下了，"你真的想要把白雪的脑袋砍掉吗？"

"啊？"芙萝娅说，"莫妮卡，你要把白雪的脑袋砍掉？爸爸，莫妮卡要把白雪的脑袋砍掉？"

"你们冷静点！"我说，"没有人要砍什么脑袋。"

我在特隆德·亨里克的胸口大笑，我能感觉到他也在笑。

后来在女儿们上床之后，我对特隆德·亨里克讲了爱丽瑟说的圣诞节的事情。

我们躺在沙发上，搂在一起，抚摸着对方，壁炉里发出噼啪的响声。

"我还有点工作要做，"我说，"睡觉前我还得干点活。"

特隆德·亨里克坐起身来，又倒了点红酒。

然后他的手环抱住我。

"好像大家都自然而然地要到爱丽瑟和扬·奥拉夫那里去。"我说。

"这里是有点挤，"他说，"而且我们其实也不知道招待一大家子过圣诞节意味着什么。"

我不知道我应该怎么想，应该有什么感觉。我觉得这是一种被背叛和被安慰的混合体。他走到了敌人的那一边，但与此同时，他又坚定地站在我的身边，和我是一体的。因为他们也不是敌人。我也希望所有人都喜欢彼此。特隆德·亨里克喝了一口酒，把杯子放在一边，又抱住了我。

"而且那么多人在这里，要写小说就更难了。"他说。

"如果孩子们在这里过圣诞节，你也要写吗？"我说。

"我必须写，"他说，"不过我也会控制一下自己。"

"我不希望你控制自己。"我说。

伴随着特隆德·亨里克的呼吸，一切都在安静中摇摆着。他曾经和我解释过，写作是让他能够活下去的东西。

我想过我们可以把那张放在壁炉旁边的旧椅子搬开，然后把圣诞树放在那里，再把圣诞小精灵放在箱子上。圣诞星在窗户边不知不觉地摆动着。特隆德·亨里克吻了我，把手伸进我的毛衣里面。我必须思考一下我要重写的文本，我真的要从头来过，我喜欢离开那条红线，让文本跳跃一些，但这要基于这条红线是我们的出发点，这点我是明白的。但是，莱娜看起来不喜欢的不只有结构，而是整个关于鸟、饼干屑的想法她都不喜欢。特隆德·亨里克的拇指磨蹭了一下我的乳头，这是他发现对付我的特别有效的方式。

我和特隆德·亨里克在一起的第四个晚上，他终于能和我做爱了。在第三次的时候他哭了，那个时候我觉得这件事大概是不行了。不过到第四次的时候,他显得闷闷不乐,漫不经心,但目标很明确。对我来说那次并不是特别愉快,但也没有不舒服,不管怎样这是给人希望的,这让我感觉轻松和快乐,他也是。他对此很高兴,也很自豪,只是一种很内敛的方式。他让我想起麦肯进球时候的样子。

他把手放在我的肚子上,然后慢慢地往下滑。

就在这时,麦肯大喊了起来。特隆德·亨里克的手默默地放在我的两腿之间。麦肯又大喊了一次。然后他放开了我。

我走上楼梯,进到麦肯粉色的房间里,她的夜灯开着。我被特隆德·亨里克的手点燃了,嘴唇有点麻麻的。这个房间一直都不暖和。书桌上放了很多塑料小人,固定的姿势和组合,她不愿意整理它们,要不然她就得重新弄一遍。她说她睡不着。我坐在她的床边。两扇玻璃窗上结满了窗花。

"你为什么睡不着?"我说。

"我想太多了。"她说。

"你在想什么呢?"我说。

她看着我,脸上有着失落的表情。她说:"我不明白为什么会有蜘蛛网和雪晶。"我疑惑地看着她,她疑惑地看着我。

"我的意思是,"她说,"这样的……"她想用手指来表示。"这样……这样复杂的东西会自己出现,会存在。"

我说世界上有好多东西我们并不理解。我摸着她的头发,黏糊糊的,她明天早上得洗头了。洗手间很冷,布置太简单了,地上铺的塑料垫子都有点发霉。何况麦肯一直很讨厌洗澡。

"你想要什么圣诞礼物?"我问。

"我想回家过圣诞节,"麦肯说,"这是我能获得的最大的圣诞礼物了。"

我的皮肤好像一下子皱了起来。这句话里面包含了太多东西,痛苦、敏感,真是经典。我好冷。我摇了摇头。

"这个我给不了你。"我说。

她把头转向墙,用手遮住了眼睛。我弯下腰吻了一下她的脸。

"现在我得去看看那些母鸡了。"我说。

特隆德·亨里克躺在沙发上盯着天花板,我走过去:"你在构思小说吗?"

"要是那样就好了。"他说,"我想的只有你。你的身体,胸部和屁股。"

"我也想要你,我们睡吧。"我说,"不过我要先去喂一下鸡。"

厨房窗户边的温度计显示是-4℃。又开始下雪了,门口的车道上已经覆盖了几厘米的积雪。如果雪再继续这样下,明天早晨要把车开出去就会有点困难,除非铲雪车在我们出门前就来铲雪了。我靠近鸡舍的时候,听到越来越清晰的嘎吱嘎吱声。那是我走在这层薄薄的积雪上的脚步声。

夏天的时候,7月末,两个女孩都住在这里,我们给鸡舍建了框架。我进房间里去做奶昔,阳光从厨房的窗户里照射进来。我在阳光中走进走出,把搅拌器搬到料理台的桌子上,身上穿着麦肯在学校给我做的围裙。我往外面看去,那些红色谷仓边上的大树,树冠碧绿,有些树枝几乎要垂到地面上。芙萝娅大喊了什么,很开心。麦肯给特隆德·亨里克递了个东西,一个小小的纸盒,特隆德·亨里克接了过去。他正用钉子固定着木头架子。我听到的只有砰砰砰的响声。我用一把刀把盒子里的香草冰激凌搅松。突然麦肯进到厨房里来,她看到我在做奶昔,发出高亢的欢呼声,脸一下子凑到我面前,白净的脸上充满了笑容。"妈妈,我太爱住在这里了!"她说完就出去了,迅速地跑去了门口。就像被一个玻璃烧瓶包裹起来了一样,我一个人在这个玻璃烧瓶里,如此快乐。谷仓后面的山坡上和车道边的沟渠里开满了夏天的野花,红三叶草,草甸铃铛,鹤喙花,峨参,三色堇,勿忘我,百脉根。

我摇摇晃晃地像个幼儿一样走向沙发上的特隆德·亨里克,他抱住我,看到我在哭。

"鸡死了。"我低声说。

他抱紧了我,抚摸着我的后背。

只有壁炉里的火焰在动,发出轻微的噼啪响声。

"它面朝天躺在地上。"我说。"身体还温热着。"

"其实这是最好的。"他低声说。

我吞下咸的眼泪和鼻涕,慢慢地动了动拇指,在特隆德·亨里克脖子上的一块肌肉上缓慢地来回抚摸着。我很难过。现在什么事情都会让我哭出来。可怜的白雪,麦肯,和爱丽瑟的谈话,和盖尔的午餐,得了癌症的爸爸。

"我肯定是有点孩子气,但圣诞节对我来说特别重要。"我说。

"这不是孩子气。"他低声对我说,"我喜欢这一点。我喜欢你。但我现在得写小说了。"

"嗯。"我说。

"这是现在对我来说最重要的事情。"他说。

我靠在他肩膀上点了点头。

"我把白雪放在粪堆边上的一个袋子里了。"我说,"我们得想想怎么处理它。孩子们应该是想要给它办个葬礼的,但现在想要挖个坟墓是不可能的。"

特隆德·亨里克说:"我不能让这些日常的事情占据我的生活。如果我整天想的是洗碗,在面包片上抹花生酱,那我永远不可能写出这本小说的。如果我要去幼儿园参加芙萝娅的家长会,那还不如直接放弃。你明白我的意思吗?"

我说我明白他的意思。

"有一种美和意义永远不能和生活中别的东西竞争,"他说,"所有别人无法感受的感受。就像我一部分的生活必须远离别人,远离这个世界的一样。"

我点了点头。

"有点浮夸,"他说,"但就是这样的,真的就是这样,你必须相信我。"

我继续在他胸前点着头,我相信他。我的脸颊感受着他的心跳。我想象着爱丽瑟写着圣诞卡片,感觉泪又要涌出来。她写着自己的生活,写着时间如此不够用,不够时间去观察生活的细节,为此满怀欣喜。她坐在桌子边,厨房的灯灭了,但厨房窗户上挂着的圣诞星闪着光,照亮外面的走廊。可是她写不出自己想要描述的生活,她做不到。等到圣诞卡写完,这就会和所有别的圣诞卡一样。尤纳斯和斯蒂安已经搬出去了,那是思念!但生活就是这样。去大加纳利群岛的公寓的那些旅行,是幸福的。新的船,为人生命最后一程服务的护士工作。那么有意义。她从厨房走出来，点亮灯，料理台上放着很多甜甜圈，桌面上满是棕色的油渍，但她不会把这些写出来。她把甜甜圈十个一包地放进面包袋，把它们冻起来。然后扬·奥拉夫走进来，想要一个甜甜圈吃。他站着把甜甜圈吃完了，肚子那里凸了出来，他用大手一块一块掰着吃，手指上满是油光。吃完晚饭的餐桌上还剩下一个水杯，厨房料理台上的一个盘子里还有剩下的鱼布丁，她把它放进冰箱。她有那么多想写的事情，那么多她想让大家知道的事情。

我有种想要得到安慰的冲动，想要打电话给爱丽瑟，跟她讲白雪的事情，或者打给爸爸。我能想象到他会说："是的是的，她活着的时候过了不错的一生。"但根本不是这样的。

为你疼痛

2009年2月

夏思蒂在桌子上移动着圆珠笔，背部挺直。她用手拨了下头发。她说麦肯是领头人之一，这是霸凌行为，很严重的那种。我们坐在桌子两边的小椅子上，老师的桌子在高一点儿的讲台上。

"您要知道，我们是很照顾麦肯的。"她总结说，"作为霸凌的那一方其实也不好受。在霸凌中，不只有一方是受害的。"

"谢谢。"我说。

"你会跟麦肯爸爸谈这件事情吗？"夏思蒂说，"那好，很好。上次我是和他说过的。"

然后她摇了摇头。

"唉，"她说，"麦肯其实是个很好的孩子。"

我们一起站起身来，我在她之前走出了走廊。

麦肯坐在走廊里的长凳上，她说："图瓦能和我们回家过夜吗？她在外面操场上等我们。她爸爸已经同意了，可以吗？"

她坐在我面前，霸凌者。12岁的年纪，她已经可以毁掉另一个同学的一天，甚至是一生。

刘海太长，裤子很脏。

"好不好嘛。"她说。

"不行，"我说，"今天不行。"她的腿太粗了。我和盖尔的妈妈说过，和姐姐说过，麦肯太胖了，腿太粗，胸太大，屁股太大。我很害怕一切都会崩溃、瓦解，这种笼罩我一生的灾难性感觉，一切都会解体。

"拜托，妈妈，拜托，那里根本没有人可以和我一起玩。"我转过身看了看夏思蒂，就好像她能帮助我，用眼神引导我带着麦肯离开学校的区域，然后留我们两个人在一起。有时候我会对麦肯生气，紧紧抓住她，然后被她的强壮吓到，觉得等到她比我更强壮的时候，我所有的权威就会消失。在一个青少年面前，要建立起我的权威是多么重要。

"我有事要跟你说。"我说。她一下子炸了。

"我也有事要跟你说。"她说。

我在她前面走下楼梯。

"我就得完全被封闭起来。"她说，"像坐牢一样吗？"

她在出操场的路上追到了我身边。她喊着："妈妈！妈妈？"声音越来越高。

"我觉得她现在太难对付了。"我上次见到盖尔的时候和他说。"是的。"他说，"她现在是面临一些挑战，给她一点儿时间和耐心，慢慢会好的。这样可以避免很多狂风暴雨。"

盖尔去博洛尼亚参加一个食品大会了，要三天后才会回来。

我坐在车里等着麦肯和图瓦在告示栏旁边讲话。我等了很久，我的心跳得很快，都快失控了。麦肯是如此异想天开，她会坐上车和我回家吗？她会不会就这样和图瓦跑了？要是那样，我要怎么办？

有时候她发起脾气来就像2岁的孩子一样，她会从我的手中挣扎出去，就是要出去，去哪儿都行，只要从我的手中挣脱，离开我，她根本不管自己会不会摔倒。我抱住她，想等着她缓和下来，接受我的拥抱，接受安慰和身体接触，但并没有这样。她就像根棍子一样，很僵硬，她大声喊叫着。我想着，我要坚持，我可以就在这里等着，抱着这个尖叫的孩子，耐心地等待这一切过去。但我做不到。最后我放弃了，一切，孩子，我让她自己躺在沙发上，有节奏地尖叫着。然后盖尔就来了，他会带着那种高高在上的永远的平静，抱起麦肯，低声对她说，好了，好了。盖尔温柔的声音好像有催眠效果，有种不真实的感觉，我本能地就想挣扎。他们俩就好像在同一个茧里面。我走出去到阳台上抽烟。

不过麦肯还是过来了，她一言不发地坐进车子里，眼睛看着窗外。芙萝娅生病了，留在家里没有去学校。特隆德·亨里克对自己不能写作表示很不开心。芙萝娅是个高需求的孩子，尤其在她生病的时候，她一整天都缠着他。我们上了E18公路的时候，我说："麦肯，在学校发生了什么事情？你和杰斯帕和茉莉之间。"

她别过头，不看我。

"没什么。"她说。

"麦肯，拜托，"我说，"夏思蒂和我说发生了点事情。"

她把手从脸上拿开，转过头看着我，张着嘴，然后她说，说得很慢，强调着："要是你知道杰斯帕有多蠢。他他妈的……"

然后她摇了摇头,我看到她转过头去之前眼睛里的泪水。我在开车,我的双手只能放在方向盘上。我知道,我会一直记着,会记很长时间,永远记得那双湿润的眼睛,仿佛看不见底。这不过是一件小事,并不值得多么认真对待,这一切都会过去,这只是一个12岁的孩子会碰到的成千上万的事情中的一件。但对她来说,这一切都不是小事,这是最严重的。我记得那个年纪的感受,我记得一切有多严重、多沉重,它们不会很快消失,至今它们还留在我心里。

然后她又转过来看我。

"我不想继续住在你那里了。"她说。

"你什么意思?"我说。

"爸爸说我自己可以决定。"她说,"我可以决定自己要住在哪里。"

"你对杰斯帕做了什么?"我说。

盖尔对麦肯说她可以决定她要住在哪里。

"你能告诉我你和茉莉做了什么吗?"我说。但我听出自己的声音,我已经放弃了,我知道麦肯也很清楚。麦肯可以做她想做的事情,和茉莉一起,对付杰斯帕,我对此没有任何的影响力。

车窗外,云杉树迅速往后退去。我放弃了,我一直在放弃,一直一直在放弃。喂鸡,整理麦肯的衣服,做覆盆子果酱,粉刷一扇门,做菜招待朋友,在卧室床头柜上放鲜花,和特隆德·亨里克做爱,一切都从我的手中滑过,从我头脑里消失。我们的羊鸟拉带着永远悲伤的眼神,它只想和人在一起,不想和母鸡在一起,现在总是孤独地待在空荡荡的鸡舍里,或是谷仓和门口的空地上绕圈圈。我放弃了和盖尔的合作,我放弃了。今天是星期五,特隆德·亨里克和我说我们周末要和女孩们一起做什么事情,但这是在昨天晚上我们争吵之前说的。"你除了写作,对什么事情都不关心。"我说,"除了写作,在你心里芙萝娅排第二位,然后是你已经去世的母亲。在她后面才是我。"我说。还有最糟糕的,"甚至没有任何别的人关心你写的东西。"他后来说,这句话,还有些别的,是他无法原谅的。

"我不要继续住在那里了,"麦肯说,"我不要和特隆德·亨里克和芙萝娅住一起。我恨他们。"

车窗外一棵棵云杉树,没有颜色,天空也是暗淡的。昨天晚上我躺在麦肯房间里的一张窗台垫上,今天早上芙萝娅的床是空的。我去特隆德·亨里克的房间,发现芙萝娅和他一起躺在我们的床上,特隆德·亨里克说她生病了,今天要留在家里,不去上学了。这样我和麦肯两个人可以美美地吃顿早餐,只有我们俩,但我们并没有。我们俩都不是在早晨会开心的人。

我在去阿斯科姆的方向下了主路。

"而且看上去,你也恨他们。"

"你住嘴。"我说。两只手静静地放在方向盘上。

"有什么我能做的,让你住在那里更开心一点儿吗?"

"没有。"麦肯说。

"买个蹦床?"我说。

"不,我的天哪。"她说。

她曾经想住在这间老房子的。她想要养鸡、养羊。她得到了她想要的,但她永远不满足。

"我们也可以想想养马的事。"

"没用的,"麦肯说,"什么都没有用。如果要我继续住在那里，我会自杀的。我想一直住在爸爸那里。"

阳光从房子里所有的窗户里透进来，包括二楼的卧室。麦肯直接进了门，我先去谷仓里喂乌拉。听到我摆弄浓缩饲料袋的声音，它从生锈的收割机后面走出来了。我从桶里面多拿了一点儿饲料，然后再多放了两片甘草。我挠了挠它的耳后和胸口，它把脑袋靠在我的大腿边上，往外看着。它的眼神迷离，白色的睫毛，接着它抬起一条腿，将更多的重量压在我的身上。一只羊的寿命可以到10—12岁。我站起身子后，它才开始吃饲料，我出门的时候，它抬起头，歪着脸看了看我。

进门的时候，我听到芙萝娅的抱怨声。放糖的杯子被打翻了，厨房桌子上满是闪闪发光的糖粒，料理台上堆满了脏盘子。芙萝娅坐在特隆德·亨里克的怀里。我没看见麦肯，她大概在楼上自己的房间里。我们刚搬过来的时候，麦肯说想要住这个粉色的房间。那是最通风最大的房间，但当时我并不知道。那还是5月的时候了。她得到了那个粉色的房间。

特隆德·亨里克把芙萝娅放到地板上，但芙萝娅在闹腾，所以他又把她抱了起来，一刻都没停。芙萝娅一刻不停地在喊着"妈妈"。当麦肯在盖尔家里的时候，我总是觉得她应该过得不错，但在芙萝娅住在我们这里的时候，我全身都能感觉到妈妈的缺失，这是特隆德·亨里克永远无法代替的，也是我无法代替的。在或长或短的时候她会忘记自己的不快乐，但早晚她又会想起来。

"芙萝娅，你生病了吗？"我问。但芙萝娅没有回答，特隆德·亨里克抱着她转过身去，让这一切变得更困难了。

我把烤箱打开预热，从冰箱里拿出速冻比萨，打开纸盒包装。我想起我们第一个没有孩子陪伴住在这里的周末，特隆德·亨里克和我一起躺在谷仓里。成捆的稻草散发出那么多的灰尘，几乎让我们感觉不舒服的感觉要压倒一切了。可它又很美，光线穿过裂缝，打在特隆德·亨里克的脸上。他又长又密的睫毛。我们两个人在那里，又慌张又欣喜。我当时已经开始意识到特隆德·亨里克的心理是多么脆弱了，这让我有种照顾他的冲动，让他过得好，这种感觉让我觉得害怕。这种被困在这个地方、困在我自己的计划，以及困在我单纯的热情中的恐惧。如果我放弃这些，我就彻底完蛋了，一个放弃一切的人，会失去一切，永远地。

但是第二天早晨，我感觉很幸福，我醒来叫醒了特隆德·亨里克。时间已经到了11点，我披上睡袍到厨房做咖啡，拿给还在床上的特隆德·亨里克。我太喜欢这个厨房了，这让我非常兴奋：放调料的木架子，带推拉门的柜子，玻璃杯，装蛋糕的盒，厨房的椅子上有些缺口和剥落的油漆。外面的光线朦胧，小草上的露水闪着童话般的光芒。我能听到从隔壁的农场传来的一声长长的牛叫声。

芙萝娅在玩游戏机，麦肯在自己的房间，特隆德·亨里克坐在沙发上，笔记本放在膝盖上。吃剩的比萨饼还在桌子上，有一块掉在地上。吃饭的时候是完全安静的。麦肯一个人几乎吃掉了一整张比萨饼。

"麦肯不想继续住在这里了。"我说，"她想和我两个人一起住，住得离学校近一点儿。"特隆德·亨里克闭上了眼睛，转过头去。

"我们两个人现在也不是很好。"我说。他的嘴唇抿得紧紧的，脖子那里绷得紧紧的，好像有什么地方在痛。我明白特隆德·亨里克永远不会说"听我说""看着我"这样的话，或者"我们慢慢来""试着解释一下""我会试着去理解"。盖尔一直都把这些话挂在嘴边，我真是越过越糟糕了。

特隆德·亨里克看向我，用特别不友善的语气平静地说："是的，和你在一起我都变糟糕了。自从遇见你，我一句好句子都没写出来过。"

我突然爆发出受伤害的愤怒："这不就显示出写作比我重要得多吗？"

特隆德·亨里克只是看着我，他什么也没说。他把放到桌子上的笔记本又放回到了膝盖上。难道我还指望什么别的？

我想着所有特隆德·亨里克用在自己的诗歌和他想写的小说里的同理心，情感、智慧和温柔。他好像没有剩下任何东西留给真实生活中的人。

"我对任何人性都不陌生。"他从键盘上抬起头，这么说。但事实并非如此。

"我也觉得住在这里很糟糕。"我说。

这时候我看到麦肯站在那里，站在台阶上，她的刘海太长了。

她的一只手扶着扶手，另一只手靠在墙上，看着我。她的身体带着那种不快乐的僵硬，然后她突然转过身上楼了。麦肯的世界崩溃了，发出了震耳欲聋的撞击声。她现在无处可去，只有到盖尔那里了。我没有什么可以失去的了。

一切都从我身上涌出来，源源不断地稳定流出。一切怀疑和不确定，一切的衡量利弊已经有一年的时间了，现在都倒向了一边。我忍受不了这一切：我忍受不了他，他的生活，他的阴郁和抑郁，他完全缺乏考虑他人的能力，他教养女儿的方式，我不再能忍受了。我想要性生活，还有一个可以谈话的对象。我想要感觉我们俩是在一起的，我想要感觉我是在和一个成年人打交道的，感觉就像我内心的世界和我正在做的事情一直有着一种清晰的控制关系。

大地和更远的地方都闪着光，我不知道光是从路上还是天空那里照过来的。特隆德·亨里克只说了一句话："那你可以离开这里。"

我的耳朵嗡嗡作响，身体重如千斤，每走一步都要重重地扶一下扶手。我走到楼上的浴室，把自己的东西装进洗漱包里。我看着镜子，看着镜子里的自己默默地问："我现在别无选择了，对吗？"然后我走进麦肯粉色的房间，地板上到处是衣服，塑料小人，漫画书。她坐在书桌前，把所有的橡皮泥捏成色彩斑斓的一团。她的毛衣上有污渍。她的胸部开始发育了。我说："亲爱的，我亲爱的，咱们要走了。"

"我们去外公外婆家。"我说。

刚开始的时候，我说什么她就照做。她睡眼惺忪地走下楼梯，路过站在厨房里看向窗外走廊的特隆德·亨里克。我拿上了妈妈给她织的外套。"穿上这件。"我说。麦肯现在的眼神里好像清醒了一点儿。"不要，不要这件外套。"她说，"不要穿这件。"

"赶紧穿上吧。车里冷。"我说。

我的声音里有些祈求的意思。孩子像马一样，能闻到焦虑的气味。

"我不要穿这件外套。"她说。

我把外套塞进一个包里。然后我把鞋子推向麦肯。她看了看鞋子。

"芙萝娅呢?"她问。

"芙萝娅不跟我们一起。"我说。

"但我想让她和我们一起。"她说。

"芙萝娅要留在这里和特隆德·亨里克在一起。"我说。

"没有芙萝娅我就不走,"麦肯说,"那样的话我要留在这里。"

我摇了摇头。

"穿上鞋子。"我说。我的声音很低,很平静,但里面藏着很尖锐的威胁。

"我要留在这里。"麦肯说,"除非你带上芙萝娅。"

"芙萝娅是特隆德·亨里克的孩子。"

"她就和我妹妹一样。"麦肯说。

她盯着我。

"没有她我就不走。"

特隆德·亨里克找出了爆米花原料、油和那个大锅,他想要做爆米花了,毕竟是星期五。芙萝娅的游戏机发出低低的电子音乐声音。她蹲在那里按着键。克里斯汀上次来的时候说:"莫妮卡,这和我确实没什么关系,但这两个孩子从早到晚都在打游戏……你们是不是应该稍微限制一下?"

然后麦肯走进厨房,环抱住特隆德·亨里克的腰。坐在地上的芙萝娅一看到,就扔下游戏机,跑到特隆德·亨里克身边,要挤进麦肯的怀抱。特隆德·亨里克花了一点儿时间来消化这个举动,不过很快他就把手放在两个孩子的头上,拥抱她们俩。她们俩都盯着我看,好像我是个敌人一样。

所以我没有带麦肯自己走了。我出门,关门,地上有冰,上面落着一层新雪。天很黑,几乎看不到谷仓、树木,以及任何东西的轮廓。我解锁车门,想着:要是车发动不了我要怎么办?我可以再回到房子里去,软的床,柔软的身体,所有我喜欢的东西。我别的什么都没有了。我坐进车里,发动它,大灯照亮我前面的路。

一道时光的利刃划过快进的影像。在麦肯刚出生的时候,她要穿连体服,扣子要在尿布外面扣好。她努力地吸吮我的乳头,坚持不懈,额头和鼻子上都冒出细密的汗珠。她趴在地板上,努力地抬起头。后来她能自己抱住一个苹果啃。她手脚并用地在地板上爬,会坐起来看儿童电视,自己拉上夹克的拉链。后来她会背着书包在街角出现,喊着肚子饿,心情不好,要在晚餐前喝牛奶巧克力、饼干、哈密瓜味酸奶。她有了自己的意见,评论外婆的偏头痛、肉饼的质量,还有离婚。

我好想念在海尔格森大街的公寓。我有强烈的感觉:如果我能再搬回到那里去,一切又会变好的。但我把它租出去了,要收回来需要提前两个月通知。我记得自己带着麦肯住在那里的时候,当时的我不觉得开心,我觉得一切都不对。现在我回想起来,就当时那个情况来说,我的一切都是对的,暂时都是对的。我其实应该花点时间在那里安定下来。麦肯坐在沙发上看儿童电视节目,光着两条胖乎乎的大腿。我那时候经常走到阳台上抽烟,太阳先照到阳台的一个角落,照到我的手臂上。然后照到厨房桌子,会照出木头上的坑坑洼洼,伤口,记号笔留下的痕迹和油污。可是,在快乐之后,低落接踵而来。麦肯要来的周末,可我们什么计划都没有。和麦肯在一起的时间总是过得很慢。有段时间,早晨她看完儿童节目就会从沙发上跳起来问我:"我们要做什么?妈妈,今天我们干什么去?"

我会想要回到盖尔身边去,永远不需要再考虑账单的提醒,公寓里到处可见的乱七八糟的盘子,或是当我不能忍受和母亲或是别的家人的关系的时候,盖尔永远是抵御这一切的最佳缓冲。麦肯坐在地板上吹着笛子,这是她无聊时候的发泄,像是解放自己童年的号角。时间过得如此之慢,让人难以忍受,日复一日,周复一周,年复一年,周而复始。这种没有任何深层次意义的状态,不知道什么才是更深层的意义,但依旧对它有着无限的渴望。我对她说:"停下来,停下来,也为我们的邻居考虑一下啊。"

"我什么时候去爸爸那里?"她说,"在爸爸那里,星期天早上我可以吃培根配鸡蛋。"

我最初几次把她送到盖尔那里去的时候,她自己整理好了东西,穿好了衣服,不需要我催促。她评价说:"你觉得我是不是很棒,很擅长离开?"

她走的时候,我其实是高兴的,但当我回到空荡荡的公寓,撞到一墙的无能为力,感觉这不像是我的生活,不像是我应该过的日子。我试着写写文章,但我只想出门,到外面去。我经常出去玩,甚至是和单位里我根本不喜欢的人一起出去。

我出门去弗莱德里克斯塔德,特隆德·亨里克没有发消息,也没有打电话来。我问我自己:为什么去那里?我为什么一定要去那里啊?为什么不去妮娜家,或是托勒夫家?或者去布里特家、苏珊娜家,甚至波波、吉姆或者盖尔家。哪里都可以,只要不去那里。

妈妈爸爸的房子亮着灯。从很远的地方我就能看到爱丽瑟和扬·奥拉夫的家里亮着灯。我在信箱旁边停下车。下车的时候身后吹来一阵清新的海风。妈妈打开门，我的整个童年，混杂着我意识到现在住在这里的是两位老人的现实扑面而来。走廊的长凳上放着妈妈那副格子花纹内衬的皮手套。

"莫妮卡，是你来了吗？"妈妈说，"你这个时候过来，一个人？"

"我想打电话的，"我说，"我想看看爸爸怎么样。"妈妈摇了摇头。她说不太好。

我跟着她走进客厅。爸爸坐在躺椅上，脸颊消瘦。

"莫妮卡来了。"妈妈对爸爸说。

"莫妮卡。"爸爸叫我。

"莫妮卡，你打电话了吗？"妈妈说，"打的家里的还是手机？皮特，她给你手机打电话了吗？"

一切都崩溃了，我感觉除了跳进幽深冰冷的海水，别无他法。

"我不知道要怎么办。"我低声说，"特隆德·亨里克太难相处了。或许我和麦肯要搬回奥斯陆去了。"我的身体渴求着一个拥抱，一个可以哭泣的怀抱，但这里什么都没有。我一个人孤零零地站着哭泣，妈妈说，"哦，那真糟糕。"

在我和盖尔刚刚分开没多久的时候，我和妈妈聊过一次。我和她抱怨："我照顾不好麦肯，我根本就不应该做母亲。"那时候爸爸刚告诉我，他可以资助我一点儿钱买下公寓，所以我觉得他们还是爱我的。我想象着妈妈会说：哦，莫妮卡！做母亲有很多不同的方式。麦肯很幸运，有你做她的妈妈是幸运的。我希望她是这么说的。但妈妈看着我，带着一种冷淡的严肃表情，她说的话很短，冷冰冰的："如果你需要帮助，你就开口。但你总得试试自己解决问题。你得自己照顾自己。"然后她还说："会好的，莫妮卡。你女儿很坚强。好好照顾她。"

我记得有一次爱丽瑟评价说，麦肯醒来的时候是那么开心，她儿子就不会这样，他们睡醒了总需要点时间才能安定下来。她把早晨小睡结束的麦肯从童车里抱出来，就在爸爸妈妈的厨房窗户外面，然后她说："她就像太阳一样闪闪发光。"然后她让麦肯用小手掌拍拍她的脸，说："还有比你更乖的小孩吗？"

爸爸看上去病得非常厉害。妈妈在厨房给他弄夜宵，我没有胃口。我脸上的皮肤绷得很紧。我不知道我要对他说什么，他坐在皮躺椅上，穿着一件V领的灰色毛衣。他今天没有刮胡子，或许昨天也没有。他现在几乎都不怎么动。我们半对着对方坐着。爸爸说着些关于夏天、船和小木屋的事情。

"我肯定是没办法再去海上或是山里了。"我的眼泪又流了下来。爸爸看向我旁边的客厅，他的眼睛在灯光下显出很浓重的蓝色。我的眼神撞上了他的眼神。我听到妈妈在厨房用面包切片机切面包。

"唉，莫妮卡啊。"爸爸说。我听见他叹了口气，我也同时叹了口气。我们达成了相互的理解，沉默，这是关于生活中所有沉重的东西，我所有的失败，所有的失望，是关于麦肯，关于爸爸很快就会死去，关于他或许永远没有给予我需要的支持，这是谅解，也是关怀。他不再失望，他收回了所有的失望。他承认我有自己的标准，有我自己的要求，不管是对我自己，还是我的生活。现在他明白了，我的倾向和与众不同的选择不再让他觉得生气。或许再一次的分手其实是松了一口气，我从这段关系和这个作家男朋友身边离开，无所谓，我对这些事情都没有什么怨恨。
"好吧，好吧。"爸爸又说了一遍。

挂钟嘀嗒地响着。我听见妈妈在厨房里发出的动静，被打开又关上的冰箱。

我的手机响了一声，是特隆德·亨里克发来的消息。现在要怎么样？他说。

我和妈妈说我过去找爱丽瑟聊聊。

妈妈充满疑问地看着我，就好像她在想自己是不是做错了什么。

我穿上衣服，走了50米去爱丽瑟家。他们家门外放着一个垃圾袋。爱丽瑟开了门，比平常的时间久，她扎着马尾辫，穿着一件宽松的格子衬衣。她和我拥抱了一下，然后审视地看着我。

"你为什么没说你要来？"

我摇了摇头。

"我只是想来看看爸爸。"我说。

"那么突然？你还好吗？"爱丽瑟问。我和她说我很好，爱丽瑟接着做完了刚才她要做的事情，把要洗的盘子碗放进洗碗机。

她大声对扬·奥拉夫喊了一声"莫妮卡来了！"然后仔细听了听，摇了摇头，没有继续喊。

"要不我们出去走走？"她说。

我向她借了围巾和帽子。从爸爸妈妈那边来的时候我只穿了鞋子和外套。爱丽瑟带上垃圾袋，扔到了大门边上的垃圾箱里。

我给自己点上了烟。

"我能来一根吗?"爱丽瑟问。不过当我把烟盒递过去的时候,她又改变了注意。"还是算了。"

"我能和你说点事吗?"她说。

她要和我说点事。

"扬·奥拉夫出轨了。"她说。

"啊?!"我说。

"嘘,"她说,好像周围都是在偷听的耳朵一样。

"他和顾妮拉睡了,他的助手。"她说,"那个牙科的护士。她是给进步党投票的那种人,年纪也不小了。"

她整理了一下自己的围巾,解开又重新系上。

"你怎么发现的?"我说。

"他口袋里的发票。"她说,好像这是如此寻常的事情,大家都是这么发现这样的事情的。

"你生气吗?"我问。

"我想保持冷静。"她说。

"冷静?"我说。

"我还是爱他的。"她说。

"你肯定很难过吧?"我问。

"我想一天天慢慢来。"她说。在她说出一天天慢慢来的时候,这个行为仿佛被吸入某种普遍、统一的模式里,它以几乎一模一样的方式发生在许多人身上:伴着这件事情随之而来的那一套生活准则、建议和意见。和你身边的人聊聊,不要把责任揽到自己身上。不要害怕寻求帮助。她一定是心烦意乱的,慌张的,只不过她还是继续说着这些显而易见的话语。

"我们大概率还是会继续过下去的。"

我不打算和她讲我和特隆德·亨里克的问题了。

爱丽瑟说:"不要告诉爸爸妈妈,我没说,他们现在要烦恼的事情够多的了,爸爸还病着。你也清楚,他剩下的日子不多了,对吧?"

我能说什么?我什么都不知道。

"他肯定想和你过下去,不会想和她在一起的吧?"我说。

"他不想和她生活。"爱丽瑟说,"是的,他想留在我身边。如果让他决定的话,他就希望我们能这样继续生活下去,像什么事情都没发生过一样。对他来说,这根本没什么。"

我们路过了马术学校,卡多的农场,两个地方都空荡荡的。田野里传来一阵腐烂的洋葱的气味,我仿佛回到了生命中其他的时刻。黑色的皮鞋上沾着星星点点的呕吐物,8月草地上的红色三叶草,那些细小的回忆:第一次月经,早熟和摇摇欲坠的自尊,金属的自行车刹车的感觉,自己家里酿的红酒,差一点儿就要变成醋的味道。

我和卡多上床的经历发生在九年级暑假结束前三天,那时候我才15岁。卡多量了下桶里面的浓缩饲料。我们用了一个绿色和白色的鱼丸盒子。大多数的动物都是每天晚上吃一桶,加上三片叶子。他用小号的录音机放着乡村音乐,他问我喜不喜欢这种音乐,虽然他早就知道我不喜欢。他看着我,眼神一动不动。他说:"我是不会说你对生活很草率的。这骗不了我。"我睁大眼睛,不知道要怎么想,说什么。卡多重重地把量杯插回到袋子里,发出很尖锐的摩擦声。我的身体仿佛在生长,生出另一副骨架,无论发生什么,都能支撑住我的身体。

"那反过来你会说，"我说，"你会觉得我对生活太严肃了吗？"他没有回答，马厩的走廊里只有音乐声，我们很久都没有说话。音量的按钮已裂成两半了，经常会掉下来，必须很小心才能把它装回去。

这时候我才意识到卡多放音乐，更多是为了我，他希望我能喜欢它。最后卡多摇了摇头，咧嘴笑了起来。他的牙齿糟得不得了，又大又黄，还很多蛀牙。

阿斯特里和约翰娜骑马从门外经过。

"认真的吗？"我低声说。卡多没有回答。

音乐的声音越来越轻，他吻了我，直到音乐完全停了下来。然后他放开了我。

"认真，很认真。"他说。

他已经调整好了混合饲料，盖上盖子，把桶挂在手臂上。我站在那里看着他把桶拿给每一匹马，然后就听到马轻推塑料的声音。他把手放在我背后，把我拉到身前。

马儿沐浴在从门口照进来的夕阳中，闪闪发光。菲欧娜，海格特，塔布里斯。

卡多的床头柜上放着一个水杯，边上是一罐凡士林，还有一本关于二战的书。他的身体很瘦弱，他是我的第一个男人。他比我大23岁，无法无天，玫瑰盛开的土壤，一切都被允许，一切都被放大了。不过没有人知道这件事，没有人会知道这件事。没有上过漆的墙壁和天花板。他高潮的时候，脸转向天花板，发出嘶哑的声音，就好像一匹生病的马抽动着。还有马、泥土和香草的气息。窗台上的花瓶里放着人造水仙花，上面满是灰尘。

回家的路上，我看到花园里那些人在做着他们的事，充满幸福感的行为和细节。把桌布铺在门廊的桌子上，将一个孩子从推车里抱出来,安抚奶嘴掉到了地上。割草机向后退进了车库。一阵嫉妒,或是能感觉到一阵熟悉,熟悉的关联和联系,亲密的联系和传统已荡然无存。这不是我的。他没有抱过我,他没有请我留下来过夜,他没有说过他一定想要我,没有说过我很美。在我穿衣服的时候,他坐在床沿边,似笑非笑。

爱丽瑟说她终于和爸爸好好聊了聊。

"他是个被迫的乐观主义者,"她说,"不屈不挠的。终于能看到他放下这种执着,显得软弱真好。"

"软弱?"我说。

"他不是不可战胜的。"她说,"没有人是不可战胜的。"

我在想她的意思是不是他哭了。

"丽芙姨妈现在基本上一直住在那里给妈妈帮忙。"爱丽瑟说,"这给我减轻了很多负担。但是妈妈看上去心情很不好,一点儿都没有感恩的意思。妈妈不太能接受爸爸会去世这件事情。他的日子不多了。她必须得接受这一点。"

我想跟她讲刚才和爸爸在客厅里的那个时刻,我们中间建立的联系,我和他的距离好像那么近,但很快又不想说了。她就不能不说这些显而易见的事情吗?

"莫妮卡,你过得好吗?"爱丽瑟说。

我捏住了口袋里的手机,感觉它又振动了一下。

"嗯。"我说。

麦肯还很小的时候,我终于发现爱丽瑟并没有我想象中那么聪明。我长大了,对我来说,她的权威和安全感消失了。我要想和她聊天的时候,就好像会被一堵墙挡住,或是被带到固定的方向。就好像一个新生儿被抱走一样,我这一生都有这种感觉。爱丽瑟歪着头说话,脸上挂着微微的笑容，轻轻翻个白眼。没有什么值得学习的，没有那么聪明。她只是一个被日常生活困住的护士。

"要我说，现在太难和妈妈打交道了。"爱丽瑟说，话语里有点凶狠的意思。"我在她那里的时候，她说的只有她过得有多辛苦、多累，一切都是多孤独。她对别的一切都没有兴趣。她好几个月都没问过一句孩子们的事情了。"

特隆德·亨里克说："所有我以为你给我的东西，最终都崩溃成枉然。"

我们回来的时候，扬·奥拉夫站在走廊里笑着。他肯定知道我知道了他们家黑暗的秘密。他问了我几个土地和壁炉的问题，自己挠了挠肚子。

"那间房子是一战和二战之间的了，"他说，"它的保温还没那么好。我觉得冬天应该很难保持温度。"

"还行，"我说，"不过我们会穿拖鞋。"

我很好奇扬·奥拉夫经历的事情，但我永远不会知道的，就像是回家的猫，得意扬扬的，皱着眉头眯着眼睛，带着令人作呕的骄傲，舔着自己闪亮的皮肤。

支撑爱丽瑟的驱动力仿佛能让她渡过劫难，走到另外一边去。而且如果她能感受到快乐，那就结束它。解决新的挑战，迟钝的挑战：作为班级的联系人要准备结业典礼，给松德勒上中学准备新的书包，给单位的活动买红酒，给爸爸从药房取药。或许这种满足感，这种快乐是与期待不断轮替的。她期望的其实是这一切事情的结束。生日会。去大加纳利群岛公寓的旅程。周六的晚上，在车里，围坐在厨房的桌子边，在电视机前。所有这些年都是她哄孩子上床睡觉，送孩子去学校。等到松德勒从家里搬出去，她要做什么呢？她和扬·奥拉夫要怎么办呢？

当我准备离开的时候，爱丽瑟在门口拥抱了我。我们只有彼此，爱丽瑟站在那里，嘴唇苍白，冲我挥了挥手。但事实上并不是那样，我还有很多人，她也还有很多人。

妈妈和爸爸的客厅亮着灯。

妈妈坐在厨房里拿着一杯茶，但没有喝。她说爸爸已经去睡了。

"你去那边还好吗？"她说。"你们喝红酒了吗？"

我说我们出去散了会儿步。

妈妈说刚才扬·奥拉夫来了，给楼上的走廊换了灯泡，给烟雾报警器换了电池。那个报警器每半分钟响一下，已经整整两天了。

厨房的墙面上挂着孩子们的画，有一张是麦肯给母亲生日画的公主。画面中有很多黄色，黄色的头发，黄色的皇冠，黄色的太阳和隔壁那条黄色的狗。不过只涂了一半的颜色。当时她坐在厨房的料理台边上，那一天是她要回盖尔家的日子。我对她说："但是你还没有给姥姥画一张生日卡片呀，现在已经有点晚了，她明天就要过生日了，你那个时候会在爸爸家里。"所以她疯狂地画着，要赶在盖尔来接她之前画完。她走的时候，眼睛还盯在那支黄色的蜡笔上，看着那条画了一半的狗。盖尔给我打电话的时候，我从她手里抢下了那幅画。她的眼神有些狂野，甚至有恨意。

妈妈一直说一直说，是那种不带感情的、安静的语气。她说着手工，说着下雨的天气，还有一家在打折的画框商店。

说抚平床单。

说克里斯汀和伊瓦尔要把自己的房子卖了，然后买一间价格更高的公寓。他们现在那座漂亮的房子都卖不了那么多钱。

说邻居有一个女儿,这一年都在休息,只待在地下室里看电视,日日夜夜都是这样。

她揉了揉自己满是皱纹的眼睛。

"你睡丽芙姨妈睡过的床单可以吗?"她问,"她只用过两个晚上。"

"没问题的。"我说。

她看着我,我不知道她是不是放弃了,或者因为长时间的失望和绝望,几乎变得冷漠。或是她在努力接受,在不久的将来会失去爸爸,因此表现得冷淡而自洽:生活就是这样。或者她也不是很确定,没有爸爸的生活会比有爸爸的生活更糟糕。她现在还不知道,没有办法真的知道会怎么样。也许不管她有什么感受,都不会向我表现出来。因为我是最小的女儿,她这一切都让爱丽瑟承担了。

在我上床的时候特隆德·亨里克又给我发来了一条短消息:麦肯想知道你什么时候回来。我之前说我自己也不知道。现在回答说我明天回家。

哦,特隆德·亨里克,现在我们已经失去了一切。我在自己从前的房间里醒来的时候,已经9点了。我看了一眼手机,有四个未接电话,三条信息,都是特隆德·亨里克发来的。想起他,我只有混乱的、失败的、尴尬的、深沉的和哀伤的感觉。

我走下楼梯,听到一种奇怪的声音,好像是动物发出的,拖着长音痛苦的呻吟。客厅里面有个影子,爸爸一个人坐在沙发上。在昏暗中,盆栽被邻居家车库的点点光照亮了。蜿蜒的秃着的苹果树,爸爸的喉咙里发出嗡嗡声,我听出了是肖邦。高低的音符，长短音在嗓子里交替着，就像是一个奇怪的乐器。爸爸很喜欢肖邦，也喜欢贝多芬和披头士。他爱他的女儿们，爱自己的妻子、外孙子和外孙女，爱花园船和山上的小木屋。他爱羊肉煮卷心菜，煎马鲛鱼，还有云梅果酱。他坐在那里，除了头一动不动。缓慢的，迟钝的，光秃秃的脑袋。嘴里哼哼着。

妈妈拥抱了我，低声说，希望很快再能见到我。爸爸抬起手，在客厅里挥了一下。我曾经期待着他们说"祝你好运"，或者"希望你一切都好"，或者是"好好照顾自己"，但是什么都没有。

在我开车的时候，我打电话给特隆德·亨里克。

"你要回来吗？"他说。

"起码现在是。"我说。

"孩子们睡了很久。"他说，"我正要烤松饼。"

我几乎是路上唯一的人，冬天的暗色里，大片的土地和树木。一个农场的建筑物间还挂着圣诞节的彩灯。虽然已经是2月了。

我想着夏天，想装在篮子里的覆盆子。我喜欢站在玻璃门廊的门口，揉一根小草，然后抬起手闻闻手指上的气味。"跑。"我说。穿着花朵图案的裙子和绿色的橡胶靴子，我在院子里肆意地放松。一种空虚在我心中呐喊着，一切没有达成的东西，或者一切都终结了。所有我曾拥有的，或是我并没有拥有，但应该有的。我们到了一个时间点，已经不可能让麦肯喜欢特隆德·亨里克了，我必须要接受这个后果。虽然每次愤怒都会累积，但特隆德·亨里克会变得温柔和柔软，我也会需要他。我会爬到沙发上，就像一只小猫一样缩进他的怀里哭泣。麦肯没有看到，因为那时候她已经回奥斯陆去盖尔那里了。她也没有看到我亲密地抚摸着特隆德·亨里克，原谅他，说我爱他。

"我们可以解决的，"我曾经经常这么说，"我们必须解决。""是的。"特隆德·亨里克说。"我会去看心理医生的，我会的。"应该让麦肯看到这些场景，而不仅仅是争吵。有一次我和妮娜还有托勒夫坐在一起聊天，自己都要笑自己，因为我站在谷仓里对特隆德·亨里克大叫，叫到嗓子都哑了。我没有对这件事感到特别尴尬，因为我能说出来，虽然最后多少还是有点尴尬的。但对麦肯来说，我是不是感到尴尬或者自嘲并不重要，她看到她不该看到的一切，这个是不对的，虽然事实也并非如此，这是无法弥补的。我记得这是自由的感觉，没有人会听到我说的话，在没有孩子在身边的周末。几乎每次在这样的争吵之后，我们都会做爱。

特隆德·亨里克走下楼梯向我走来，我哭了，在打开的车门前，我靠在他的胸口。

"来吧，"他说，"麦肯和芙萝娅单独在里面。"好像我们不看着她们就会发生什么似的。

屋里很暖和，特隆德·亨里克点了壁炉。麦肯穿了外套，准备套上冬天的靴子。

"不，我们不走了。"我说。

"不走了吗？"她说，"我以为我们现在要从这里搬出去了？"

她站在木地板上。我突然意识到，她看上去确实像个恶霸，有很典型的那种样子。竖起来的头发，略微上翘的鼻子，脸上有雀斑，身材有点胖。一个只有母亲才会爱的孩子。"你究竟做了什么？"我想，"你怎么变成了这个样子？"和她强壮的身体比起来,她的手显得出奇的小。

"不,"我说,"我们现在不走。"

芙萝娅坐在电视机前,嘴巴半张着,她穿着粉红色的连裤袜,上半身光着。

"她们正准备看《强盗的女儿》。"特隆德·亨里克说。

我点了点头。我指了一下芙萝娅,"她是不是穿得太少了?"特隆德·亨里克点了下头。

"是啊,"他说,"她刚才把一杯果汁倒到自己身上了。"厨房的柜台上有个小盘子,里面放着一些又小又厚的煎饼,边上有瓶枫糖浆。料理台上放着一些盘子。我11岁的时候,自己一个人坐火车去奥斯陆看丽芙姨妈和哈尔沃。我们去了电影院、雕塑公园,在码头吃冰激凌。妈妈给了我20克朗,让我请丽芙姨妈和哈尔沃吃冰激凌。但我没有用这个钱,感觉没什么必要,丽芙姨妈每天都给我们买冰激凌。每天早上她会做美式煎饼,配蓝莓果酱和糖浆。但在最后一天的早上,我说:"我其实不太喜欢美式煎饼,我喜欢那种普通的煎饼。"生活中总是充满了各种小误会和这种不经意的冒犯。我没怎么思考过我说的话,我只是不假思索地和丽芙姨妈分享一切。我喜欢冰激凌、比萨、意大利肉酱面。我忍受不了苔菜、肝和煮的鳕鱼。我喜欢写故事。我数学很好。我喜欢玩大富翁,觉得飞行棋极其无聊。等我回到老家,我用那20克朗和安娜·洛维瑟一起买了一大堆甜点,狂吃一顿。嘴巴都被糖和酸弄得不像样子,好几天牙齿都觉得酸痛。

丽芙姨妈、哈尔沃和我一起去了教堂的墓地,在贝内迪克特生日那天去看她的墓地。那片墓地太大了,丽芙姨妈都不太记得要怎么到她的墓地。在墓碑上坐着一个白色的小天使，手撑在脸颊上，胸口写着想念你。小天使的脸上、头发和手臂的褶皱处都很脏。墓碑上出生日前面有颗星星，去世的日期前面刻着十字架：1966年7月2日—10月12日，还有一行字"安息吧"。丽芙姨妈带了一盆花，蓝色的花朵，叶子上有着细细的绒毛，她把它放在浅粉色的罐子里，压了压，让它能好好地放在土里被固定住。

"我亲爱的，今天你满5岁了。"丽芙姨妈说，"我们要去买冰激凌吃，你可以一起跟着来。"

绝望弥漫在整间房子里，打开的冰箱前，楼梯上，在阳光房里，冲着院子和被白雪覆盖的土地。从客厅里，我听到马蒂斯的马奔跑的声音，而她在大喊着，声音嘶哑："我没有孩子。我没有孩子。"我把两个煎饼放在一个盘子上，倒上了枫糖浆，我切了一大块煎饼放到了嘴里，用手指刮起掉在桌子上的蓝莓果酱。

美好的人生

2010年10月

"你不打算戒烟吗?"麦克说。我把一盒万宝路放进包里,还有防晒霜和两瓶查布里斯酒,一大袋m&m's巧克力豆和麦肯要的眼线笔。

妈妈慢慢地向登机口走去,麦肯跟在她身后,她的头发刚梳过,扎成了一个长长的马尾。她转过身,看了我一眼,问:"我们能买点喝的吗?"

偌大的空间里挤满了人,人们拿着手提行李、纸杯、手机。有的情侣紧贴在一起,也有一对情侣离得老远。天花板很高,我们头顶上都是空的。有的孩子好像没有跟任何人在一起。我要管好自己、女儿还有妈妈,手上拿着三张机票、三本护照,这种感觉很好。

有一次我和特隆德·亨里克要去巴黎,我们在机场遇到了盖尔,在安检的地方。一切都好。第一感觉是自我满足,是种很丰富的感觉:盖尔与我的合作突然变得很顺利,我与特隆德·亨里克也正你侬我侬,一切都在奥斯陆机场高高的房顶下交汇在一起。我的语速很快,很愉快。手腕上的手镯在我走动的时候叮当作响,这是盖尔送给我的40岁生日礼物,就像是一个明显的符号。有那么多人曾经爱过我。我握住手镯从手腕处拿了下来，放进一个大大的平的塑料盒子里。"这个手镯过安检老是响。"我说，"但我总是忘记把它拿下来。"我的前任和我的现任站在我面前，我的双臂向两侧伸出，温柔地笑着，脸有些红，被一个穿着制服的男人摸遍全身。这并没有让我觉得不舒服，我觉得挺好的。特隆德·亨里克站在一边，脸上留着10天没有刮的胡子，他剪过头发了。他和盖尔轻松地聊着，说我们要去巴黎，仿佛生活中除了相爱和与爱人旅行什么都没有。我们永远不会被另一个现实所困住。我突然想到了麦肯，麦肯在哪里。盖尔有点不满地看着我，他当然是都安排好了的，他也跟我说过这件事。麦肯在他姐姐家，她在那里过得很开心。然后我就跟着特隆德·亨里克往国际出发的地方走了。两个男人中的一个。我其实也可以跟另外那个人走的。盖尔要去哪里？他没有说，我们也都没有问。

妈妈用力地扯着安全带。然后我帮她扣住。她很僵硬地看着前面。我告诉她我买了一间新的公寓，在比斯莱特。

"花了多少钱？"妈妈问我。

"240万。"我说。然后她转过了头。

麦肯看着飞机上的菜单。

"那个房子既有浴缸也有阳台。"我说，但妈妈看起来一点儿都不感兴趣。

"我能睡高架床吗？"麦肯问。我点了点头。

"如果你希望的话。"我说。"不过下面的写字台上会有很多灰尘的。房间很大，你其实有足够的位置放下床和写字台。"

妈妈挠了挠消瘦的手，脸上露出担忧的神色。妈妈的性格中有一些不太让人喜欢的东西，我不太说得清楚。这是一种困惑和无助，同时又有一些刻意，一些狂野，一些冰冷的控制，一点点轻蔑。就好像她突然为自己做出的所有选择感到后悔，以及所有她没有抓住的机会。就好像她从远处看着自己的女儿，突然发现自己不确定是否喜欢她们。在父亲去世之前，她对爸爸的思虑比人们想象的要少很多。她的生活范围变窄了，她带着自怨自艾的冷淡，谈论着那些失去的东西。"我现在很少能为自己做一顿像样的晚餐了。""我不能再跟爱丽瑟和扬·奥拉夫去大加纳利群岛了，我已经太老了，我也没能力一个人去。""我的肠胃现在喝不了红酒了。"

她把桌布和餐具都送了人。"不要了，我现在也不想什么人来看我。我也没什么想要请来家里的人，几乎只剩下我一个了。"

我回到乡下的房子里去取最后剩下的那些东西。一个大大的绿色的碗，麦肯的雨鞋，一些书，还有一些特隆德·亨里克放在袋子里的衣服。我走进走廊的时候，芙萝娅点点我说"莫妮卡"，还回头看了一眼特隆德·亨里克，想要确认。然后特隆德·亨里克冷冰冰地说："是的，是莫妮卡来了。"他们两个人的头发都很长，乱糟糟的，都打结了。我想他们一直活在特隆德·亨里克的悲痛中。我希望夏天的时候，芙萝娅和母亲住的时间长一些。我相信他所有的悲伤和无助都是真的，但是我想他也从来没有尝试振作过。芙萝娅又回到我进门的时候开始在做的事情。一个孤独的游戏机放在绿色的沙发上。一想到我曾经无数次给她读过的那本书，我就心痛难忍。那是关于一条蠕虫寻找回家的路的故事，不在那里，不在那里。我们曾经一起用黏土做过小动物。但是芙萝娅没有表现出任何想念我或是想起我们曾经一起做过的事情的样子。在我拿上东西准备离开的时候,我想拥抱一下特隆德·亨里克,但他整个人都僵住了。我看了看手里拿着的靴子和下面写着的尺寸,说:"其实麦肯应该已经穿不下了。你希望我把它留下,等芙萝娅长大些穿吗?"

特隆德·亨里克摇了摇头。

"谢谢,不过不用了。"他说,"把它带走吧。"

有两次他曾经哭着说:"我只有你。你是我的所有。"那个时候我其实知道的,他没有收入能让他搬回到奥斯陆去生活。

我在院子里站了好几分钟。在上车之前我摸了摸乌拉,我的手上满是羊的气味,汽车座椅和蓝奶酪的气味。我的手指仿佛被抹了一层蜡。苹果已经快要熟了。在田野上我见到了这一年的四季变换。最初,浅绿色穿过黑色,刚开始是分散的,然后越长越密,越长越高。夏天过去了,它们慢慢变了颜色,变成金黄色。再后来它们就变成了稻草桩。最后被犁过之后,变成黑色的沃土。

在我启动车子之前,乌拉咩咩地叫了几声。我感觉到一种悲伤,纯粹的悲伤。我开车离开,在车里痛哭,不过没有人会听到我的哭声。我并不是为乌拉而哭,是为了麦肯的毫不在意。看上去她对自己生命中失去的所有毫不在意。她曾经牵着乌拉到处走,一遍遍刷着它的毛,直到它变成像是动画片里面的绵羊一样——四条腿和一个脑袋的棉花球。

"你不打算跟乌拉道别吗?"在我5月份带麦肯从这里离开的时候,我问过她。那时候我还没有搬走我的东西,我预备后一个周末再去。

"我以后永远不会再来这里了吗?"麦肯说。她半张着嘴,我能从她的唇齿间看到口香糖。"啊啊。我不知道是这样。"

我们到拉斯帕尔马斯机场的时候,一下就被潮湿和温暖的空气笼罩了。爱丽瑟和扬·奥拉夫在抵达大厅等着我们。

"麦肯!"爱丽瑟说,"我几乎都要认不出你了!你已经长这么高啦,这么漂亮!"扬·奥拉夫也同意地点了点头。麦肯很酷地笑了笑,嘴唇上涂着亮闪闪的唇膏。

我想抽根烟。既然扬·奥拉夫帮妈妈和我拿了行李,我就点了一根。我们慢慢地向车子的方向走,用妈妈的速度。我发现麦肯已经比爱丽瑟高了,而且瘦了很多,几乎所有的婴儿肥都已经不见了。我看了看她的大腿,脸颊和手。她的身材完全不一样了。

开车去他们在梅罗那瑞斯的公寓要40分钟。扬·奥拉夫的手放在方向盘上,戒指很粗。脸上夹杂着自满和相反的表情——轻度的羞耻。他想要的生活的一切,所有他得到的和没有得到的。他很少关心自己的失败,只关心他自己成功的部分。刷这道墙,买这辆车,或是这间公寓——他们眼中的天堂。麦肯的大腿放在我的腿上,身上散发着积极的期望,但又混合着她典型的不开心。她一直很期待这次旅行的,她已经一年多没有见过松德勒了。

爱丽瑟指了一下道路左边的那块建筑工地,对扬·奥拉夫说了点什么。他转过头看了看,但什么都没说。

"我们组建了个协会。"爱丽瑟说,"我是会长。"她说这话的时候嗓子有点发紧,干笑了一声。

"爱丽瑟很会跟人打交道,很善于张罗事。"扬·奥拉夫说。我看到爱丽瑟身子抽动了一下。

"那是因为经常在这里住的人都没有报名。"爱丽瑟说。

爱丽瑟不再需要奥拉夫的评价了,已经太晚了。他的恭维飘在空中,无力而搞笑。现在,他是不是觉得她穿着的裙子好看,做的面包好吃,或者她很善于跟人打交道,这都已经不重要了。她是多么孤独啊!她有绝佳的控制能力。所有人都习以为常,什么事情她都能做好。我还记得当尤纳斯还是小婴儿的时候,爱丽瑟总在浴室里准备着厚厚一叠尿不湿和口水巾,还有新的吸尘器。厨房里的锅子里还煮着羊肉炖卷心菜。妈妈曾经夸奖过,她实在是太能干了。

"麦肯,"爱丽瑟说,"你现在还能和松德勒住一个房间吗?还是你们已经太大了?你也可以和妈妈及外婆一起住,只不过那样会比较挤。"

麦肯沉默了一会儿,然后说:"应该没问题的。"

我们一到公寓,妈妈就想休息了。爱丽瑟在崭新亮堂的厨房里面准备沙拉。扬·奥拉夫、松德勒和麦肯去了外面的游泳池。我拿出案板和刀子,开始切西红柿。我等着爱丽瑟问,莫妮卡,你过得怎么样,但她没有问。爱丽瑟说:"麦肯长得真快,她完全变了个样子。"

我感觉很高兴,也有些不安。现在她已经长成大人了,但我不确定我是不是做对了。大概在一年前,我很直接地问过爱丽瑟,想知道她觉得我作为母亲做得怎么样。她说:"麦肯很好,你做得很好。"

"扬·奥拉夫快要退休了。"爱丽瑟说,"等到松德勒从家里搬出去,我们可能以后冬天大多数时候会住到这里来。"

我想到那些拿养老金住在"贫民窟"的人,吃棕色奶酪,去挪威酒吧,给进步党投票。但是爱丽瑟不是这样的人,扬·奥拉夫也不是。

"不过我觉得,我们应该把妈妈一起接过来。"爱丽瑟说,"如果她愿意,如果她能活到那个时候的话。爸爸过世之后,她的情况也越来越差了。你没有想过搬回老家吗?那里也有广告公司的,或许你也可以在那里找个工作。"

"啊,"我摇了摇头说,"没想过。"

"嗯,克里斯汀和伊瓦尔也没这打算,"爱丽瑟说,"不过现在克里斯汀去看望妈妈稍微方便点,她的两个儿子都已经从家里搬出去了。"

她没有明说,说我可以隔一个星期不带孩子,已经五年了。她把沙拉放进了冰箱。

"这里现在的医生和医院都是挪威标准的了。"她说。

"我觉得我是打算换工作了。"我说,"我已经厌倦做广告了。我申请了另外一些工作。要是都没有合适的,我也可能做一阵子自由记者,那样我就比较有时间去看望妈妈。"

爱丽瑟打量了一下我,想看我告诉她这事是什么意思,她要怎么应对。

"听上去好像不太稳定,"她说,"有固定收入不是更有安全感吗?"

"我想写作。"我说。

"你申请了什么工作?"她问。

"一个是蒙克美术馆的宣传总监。"

"那很好啊。希望你能投中。"她说。

她擦干料理台。

"我们一会儿坐在外面的阳台上,"她说,"你要不要洗个澡?"

麦肯蹦跳着,松德勒在跳水板上蹦着。他们俩看起来玩得很开心,他们大声笑着,冲着对方大喊。少年,这并没有什么奇怪的。玻璃门被打开了,扬·奥拉夫走出来,端着三个高脚白葡萄酒杯。他一边摆放,一边聊着一些地方气候的差异。

"这里阳光明媚的日子比英国沙滩那里多很多,"他看了看爱丽瑟,"玛丽安和罗格,也是我们老家的朋友,他们的公寓在那里,经常到我们这里来。"

他倒白葡萄酒。"你知道这个在挪威卖多少钱吗?"他说,"是这里的两倍价格。"

爱丽瑟问我们这几天想做什么,想不想去周围转转,还是打算就在游泳池旁边待着。

"我们可以去山里看看,"她说,"那里挺美的。扬·奥拉夫经常去骑车,不过那是给对这个特别有兴趣的人设计的路线。或者我们可以去海上钓鱼,给自己找点晚餐的食材。另外每个周二和周四在阿吉内金会有集市。"

我们的谈话被妈妈的喊声打断了。我走到她身旁,她让我扶她站起来。妈妈的身体很僵硬,一把骨头。我把她从床上搀扶起来,走到阳台上。

"啊,这里那么热啊。"她说。

爱丽瑟调整了一下太阳伞,让妈妈可以坐在阴凉处。我说了公寓的事情,说我11月底就可以拿到房子了。

"那样我的空间就可以大一点儿。"我说。

"那挺好的。"爱丽瑟说。

松德勒跑到麦肯站着的跳水板上,把她推了下去,她大叫起来。扬·奥拉夫对松德勒大叫了一声,不过之后显得挺平静的。

"我们和另外三间公寓共用这个游泳池,"扬·奥拉夫说,"不过现在只有一间公寓有人住。"

扬·奥拉夫的额头很苍白,他有点太急切了,不过他对表达这里有多棒这件事多少有所保留。他的表现最多就是:是的,我们很满意。然后像往常一样点点头。我第一次明白了原来在扬·奥拉夫心里,他是想让我对此印象深刻的。所以我就要做这样一个选择:要不要给扬·奥拉夫他希望的肯定呢?

好吧,一点儿吧。

"有个男人来给我们做保洁。"他说,"他很全能,修剪树木,打扫游泳池,表现得很勤劳。他叫托尼。我只有一件事情对他不太满意。他喜欢唱歌,一直唱。他大概以为自己是胡里奥·伊格莱西亚斯。"

"我觉得这挺好的。"爱丽瑟说,"而且他长得真帅。他年轻的时候真的有一点儿像伊格莱西亚斯啊。我不在乎他唱不唱歌。他还会经常赞美我。"

"他喜欢穿比基尼的女人。"扬·奥拉夫说。

"这里真的太好了。"我说,"妈妈,是不是?"

妈妈点了点头。不过很快脸上又出现了一种痛苦的神色,说:"但这里也太热了。"

"妈妈。"爱丽瑟说,"你得试着放松一点儿。"

妈妈叹了口气,勉强笑了一下。

"没有多少事情能让我开心。不过我想再看看上次我来这里的时候,在市场上看到的那些筐子。"

总而言之,这就是我妈妈。自我牺牲和苛刻共存。除此之外，大多数的生活琐事没有任何意义。

妈妈上床之后，我们各自拿着红酒杯坐着。扬·奥拉夫喝的是白兰地。

"这个喝起来没什么怪味。"他喝了一口酒，若有所思地说。

我们吃了烤阿根廷里脊肉配土豆和绿色沙拉。麦肯和松德勒想要两个人单独出去玩，爱丽瑟说没问题。

"明天我要去沙滩。"麦肯说。

"水可能会有点冷。"扬·奥拉夫说，"应该说这里变得更接近挪威的夏天了。游泳池里的水常年都保持在26℃。"

"那你们俩待在一起吧。"爱丽瑟对松德勒说。

扬·奥拉夫看了看麦肯。"你知道这里沙滩上的沙子是从撒哈拉吹过来的吗？"

麦肯微笑了一下。"不知道，"她说，"从海那边吗？"她摇了摇头，发出持续的抗议的声音。

"是的，"扬·奥拉夫说，"沙尘暴的时候，沙子会被吹得很高，最后就来到了这里。"

麦肯猛地摇了摇头。我记得她说老师的话："二战的事，他一点儿都不懂！"

"我才不相信。"她说。她坐在椅子上，两腿叉开，几乎能看到她的整条大腿和内裤。她很快就要长大了，脱离纯真和无知，但她现在还依然展现着自己的纯真和无知。她的身体跟着大脑生长，也许是反着。我没办法从外部看透她，我已经完全无法理解她了，我看不出她是古怪还是怪诞，或是迷人、甜美，或是性感。我不知道在扬·奥拉夫眼中，她是什么样子的。

"是的。这可是事实。"扬·奥拉夫说。他看了我一眼，仿佛想要让我说服自己的女儿。她胸部已经发育，化着妆，穿着短裙，想成为女人。而他看到的只是一个任性的孩子。

"走吗？"松德勒问。

"这里很安全。"爱丽瑟说。麦肯站起身，挠了挠胳膊，把头发别到耳朵后面，跟着松德勒走了。在爱丽瑟说没什么需要担心的时候，我就不太会担心了。他们从扬·奥拉夫那里拿了钱去酒吧买饮料喝。

爱丽瑟给我们的杯子里倒了更多酒，冲着阳台的门看了一眼，然后说："是不是很奇怪，每次爸爸和妈妈争吵的时候我们都自动站在妈妈这一边？"

她穿上了一件胸口上有图案的羊毛外套。

"和妈妈相处真是艰难。"她说，"她都快把他逼疯了。你还记得爸爸离开妈妈的时候吗？我那时候15岁，我还记得我想过他做得对。"

"做得对？"我说。爱丽瑟又看了一眼阳台的门，压低了声音。"是的，你想想和她一起生活。他给了她那么多，但得到的那么少。"

天空完全黑了。扬·奥拉夫清了清嗓子，闻了闻自己的白兰地。

"不过我也生他的气。"爱丽瑟说，"主要是他对我们。我那时候15岁，觉得自己已经长大了，什么都懂。15岁的时候就是这样的，对吧？"

爱丽瑟说话的方式让人有点不舒服，她总是解释太多，而且会想让人对她说的做出反应。

"可是其实我不明白。我完全不理解他对我们讲的他要离开的理由。"她说，"也看不出他有什么难的，有什么必须这么做的。"她接着说，"只是我现在很确定，那真的是很困难,是必要的。"她喝了一点儿酒后,声音微微有些尖。

户外的灯光从一边照亮了她的脸,皮肤光亮。

"沙漠往外一点儿有个天体浴场。"扬·奥拉夫说。他看着我,咧嘴一笑。"你是喜欢天体浴场的吧?"

我微笑着耸了下肩,摇了摇头。我想起了麦肯,看了一下手机。她的腿好像一夜之间变得又长又细,裙子勉强遮住屁股。

爱丽瑟凑近我。

"坦白地说,你看过妈妈真正开心的样子吗?"她问。

"我从来不理解那种在大庭广众下裸露身体的需要。"扬·奥拉夫说,"可以在浴室和卧室裸体啊。"

"你有三个孩子,就不能那么丧了。"爱丽瑟带着点怪异的任性说。

我躺在那里,很久都没有睡着,我听着妈妈缓慢、尖细的呼吸声。我开始试着写文章了。我已经50岁了,觉得自己好像已经很难有原创,很难有连贯的想法能让别人觉得有意思。这肯定是和动机、灵感有关系的,但这并没什么用,在屏幕前我的自我厌弃越来越重,这对我并不好。我有固定工作,有好的同事,有充满干劲的、很投入的、可以在周五一起喝啤酒的时候继续聊工作的同事。但我觉得我已经不属于那里了。

过完49岁生日后的两个月,我从特隆德·亨里克家搬了出来,我一想到要以单身的身份度过50岁生日,就全身都感到不安。如此孤独,如此耻辱。我的40岁生日是和盖尔还有另外30个客人一起度过的。盖尔做了法式海鲜汤,他和妮娜讲了话。他对我的了解,在我们分手之后,那所有的了解都怎么样了呢？很快，或许只是几个月之后，他就好像完全不认识我了，哪怕和与他在一起的时候相比，我并没有发生什么重要的改变，就仿佛我曾经向他或者向我们倾斜的特征和特质，都必须在我们的关系的大前提下看。在我们分手之后，我的整个人格都与他以及我们关系的相反方向发展了。那天他在讲话里对我说："我是五年半前遇见你的，但我已经记不起在你之前的生活了。我无法想象不与你生活在一起是什么样。"我被打动了，我喝了红酒，所有的朋友都在我的身边，同事，甚至还有我的姐姐们。那个深夜，托勒夫和我用手指夹着贻贝，把它当成木偶剧场，上演了《野鸭》，我们装着不同的角色说话。"我最好的、唯一的朋友，"我说，"沼泽空气，沼泽空气！"托勒夫大声说。

我50岁生日的时候盖尔没有来。那个时候我们之间的关系不好，现在又好起来了。托勒夫和妮娜做了晚餐，参加的人有卡莎和特鲁斯，还有托勒夫的一个同事。感觉我们好像是要AA一样。他个子很高，我觉得超过一米九了，光头，长了一双很有现代感的眼睛。他很友好，注意力很集中，但要说自己身上发生的事情太累人了，我也没有被他吸引。他对我说的所有东西都非常感兴趣，母鸡和长得飞快的小羊羔，工作，我和广告业暧昧的关系。他的手很大，很有力。他是生物工程师，但非常喜欢阅读，喜欢去剧场。我想象着和他一起去剧场。我能感觉一阵悲伤和担心，我的爱情生活永远停在了这里。我不想一个人。托勒夫坐在桌子的另一边，他刚做好羊排，还没脱下围裙，那是一条有条纹的围裙，看上去好像是在衬衫外面穿了条吊带裙的感觉。

深夜的时候,我对托勒夫说:"世界上没有比你更好的人了。"

"唉,"托勒夫说,"我喝太多酒了。"

卡莎停下了她的谈话,她听到他说的了。她温柔地笑着,伸出手越过桌子,揉了揉他的头发。第二天起床的时候,我感觉无比焦虑,有一种糟糕透顶的孤独。

爱丽瑟和扬·奥拉夫还有妈妈在我醒来的时候已经起床了,他们坐在阳台上喝咖啡。我们头顶的天空广阔,水洗一样的蓝。我们的一个邻居,一个女人正在游泳池里游泳。扬·奥拉夫要去打高尔夫,我们其他人坐着汽车去了阿吉内金的集市。爱丽瑟请我在他们的卧室里找一下毛巾。

两个孩子还在睡。

爱丽瑟和扬·奥拉夫的咖啡机和我单位的一样,是那种胶囊咖啡机。他们卧室的柜子里有一堆白色和灰色的毛巾,其中一个架子上有一本色情杂志。

真好,我想。

那上面写着"高潮",大大的字体盖满了首页。

这就像是爱丽瑟和扬·奥拉夫的关系中所有那些小小的改变。爱丽瑟与扬·奥拉夫拉开的距离,扬·奥拉夫对爱丽瑟反过来有种新的尊重和兴趣——一切都是被迫的,自己认为的,不能真正改变什么。另外还有些事情让人不安,但我说不出具体是什么,崩溃,权力的关系在经历那么多年之后无法改变,我不觉得这会有什么好结果。

扬·奥拉夫站起身,拿走了自己的咖啡杯,他穿着浅蓝色衬衫,戴着鸭舌帽,肩上背着高尔夫球包。

去集市的大巴上空调很凉。我想着搬家,想着新的公寓。一列火车,潮湿的纸箱的气味,清空冰箱和冰柜。妈妈和爱丽瑟坐在我前面,我凑近爱丽瑟问:"你也打高尔夫球吗?"她摇了摇头。麦肯和松德勒坐在我后面,在开着玩笑,笑声很大,就快到要被训的临界点了。虽然他们已经14岁和16岁了。我转过身,用疑惑的眼神看着麦肯。

爱丽瑟带着一种略微奇怪的语气说:"我从来没打过高尔夫,没试过,想起来也觉得难以置信。"

在盖尔和我宣布分手的两个月前,我还在对爱丽瑟说:"我们俩长成了一个人。"我觉得自己是蒙上眼睛,一心想要撑下去的。我们坐在厨房里,喝着咖啡,麦肯和松德勒在院子里造雪房子。盖尔从停车场里搬来了很多雪,把院子都堆满了。爱丽瑟和我聊起麦肯和松德勒关系有多好,他们比别的同龄孩子相处得更融洽。然后我说,感觉盖尔和我已经慢慢长成了一体。那时候我们在一起已经9年了。

"是啊,"爱丽瑟说,然后她停顿了一下,"扬·奥拉夫和我没有这样。"

"没有吗?"我说。

"没有。"她说,"我们自己都有自己的事情和兴趣,各自的爱好,各自的朋友。"

她说的"爱好"。我好长时间没听到有人用这个词了。我好奇爱丽瑟的爱好是什么,但我没问,要不然听上去好像我在取笑她一样。

我们"长成了一个人"的说法,其实是一半真一半假。我说出口的时候,是觉得是真的。我们吵架之后,几乎都会睡在一起,好像有种我们被带子系在一起,永远都不会被扯开的感觉一样。但在所有那些一切都不情愿,强硬的妥协,达不成共识,没有内在的理解,我们之间的相似之处变成了争吵的原因,因为我们总是想要那些无法共享的东西。我们都想从对方那里得到安慰，我们都想在同一个夜晚不带麦肯，我们都想要在早晨洗澡，我们都想要最后剩下的橙汁，最后一块寿司。我们发展成一种共同的能力，用琐碎来构建我们对彼此作为人的基础看法，那么绝对，那么致命。就好像这一切都是人生观、道德观。如果你真的这么想，我们会这么说。这可以是等到晚餐的时候才吸掉早晨掉落的咖啡渣，或是给麦肯爆米花当作晚饭。你觉得这是可以的吗？你喜欢这块地毯，你不是逗我玩的吧？我们对用哪种速度散步，买哪种硬面包，要不要再开一瓶红酒都达不成共识，我们之间的分歧越来越大，并不是说这些分歧是永久的，或者说是稳定的——虽然当前的感觉是这样——我们在碰到不同情况的时候，彼此的立场其实也会发生改变。究竟谁是负责任的、实事求是的，谁是突发奇想的也会交替。所以并不是说我们离对方越来越远，我们之间的差别加剧了，正相反，好像我们越来越相似，越来越不想在对方身上看到自己的影子，那是一种剧烈挣扎，想要避免面对自己的镜像，一次又一次，像是一种疾病，一种越来越深重的绝望感。

有一次在从小木屋回家的路上，麦肯站在路边，身上穿着毛衣，戴着帽子，我用湿纸巾给她擦屁股的时候，身体微微颤抖着。那时候她刚刚戒掉尿不湿。我说："我和你讲过，你要提前说。麦肯，我之前问过你要不要上厕所的！"她哭了，并不是因为她尿在了身上，而是因为她太冷了。回到车里，我们又开了一段路，她开始唱起儿歌，好像什么事都没发生过。然后我说："如果你下次要上厕所不提前说，那我们就要重新开始用尿不湿了。"过了一会儿，我又说："我们必须得扔掉那条Hello Kitty的小内裤了。"就在这个时候,盖尔转过身看着我说:"你真的该闭嘴了。"

他给了我重重一击。他摧毁了我所有的个性。

其实反过来也是一样的!我一直觉得他可以做那个恶人,让我来做那个好人,阻止他的人,我的方式肯定比他的更友好。

麦肯在后座睡着了。我们争吵,安静而缓慢,每句话之间都有长长的停顿。懒散的,有所保留的,好像我们已经提前预支放弃了好几年,这并不着急。

我们一下大巴,一股热浪袭来,妈妈皱了皱眉,担忧地回头看了眼凉爽的大巴。爱丽瑟、松德勒还有麦肯约好一会儿再见,我说:"他们要单独行动?"

爱丽瑟笑着说:"你现在怎么跟老母鸡一样?"那时,我突然意识到我的想法:你有三个孩子,我只有一个。

我们在一个个搭好的帐篷摊位前穿梭。妈妈可以慢慢来,她看了看那些篮子,考虑了很久,终于决定买下其中的两个,用来在走廊里放手套和脖套。

乳白色的路面沐浴在阳光下,没有树荫,我们走得很慢,慢慢走向我们约好和麦肯还有松德勒见面的餐厅。妈妈说,她有一天对自己孩子的名字突然觉得陌生。莫妮卡?爱丽瑟?克里斯汀?她说自己站在商店里,思考这究竟是不是我们的名字。她生了这些孩子,给她们取了这些名字,她们长大了吗?是的,她点了点头,就像小鸟儿一样。

"你活了很久很久。"爱丽瑟说。我们走过带着挪威和瑞典语标语的酒吧,上面贴着汉堡包、比萨和冰激凌的海报和图片。

"在这里好吗？"我说。

"行，不过也不是多好。这也太热了。"她说。她伸了伸脖子，往人行道上看了一眼。"什么时候大巴会回来？我想晚餐前再休息一会儿。"她说。

我记得小时候的某个夏天，妈妈会因为偏头痛在中午就上床睡觉。年复一年，这种特权一直重复着，从某种程度上说，她病得越来越厉害，但同时她好像又更健康了。她病得越重，人越开朗。"我要躺一会儿。"她说，"现在我的头疼得厉害。"通常那时候丽芙姨妈会料理一切。在那之前，妈妈可能会格外严厉，可一旦她决定要往后退，所有的痛苦和严肃都从她脸上消失了。在她离开前那一刻，她变得如此友好，微笑着，几乎有幸福的感觉。好像说去睡一会儿，对我们所有人来说都是充满希望的事情，就好像我们都应该为她感到高兴，好像这是我们一起要做的事情一样。或者她是在高兴她可以躲过一切，逃离我们，所以在她要在离开之前，给予我们多一点儿，于是向我们展示了她的欣慰和喜悦。

我们已经吃得太饱了，但几乎所有的盘子上都还有菜剩着。从我们坐着的地方能看到码头，那里有看上去像是渔船的东西。

"啊，我现在好想去游泳啊。"麦肯说，"妈妈，你看到我学会跳水了吗？松德勒教我的。"

"爱丽瑟。"妈妈叫她。

"是吗？"我说，"是他教你的？"

"太有趣了！"爱丽瑟说。

"我真该给自己买件新泳衣。"妈妈说，"我带来的那件颜色不够好看。"

"没事，我们等会儿看看能不能找件好看的。"爱丽瑟说。

妈妈几乎没碰过自己盘子里那一整条鱼，她满头大汗。麦肯说我们俩一定要去一个地方，她在那里看到了点东西。我们约好一会儿在巴士那边碰头，大概还有一个小时的时间。

麦肯拉着我去了一个都是卖衣服的商场，她想买阿迪达斯的鞋子和一件红色的帽衫。商场里很凉爽，明亮的瓷砖地面，大块大块的，很光滑，没有窗户，到处是人工的光线。麦肯的眼睛在衣架和鞋架之间扫荡。

出发前的一个星期，我们一直在争吵，我们已经习惯了争吵的状态，这让我们碰到任何新的事情都会停顿下来：在房间里的时间，花钱，脏乱，家务。每天早晨，麦肯一走进厨房，争吵就开始了，或者是从我叫醒她的那一刻。在我看到满地都堆满衣服，脏衣服和半脏的衣服还混在一起的时候。

"这是我的钱，不是吗？"麦肯说。"你觉得我在你规定的时间之后一个小时回家会发生什么事？我难道会在索菲亚公园被轮奸吗？"她没和我说就拿了我的牛仔外套，还把它落在了一个女朋友家里。"我从没见你穿过这件外套，可这怎么突然就变得特别重要了呢？"麦肯说，完全没有任何内疚和谦卑。我气炸了，威胁要取消她的零用钱，让她禁足。"好吧，好吧，你就软禁我吧，偷我的钱，就因为我向你借了一件你从来不穿的夹克？这正常吗？你有没有想过去查查自己的心理有没有问题？"

我其实应该把麦肯和我的争吵告诉盖尔的。他能帮助我们，或者说，和别的人聊聊这件事情对我会有帮助。我想过很久关于麦肯和我未来的关系,有没有可能终有一天我们之间有充满友爱的关系,麦肯的品位和参照物会和我相似一些,这让我能更好地理解她。但最近,我们俩之间的相处实在太困难,这让我觉得这可能只是遥远的梦,先苟且过眼前这几年再说吧。

"最重要的是你要对她还有她在做的事情感兴趣。"盖尔有一次这样说。他其实一针见血,这是我一直想要隐藏的,我自己知道:我没有兴趣。我对她学校的功课,她的女朋友,足球,或是这些年来她所有的兴趣,都没有兴趣,而且她对把这些事情告诉我也没多大兴趣。我感兴趣的事情,以及我在做的事情,她也完全不感兴趣,不过这是另外一回事了。如果我对她更感兴趣的话,对我们间的争吵可能容忍度就会更高一点儿。麦肯可以说:"你内心不健康。你就不能做个正常点的妈妈吗?拜托?"不可置信,她试图让我觉得是自己疯了,是我不正常,失控的是我。

"拜托,妈妈,拜托。这不对。"她像大人一样摇头晃脑。

"你不可能是认真的,妈妈,我拒绝相信你真的是这么想的。"是我把她弄疯,是我让她生病:"妈妈……妈妈……不!妈妈。"等她最终失去控制——反倒轻松了:"你就是狗屎。每次我都等不及要回爸爸那里去!"

麦肯买到了跑鞋、外套,还有一件抹胸。

我们一起笑了起来——一个小男孩,大概两岁,背后拉着一个大大的拉杆箱。

"你对要搬到新公寓这件事感到高兴吗?"我问。

"或许吧。"她说。

麦肯和我在一起最美好的时光,是我们一起在农场和动物们在一起的时候。有一次我们肩并着肩蹲在那里,看着一只小鸡孵化,缓慢地,幽暗恐惧,寒冷潮湿。它仰面躺了一会儿,脚分开在空中扭曲,终于翻过身站了起来。小家伙的翅膀湿漉漉的,喙和身上都沾了很多稻草。

"哦,天哪,可怜的小家伙!"麦肯说。

"是啊,"我说,"我希望它能到西格里的羽翼下去。"

我屏住了呼吸,特别害怕西格里会拒绝收养它,但西格里抬起翅膀,把它扒拉到自己的羽翼下面。麦肯松了口气,发出了满意的声音。

麦肯不让我轻松。我可以恭维她,说盖尔送她的裤子好看,或是她头发弄得好看,但她会无比清楚地表现出我的意见对她一点儿意义都没有。

麦肯把装着衣服和鞋子的袋子放到一边,在包里找起了口红。

"其实我还需要一个新的包。"她说。

"你想念阿斯科姆和特隆德·亨里克吗?"我说。

她伸出小手指,涂抹着苍白的嘴唇。

"不!"她说,"一点儿都不想。"

她的耳朵上戴着珍珠耳环,妆化得很浓,腮红,睫毛膏,她额头上有两颗青春痘,鼻子下面还有一颗。

我们往车站方向走,和其他人会合。穿着清凉的北欧人,大腿粗壮,大腹便便,脚步重重地压在水泥地上;穿着足球队服的小男孩,理着极短的头发,还有一只当地的猫。

"要我说,你根本不应该交新男朋友。"麦肯说。

"我也没这个计划。"我说。

"那最好了,"麦肯说,"我们能不能说这是个约定。"

现在是天气最热的时候。我看到了爱丽瑟、松德勒和妈妈；妈妈坐在长凳上，脸藏在太阳帽下面。这一切都会结束。我们要坐飞机回家，我要搬进在毕斯勒的新公寓，我对此充满期待。

麦肯和松德勒从游泳池边往下跳。爱丽瑟在阳台桌子上放了一盘切好的水果，菠萝、苹果，还有橘黄色的瓜。妈妈抱怨着，说她消化不好，上不出厕所，她还抱怨风、太阳。爱丽瑟给她的背上抹着防晒霜，松垮的内衣底下也要擦。爱丽瑟在夏天的裙子下面穿了比基尼，她晒得全身都变成棕色的，虽然她之前都很难晒黑。妈妈又瘦又小，爱丽瑟把她整个遮住了。

"妈妈，吃点水果吧。"她说，"菠萝纤维特别多。"

托尼来了，他确实一直在唱歌，除了他冲游泳池旁的少年们大吼的时候。他肯定算不上是年轻时候的胡里奥·伊格莱西亚斯，不过可以算是年长的版本。

"太棒了！棒！"穿着白色裤子的托尼说着。

爱丽瑟把妈妈的肩带调整好，盖上了防晒霜的盖子。

"这里没什么能做的，我应该把我的手工带上的。"妈妈说。

我不知道要怎么回答她。

"我不太喜欢无所事事。"她说，但这就像是个说了一辈子的谎言。没有什么人像妈妈一样，一辈子大多数时光都无所事事。我突然很激动，说："妈妈，是不是没有什么事情是好的？"

她沉默了。她用手指尖摸了摸着手里的杂志的边缘。过了好一会儿，游泳池那边传来了扑通扑通两声，麦肯和松德勒头朝下跳下了泳池里。麦肯穿着蓝白条纹的游泳衣。

显然，她已经学会跳水了。托尼手里拿着长长的工具，看着她露出水面，爬上岸来。

"我总是孤独一人。"妈妈说。她看上去很苍白、瘦弱。就像只小鸟一样。

"你有很多女性朋友的呀。"爱丽瑟说。

"是，但她们都死了。"妈妈说，声音颤抖着。"剩下的那些，也都只是她们自己的影子而已。除了她们自己的事情和她们的疼痛，什么都不关心。"

"我不喜欢托尼盯着麦肯看的样子。"扬·奥拉夫说。

"但你为什么不多和丽芙姨妈来往呢？"爱丽瑟说。

"不，爸爸去世之后，我和她也疏远了。"妈妈说，"其实一直是爸爸把我们联系在一起。"

"你们看不到他在盯着她看吗？"扬·奥拉夫说。

"你说你们疏远了是什么意思？"爱丽瑟说，音调有点奇怪，有点怒气，就好像在说这是什么鬼话，"你们是亲姐妹呀，"她说，"一直以来，你们对彼此都那么重要。你们是需要彼此的。"

我还是孩子或是少女的时候，看似无害的话语会让我战栗：虽然妈妈是姐姐，她有丈夫，有三个女儿，有大房子、山里的木屋和船，丽芙姨妈才是和爸爸聊重要的事情和新闻的那个人。

这对妈妈来说大概是持续的、微弱的侮辱，没有人对此有任何办法。她自己的应对方式：有时候向她走去，替我道歉，说我破坏了谈话，我最好安静，还有她在爸爸和丽芙姨妈聊越南战争的时候，把咖啡杯放在桌子上的方式，或是一个人僵硬地坐在凳子上，闭着眼睛，手抚着前额说头疼。

"不行。"扬·奥拉夫站起身。他大步走向托尼,哦,不要。我没办法忍受接下来会发生的事情。我想避免这种灾难发生,但却无能为力。扬·奥拉夫对着托尼说了什么,手指着麦肯,这时候麦肯正浮出水面,用手抹去头上和长头发上的水。

扬·奥拉夫回来坐了下来,身体僵硬,喘着粗气,有点生气的样子。

"他看得太久了。"他说。

麦肯和松德勒一起靠在游泳池边,泡在水里。松德勒耸了耸肩,麦肯用手拍着水。昨天晚上她眼里放光地对我说:"这里最好的地方就是游泳池不像酒店那样6点就关门了,这里可以泡一个晚上。"

后面的气氛变得有点难以形容,很沉重,大概是错误的判断,或者说是刻意的夸张,但我不知道扬·奥拉夫是不是感觉到了,知道了我们的想法。他站起身,进去弄肉了。没有人真的觉得托尼出格了,每个人都知道麦肯喜欢人家打量自己完美的少女身材,虽然她没有表现得太明显。我对自己的女儿有了新的保护欲,虽然她并没有什么需要保护的,无论是她自己,还是扬·奥拉夫愚蠢的英雄主义。

爱丽瑟仰起头说:"唉,我不知道没有这个地方我要怎么过。要不是因为我对回到这里有期待,我都不知道在家的日子要怎么度过。"她转过头看着我,"这里没有什么特别挑战性或者高级的享受,只是让人很放松。我喜欢这里,虽然它没什么特别的。你明白吗?还是这对你来说有点难理解?"

扬·奥拉夫把肉拿了出来,放在烧烤架旁边的桌子上。

"要是你觉得不理解,我也理解。"她说。我笑了笑。

"不会啊，我当然理解了。"我说，"虽然大加纳利群岛并不是我的菜。"

"为什么呢？"爱丽瑟说。

"要是他不知道什么时候太过分了，那必须有人让他知道！"扬·奥拉夫说。

托尼收拾东西走了。

爱丽瑟看着扬·奥拉夫，但什么都没说。或许他们在等我做出反应，无论是同意还是反对，但我没有反应。我喝了那么多酒，晒了那么久的太阳，整个人都迟钝了。

"我觉得在这里真好。"我说。

天黑了，所有的酒店和公寓都亮起了灯，像是一条宽宽的灯带，背后的山一片漆黑。松德勒和麦肯坐在泳池另一头的太阳椅上玩手机，两个屏幕都亮着。扬·奥拉夫站起身，拿起空酒瓶和吃完花生的罐子进去了，然后带着一瓶红酒又走了出来。

妈妈已经去睡了，她最后说的是她一整天都没上厕所。

爱丽瑟喝完杯子里最后一口酒，转过身望向阳台的门。然后她对我说爸爸和丽芙姨妈曾经有过一腿。她说话的样子好像我应该把这当成是理所当然的事情来接受，接受爸爸和丽芙姨妈"曾经有过点什么"，而妈妈从来没发现过。

"不过这是在他们结婚前了，"爱丽瑟说，"丽芙姨妈说他当时在她们俩之间犹豫不决。"

他曾经爱着她们两个人，虽然她们俩是那么不同。丽芙姨妈和爱丽瑟"说过好几次"。

"我觉得她是需要把这件事情讲出来，"爱丽瑟说，"所以当她不小心说漏嘴之后，她就一直回到这个话题。"

爸爸去世前，丽芙姨妈经常去爸爸妈妈那里帮妈妈照顾他。那段时间我对妈妈很不满，因为我觉得她从来没尊重过我生活的方式。现在我已经无法理解为什么这件事在那个时候对我来说那么重要。我对丽芙姨妈说过，她为爸爸做的要比为妈妈做的多得多。确实是这样。

丽芙姨妈站在楼梯的顶端，手中拿着装果汁的杯子，杯壁上有她的口红印。她那时的表情，就好像是退去了骄傲，只剩下友好：我看着她，觉得我说的话是有价值的，会让她开心。那天她对我说，说我一直保持着年轻，无论身体还是心灵都是这样。

"我今天买了一只鸡，我想炖鸡汤，"丽芙姨妈边走下楼梯边说，"希望你爸爸能从那里得到点能量。"

但我那天要回奥斯陆了，所以没有喝到丽芙姨妈做的鸡汤。

我已经很长时间没有想起过丽芙姨妈了。她现在和本特在做什么？在这个10月的晚上？也许在看电视吧。我很好奇他们还会不会做爱。两具苍老沉重的身体，给予彼此一些东西，让彼此舒服，这是永不熄灭的希望。

我突然想到，我已经忘记丽芙姨妈很久了。我忘记了她其实一直过着自己的生活。在我自己体会过日复一日，周复一周照顾一个婴儿之后，我知道他会一直缠着你，吸取你的能量，你最重要的责任就是保证这个身体活着——这种痛苦任何人无法帮你分担，太晚了。这个坚强的女人，她一个人扛过了这一切。

第二天早晨，妈妈很早就醒了。她说："哦，不。唉，我脑子里又有那些讨厌的念头了。"

"什么讨厌的念头？"我说。

"说不出来。"她说，她把两只脚放到了地上。

那时候的我很耐心。我们穿上衣服,妈妈又试着去上了厕所,排出了一丁点儿,然后我们穿过放着咖啡机和白色餐桌的厨房,走了出去。我扶着她,跟着她的节奏。我们沿着沙滩边的步道走着。天还暗着,不过突然有了光,照亮了一部分的天空,就像是打开了灯的开关。偶尔遇到跑步的人,一条流浪狗,一个年轻的男人推着婴儿车。妈妈穿着百慕大短裤,给她冻坏了,天气还是很凉,不过太阳就要升起了,我们几乎能看到它了。妈妈说我们可以买新鲜的圆面包做早餐,不过她有点担心爱丽瑟会不开心。

"当然不会。"我说。

她走得非常慢,我也得走得一样慢。

然后她突然停下来说:"请忍耐我。"

我不明白她是什么意思,她想要什么。她的眼白上有小小的黄色的斑点。

"我亲爱的莫妮卡啊,"她说,"请忍耐一下你年老的可怜的母亲吧。"

我困惑地笑了笑。我们对视了一会儿,那一刻我们都知道,我有一天也会变老的。妈妈变得无法指责,不能追溯,于是我所有合理的抱怨和不满都不再合理。我必须得收起我的感觉,或者为自己有这样的感觉感到后悔。

"我当然会忍耐你的。"我说。

在商店里,她说:"生命还是给了我很多美好的东西的。"我们在果汁区,这里的定价显然是针对游客的,她拿起一个苹果汁,又放了回去。她把注意力放到不同大小、形状和粗粮程度的面包上,虽然她觉得粗粮程度的高低大多只是多放了点色素而已。

几个星期前的一个下午,我戴着耳机听着音乐出去跑步。我跑到了圣翰坡，路过新的公寓，然后沿着马约斯坦大街去了雕塑公园。到处都是盛开的玫瑰。两个穿着黄背心的园丁在休息，一只杜宾犬在玩扔棍子的游戏，两个人，一条狗，一遍又一遍。在生命之柱的台阶前站着一群人——五六个人，围着一个躺在地上戴着填充头盔的人，显然那个人是个残疾人，好像是癫痫发作了。其中一个人脱掉了他的鞋子和袜子，坐在地上揉他的脚。他一边揉，嘴上还叼着烟。情况看上去不太严重，一个女人把保温杯里的咖啡倒进塑料杯子里，微笑着和别人说着话。他们左边一点儿的地方，有对年轻夫妻一起往婴儿车里的宝宝身后塞被子，让宝宝能够坐起来。

我看着眼前的一切，仿佛自己被音乐击中，有着压倒一切的强烈的幸福感和忧伤感。这种快乐与悲伤是无法分割的，最重要的是对生命强烈的感受，就好像我被它关在门外，但我能感受到它。一种渴望，强烈的冲动想要释放和爆发，占有，放手，但我没有办法抓住这种感觉，无法将它和自己的生活联系起来。这一切都让我变得不像我，变得那么微不足道，缺乏意义，这不是我想要的。可是问题来了："我要的究竟是什么？我从前并不知道要怎么做才会快乐，但我感觉，我曾错过生命中非常非常重要的东西，或者说我一直在放弃，我曾经有机会感受过比我生命中经历过的更强烈的感觉。"

戏精

2021 年 6 月

在特蕾莎大街百货店的蔬菜货架前,52 岁的我在镜子里仿佛看到了妈妈的样子。在一大堆青椒、红椒,还有柠檬的上方。这张脸上什么都有:对无足轻重的细节的犹豫,买菜带来的平淡无奇的快乐:高汤块,干奶酪。那种不解,世界仿佛在她不理解的时候从她身旁划过了,女儿长大了,比她更有智慧。还有所有那些她痛苦的思恋,哪怕她从来没有得到或是失去过,一种永远无法被填满的东西。可是,她又对自己的痛苦感到很满意。

天空高远,刮着风,袋子很重,有轨电车从我身旁停着的车辆旁边开过。麦肯今天要到我这里来,她在盖尔那里住了一个星期了。泰列有两天没联系我了。麦肯想要的灵活性和泰列的不可预测性不是很好调和。我把肉末还有奶油放进购物袋,麦肯现在还是喜欢墨西哥玉米饼、可可泡芙球、巧克力酱,哪怕她已经会喝得醉醺醺地回家,我在她口袋里找到过避孕套,她自己坐过飞机,申请了暑期短期打工,会预约理发还有看病的时间,只不过她要找我或是盖尔去付那些费用。她坐在厨房的凳子上,会在手机铃声响起的时候露出高深莫测的表情,脸上淡淡的妆容后面充满了对未来的梦想和渴望——生活在她面前缓缓展开——不过这都藏在她无动于衷的面具下。她面前摆着一盘薄面包片，涂着奶油奶酪，上面放着黄瓜片。

泰列喜欢好的红酒，还有麦肯从家里离开。

"但这也是件好事，"我在告诉盖尔避孕套的事情的时候说，"这也是我们希望的，她会保护自己。虽然想起来依旧觉得很奇怪。"

"是的，我还在努力习惯这个想法。"盖尔说。

我有一次和他说过，我的初夜是在16岁的时候。在盖尔的想象里，我的第一次是和古纳尔，卡多没有出现在我的故事里过。虽然盖尔自己的初夜是快19岁的时候。"晚开的花。"他说。

我问麦肯："你有和什么人睡过了吗？"她舌头弹了下上颚，翻了个白眼。那是5月17日国庆节前，她在镜子前试一条很短的裙子。

"你还很年轻，"我说，"最重要的是你不要做你并不想做的事情。"她又喷了一声，让我别说了。

她背过身去，眼睛紧闭，嘴巴也紧闭着，很戏剧化的表情，好像她真的觉得不舒服，或是哪里在剧烈疼痛一样。

"快别说了，拜托。"

"我是可以给你一点儿建议的吧？"

"我请你马上停下！"

我想说服麦肯，她有什么事情都可以和我讲。我说了那些被说烂了却没什么意义的话，像是我永远会在她身边，她什么事情都可以和我讲。我说了"摇滚"这个词，她立马不觉得羞耻害羞了，而是好像被踩到尾巴，愤怒地转过身，看着我，眼眸漆黑："摇滚？你是世界上最没有资格说摇滚精神的人,你身上有一点儿摇滚的精神吗?"

五点半了,我还没有收到泰列的消息,我给他发了条信息,问我们要不要出来见面,晚上一起喝一杯。阳台的门虚掩着,外面有点凉。我往里面看了一眼,麦肯躺在吊床上看电视,房间里乱糟糟的,地上堆满了衣服,两个空的饮料瓶,一个空的巧克力牛奶瓶放在窗台上,边上放着一包浅蓝色的卫生棉条袋子。

我记得我花了老大的力气从阿斯科姆的那个家里把吊床卸下来。我得做点什么具体的事情,表示我是认真的。

"我记得这是我们买给她们俩的?"特隆德·亨里克说。

"是的,你想留着吗?"我说。

他看上去就像个脆弱的大孩子,穿着睡裤,头发乱糟糟的。然后我把吊床扔到地上,上面的钩子叮当作响。我不想再和他争吵了,我们一起买的所有东西,几乎都花的我的钱。

"我能不能把它带走?"我问。

"拿走吧。"他回答。

"你今天晚上有什么计划吗?"我对麦肯说。

她说她要和罗内一起去伊莎贝尔家,但她不知道几点去。

"那你要在家吃饭还是去那里吃?"我问。

"不知道。"她说。

"啊,我买了墨西哥玉米饼了,"我说,"吃完饭我可能要出去,但也可能不出去。但我得知道,你在不在家吃饭。"

"不知道,"她说,"本来计划应该是在花园烧烤的,但现在也不知道弄不弄了。"

我的手机响了一声,我走出客厅找到它。泰列回信了:我在桑德拉这里,我们分居的一些文件有点问题。我和妈妈约了要去看她。我可能明天时间更合适。又响了一声,我继续往下看:我还定不下来。

麦肯走出客厅。

"我现在肚子有点饿。"她说。

"伊莎贝尔家有花园吗?"我说。

"后院。"麦肯说。

"拿个酸奶吃吧。"我说。

我回信:好,周六可以的。你想做什么?你妈妈怎么样了?

麦肯咬了咬下唇,我记起来她小时候用手指吃酸奶的样子。那时候她会把酸奶搞得到处都是,整张脸,头发,塑料围嘴,桌子,地板,在马克大街的那间公寓里。

"派对,"我说,"那你们要喝酒的吧?"

她的头慢慢地从一边摇到另外一边,一种典型的不可信的表示。

麦肯的手机响了一声,她打开看了一眼。

"罗内突然不去了。"

"不去了啊?"我说,"那你还去吗?"

"不去了,"麦肯说,"我和伊莎贝尔也不太熟。我和她是通过罗内认识的,你明白我意思吧?"

"那要不然我们晚上一起看个电影?"我说。

"你不是要出去吗?"

"不了,我还是留在家里吧。你不想看电影吗?"

麦肯没有回答,她伸了个懒腰,毛衣往上缩,露出了一截肚子。然后她说:"我们要看的电影永远不一样。你选的电影根本没法看。"

这太不公平了,电影几乎一直是让她选的,轻松喜剧片或是惊悚片。

我的手机又响了一声。

"妈妈?嗨?我们说完了吗?"麦肯说。

手机又响了!"不严重,不过她有点不安,能住到医院里去她会比较安心。我希望他们能让她留在那里。"

我写道:"那就好!你周六想做什么,我们出去吃饭吧?"但我又改变了主意,没有立刻发出去。不过过了一会儿,我还是发了出去,心跳漏了一拍。麦肯看着我。

"怎么了?"她问。

"没什么。"我说。

我第一次去泰列家,他带我参观了一下房子。他住在诺尔贝格,有自己的围墙和地。而且有个客房。桑德拉前一个星期刚刚搬出去,所以有些房间里没有放家具,不过看上去大多数的家具还是留下来了。深色的天鹅绒窗帘,大大的砖砌壁炉,波斯地毯。沙发是奶油色的,没有任何污渍。厨房里有个法国橡木橱柜,他开了个玩笑,我感觉他重复了好多遍:"这里有36道法国门。"地上有大块的地砖,餐桌上方有盏可以调节的顶灯。我数了数有4个卧室。我不太看得懂这间房子,看不懂他们俩在这里住了那么多年,没有孩子的生活。在泰列抱住我的时候,我的心里生出一种不安,好像我在错误的地方,和一个错误的男人在一起,好像我的人生从来没有到过对的地方,但同时又颤抖身体,充满满足感,好像是被洗脑或是迷醉了。我有种赢得了比赛的感觉,但其实我根本不在意奖品是什么。

麦肯的手机又响了一声。她打开看了一眼,皱了皱鼻子。

"她又想去了。"她说着,叹了口气。

"我其实不应该去,谁让她老是变来变去的。"她说。

"什么?"我说。

"这就是那种欲擒故纵的手腕,"麦肯说,"我不想让她控制我。"

"她是这样的吗?"我说,"罗内?她是故意的?"

"那倒不是,我觉得不见得是。"她说。

手机响的时候,我的身体颤抖了一下。是泰列。"出去吃饭不错!但我们现在能先不定吗?我一个朋友可能要办派对。不过周日和周一不错!"

那就带上我啊!为什么他不愿意带我去?带我去见他的朋友,为什么不行?

昨天晚上我睡不着。我想要让自己平静下来,我想我得维护我和朋友们的关系,去经营我和那人之间的友谊,但我越想越觉得不安。他们中没有人像我需要他们一样需要我。我想着这些我重新建立联系的人,想要建构更大的一张网,金、波波、苏珊娜、伊凡,还有安娜·洛维瑟。

我们从阿斯科姆搬出来之后的那一年,我请妮娜和托勒夫吃了顿迟到的圣诞晚餐。那是1月5日,我其实在5月时就搬进新公寓了,但那时候还没在墙上挂任何东西。我有一包圣诞节一直没做的羊肉,本来应该和麦肯一起吃的,但麦肯说服我订比萨了。那天之前,妮娜打电话给我说她来不了了,她忘记和特鲁斯答应帮妮娜和她男朋友给他们的新公寓装地板的事情了。我说:"你一定要跟着去吗?"

妮娜笑了。

"会铺地板的是我，"妮娜说，"特鲁斯完全帮不上忙的。"

他们的女儿刚刚买了一套三居室，我都50多岁了，还和未成年的女儿一起住在两居室里。如果爸爸没有去世的话，我或许还住在海格森大街那套两居室里。

那个圣诞节是我人生中最悲惨的圣诞节。麦肯去盖尔那里过的圣诞节，第三天才来我这里。爸爸躺在医院里，妈妈住在爱丽瑟那里，我平安夜那天去的。他们的儿子长大了很多，看起来确实不一样了一些，但我还是很容易把他们搞混。整个12月，麦肯都不是很高兴，因为她要住在海尔格森大街的房子里，还要和我一起做圣诞节的准备。

"我所有的朋友都还有圣诞倒数礼物挂历，"她说。但她已经13岁了呀。到了12月7日，我还是给她买了一个巧克力圣诞倒数挂历。麦肯站在巧克力挂历前，连着打开了7个格子，吃掉了里面的巧克力。

"啊哦！"她边说边打开了第八个格子。

我们住在阿斯科姆的时候，我买了做蛋卷的炉子。我问麦肯："今年你想让我做蛋卷吗？"

"我无所谓。"麦肯说。

"那你喜欢蛋卷吗？"我问。

"还好吧。"她回答道，"爸爸不会这么问的。"她接着说，"他会直接准备这些东西，创造圣诞气氛。"

1月5日，在煮羊肉干的时候，我终于感觉圣诞节的气氛弥漫了开来。我收到了托勒夫的短信："我吃坏肚子了，必须取消约会了。"我买了土豆酒，把胡萝卜去皮切块。两小时后，我独自坐在厨房里的餐桌旁吃饭。羊肉的味道在我的嘴里分散开来，这里面包含了圣诞节的一切：两种颜色闪闪发光的圣诞爱心的彩纸,它会让我们的眼里都发光。我不知道为什么我要这么对自己,让这种味道充满我的口腔,那么美味,但也那么令人痛苦。这种味道填满了我的嘴,我的头和整个身体,带着所有的一切,仿佛那就是一切的中心,就在那里。可我已经不在那里了,我完全在另外一个地方。1月,在我陈旧的两居室里,我独自一人。我是如此渴望,渴望到几乎要爆炸了,我渴望所有那些迟到的东西,我必须离开,必须长大,必须放弃。在盖尔之后,我的渴望是如此强烈而具体。我想着,我要崩溃了,我能打电话给谁呢?可是,我想不出来。

"神经质,"泰列是这么说桑德拉的,"歇斯底里的神经质。"

我想起了卡多,他说过自己的前妻仿佛一直是在参加马术盛装舞步的比赛。她跳每一步前都无比紧张,她叫苏珊。"我根本没办法和她一起生活。"卡多说。就是这样,这就是所有的问题。她太紧张了!他没办法忍受和一个那么紧张的人生活!不过后来朗希尔德说了,其实是苏珊离开他的,他有很长一段时间都饱受打击。卡多被击溃了。

我从冰箱里拿出红酒,又给自己倒了一点儿。窗框上放着我应该读的书,很快秋季的书就要下来了。我应该再学学法语的,应该在文学方面多努努力的,应该和爸爸保持更好的关系的。我记得卡勒讲到布宜诺斯艾利斯的样子,聪明、朴实,充满异域风情,又世故。我想:"我看过的太少了,做过的事情也太少了。我付出了那么多,可为了什么?"卡勒那条软绵绵的长着毛的腿,那个夏天是那么热。阳光像是往烧烤的炭上面浇水。他说起那个名字的样子,让我想要跟随他去天涯海角。但在后来的那么多年,每次我想起和卡勒的故事，都显得那么微不足道。我觉得羞愧，并不是那种深刻剧烈的羞愧，而是那种微笑的、比较友好的羞耻，其中包含了对我自己的爱护。这是如此微不足道，只不过我的表现让它好像有了点价值。这让我感觉尴尬，可让人感觉尴尬的事情有那么多。

"卡勒和伊凡买了煤气炉做烧烤。"在我搬走几年后，盖尔有一次和我说。"我一点儿都不喜欢煤气炉。"他说，"如果要烧烤，我一定得用炭火。"

我在约会网站建了个页面，我为什么这么做？它占据了我所有的时间。我能感觉到，就像是可以计量，当收到一条从阿梅露的老师或是住在格莱富森的经济师发来的消息的时候，我的感受比麦肯发生什么事情要强烈得多。麦肯在挪威语考试中得了5分，还失恋了，无论如何就是要一件特定的外套。我和那个老师一起喝了红酒，和经济师喝了咖啡。我说我们彼此之间没建立起什么必要的联系。"著名的化学反应。"经济师这么说。我遇见泰列的时候，我觉得他简直太帅了，配我有点浪费了。我从来没有这么注重过一个人的外表。看着他，就像是看着杂志上的人，为手表或是须后水做广告的那种。第一次去咖啡馆的时候，他坐着的时候也是微微侧着身，好像他没有时间，或者没有兴趣，或许他觉得自己配我太帅了。他问了问我关于工作、教育还有孩子的情况。

"麦肯15岁了，"我说，"可怕的年纪。"

他的脸上露出不情愿的表情，好像我越了界，或者是说我透露了让我的吸引力降级的信息。

他自己没有孩子。他打量着我。

"你喜欢穿比基尼吗？"他说。

我们第二次见面的时候,他说:"你是个很有吸引人的女人。"我想起洛阿尔讲文学理论时候的样子,他说服我们用"他是个强壮的男人"比"他是个无比强壮的男人"的表达效果更强。我想着洛阿尔说过的话,因为强烈的感情让人浑身发抖:"你具有让人疯狂的吸引力。你是如此有魅力,超凡脱俗的美好。"

我们第三次见面,在餐厅晚餐之后,他到了我家,睡在我的床上。泰列用了"星期天的情人"的说法。

"那是什么?"我问。

"我和妻子现在完全是柏拉图式的关系。"他说。用浅蓝色的眼睛看着我。

我没有爱上他。我很享受做爱,就好像是要回了我以为生命中已经失去的重要的一部分。完整的、满足身体的需要,同时又达成自我实现,一种对自己的全新的尊重。我想我们可以保持这种有距离感的关系,我们不要参与对方的生活,这种情人的关系是我想要的,很完美。我决定不把他的事情告诉任何人,不告诉克里斯汀和爱丽瑟。我的生活里有工作,有麦肯,有朋友,有所有别的这些和那些,泰列是在这之外的一种关系,不会影响到我的生活。可是当然,事情不会是这样的。

我又看了一遍所有的短信,爱,不爱。几个星期前,他给我发了条短信:"今晚我必须见到你。"于是我取消了和妮娜早就约好的红酒夜,我不应该这么做的。

我翻着手机里的照片,找到一张我在餐桌旁给麦肯拍的照片,勺子插在碗里的冰激凌里面,她的脸上挂着微笑,手臂用奇怪的姿势交叉着,头发披散着,胸部已经开始发育了,穿着背心。我把照片发给了盖尔,写了信息:"她真的是我们两个人创造出来的？"然后我等着他回信。

手机铃声响了起来。我看了一眼，有点失望，是爱丽瑟发来的，她同时发给了我和克里斯汀——菲尔贝格新鲜出炉的报告：妈妈心情出乎意料地好，晚餐吃得特别多，她说她在那里过得不错，也不太疼了。抱抱，爱丽瑟。后面还有她专用的笑脸表情。上一次她发给我们俩的消息是在4月的时候，那时克里斯汀和我一起去了山里的小木屋：我不是要让你们有内疚感，我知道奥斯陆的生活很繁忙，不过妈妈时常念叨起你们。她总在抱怨你们不去看她，说得我都不想去了。然后她用了感叹号和一个笑脸。然后她又说："她被诊断患了肺部感染，不过上次我已经在消息里和你们详细讲过了。"克里斯汀和我坐着喝红酒，两个人的手机同时响起来，我们打开看了一眼消息，又看了一眼对方，开始笑起来。仿佛星辰转换，这是全新的体验。

那时候我刚刚遇到泰列。在认识他之前，克里斯汀和我就计划好这次旅程了。这时候要在不用带孩子的周末离开，让我觉得有点挫败，但我不能对克里斯汀爽约。后来当我回头想这件事情的时候，我觉得自己在最初的几个星期里不那么容易约，也可能是想让泰列对我的兴趣更浓一些。

夜晚，太阳已经落山了，但地平线附近的天空还是橘红色的。我们喝着红酒，壁炉里烧着火。克里斯汀抱怨着春天新建起来的木屋，尤其是上面那些。"现在得穿过一群房子才能到树林那里了。"我抱怨着麦肯的事，克里斯汀说，还没等我反应过来，她就已经离开家了，到那时候，我就只会记得那些好的事情了。

"我现在都成了那种会烦自己的儿子，问他们什么时候回家吃晚饭的妈妈了。"她说,"而且知道他们是出于责任才回来的感觉真的很不好。"

我们吃了牛排,配的是我从盖尔那里学来的香醋酱,克里斯汀特别喜欢。我还和盖尔在一起的时候,发现别人对盖尔做的菜的喜爱似乎就是对我的认可。每次全家人要见面的时候,克里斯汀都会说:"请盖尔做晚饭吧!他做的菜太好吃了。我们必须尽可能找机会吃他做的菜。"就好像她知道他在这个家庭里的时间是有限的。我想起麦肯在沙坑里玩的时候,会用模具做沙子蛋糕,我会说:"太棒了。我能尝尝吗?啊,这个巧克力蛋糕太好吃了!"

"丽芙姨妈一直都在帮忙。"克里斯汀说。

我点了点头,身体因为红酒变得热热的,有点激动。"妈妈真的是不知感恩。可怜的丽芙姨妈。"

我们讲到那个夏天爸爸离开妈妈,离开我们的事情,然后那时候我得了盲肠炎,丽芙姨妈是多么好,妈妈却一直酸溜溜的,一点儿都不知道感恩。

"爱丽瑟说过,妈妈对丽芙姨妈很生气,因为她不想帮她去劝爸爸。"克里斯汀说,"丽芙姨妈对妈妈生气,因为她什么都不打算做,只想把他留住。那个时候气氛太糟糕了,最后丽芙姨妈直接走掉了。"

她站起身来去加了点儿柴火。

"不管怎么样,因为你生病了,所以他还是回来了。"克里斯汀蹲在壁炉前说。

嗯,是的。

克里斯汀叹了口气,然后笑了。壁炉里因为新加进去了一些木柴,燃烧出大大的火焰,发出噼啪的声音。

"我在学校的演出里出演了《爱丽丝漫游奇境》里的爱

丽丝,"她说,"那是爸爸离开的两天后。"她弯下腰去拿红酒瓶,给自己的杯子里倒了点酒,然后低声笑了。

"我当时以为爸爸会回来看我演出的,"她说,"我越想越肯定他是会来的,他不可能不来,他不可能会错过我演爱丽丝的!"

我记得克里斯汀穿着那条黄色的演出裙,我还记得有一张很大的放着蛋糕的桌子。我不记得那个时候我是不是那么在意爸爸离开的事情。

"这是一种妄念,"她说,"所有的孩子都觉得自己是世界的中心。我想象着爸爸早晨起来,不管他在哪里都会想到,就是今天,今天我必须要去看克里斯汀的演出。"

她闭上眼睛笑了。

"整个夏天我都疯狂地想念他。"他说,"然后你就病了。天哪,你真的病得很厉害。我居然有点嫉妒你躺在医院里,想要什么就有什么。爸爸就在那里。"

我的酒杯空了,克里斯汀给我倒了点酒。这对我来说很陌生,克里斯汀居然会嫉妒我,到现在我都觉得很奇怪。

"我经常在想,他那时候究竟在哪里,"克里斯汀说,"你觉得妈妈知道吗?"

她问我敢不敢问她,我说不敢。

"必须得是生死存亡的事情才能让他回心转意。"克里斯汀说,"《爱丽丝漫游奇境》的主角还不够。"她笑起来,然后有点梦幻地说:"那时候我真的非常为你担心。我心里总是乱糟糟的,很绝望,但没有人会来安慰我。"

盖尔来参加了爸爸的葬礼,他和麦肯陪着我站在一起,就像一个小家庭一样。盖尔一直知道我们应该去哪里,做什么,在教堂坐在哪儿,什么时候站起来,打开赞美诗的小册子。他的手放在我的后背,在我哭泣的时候,他在一旁搂着给我安慰。

盖尔经常会安慰麦肯,大大的手掌从两边捧着她的脸颊,麦肯的大眼睛盯着他的眼睛,两人的视线交流无法被打断。不管她几岁,他会认真地对待她,特别理所当然地这么做。当时我对盖尔的爱是强烈的,但总有距离,是一种仰慕。他将我打入尘土,我必须不停努力,才能配得上盖尔的爱,而麦肯不用。她表现得多差都没关系。

在我们住过的排屋的墙上挂着一张麦肯和我一起在马克大街那间房子厨房里的照片。我看上去是那么快乐——穿着短裤和吊带。我的身体在生产之后恢复得特别好。麦肯坐在宝宝椅里,嘴唇边上都是食物残渣。那张照片是盖尔拍的。那个夏天很热,我们总是会出门玩,用太阳伞遮着童车。去东边的公园,去弗莱德里克斯塔德的沙滩。在太阳底下,礁石都被晒成了白色,海鸥大声地叫喊着。

爱丽瑟在沙滩上对我说:"你看上去根本不像生过孩子的样子。"

"才不是呢。"我边说边拉扯着肚皮上的皮肤。

风吹过长在沙滩上的草,带起了一个塑料袋,一下下翻滚着,形成了固定的节奏。

"才没有。"爱丽瑟说,"你做了很多卷腹运动吗?"

来到排屋,就像来到属于它自己的生活里,现在我已经不过那种生活了。我站在走廊里,就像一个陌生人一样,等待着我从二楼的楼梯走下来,或是拿着啤酒、红酒从地下室的楼梯走上来,或是从厕所的门走出,或是走进阳台的门。我想象自己一边给自己戴着耳环,一边从二楼的楼梯上走下来,哪怕这其实只发生过一次。我只记得那些平和美好的生活,但我知道有关那些感觉,情绪的记忆永远会欺骗我。

手机响了一声,是泰列。"还有,"他写道:"你现在有时间吗?"他想带我去餐厅庆祝,庆祝桑德拉终于签了分居的文件。就在今晚。如果我有空的话。我在客厅里走了三圈,缓慢地,麻木地。幸福缓慢地在耳后敲击着,敲击着脑壳,我的牙齿都在颤抖。桑德拉肯定很难过,她肯定痛不欲生。我太快乐了,我太快乐了。我仿佛头突然露出了水面。现在我好了,不可能比现在更好了,只可能比现在糟糕。

好得不能再好了。

手机又响了一声。不会是他改变主意了吧?是盖尔。"对我们这两个特异的灵魂来说,算是不错了。"他写。

我想一直和盖尔聊天,聊好几个小时,聊所有的事情。在这之前我给他发消息:"你记得去问问能不能把麦肯一半的训练费要回来。"他说,"我不觉得她应该终止踢球。"我说:"但这是她自己的决定。"盖尔说:"是的,我知道,但我想和她先谈一谈。"然后是这张麦肯穿着吊带吃冰激凌的照片。那是她从最后一次的足球训练回来,特别戏剧化地庆祝着,她敲打着门框,用激动的声音说:"啊,我想这样已经很久很久了!"

我走到阳台上点了一支烟,我的内心充满那种悸动的满足感,我想控制它,对抗它,告诉自己这种感觉不会持续太久,告诉自己我已经52岁了,我必须认清这件事情没太大的意义。雨停了,太阳从云朵间探出了头,在湿漉漉的沥青地面闪着光,那是6月。或许我们可以坐在外面吃饭。我可以穿打底裤和凉鞋,穿哪条裙子呢?我得给麦肯去吃烤肠、喝可乐的钱,我们可以明天再吃塔可。在这种幸福中,我很高兴明天要和麦肯吃塔可。

在我和爱丽瑟一起去探望因为肺炎住院的妈妈的时候,我对爱丽瑟讲了泰列的事情。在我和爱丽瑟这种亲近的关系中,如果不讲这件让我心心念念的事情显得很不自然。那还是在泰列和桑德拉真正分手之前。爱丽瑟说:"莫妮卡啊,难道生活没有教会你那些对婚姻不忠诚的男人是不会离开自己的妻子的吗?"

"一个男人构不成统计数据。"我说。我同时还笑了笑,做了个手势,好像我已经放弃了自己那样。后来我想,扬·奥拉夫其实也对这个统计数据做出了贡献。

爱丽瑟用沾了水的棉花棒湿润着妈妈的嘴唇。我很担心她醒不过来了,但爱丽瑟安慰了我:"她现在还不会死。虽然她的时间不多了,但她现在不会死。"

妈妈微弱地呻吟着。我想象着她站在镜子前面,用吹风机和卷发梳整理自己头发的样子,还有她嘟起嘴唇擦口红的样子。好像随着时间过去,她的嘴唇变得越来越薄,她要用同样量的口红,只是涂在更小的嘴唇上。

"你真的打算重新这样再来一次吗?"爱丽瑟说。

我不知道自己应该说什么,我的人生和她的人生太不一样了。我真的是可以等着瞧的。我没有什么可以失去的。如果他不离开她,又怎么样呢?我又失去了什么?并不会比我现在拥有的少什么。也许少一些经验,一段短短的悲伤和难过的时光,更多的是从手中划过的时光。如果他离开她了呢?我只有赚,我是这么说的。但爱丽瑟没有期待什么回答,也没有再追问什么。

泰列离开桑德拉,一点儿都不戏剧化,他是真的这么做了。我们一起喝红酒，过了一个小时，他和我说的，好像对他来说，我的反应并不重要。好像这件事情对他和我两个人没有任何关系，我不应该自己加什么戏份，认为这有多重要。他说的时候，一边摇晃着酒杯。好像他说的是他要换份工作，去另外一家公司，只是这样而已。我对他亲吻我的反应，是我不知道能不能照顾好自己和女儿，在这个世界上站住脚，做出负责任的选择。我想我不喜欢他对室内装饰的品位。我们没有什么共同的兴趣。

"你为什么想要我？"那天晚上我低声问泰列。

"因为你的身体很美。"他说。

矛盾、延误和欲望再次同时爆发，我必须控制住这些强烈的情绪。

然后浇来一桶凉水："我们一天天看着来。"

我赤裸着身体站在镜子前，我审视自己的身体，我想用他的目光来看看自己。

我打电话给爱丽瑟，找了个别的理由给她打的电话——妈妈的房子。我们是不是应该找个周末和克里斯汀约一下时间，去收拾一下妈妈的房子。爱丽瑟曾经提过这个。

显然她觉得我能主动提出这件事太好了。

"还有。"我说。这些话好像刮着我的嗓子眼，我的嗓子几乎要失控了，里面混杂着苍白和不自觉的吞咽。

爱丽瑟听起来那么开心！我的嗓子更干了。

"他离开自己的妻子，是为了和你在一起？"她说。

一个星期之后，桑德拉在半夜打电话给泰列，她还住在他的房子里，但很快就要搬出去了。房子是泰列的。他的手机放在我的床头，振动着，冷风从窗户吹进来，但被子里很暖和。现在麦肯去盖尔家住的时候，他几乎都在我这边过夜。他说："去睡觉吧，桑德拉。"他安静了一会儿。他的眼神在我看来是那种放弃了的神色，好像他已经放弃生气了，他好像拥有全世界的道理。

"我不是不能告诉你我在哪里，但我不觉得说了有什么好处。"他说。我听到轻微的声音，从很远的地方传过来，从放在泰列耳边的手机里，那是桑德拉的叹息或是哭泣声。

"已经结束了。"他说。"是的，是的。好的。在毕斯勒。不是的，你差不多得了。是的，我会帮你搬家。是的是的。不是，我不会告诉你她叫什么名字，我为什么要这么做？晚安，我的朋友。"

和他所有说的话形成鲜明对比的，是这句"晚安，我的朋友"，如此温柔，我躺在那里身体颤抖，心里升起愿望，那是一种生理性需要：泰列有一天能对我说这些话。然后他结束了对话，把手机放回床头柜上。泰列在我身边，充满爱意和激情。很奇怪，他突然就有了欲望。

我没办法和麦肯正常沟通，她挪到了沙发上，在看电视剧。手机放在肚皮上。电视机里充斥着罐头笑声。

"麦肯！"我叫她。她抬头看了一眼，然后眼睛又看向了屏幕，她脸上的神色一片空白，被屏幕上的东西左右，那些简单的笑点让她的脸抽动，一边的嘴角上扬。那种无助的、没有灵魂的罐头笑声让我的心里升起一种混合着和解、宽恕还有自我保护的混乱感。我想到温暖的言语，政治正确的话语，认可，接受，宽容。我能接受麦肯对这种大脑空空的活动有好几个小时的依赖。就好像这样的笑声，无论多么机械，也蕴含着深深的人性。

麦肯说不希望我出门。

"我以为晚上我们要待在一起看这部电影的。"她说。

她站起身去了厨房。

"哪部电影?"我说。

她站在柜子前面,打开了一袋薯片,倒进一个大碗里,金色的薯片堆。

"哪部电影?"我说。

"是你说我们要看一部电影的。"她说。

然后她又走到沙发前。

她已经开始刮腿毛了。那些浅金色的毛发已经不见了。她的眼睛盯着电视机,手抓起薯片放进嘴里。

我又问了一遍,带着不耐烦的催促口气。我们不能明天再一起做点有趣的事情吗?自己做塔可,吃带巧克力豆和花生的冰激凌?

"你不能要求我为你做选择,妈妈。"她说。"我说了我不希望你出去,我不想再说一遍。"

但你刚刚就这么做了,我想这么说。

"但是你为什么不希望我出去呢?"我说,"你可以拿钱去买比萨和糖果。你可以请个女朋友过来,如果你愿意的话。"

她摇了摇头。

"你不明白。"她说。

好吧,是有什么事情我不明白。但如果她都不试着告诉我,我怎么会明白呢?

"你不能和罗内一起去伊莎贝尔那里吗?"我说,"不要那么骄傲。"

"但我不能啊!"她突然开始大喊,我不明白她为什么那么激动。"她改变主意了!"

"罗内吗？"我说。

"是的。"麦肯说。

"她不想去伊莎贝尔那里了？"我说。

"对，你听不懂我说的吗？"她说。然后她又冷静了下来，用那种强装镇定的口气说，"伊莎贝尔和罗内的前男友有一腿，就是因为这个。"

要跟上她的节奏真的不可能，孩子的头脑变化得太快了，我无法理解他们的困境和情绪。她12岁的时候，有一次在足球比赛中踢飞了点球。那天在下雨，我整个人都冻僵了，特别累，我好高兴比赛终于结束了。麦肯表现得好像这是一场灾难。她丢了一个点球。是的，我知道。我以为一切依旧可以用一杯热可可来解决。在我走过那些穿着运动服的家长身边的时候，我简直是在另一个星球，我和他们没有什么好聊的，我们确实一同身处那片大草坪，但那个场景大概是我们生活中唯一的交集了。

在法国餐厅。我原本希望我们能坐在外面。泰列把叉子插进鸭胸肉里，他的脸总是刮得干干净净，牙齿刷得干干净净。我和他约在这里，他在外面等着我，给我开门，我从来没有和会这么做的男人在一起过。他举起红酒杯喝了一口。我带着爱意看着他，带着一点同情和焦虑的情绪看着他，爱恨交织。我好想带他去见克里斯汀和伊瓦尔，我知道他们肯定会被他的外貌震撼，而他也会被他们的职业所震撼。

泰列说鸭肉很不错，还有他喜欢我的口红。他说我的手很美。泰列的赞美让我的心里五味杂陈，一方面是满足，一方面是羞耻，头脑里冒着泡泡，让我反应迟钝。我永远会比他看到的要多一点东西，也永远会是另外一种东西，可能是他以为的反面。所以我必须修正自己，补充和扩展他对我的印象。同样重要的，是我要表现出这种模棱两可。不过对泰列，我其实可以放弃的，无论怎样他也是不会明白我的意思的，或者是他对此毫不关心，所有的沟通都是单向的。我不觉得他会想到，我可能会不喜欢他的赞美。

不过，我其实也是有点喜欢的。

他能让伊瓦尔笑吗？我想了想。我不觉得他做得到。

他抬头找服务员，打了个经典而傲慢的召唤手势。然后他看着我。

他对我的感觉有多么难以捉摸，我对他的感觉就有多么显而易见。我对他难以捉摸的感觉是如此感兴趣，他对我暴露无遗的感觉是如此不感兴趣。

我给麦肯发了条消息，问她我留在泰列家过夜行不行。

麦肯回复：“我希望你能回家。”

她难道就不能承认她和罗内吵架了吗？要不然既然她们都不想去伊莎贝尔那里，为什么她不能让罗内来她这里？这根本就没道理。

我写道：“我能不能明天一早就回去？”

我带点恳求地看着泰列。他挑了挑眉毛。我和他解释了现在的情况。我说"脆弱的年龄""和女朋友吵架了"。

我从外人的视角看自己，看到我坐在餐厅的桌子边，看着泰列拿出手机叫出租车。这个选择是如此简单。不，选择是如此困难。我穿着短裙，我也想过自己的年龄穿这个是不是不太合适了。泰列用坚定的神色看着我，假装的不赞成掩盖着激情。到处都是陷阱。我希望他对我有渴望，但也尊重我。或许他会愿意回我家，在我那里过夜？

我问了他。

他摇了摇头。他明天要去看妈妈，所以不行。但这能有多糟，是的，如果我做正确的事，就这样结束这个夜晚，一个人回自己家？很糟糕。

"15岁的孩子晚上还不能一个人待着？"泰列说，"一个15岁的孩子还需要妈妈？"

他握住我的手，往边上瞥了一眼，说："你真美。我想要你。"

泰列的家里有点闷。锃亮的男鞋并排放在鞋架上，衣柜里面放了两个尺寸不同的行李箱。需要打开壁柜的门才可以挂外套。

我坐在沙发上。沙发用的是一种奇怪的天鹅绒面料，颜色会根据你看它的角度产生不同变化。他家的窗帘上是条纹的图案，铺着波斯地毯。我想起泰列说那句"我得说你身材保持得真好，就像35岁一样"的声音。他说得如此自然。但我心里难以接受的却是我没说出口的那句："当然了，泰列，15岁的孩子当然需要妈妈。"我为什么没有这么对他说呢？

我给麦肯发了短信，说我跟她很近，打车10分钟就到——这差不多是实情，我觉得可能15分钟吧——她如果有什么事，可以给我打电话，我马上就回去。泰列不高兴地盯着我的手机，问我穿了什么内衣。我拉下肩带让他看。

"啊，这个我喜欢。"他说。他迅速把手伸向我的胸部来强调他的意思，这种触摸消除了我所有的疑惑和挣扎。我必须留在这里，我不想离开。

外面的夏夜还是明亮的。泰列去了厨房。

我记得爱丽瑟说过我对传统性别的角色和分工有着强烈的抗拒，那是在我和盖尔刚生麦肯的时候。

"男人女人永远不会完全一样的。"她说,"我觉得男人还是像男人一点比较好。"

泰列弯着腰在水池旁,他拿玻璃杯接了一杯水。他衬衫的袖子扣在手腕上,身边是橡木柜子。他把玻璃杯放进水池,然后望向门口。他说:"咱们该睡觉了。"我的心里松了一口气,黑暗的欲望。我知道我经常对他会做的事感到恐惧,而我无法忍受这种恐惧。他的床头放着两本书,一本是盖特·纽格豪格的,另一本是延斯·斯托尔滕贝格的。从我第一次来他的卧室到现在,这两本书没有换过。

泰列亲吻我,然后他不亲了,他需要用两只手来解开我的内衣。

"我的性欲特别强。"他说,这就好像我存在的意义并不大,因为他的饥渴,有没有我都一样。他拿出避孕套的时候,上下打量着我的身体。

"我不确定你是不是已经不会再怀孕了。"他说,"你还有月经吧?"他撕开避孕套的包装,弯腰戴上。

如果他用另外一种方式讲的话,他可以不这么说的,这可以是充满爱意的,带着调情意味的赞美。"你的身体好紧实。"他曾经这么说过。我对此充满感激,就好像这是他送给我的礼物。

不安和饥渴融化在这种人工的、化学的,充满动感的生命本源的意义中。它不能更强烈,更美好。这种感觉仿佛是本来就该如此,世界就该是这样,所有人都该有这种最强的幸福感、和谐感和满足。我之前就该明白的,但同时我也觉得这一切是不对的。不重要了。世界是对的,世界总是对的。

泰列重重地压在我身上,喘息着翻过身,继续喘息。

我把他放开的手臂放到我身上，可这也算不上是拥抱。我已经不知道自己是谁，他对我做了什么，我是什么。困惑着，我几乎每天都在困惑，每时每刻。

麦肯的老师在初中最后一年的家长会的时候说："和你们的孩子聊聊——他们还是孩子！虽然他们不愿意和你们聊，你们还是要去谈。找好的时机，聊聊他们的生活。"

有一次特隆德·亨里克说他很害怕。他说："和我聊聊，说说话，说点什么都行，让我能想点别的。"

"可我要说什么呢？"我说。这大约就是我唯一和他说的话。有一次他试着说："说什么都行，只要说话。"但我什么都没说。我想不出来要说什么。我当然可以说说麻雀，或是圣诞的装饰，或者是清理壁炉，我可以问问芙萝娅早饭吃了什么，或者说说我们周围那些东西的颜色，但我什么都没说，我屏住了呼吸，等我喘气的时候，那微弱的声音就是所有我能发出的声音了。

在我睡着之前，我想到了桑德拉，那是一个快60岁的女人，她穿着长长的睡裙，脸上满是泪水，没有孩子。我的朋友，晚安啊，我的朋友。

我醒来的时候时间还很早，我口很渴。我坐起来用浴室里的刷牙杯喝了杯水。水有金属的味道。泰列绿色的牙刷，他的剃须刀。然后我又躺回去，但睡不着了，枕头太软了。我带着浓重的负罪感躺在那里，如此清晰，几乎让我头疼，胸口疼，肚子疼。可是最糟糕的一点，是我觉得我没有任何选择，我必然会做出我做的选择，为的就是远离一些东西，这就是一切的原因，我不要那样生活：被抛弃，没有人爱。我躺在那里翻来覆去，而泰列根本没有察觉似的打着呼噜，他的眼圈有青色，脸冲着窗户的方向。

我又翻了个身，对着泰列的脸。他的嗓子里发出轻轻的咕噜声，好像是慢慢撕开冰棒的包装纸一样。

我又在床上翻了个身，我的动作让泰列转身对向我。他用手臂搂住我的身体，嘴唇碰了碰我的后脑，这让我感觉他在安慰我，是在保证什么，可我知道这根本是错觉。但这种安静的感觉，他的呼吸，我的呼吸，他在半睡半醒中拥抱我的动作，赶走了我所有痛苦。

我是被短信的声音叫醒的。是盖尔发来的短信：麦肯在我这里，她晚上打车过来的，她很害怕，也很孤单。我看了眼时间，8点32分。

我立刻起身，光着身子站在泰列的卧室里。我的衣服在椅子上——很短很短的裙子，几乎透明的衬衣，对52岁的女人来说太紧的内裤。我拿着衣服进了浴室。泰列的剃须膏，剃须刀，还有整齐漂亮的灰色和白色的毛巾架。我想起有一次，我让麦肯在瑞典的糖果店里面挑100件东西。在她选了80到81件的时候，她一直在看我，不知道我是不是认真的。

过11岁生日的时候，麦肯从盖尔那里得到了手机作为生日礼物。那是他的餐厅生意真的好起来的时候，我觉得那件礼物是对他成功的炫耀，11岁的孩子要什么手机。有了手机后，麦肯突然掌握了在我们争执之后给盖尔打电话的权利，并获得他的安慰。我和他讲了这件事情。他说："别的孩子都有两个家长陪伴在身边，如果麦肯的手机能让她和我们保持亲密的关系，这不也挺好吗？"

就像平常一样，他的论据让我无法反驳。突然这件事情就转化成了麦肯和我的关系。"我不是要为麦肯说话，"他说，"我知道她有的时候是很让人头疼，但我觉得你们俩都把对方逼到了墙角。"

后来麦肯生病了,其实应该只是流感,发烧到39℃,眼神都有点迷离了。她一直哭,说要去看急诊,或者去爸爸那里。可为什么要去爸爸那里。为什么要去爸爸那里?

特隆德·亨里克和他的编辑见面了,然后被打击了。编辑说她很怀疑他能不能写小说,或许他应该再继续写几首诗?这时候盖尔打电话来了。他说他和麦肯联系了,她很迷糊。"她好像脑子很混乱,她在说自己要病死了,你都不管她。"

听上去他好像没有把她的话当成一回事,但显然他的话里面也有指责。我不想为自己辩护了。

"没事的,盖尔。"我说,"她没有病得那么厉害。"

特隆德·亨里克还在继续喝酒,他说着自己母亲的事情,我听到麦肯在楼上大哭。我上去的时候,她把手机藏进了被子里。我把她的被子拉开,抢过了手机,她和盖尔正通着话。40分钟之后,盖尔的车开到了我们的门口,我的手机上有7个未接来电,那么急切,我从没想过他会赶过来。

我看着麦肯从我身边的走廊里走过,她抽泣着向张开双臂的盖尔走过去,就像是电影中的场景一般。我完全僵在原地。虽然她说得有些夸张,但她确实在发烧,而且量出来是39.2℃,这是一个小时之后盖尔告诉我的。我的愤怒退去,改而换之的是一种深深的恐惧。我想抓住麦肯,强留下她。我害怕特隆德·亨里克这时候会出来,看上去醉醺醺的样子。盖尔冲我走过来,想和我说几句话,但我只是冲他挥了挥手。我让他们开车走了。从这时起便开始了我和盖尔之间一段黑暗的时光。我进去找特隆德·亨里克,就在这一晚,我发现我高估了他。他的情商,他理解、安慰和给人温暖的能力。他无条件地支持我,他会批判盖尔说的和做的一切,无论什么情况,这都是自动反应。他是可以一起喝酒的伙伴,总比一个人好,这一点我很清楚:我自己一个人是不行的。麦肯其实没有病得很重,过了几天她就好了,我的判断是完全正确的,但事已至此,这又能怎么样呢?

今天真的是夏天的天气,阳光从窗户射进来照在木地板上。大家都不该待在房间里的。我从泰列家离开之后,他就没联系过我。我没有去盖尔那里接麦肯,她现在可以自己坐地铁和有轨电车了。她回到家,脸上总是带着一种批判的表情,她的眼睛分得很开,眉毛修得很细,微微上扬着。她现在躺在自己房间的吊床上,翻着一本杂志。她穿着条纹毛衣和牛仔短裤。我站在门口问:"麦肯,究竟怎么了?"

阳光晒到了她晒黑的光滑大腿上,晒到所有的衣服,四周乱七八糟的汽水瓶和从书包里漏出来铺满地面的书上。麦肯继续翻着杂志。

"我们可以聊一聊的。"我说。她动了一下,吊床轻微地晃动着。我又冲动地说:"你为什么要这么对我?你为什么要让我们的关系变成这样?"

"我说了如果你想让我回家的话,可以给我打电话。"我说。

"我说了我想让你回家。"麦肯说。

我看不到她的脸,但一条腿从吊床上伸了出来,然后又伸出了一条腿。她坐起身来,两条腿叉开坐在吊床上。

"我和爸爸聊了一些事情。"她说。

最近的一周时间都是大晴天，距离麦肯的暑假还有两个星期，距离我的暑假还有三个星期。昨天我还在找我们一起去旅行度假的优惠套餐，可现在我觉得如此钝痛。

"你们聊了什么？"我说。

麦肯说她之后想大部分时间住在盖尔那里，她不想搬来搬去了。好像一切的恐惧、沮丧和不甘心都被带走，消失。一个泡泡破裂，一切都没有希望了。麦肯呼出一口气，低头看着自己的大腿，继续说。就好像她也觉得这很难启齿，就好像她也不想伤害我。

"搬来搬去太麻烦了，"她说，"有太多事情要记，还要记得所有的东西是放在这里还是那里。"

她一次次抬手去拨弄落在脸上的头发。

"还有我的朋友们，"她说，"他们也觉得这样太累了。"

我想到了克里斯汀、罗内和图瓦，她们也觉得麦肯住在两个地方很麻烦，每次要找她还要考虑她住在哪里。

"还有。我和爸爸交流会容易一些。"麦肯说，"他更容易理解我。"

我觉得如此无助，我简直不能忍受麦肯，想和她断绝关系，让她彻底离开我的生活。我做不到，这不值得，我不喜欢她，我现在要放弃了。盖尔可以一个人抚养她。但我也只有她啊，我只有这一个孩子。这一切怎么会变成这样？有两次盖尔说过想要更多的孩子，第一次是麦肯2岁的时候，她刚刚去幼儿园，第二次是在我们刚刚搬家到排屋的时候。那时候我不想再经历一次怀孕，想都不要想。而且我也觉得对我来说那已经太晚了，我年纪太大了。

"在爸爸那里的生活更有规律一点，"麦肯说，"我觉得那样对我比较好。"她一圈圈地拨弄着头发。"我觉得我需要更多的规律,"她说,"还有更多限制。毕竟我现在是这个年龄。"

"我是管得太少了吗?"我说,"我是应该给你更多限制吗?"

她耸了耸肩,别过脸去,脸上的神色是典型的自我放纵和自怨自艾。"没事儿。"

没事儿!我在青春期的时候,如果能有更多自由,我什么都愿意拿来交换。

啊,那个曾经因为我把她留在盖尔那里看着天花板张嘴大哭的孩子。那个因为不想睡在别人家,所以让我在半夜去她朋友家把她接回来的孩子。那个想要在我耳边说悄悄话,黏在我身旁,单脚平衡站在马路边和我说话的孩子。有一次她贴着我说:"我就想住在这里,你明白吗?不想去别的地方。不要把我送走。"我能看出她这些戏剧性的想法是从电影和卡通片里学来的,但我还是如此受宠若惊,无法抗拒。

"还有,我不喜欢泰列这个人。"麦肯说。

哦,不,泰列。他可以用被迷住的眼神看着我,可下一刻又可以完全不理会我。

"如果我不做他的女朋友了呢?"我不假思索地说。

她耸了耸肩膀。

"你自己知道怎么对你最好。"她说。

"可是,你在这里的时候,他几乎都没来过这里。"我说。

"是,"她说,"如果我住在爸爸那里,只要你愿意,他随时都可以过来了。"

"你不想我有男朋友吗?"我说。

麦肯的手机响了。

麦肯又耸了耸肩。"是你自己说很长时间里都不想交男朋友的。"她说,"你说你对这个没兴趣了。"

我的手机在客厅响了一下,我觉得是时刻待命的盖尔发来的。他肯定和麦肯商量好了要和我谈这件事情,麦肯说她有点害怕,他安慰她说肯定会没事的。我想那条短信是说:你和麦肯谈了吗?然后给麦肯发的是:你和妈妈谈过了吗?

"我只是重复你说过的话。"她说。

她看着我。

"我总可以自己做选择吧?"她说,"我已经15岁了。这也不代表我更爱你们中的哪一个。"

"你能想象要住在两个地方有多麻烦吗?"我从盖尔那里搬出来之后的那个夏天麦肯曾经这么说过。我们当时坐在海尔格森大街的公寓的沙发上,吃着三明治做晚餐。她说着孩子气的话:"我就好像是一只蜗牛,背上要背两座房子。"

仿佛一切都是枉然。好像我什么都没有剩下,后悔一切。从我怀孕时候的期待,到买的那些小衣服和小裤子,布置在索菲亚大街的公寓里的房间,黄色的写字桌,百叶窗。后悔从宜家买的写字桌,羽绒外套。

麦肯看了看手机,然后说:"我去罗内那边。今天晚上有晚饭吗?"

我有种冲动想要惩罚她,不原谅她。嘴里满是酸涩。麦肯去了浴室,没有关门,往头发上喷了点定型水。然后就没有声音了。我想她大概在涂睫毛膏。她出门之前,说我们晚些时候可以吃塔可,但她可能吃完还会再出去。

"好的,"我说,"7点?"

"这次我们能加点甜玉米吗?"麦肯说,"上次我们吃塔可的时候,你忘记买玉米了。"

我曾经写过让自己羞愧的句子:相信人的善念。如果你想让美好的时刻成为日常,那就不要只想你为你的家做了什么,也要问问你的家为你做了什么。你的生活不应该仅仅被物质充满。有时候那些极其没有意义但又意味深长的东西是极有价值的,让我脊柱里生出寒意。麦肯出去了,门被关上,只留下她身上的香水味。我又生出熟悉的冲动想和洛阿尔聊聊,虽然我在很多年前就已经明白洛阿尔永远不是那个能给我的人生提出什么建议的人。

我从窗户里看着麦肯走在街道上,晒成棕色的大腿露在外面。

所有人类的感情我都不陌生

2015年8月

阿奈特穿着工作服站在光亮里，她把手探进羊的产道，然后转过身看着我："头的位置不正，"她说，"不过没关系，这里空间足够，它可不是第一次生崽子了。"

羊快要分娩的时候，她给我打了电话。那周麦肯不在我这里，我立刻一个人赶了过去。特隆德·亨里克那天写小说不顺利，我自己出门反倒感觉轻松很多。田野上像是覆盖着一层绿色的纱巾，通往罗伊的农场的大路边的白桦树都生出了新芽。

阿奈特的小臂在羊的尾巴下面里转了半圈，然后慢慢把手抽了出来，小羊的头也顺着出来了。

我脑子里想的全是麦肯，想着我生她时的样子。

小羊一下子出来了，它躺在稻草堆里，轻微地活动着，身上是灰黄色的，还有一些血迹。

我站在它后面一米的地方，感觉嗓子里卡着一团东西。麦肯终于像一头小海豹一样从我身体里滑出来，一切都发生得那么快。她在我身体里那么长时间，我感受过她在我身体里活动，然后又花了那么多个小时努力把她生出来。我花了那么多力气把她从我身体里挤出去，当她终于滑出我的身体之后,我立马想起身看看她究竟是什么样子,她是我的,我立马就想抱她。

羊妈妈嗅了嗅小羊,舔了舔它的头,我放声啜泣起来。阿奈特转过头看我,笑了。

"我知道这个场景是挺震撼的。"她说,"但或许我看得多了,习惯了。"

"你看,"她说,"它们现在正在确立关系。这个时候不能打扰它们。之后它们和羊群在一起的时候,也会认出彼此。"

或许在我生下麦肯,把她抱到胸口的时候,我心里其实最关心的是盖尔,我想要他明白那时候发生的是什么,要他能参与我的这一切体验。我想象那时候的自己伸长了脖子,挥着一只手,看看我们做的,这是我们生的!

"现在要生下一头了,"阿奈特说,羊妈妈索亚刚刚躺下,又生出来一头小羊,也是被灰黄色的黏液包裹着的,不过这次没有什么血迹。

这次索亚只生了两头羊。我们本来打算从生三头的羊那里收养一头做宠物羊的。几天后有一头羊生了三个宝宝,不过我没看到。我们去接乌拉的时候,它刚刚一天半大,肚子里喝饱了奶。它很小、很瘦,最开始的时候我们每过两个小时就要喂它一次奶。麦肯会洗奶瓶,烧水,就像是个小妈妈一样。我们从那里搬走的时候,乌拉差不多两岁了,胖乎乎的,很可爱。后来我听说特隆德·亨里克秋天的时候把它送还给阿奈特了,之后怎么样我就不知道了。

门铃响起来的时候,我刚刚在泡袋装茶。盖尔和麦肯大声说着话,走上了楼梯。麦肯先进的门,看起来很不高兴的样子,她的头发完全梳了起来,露出脸,看上去有点凶。我摸了摸她的肩膀和后背,她立刻转过身去,躲开了。

"不好意思我们有点晚了,在这边停车简直是要打一仗。"盖尔说。"我们花了20多分钟,离这边有点距离。有人整理行李的水平有点不尽如人意啊。"

麦肯闭上了眼睛,说:"是的。我说过对不起了。对不起,对不起,对不起。"

盖尔穿着T恤衫、牛仔裤,耐克的跑鞋。头发有点油,不过他经常是这样的。

"家里没水果了吗?"麦肯拿起一个有点干瘪的苹果,看着。

"水果都在这儿了。"我说,"然后冰箱里有胡萝卜和甜菜。"

"我说的是水果。"麦肯说,口气有点夸张。

"喝茶还是咖啡?"我问,不过盖尔摇了摇头,说他得赶紧走了。我想我得仔细思考一下我们的关系,还有我自己的想法,为什么他的坏情绪,哪怕和我一点儿关系都没有,都会让我的情绪那么低落。

"啊。"盖尔在麦肯房间的门口说,"写字台还没装好啊。"

我不知道我要说什么。我当然也知道自己应该有效率一点儿,把事情都做好。但我之前没想到。

"是的,不好意思。"我说,"不过这个弄起来很快的,对吧?"

盖尔叹了口气。

"你有螺丝刀吗?"他问,"还有六星扳手。"

他指了指书架和窗框。"看起来这边也没完全弄好。"他说,然后他冲麦肯喊了一声。

我记不得六星扳手是什么了。

"这也太过分了。"盖尔指着一堆折好的塑料袋和小山一样的一堆衣服对麦肯说。"你得把它们装到垃圾袋里面。"然后他摇了摇头说:"天哪,你在这里的衣服比我那里的还要多。"

"没有垃圾袋了,妈妈还没买。"

又是我的错,我觉得很挫败,为了一切感到挫败。我把我的卡交给麦肯,请她去买一卷垃圾袋,再买一点水果。我从壁橱里拿出工具箱,递给盖尔,"你自己找吧。"盖尔立刻开始装起写字台来。

"你的烟戒得怎么样了?"他问。

"我两个星期没抽过了。"我说,"13天。"

"挺好,那最难受的时间已经过去了。"盖尔不太在意地说,一颗螺丝掉进了袋子里。我努力吸取着所有我能得到的关心。我拿着茶杯在对着敞开的阳台门的厨房桌边坐下。那时还是夏天,没有一丝秋天的凉风。树上的叶子绿透了,21路公共汽车在楼下穿过街道。我把茶包里的水挤出来,手指被烫得不行。我想抽烟,让我能哭出来。大多数的时候我已经忘记了我要戒烟的原因,只记得我想继续抽的原因。

妮娜说:"艾琳搬出去的时候,家里好空。我们不知道自己该做什么,特鲁斯看上去都抑郁了,一下子没有什么理由做晚饭,把家布置得很漂亮。而且我们突然得开始聊天了。"

可是,我记得克里斯汀在尼尔和贾德搬出去之后说的是:"哦,太美妙了。""我和伊瓦尔特别享受!"不过,我也记得伊瓦尔说她其实就是嘴上那么说说。

妮娜很快要做外婆了。娜拉10月要生了，会是个儿子，预产期就在麦肯生日前两天。麦肯30岁的时候，我就66岁了。麦肯36岁的时候，我72岁。

我花费了那么多年，那么多脑力和情感，一切的获得都是经验，都用来思考那个关于我自己的真相：我在这个世界上，我在我现在的人生阶段，我和我女儿的关系，和我母亲的关系，和我的姐姐们的关系，我的爱人，还有我之前的男朋友的关系，还有同事、邻居。我在探索、寻找，或者按照某种既定的模式往前走，可当所有的思考都沉淀下来，无论是理性的还是肤浅的，留下的只有所有人都知道的，或是适用于所有人的粗浅真相。就像是"我渴望被看到，被关注，但当我真的得到的时候，我又不想要了"。或者"看到父母生病、故去，我才真正理解我自己也会有这么一天"。或者"当我自己做母亲的时候，我所有的话术和反应方式都是我曾经向自己保证我永远不要这么做的事"。

6月的时候我和托勒夫出去喝啤酒，然后收到了一条陌生号码的短信：我亲爱的洛阿尔于星期二晚上因病过世了，病程很短。我想你可能会想知道。葬礼在下周三下午1点，韦斯特教堂。安。

托勒夫在我身边。他很关心地看着我，他会愿意倾听，愿意理解。但这是一种新的孤独，所有那些曾经被压下去的念头都浮了起来。所有我想问洛阿尔的问题，所有我想弄清楚的事情，我们的那些谈话，平衡在平庸和智慧中的对话，没有别的人，只有他和我一起的时候会说的话，所有那些无法经受住别人的目光的，永远无法得到别人真正理解的情感。

"我自己一个人挺好的，其实一直都是这样。"昨天我这样对自己的姐姐说。昨天喝的酒让我今天有点轻微的宿醉。我们在克里斯汀家喝到12点半，那个时候扬·奥拉夫回来了，他去参加自己牙科学院的年度同学会。"你们喝晕了吗？"扬·奥拉夫回到克里斯汀家的时候说，"爱丽瑟，你还记得我们明天早上得早起吗？"扬·奥拉夫和爱丽瑟那天要住在克里斯汀和伊瓦尔家，第二天早上要很早去机场，飞大加纳利群岛。"莫妮卡戒烟了！"爱丽瑟说，扬·奥拉夫冲我赞许地点了点头。扬·奥拉夫看上去像是皱了皮的苹果，他也知道自己的头发不会再长回来了，但剪得特别短的头发让他看起来比之前好了不少。爱丽瑟和扬·奥拉夫现在应该正在飞机上。

"我不太明白，"克里斯汀说，"你其实也没怎么一个人过啊？"

我回答说："嗯，我现在明白其实一个人过挺好的。要是我早点知道这一点的话就好了。"

克里斯汀用三文鱼和鳕鱼做了腌鱼。

"我之前吃过寿司的。"爱丽瑟说。

"这条鱼其实都不是生的，"克里斯汀说，"这个其实是用柠檬和青柠檬腌过的。"

"其实很多年前，我就应该和扬·奥拉夫离婚了，"爱丽瑟说，"真的好多年前了。"她半靠在桌子边，往克里斯汀那边靠了靠，调整了一下百叶窗，遮一下光。

"但是现在已经太晚了。"她说。

"为什么？"克里斯汀说。我说："为什么太晚了？"克里斯汀很快地说："你为什么想要离婚呢？"

"我既然已经维持了那么久这段婚姻，那我就能维持到死。我不想孤独终老。"爱丽瑟说，"我有女朋友在孩子离开家之后离婚了，她们……很孤独。我知道她们是孤独的。我觉得她们后来后悔了。"后来又喝了更多红酒，她说："扬·奥拉夫和我都不做爱了。"她直直地看着我，然后又看了克里斯汀。

"我们大概有五六年没做过爱了。你们呢？"她转过去看克里斯汀，这时候我知道她已经醉了，她自己应该也知道，她也没指望我们会回答。

"如果我离婚，"她继续说，"你们觉得我还能遇到新的人吗？"

她把上衣掀起到肚子上，往前倾了一下，然后又拉下外衣。她皱了皱鼻子，看着我，这让我被迫点了点头，确定我真的是这么样的。是的，是的，她可以试试，抓住机会，克里斯汀也点了点头。

爱丽瑟看上去并没有比她实际年龄年轻多少。有些地方能看出来她想努力保持年轻：染的头发，穿一件显年轻的衬衣，扣子从脖子一直开到乳沟。裤子下面穿着塑形裤。她看上去就像是一个会织毛衣的女人，很快就要退休的护士，有三个成年孩子的女人，一个喜欢烘焙、换窗帘，会偶尔一杯又一杯喝纸盒装的红酒的女人。她看上去并不老，只不过不会让人感觉特别有吸引力。

克里斯汀看起来很瘦、很年轻。在两个孩子搬出去之后，克里斯汀和伊瓦尔买了新公寓，他们的卧室非常棒，放着一米八的大床，房顶装了吊扇，铺了实木地板。厨房里用的煤气炉。他们买了健身自行车。伊瓦尔留着三天没刮的胡子，下巴上一片青灰色，肩膀很宽。显然他看起来并不比爱丽瑟年轻，但充满了活力，可能是另外一种生命活力，努力追求的生命活力，和我一直想要的截然不同的生活乐趣。

她的发型也比爱丽瑟的更有品位，颜色更高级一些。

她的衣服更贵。而且，她更瘦。手腕上戴着一块金表，涂着指甲油。

爱丽瑟晃了晃酒杯，喝掉了最后一口，然后把杯子放在一边。看上去她有点后悔，或者有点生自己的气。

"其实，我们没有在大加纳利群岛待很长时间。"她说，"那边的生活很快就让人觉得无聊了。扬·奥拉夫退休之后，我们要面对彼此的时间太长了。之前我下班回家大概会有一两个小时是属于自己的，在松德勒从家里搬出去之后吧，我一直很享受这段时间。"

我脑海中出现爱丽瑟做新娘时候的场景。而现在，一个62岁的女人，想象着自己如果离婚的话会怎么样。不过，这两个画面之间也没有什么错位，她不是失败了，这只是一种自然的变化，生命的周期。心有不甘而愤懑地走向老年，如此决绝，带着一点不耐烦，不切实际的期待，有时候会觉得看到的就是绝望。她大概也是因为妈妈去世给我们带来的自由，看到对自己的生活做点什么的最后的可能性。她还想要更多酒，克里斯汀还没来得及给她倒，她就开口问了。

"去年冬天我因为背痛请病假之后，很快就回到了工作岗位，我就是想离扬·奥拉夫远一点儿。"爱丽瑟说，"之后等我自己也退休了，我要面对的是什么样的日子啊？"

"也可能这个事情是可以慢慢习惯的？"克里斯汀说，"真的到了那个时候，可能我们也会期待？我记得你之前是这样的，很期待和扬·奥拉夫一起的退休生活。"

"真的吗?"爱丽瑟说。

盖尔拍了拍麦肯的肩膀,请她帮忙一起搬东西。她个子很高,已经比我高了,我觉得她应该有一米七五了,身上没有一点儿多余的脂肪,大长腿。在克里斯汀说"麦肯真的长得很漂亮"之前,我还没有意识到这一点。

我把她的椅子搬下楼梯。我现在有自己的书房了。我打算买一整块木头做桌面,摆在宜家买的底座上面。我想要继续写作,写点不是广告的东西。

我们要走过两个街区才到他停车的地方。拖车不大,而且里面已经有很多东西了,尤其是那张床很占地方。还有一把软椅子,矮桌,一盏灯,一个装配起来的柜子,几个箱子和垃圾袋。

麦肯已经准备上车坐在前座了,不过盖尔让她坐到后座去。盖尔和我从车的两边上了车。盖尔扭动钥匙启动了车,拉着拖车出了停车场。

"这孩子的衣服都够给一个班的人穿了。"她说。

麦肯说好多衣服都特别丑,而且她很长时间都没买新衣服了,她大概要扔掉差不多一半的衣服。

"你搬家前没考虑过先整理一下自己的衣服吗?"盖尔说。

"这确实是个好主意,"麦肯说,"我怎么没想到呢?"我突然为自己能在周六晚上独自躺在沙发上喝着红酒看伊恩·麦克尤恩最新的小说感到无比幸福,不是说我觉得自己老了,疲倦了,或者是失去了对我曾经喜欢的东西的热情。我还是喜欢出去喝红酒,或者啤酒,也没有觉得遇见一个新的男人的想法不吸引人,只不过没有这些也可以挺好的。

我对保持一段关系感到厌倦,没有任何一段关系是我愿意置身其中的,没有一段。比永远独自一人更糟糕的是:永远不希望独自一个人。这是最关键的,我必须不能忘记这一点。

盖尔晒得很黑,毛茸茸的手放在变速箱上往前挂了挡。

麦肯和我现在关系还可以,也不需要更好了。

两年前的秋天,在麦肯17岁生日前,我们去了小木屋,就麦肯和我两个人。气氛很轻松,很好。麦肯和我说她喜欢的音乐,她在高中毕业之后想去学法律,就像姥爷和阿姨克里斯汀一样。对于我的生活,我感觉我做的选择和我因此得到的一切有了一种短暂而陌生的安全感。我告诉麦肯自己也曾想学习法律,不过第一科就没有通过,后来就转到了文学史专业。现在这个专业改叫文学研究了。我们并没有一直在聊天,有些时候两个人是安静的。麦肯带着苹果随身听听着音乐。我们在奥莫特那里加了油,吃了冰激凌。我之前担心我邀请麦肯来这里,她其实是不情愿的,现在这种恐惧完全被打消了。虽然我不觉得麦肯是个会因为照顾别人的感受而委曲求全的人,我们之间还是维持着某种礼貌,无法拉近的距离,她已经要长大成人了。我之前还担心她同意来,只是为了不伤害我。

我们从奥莫特开出来的时候,天已经有点黑了,我很高兴终于要到小木屋了,但也有些不安。

那时候距离我和豪格在一起已经过了几个月。我还没有和麦肯说起过他。

"我人生中最后悔的事情,就是和泰列在一起。"我在车里和麦肯说。"泰列这个人只关注他自己。他没有孩子,所以完全不知道青少年是个什么样的现象。"

我们沿着大片大片的田野行驶着，黄昏的阳光，透过远处山丘的树木照射过来，将一切都染成金色、橙色和红色。

"我想和你说，我遇到了一个新的男人。"我说，"他叫豪格。不过我觉得你现在不需要想太多，也不需要马上认识他。我只是想告诉你一声，不想让你从别人那里听说这件事。"我感觉到我的心脏跳漏了一拍。"我们会慢慢来。"我说。我感觉麦肯的身体动了一下，不过我没有转过去看她。

"我和他相处得还不错。"我说。

我想多说一点。

"人在17岁的时候，或许会觉得人只有年轻的时候想要交男朋友。或者之后是为了生孩子。但我觉得其实人一辈子都是需要伴侣的，会很自然地想要找一个可以一起慢慢变老的人。"

我说啊说，说得很慢，很透彻。我们面前的沥青路面平整光滑。

"不过泰列不适合我。"我说，"对你也不好。你曾经有觉得你了解他吗？"

麦肯直直地看向前面。

"或者他有没有想要了解你过？"我说。

这时候我才看到她的耳朵里塞着耳机，耳机线从耳后穿过，挂在脖子上，几乎藏在了头发里。

然后我叫她："麦肯？麦肯？"声音越来越大。最后她终于望向我，摘下了耳机。

"你和我说话了吗？"她说。

"你什么都没听到？"我说，"所有我说的？关于泰列、豪格的事情？"

她看着我摇了摇头。

"豪格是谁？"她问。

很长时间我说不出话来。我们现在正穿过有些崎岖的森林路段。麦肯摘下了另外一个耳机，放在腿上。"好啦，"她说，"现在我听你说。"

但我已经什么都不想说了。"算了，"我说，"没关系的。"

两个月后，就在圣诞节之后，豪格和之前的女友复合了——不是那个和他一起生了孩子的前女友。我简直不能接受。

盖尔在人行横道前停了下来，有三个推着自己的婴儿车的女人要过马路，她们花了很长时间。所有的婴儿车都被帘子遮得严严实实的。这几个妈妈都有点超重。

"天哪，我会很想念你的。"盖尔说，"从家里搬出去感觉怎么样？说，你是有点舍不得的。"

"感觉超级棒。"麦肯说，"超级向往。"

"超级向往？"我问。

"不过我会想念打台球的夜晚的。"麦肯说。

"哦，是的，几年前盖尔买了台球桌，把它放在了地下室里。"

"周五的比萨。"盖尔说。

"你做的咖啡，"麦肯对盖尔说，"我永远都做不出那么好喝的咖啡。"

"我从家里搬出来的时候比你现在小两岁，"盖尔说，"那时候我去国王的船上服役，做厨子和服务员。我在那里丢掉了手指。"

"我当时搬到了陶森区的一个小房间,"我说,"直接从弗莱德里克斯塔德搬到那里,我跟一户人家租了个房间。我当时很想家。"

我还记得我当时坐在自己的小房间里,时不时就会闻到边上那家人做的肉饼的香味。我心里有一点点想和他们一起坐在那里,我总是肚子饿,但更大一部分的我不想和这个世界有什么关联。如果早上起床早,我就会踩在木地板上,清晨的太阳光会晒在地板上,不过很快就会消失。如果我起得晚,就会错过。有时候妈妈会给我打电话,但不经常。我会听到隔壁那家人的电话铃声响,如果是找我的,他们会来敲我的门。

"然后我就爱上了弗兰克。"我说。

盖尔和麦肯固定会在周二吃煎饼,他们经常会很认真地玩拼字游戏,他们会在周末去东湖那边滑雪。盖尔给训练麦肯的足球俱乐部帮忙,陪她参加足球杯赛,参加训练营。盖尔没有认真交过什么女朋友,我知道的是这样,他全心全意地做着父亲,认真经营着自己的餐馆项目。盖尔和麦肯去了巴黎的迪士尼乐园,盖尔带着麦肯和自己的妈妈去了伦敦杜莎夫人蜡像馆。他在她身上花时间,花钱,给予了超乎寻常的关注。不是的。他只不过是个好父亲。他一直都是这样的,在我们分手前就是这样了。被女儿依赖着的爸爸。

我看她踢过很多场足球比赛。我记得橘黄色的训练桩和大雨。足球服紧紧包裹着麦肯的小胸脯。那些训练桩闪闪发光,她的额头也是。不过后来她生气了,还对我说:"每次你来看我踢球,就看那么一下,我就踢得一塌糊涂。"我其实完全没看到,我觉得她踢得很好。我觉得她能那么踢球简直是让人惊叹，我也是这么告诉她的。

盖尔说我们要在门口把东西卸下来，然后他去外面找停车位。

"在爸爸结婚之前你交过很多个男朋友吗？"麦肯说。

"有过几个。"我说。

"有过几个。"盖尔说。

"之后还有几个。"麦肯说。

"嗨，你们俩！"我说，不过我感觉很轻松，快乐得好像会蹦起来。坐在盖尔福特车的前座，和已经长大了的女儿以及和我一起生出她的男人坐在一起，我觉得自己被很多很多的爱以及很多很多的尊重包裹着。

爱丽瑟昨天在克里斯汀家说丽芙姨妈现在住院了，本特没有办法在家里照顾她了。"他说她如果想到要做苹果蛋糕，就像中邪一样一定要做，根本没有人能说服她。他连厕所都不能上，他从厕所出来，就看见她已经在把鸡蛋打到碗里去了。他走出房间一下，就看见她把几个苹果放在大碗里面，把它们切成小块。如果他让她这么做了，几个小时之后她又会重来一次，第二天早上她起床后，还是会做一样的事情。"

"我在宜家碰到了阿曼达。"克里斯汀说。

"哦，"我问，"她怎么样？"

"嗨，她有点特别，眉毛上穿着环，穿黑色的衣服。"

"你和她聊天了吗？"我问。

"没，"克里斯汀说，"我其实应该和她聊聊的，但稍微有点怪，我觉得她没认出我。"克里斯汀探过身来拿了几根细长的饼干，小口慢慢地咬着。

"但你认出她来了。"爱丽瑟说。

"是的，我和她眼神有过接触。"克里斯汀说。

妈妈过世那天，我其实本来应该在弗莱德里克斯塔德的，但我推迟了我过去的时间，因为那天我太累了，我刚完成了工作上的一篇文章。所以我决定第二天过去，哪怕爱丽瑟说她觉得妈妈剩下的时间可能不多了。我穿着睡袍坐在沙发上吃着外卖的时候，电话铃响了，是克里斯汀。她说话的时候，我看着自己在阳台透明玻璃上的倒影。我想到妈妈从前给我打电话留言，想到我听到那些留言时候的感觉，但它们从来不会让我想念她。我回到家，电话机闪着信号，我总有一点儿兴奋，但播出来的只是妈妈的声音。总是在我又醉又累的时候，有一种奇怪的令人绝望的愤怒。她软绵绵的声音会让我有种负罪感，她会问我去了哪里，为什么不在家。

第二天早上我坐火车回了弗莱德里克斯塔德，天下着雨。我还没有告诉麦肯，因为她住在盖尔那里。我从火车站坐出租车去了养老院，前天晚上已经结霜了，要是下雨就更冷了。车走在结冰的沥青路上，很慢，给我一种世界停止了我们正在上演电影中慢动作的感觉。爱丽瑟、克里斯汀和丽芙姨妈都在妈妈的房间里：所有人都哭过了，但现在没有人在哭，仿佛所有人在没有我的情况下都完成了第一阶段。我得一个人经历这个阶段，而她们会在一旁看着，或是直接跳过这一段。我看了很久，才能认出她是我妈妈，她的嘴唇几乎看不出颜色。枕头上有块污渍，仿佛是覆盆子果酱，我看到了果酱里的种子。这让我很难感受到妈妈已经去世了。丽芙姨妈说了完全不合时宜的话："所有幸福的童年都是相似的，所有不幸的童年都有各自的不幸。"我知道我曾经听她说过这样的话，但我记不起来是什么时候，因为什么了，但我记得那时是在爸爸妈妈家里，而她刚读完《安娜·卡列尼娜》。她读这本书就像她读别的报摊买的畅销书一样，全身心投入其中。

然后，本特走进妈妈的房间，对丽芙姨妈说艾尔瑟的女儿们应该有机会单独和她待一会儿，把她带出去了。

爱丽瑟站在床头柜和窗户中间，脸上带着一种陌生的神情，有些抱歉，又很坚定。她说："是我打电话给本特的，我请他把她带走。"

我从开着的门里走出去，往楼下的走廊看。

本特和丽芙姨妈走了，他们突然看起来那么苍老，他们已经失去了一切，活力、智慧和尊严。她不再能为我做什么了。失去丽芙姨妈的痛苦比失去自己妈妈还要大，我比任何时候都强烈地感觉到，我应该要为一些事情感恩。我应该道歉的，但已经太晚了。这里充满了医院的气味，医院的气味背后还有菜味和脏衣服的臭味，或是很多苍老病弱的身体的气味。我非常希望能够看到一片白色，到处都是消毒过的样子，但其实一切都是奶油色的，破旧的，很久之前油漆过的玻璃纤维墙面，角落、门边和家具上的角都已经磨损，露出里面木头的颜色，墙角的踢脚线和墙面之间都有了缝隙，藏了很多灰尘。老人们穿着自己的衣服，神情默然地坐在那里。我关上了本特和丽芙姨妈走出去的门，转身看着克里斯汀和爱丽瑟，我应该对她们说我很难过，可我什么都说不出来，我崩溃地大哭起来。克里斯汀抱住了我，但我其实更希望爱丽瑟能抱我。一个护士走了进来，温柔地微笑着，把折叠好的床单放在一张椅子上。她光着脚穿着护士鞋，虽然年纪很轻，但脚后跟发灰，很粗糙。

妈妈去世后不久，丽芙姨妈被诊断患了阿尔茨海默病，我们对此并不意外。妈妈去世前我最后一次见姨妈的时候，她看起来就像是知道自己喝多了酒，有些醉的样子，也像是知道周围的人都已经注意到了这一点，这种状态会维持很长的时间一样。这就好像她的大脑正在努力想要隐藏她多喝了一杯酒的样子。她要努力记住自己说过什么，没说过什么，她非常努力地想要跟上谈话的节奏，让舌头正常地说话。和自己的家人在一起也不再给她安全感，没有地方是安全的，她永远感觉不到安全感了。本特微弯着腰，温柔而又担忧地看着她，在可能的时候帮助她一下。我们都有可怕的预感。

"我们其实松了一口气。"在她拿到诊断的时候，本特说，"这是个解脱。我希望留她在家里的时间越长越好，她是我的小女孩。我也没有什么更好的事情来打发我的时间了。"

在妈妈过世前，丽芙姨妈花了很多时间陪她，有一次我去看她的时候，她就坐在妈妈的床边，看上去已经坐了很久很久。丽芙姨妈看到我，比妈妈看到我还要高兴。

"这里有个护士人特别好。"她说，"她给我们喝咖啡，吃蛋糕。"

妈妈点了点头。

"不过我什么都忍受不了。"她说，"什么都不喜欢。"

"你没有带麦肯来吗？"丽芙姨妈说。

"麦肯在奥斯陆。"我说。

"哦，对，你如果需要人帮你照看孩子的话，就和我说！"丽芙姨妈说，那时候麦肯已经17岁了。

"这里有个护士人特别好。"她又说了一次，她会给她们喝咖啡，吃好吃的蛋糕。

"不是所有人都好的。"妈妈说。

"莫妮卡，莫妮卡，"丽芙姨妈说，"你一岁多一点的时候，像只小猴子一样挂在我身上。你根本不想让我离开你的视线，所以我去买东西的时候，都得把婴儿车推进店里去！如果我离开身边，你就像小猪一样大声哼哼。你妈妈生病的时候，我就得当你的妈妈。我觉得你可能以为我就是你妈妈。"

小猴子，小猪，大概只有丽芙姨妈会拿动物来和小孩比较。妈妈手臂和脖子上的皮肤是那么薄，满是紫色和黄色的斑纹，就像她被鞭子抽过一样。妈妈扭过僵硬的脖子，看着丽芙姨妈。她的身上穿着睡衣，她已经好几个星期没有穿过自己的衣服了。

"我那时候经常生病。"妈妈说。她说话要用很大的力气，上半身绷得紧紧的，好像她想要坐起身来。

"你呀。"她说。

丽芙姨妈拉住她的手。

"你真的帮了很多忙。"妈妈说，说得那么慢。我想帮她说出那些话。"你什么都做。"

柔和的光透过几何图案的窗帘落在绿色的地面上。

"我很高兴这么做，"丽芙姨妈说，"这是无与伦比的快乐。"

那套在克里斯蒂安·麦克森大街上的公寓很明亮，有很大的窗户和木地板。麦肯的5个朋友在那里，不过我之前只认识两个人——克里斯蒂，她住公寓里另外一个房间，还有罗内。她们俩都梳着高高的马尾辫。另外两个是男孩——男人——很显然盖尔之前已经见过他们俩了。在楼下的车子旁边,麦克斯和托马斯与我握了手,然后他们把拖车里的东西都搬上了楼。

盖尔停完车,从门口进来了。麦肯的脸上总是挂着漫不经心的表情,和朋友说话的时候总有点做作,比和我还有盖尔讲话的时候还要刻意。一个男孩走了进来,直接穿过房间亲吻了她,吻了很久。他放开她的时候,她大声笑着跑出了房间。这让我想起自己4岁时候的样子。戏剧化,充满自我意识,无比快乐。

盖尔抬起她写字台的桌面,问她想把它放在哪里。"我是不是应该现在就给你把它装起来?"他说。

"不要不要,我不觉得我需要它。而且法比安可以帮我的。"她说,"是不是,法比安?不过爸爸你也可以的,可以做得一样好。爸爸,要不还是你装吧。"

她像是一个大方的人,把任务分发给特别乐意帮忙的人。

"麦肯完全成了她应该成为的样子,"托勒夫在麦肯15岁的时候说,"假设她变成了你希望她成为的样子,她是坚持不下去的。"

我想到泰列用他扁平的鼻音说:"我觉得你有时候也得说到做到。或许你的反应是在纵容她的那些行为。她总应该要学会和人相处吧,对吧?"

麦肯在公寓里转了一圈,张扬自己的个性,就好像她坚持着她就是她,铁石心肠,谢天谢地这只是青春期短暂的性格。她没办法用正常的方式回应我们,也没办法正常地说话。明明是友好或者中立的评语和问的问题都会被认为是在挑衅。她有固定的早餐的做法,麦片配助消化酸奶,要放南瓜籽和干枸杞。敷面膜应对出油的皮肤,用发膜对抗干燥的发梢，不停地回复和接收女朋友们发来的短信，期待自己被别人认真地对待。

麦肯宣布她要长期住在盖尔那里的时候，刚开始我非常气愤，给克里斯汀打电话。克里斯汀说："麦肯15岁了，莫妮卡，我不觉得对她要住在盖尔那里这件事你能有什么办法。可这有什么大问题呢？"

"那如果是他操纵了她呢？"我说，"如果是他把这件事情当成是对她忠诚的考验呢？"

"你觉得他真的那么做了吗？"她说。她连说了两遍，还都用"那么"来加强了语气。

盖尔把桌面靠着墙支了起来，手臂上的肌肉鼓鼓的。我过去和法比安打了个招呼，他和我握手的时候，眼睛一直看着我。

我从乌尔斯路的公寓搬出去的时候，是盖尔帮我搬的家，他什么事都帮我。可突然有一天，他就什么事情都不愿意帮我了。他看过我生产的样子，他看过我崩溃大哭，呕吐。他看过我往脸上抹抗皱纹面霜，剪脚指甲，在桌边叹息。阳光透过没有擦过的窗户。在伊凡和卡勒来做客之后，只剩下我们两个人收拾威士忌酒瓶和玻璃杯。和麦肯玩桌上游戏、一起画画。盖尔用乐高搭了一艘大船，画一只吃香蕉的猴子。打翻过装满塑料珍珠的碗。麦肯早晨站在走廊里大喊大叫，有一整个秋天她每天都是如此。转眼即逝，一直都是这种转眼即逝的感觉。这不是什么糟糕的感觉，或许这才是美好。

盖尔和我分手的时候，我努力回忆我们近10年的感情中的激情，一起度假，每天一起面对面吃早餐，但其实记得最清楚的时刻，都是从远处看他，思忖他，我喜欢我看到的，我知道自己的选择的是正确的，他能让我得到安宁，能让我放松。盖尔作为父亲的样子，和麦肯玩游戏，或者让麦肯坐在肩膀上，还有盖尔打扫卫生的样子。在高高的屋顶下，他在我们的房间里，在家具和物品间移动着。有些是宜家的，有些是二手商店买来的，脊背微微弯着，脸上是很专注的样子——或者也可能只是放空的表情，白噪声笼罩着他。他丝毫不受打扰，就好像很享受的样子，就好像很舒服的样子。

麦肯房间的窗户打开着，正对一个长条形的空荡荡的后院，里面有一棵大树和一堆干燥的绳子。盖尔已经装好了麦肯的写字台，正在把架子装到墙面上。她睡的是1米2带储物空间的床，床的一半靠在窗户下。被子和枕头装在一个大垃圾袋里，放在床上。有人叫着麦肯的名字，我听见她应了一声。

我把床单铺到她床上，这是我曾经做过无数遍的事情，在她还是个宝宝的时候，在她所有的年龄，我用被子裹住她，坐在她的床边，总是因为她不在身边感到焦躁不安。半夜给她换吐脏了的床单。我并没有想到她怎么那么快就长大了，就好像她只有1岁。盖尔用电钻把架子固定到了墙面上。

麦肯小的时候，我们两个人有很多共处的时间。餐厅刚开业的时候，盖尔每天晚上都要工作，他的工作永远做不完，哪怕他其实已经去检查过了，一切都运行得很好，也不知道是不是一切已经做到最好了。盖尔那时候总是很紧张。我一个人带麦肯的日子过得那么慢，什么事都做不了。麦肯在我洗澡的时候，就会在浴室里爬，她会猛地用手掌拍淋浴间里的玻璃，发出长长的哼唧的声音。我给她半片面包，涂上果酱或是猪肝酱，用粉色的杯子给她倒牛奶喝。等她吃饱了，她又开始把食物都吐出来。她会用一块积木慢慢地撞布偶猴子，思考着。她的头发软塌塌的，脸上挂着鼻涕，粘着食物残渣。我会把苹果切成小块，和葡萄干一起放在塑料小杯子里给她，寄希望于她能久一点儿之后再对我提出什么新的要求。有时候她会对一切事情表示不满，吃饭，睡觉，换尿不湿，坐在婴儿车里。她会不停哭叫直到累瘫，在狭小的婴儿车里半坐着睡着，哪怕在睡着的时候也因为抽泣而颤抖。我觉得自己是个可怜的妈妈，我想过：我真想弄死她，我会让她记住这一点。但有时候她又可以一个人坐在地板上玩很长时间，完全投入其中，让我安静一会儿。我几乎不敢喘气，想要好好努力享受这段时光。我会如坐针毡地坐在一旁，观察她用一种奇怪的姿势，像小青蛙一样膝盖和屁股都压在地上，把不同的东西拿起来又放下去，娃娃，动物，一座小房子。我会小心地打开电脑，或是翻一本书。不过，过一会儿她就会把手里的东西松开，脖子伸长，身子晃动着，嘴里发出哼哼唧唧的声音，这时候我就知道美好的时光结束了。

有一次我和在家带女儿的托勒夫一起出门散步，卡莎正在写硕士论文。他能边带英格丽边做研究，她经常可以自己一个人玩。托勒夫从来不会在英格丽睡觉的时候把她推出去，那时候他要工作，他对工作的自制力真是超人一等。英格丽穿着她哥哥穿过的连体外套，膝盖上有些磨破了。

"她和我待在家里有点无聊。"托勒夫说。

"我应该去滑滑梯、荡秋千的。"英格丽用近乎完美的语音说，眼睛看着我。她的大眼睛和大嘴巴长得真像她的爸爸。

我把麦肯的婴儿车座椅调直了一点,这样她可以坐起来,她睡醒了。

托勒夫和我讲他的研究:"非常有趣,我几乎着迷了。这让我有点困扰。"

"困扰什么?"我说。

"我觉得在家带英格丽也是很好的,"他说,"不过我必须承认,我最高兴的时候还是她睡着了,或者卡莎把她接过去的时候,这样我可以继续工作。"

托勒夫深深吸了一口气,他的胸口鼓起来,然后又呼出这口气,最后他没心没肺地笑了。所有光秃秃的树上都长出了绿色的叶子。托勒夫伸长脖子看了看英格丽在做什么,她趴在一只动物形状的摇摇椅上。这个世界打开了一点儿门,充满可能性和关联,我们是如此相似。我们的感觉、我们的思考是如此相似。他是我最好的朋友,他是我唯一的、真正的朋友。

"我好像缺乏那种活在当下的能力,"他说,"和英格丽,西格德一起是这样,或许在某种程度上和卡莎在一起也是这样。总有什么比现在这样更好,就是我自己一个人独处,或者是做我自己的事情的时候。"

"是的,"我说,"是这样。"

麦肯站在客厅门口,她和克里斯蒂一样,一只手臂扶着门框,嘴半张着,似乎在思考着什么,一条腿抬起,单腿站着。大人们会觉得她还有权利做出这样孩子气的动作。不过她很快就恢复了自己平常的样子,对克里斯蒂说:"我会爱上住在这里的。"

她微笑着,这让我在她的脸上看到了爱丽瑟的影子。

年轻时的爱丽瑟是一名护士专业的学生,刚刚和扬·奥拉夫开始恋爱。我有一次在小木屋的卧室看到爱丽瑟,她对着镜子打量着自己,摸着自己的大腿、小腿、脚后跟。她的那张脸去了哪里?那个美丽的、想要谁都可以得到的女人,却选择了她遇见的第一个和最好的男人。那时她刚做好华夫饼的面糊,放在厨房案板上。她的毛衣上粘着面糊,但她站在卧室柜子上的镜子前打量着自己。我想起在一个星期六的早晨,乌尔里克穿着睡衣坐在电视机前,面前的塑料杯子里放着切好的苹果。他非常认真地和我解释,比起青苹果,他更喜欢吃红苹果。他把手指塞到嘴巴里,被口水沾湿了,青苹果让他的舌头生疼。

盖尔和我看着对方。

"我们走吧?"盖尔说。我点了点头。

麦肯抬了抬眉毛,迅速点了一下头。

"谢谢你们的帮忙,我很感激。"她说。

她送我们出了走廊。

然后她说出让我很惊讶的话,我想盖尔大概也是惊讶的:"你们想留下的话,也可以留下啊,一起喝杯啤酒。我们一会儿点比萨?"

盖尔摇了摇头,说:"谢谢,不过现在你肯定想单独和朋友们好好相处。"

不过我想她是真心的,她是真的想让我们留下。她微笑着点了点头,我很熟悉这样的笑容,或许是她希望给予我们一些会被拒绝的邀请。

"你在这里会过得很好的。"盖尔说。麦肯点了点头。她的眼白清澈,衬着蓝色的眼珠,就像孩子一样,鼻子上的皮肤苍白。我问她亲吻她的男孩是不是她男朋友,她很激动地否认了，或者说是觉得有点羞耻地说："才不是，我们不是男女朋友。"

她用手指摸了摸眉毛，上牙轻轻咬了咬下嘴唇。

她的眼睛上化了很浓的妆。

她个子很高，身上的气味也完全不像是小时候，闻起来很陌生。我在寻找着什么。很多短头发没有扎进马尾辫里，散在头顶。

我用两手捧着她的脸，把她拉近，在楼梯间拥抱了她。盖尔的皮衣发出吱嘎的响声，有一扇门关上了。我搂着麦肯，脸贴着脸，听着楼下传来的脚步声。麦肯对此没有任何抗拒，在我松开她的身体的时候，她几乎有种失望和抗议的神情，就像磁铁一样靠近我。

盖尔拥抱她的时候我背对着他们，慢慢走下楼梯。

当我打开楼下的大门，盖尔接上我的时候，楼上的音乐已经响了起来。

"嗯，"盖尔看到我眼中有泪说，"我也觉得挺伤感的。"

我们沿着托福德大街往下开到格林洛卡区。我记得麦肯两岁的时候，我是怎么把大声哭叫的她从我身上扒下来交给幼儿园老师的。老师得一直拉住她，直到我走出幼儿园的大门。那之后呢？"你一出门她就不哭了。"幼儿园老师是这么说的，我现在已经想不起她的名字了。

盖尔看了眼手表。

丽可。她的名字叫丽可。

"我们一起喝杯啤酒吧？"他说。

"那车怎么办？"我说。

"可以把车留在这里。"他说，"明天再来开。"

"连着拖车一起吗？"

盖尔耸了耸肩。

我们顺着托福德大街往下走，有些紧张，但也很安全。这就是盖尔。过去十年里，麦肯一直是一切的焦点，我们两人之间没有一句话，一种想法和感受和麦肯无关。麦肯经常是争吵的导火索，让我们越来越讨厌彼此。在我们自己创建的关系中，我们看到的如此之少，如此之片面。现在我们应该把重点放到我们的共同任务上。麦肯的成长怎么样？麦肯快乐吗？麦肯的社交生活怎么样？哦，都不错，麦肯的一切都很不错，一直都是。

"你觉得那是她男朋友吗？"我说。

盖尔摇了摇头。

"我看不出她为什么要否认他们是男女朋友。"他说。

她16岁的时候交了个男朋友，叫菲利普，左脸上有一道疤痕。"你的疤是怎么弄的？"在我第二次见到他的时候我问他。那时候，他和麦肯站在厨房的料理台旁边做热可可。"打架的时候弄的，"菲利普说，"不过我基本不打架。"

我想，一个人可以这么做总结：我打架弄的伤疤，但我基本不打架。我想到了我的第一个男朋友，他叫古纳尔，那时候我也是16岁。有一次古纳尔几乎失去理智打死一个男人。古纳尔是个挺平和的人，后来他还因为是和平主义者拒绝服兵役。他的个头比他打的男人矮，还站在楼梯下面的一节台阶上，所以他要举起手才能打到他。他用了很大力气，然后他最好的朋友阿莱克斯来了，把他拉开，安抚他。后来他们走到大街上，我跟在他们后面，他还在抚摸着古纳尔的脊背、脖子、肩膀，细心地安慰他。一盏盏路灯，他们走进灯光，又走出灯光，我跟在后面，走进灯光，又走出灯光。突然阿莱克斯转过头看着我，那个眼神仿佛在说：你知不知道你自己做了什么，你不知道这会让他爆发的吗？其实我知道的。如果古纳尔没有反应，他会失去我的尊重，而他做出反应，我也失去了对他的尊重。后来我想象着古纳尔带着悲伤的神情说："这是因为我太爱你。你是我的，他想把你从我身边抢走。"如果他能多说点这种话就好了。他那一句脏话打散了我对所有浪漫的感觉。尽管如此，时至今日我依旧记得古纳尔站在台阶下挥拳打向另一个男人的下巴，这给我带来了难以解释的一种温暖。

"我在想我是不是应该去买包烟。"我说，"我喝啤酒的时候就特别想抽一根。"

"不要这么做，"盖尔说，"要不然你又要回到起点重头来过了。"

格伦洛卡区那里到处都是穿着夏天衣服的人，这是学校开学前最后一个周末了。现在是6点钟，很多人在喝啤酒或是红酒。

"你的餐厅怎么样了？"我问。

"很忙。"盖尔说，"我永远都不会忘记刚开业的时候有多麻烦，弄那些文件太烦了。我的朋友保尔现在时间投入比较不稳定。他的孩子有点行为上的问题，会把猫玩到死的那种。"

我看了一眼他。他点了点头。

"非常恐怖。"他说。

"你还记得第一家餐厅吗？"我问，"那个时候你会把毛巾和餐厅带回家来洗？"

我们去了挪亚方舟酒吧。盖尔说："我们刚开始几次就是在这里约会的。"

不对，我觉得他记错了。是33号咖啡。

"不对，是在这里。"盖尔说。

我放弃了。

"啊，咱们俩的孩子，她都已经成年了。"盖尔一边坐下来，一边说。

我去吧台买酒。我看着里面的布置，突然想起20年前我们就是在这里见面的。我从深色木头的柱子旁边看他的时候，回忆像爆炸一般向我涌来。我们那时候一起度过了一个夜晚，那是在金和赫莱娜家的派对过后，我们去了他在马克大街的家。他放了一张音乐唱片，突然流淌出《西区故事》里的那首 *Somewhere*，我在那一瞬间想起了洛阿尔，不过没继续想下去。

芭芭拉·史翠珊唱 *Somewhere* 的时候正是我和洛阿尔关系最热烈的时候，从6月以来，这个旋律就一直在我脑海中徘徊不去。洛阿尔无比浪漫，他会用低沉的嗓音引经据典，带着一些幽默或是一些自嘲。不过洛阿尔的自嘲永远不会深入。"会有个地方是我们的。有段时间，有个空间是我们的。"

是的，在哪里，是何时呢？我对他有一点点挑战，有一点点要求。好像我身体中的一些东西深深爱着洛阿尔的浪漫，一次次地相信他。只是需要等一等，多一点耐心，周围的环境是会改变的。

是的。安会真正离开他的。安可能会得乳腺癌，然后死去。她乘坐的飞机，可能会坠毁。

我时常会这么幻想。

我一手拿着一瓶冰啤酒，盖尔坐在那里看着窗外，我把酒端了过去。我们端起酒碰了一下，喝了一口。盖尔问我对麦肯要学法律有什么看法。

"我不知道,"我说,"反正我也知道,劝她是没用的。"

"她会在我们的酒吧里兼职,"盖尔说,"这会让她脚踏实地一点。"

"她很有雄心壮志。"我说。

"曾经有段时间,她想做厨师,你知道吗?"他说。

"是吗?"我说,"什么时候的事情?"

"不过我说服了她,"他说,"做厨师就浪费了她的聪明才智了。"

"可是你自己是厨师啊。"我说。

盖尔耸了耸肩。我们一起喝了口啤酒。

"我喜欢自己的工作。"他说。

"我只是想说你也是很聪明的人。"我说。

我深深吸了口气,然后呼了出去。

我说我对整个广告行业和里面的人都很厌烦,也厌烦那些愚蠢无脑的文字。

"嗯,我知道。"盖尔说,"你的聪明用在广告里面算是浪费生命。"

"我55岁的时候你就这么说了!"我说,"但当时也是你不让我做自由记者,让我找份固定工作的。"

盖尔看着我,然后笑了。他还是他。我看着他,知道如果我们重新认识一次,我还是会了解到越来越多他遮掩着的东西,一层又一层。

"所以这是我的错咯?"他说。

我赚得不够多。我不够有进取心,不够饥饿。我喜欢自由职业者的生活,但其实我爱的更多的是自由,自由的时间。盖尔上班很晚,我很喜欢我们一起送麦肯去上幼儿园,然后在只有我们俩的公寓里共度时光。我们可以坐在厨房里喝咖啡,我们时不时还可以在上午做爱。我给他读我刚写完的东西,然后他说写得真好。

我记得盖尔边挂厨房的窗帘,边唱着"Even educated fleas do it. Let's do it, let's fall in love."

在我们去阿斯科姆的第一个夏天,盖尔对我说,有一次他和麦肯一起出去:"你知道麦肯一直在唱 *'Let's do it'* 吗?"

我问他要不要喝咖啡,他说不要。特隆德·亨里克开车进了院子,车上满是鸡窝和木板。

"是吗?"我说。

"我知道你们会放科尔·波特的音乐。"他说。

"啊?"我说。

"嗯,我们那时候也放。或者说是你会放。"他说。

"是的,"我说。我其实没想过。我搬家的时候带走了一张CD,虽然那其实是他的。

"哦,"我说,"那我现在应该怎么办?"我杯子里的泡沫分成了三层。

我知道他想帮助我,想要给我一个答案,但他现在能做什么呢?我55岁,有一篇没有完成的硕士论文,有一点儿教师、广告人和一点点的自由撰稿人的旧经验。我应该有更清楚的计划,给自己设定一些长远目标。

"或许我可以再去找教师的工作。"我说。

盖尔笑了起来。

"我想不出你做老师的样子。"他说。

"为什么?"我问。

"因为你很没耐心,"盖尔说,"自我中心,白目,对别人不感兴趣,不灵活。"

他微笑着说出这种话,我笑着举起手抗议:"停停停!"但其实我都快哭出来了,这是温暖美好的方式,因为我知道自己是可以接受他的抱怨的。盖尔在这里。但是当我想着要将自己自两个月前洛阿尔过世以来的感受和他全盘托出的时候,我也很清楚地知道能感受到他的关怀和理解。为了我自己的体面,足够了。

"这也太不公平了。"我说,"你嘴巴可太坏了,虽然我觉得你是了解我的,显然,我有好多不同的面孔。我其实不是个糟糕的老师。"

他笑了,然后站起身去了厕所。

我好想抽一根烟。

我拿出手机,有一条爱丽瑟发来的短信,是一张她和扬·奥拉夫的照片。"新的窗框做好了!现在我们可以在阳台上喝红酒了。感谢之前那个美好的夜晚,美味的食物,我们得尽快再来一次。扬·奥拉夫问你好。拥抱。"

外面的马路上,一个女人在一条牧羊犬前单膝跪下来,抱了抱它。牵着这条狗的男人冲她眨了眨眼,然后带着狗走了。女人站起身,往另外一个方向走了。我也曾经想养一条马犬的,不过盖尔想养英国猎犬。我们的意见不是特别不同,但这个想法就慢慢消失了。我们也讨论过在意大利买间度假的房子。我的人生中有好多事情没有发生,硕士论文,去外国居住,会和麦肯争吵的弟弟。盖尔说,要是你们不能安静下来就回自己的房间去!欧恩斯坦在床边弯下腰亲吻我,送我礼物。我可以读博士的。洛阿尔会在我50岁生日会上致辞。爸爸和我一起去山里,和麦肯去柏林。她很快对犹太人受到的迫害和集中营感兴趣,或许只有一个晚上,她抱着我,一直一直讲自己知道的事情,问我她不知道的事情："你知道大屠杀这个词其实是完全烧毁的意思吗？""你觉得如果希特勒不自杀，他后来会怎么样？"

在单位里，我的工作时限会被压得非常紧，我得改好一段有关于营养品的文案。我说："放过我吧，我们晚些时候再来讨论这个。"泰列说他需要一个星期的时间来沉淀，这让我根本完成不了自己的工作，照顾孩子，收拾屋子，买菜做饭。我其实应该带着麦肯去柏林的。"一个人是不是必须得恨透了自己才会自杀啊？"她说。

然后我还会想象我生命中可能会发生的噩梦，瞬间有种刚好躲过灾祸的感觉。在东部山谷的高速公路上，我坐在鲍勃身边，坐在卡车里，一公里又一公里。在把马匹带回来之后，走进卡多的房子，他正戴着厚厚的手套从烤箱里拿出意大利千层面，那面还是用快餐包做的。他说：我开了瓶便宜的红酒。不过，卡多肯定不会想这么说的。我开了红酒。或者我还住在阿斯科姆，是两个孩子的母亲，或者是三个孩子的母亲，特隆德·亨里克就像个孩子一样，他对我的要求比对那两个女孩还要多，而他能给予的却越来越少。

夏天的时候我和妮娜还有托勒夫一起去马约斯坦大街那里吃过一顿饭。妮娜和托勒夫聊着自己长久的婚姻，说他们是如何让它维持下来的。这问题是我问的。他们很富有同情心，也有很多自我嘲讽，听起来很有趣，我笑得很开心。我们喝了很多酒，我们已经很长时间没有出来聚一聚了，就我们三个人。

"特鲁斯关心的是一段关系里要有付出，也要有回报。"妮娜说。我说："对我来说，有些关系是我一直得到，但另外一些是我一直付出。"

托勒夫和妮娜笑了。

"和盖尔在一起的时候,算是更平衡一点吗?"妮娜问。

"是的,"我说。然后我又思考了一下,继续说:"或者说我们俩都是不停地付出,只是后来我们都不再这么做了,只想要获得,我们俩都是。所以就结束了。"

有五六个人一起走了进来,他们坐在一张圆桌旁,看上去还是学生的年纪。盖尔的手机屏幕亮了起来,我看到了,是特里内发来的短信。我记得他有个员工叫特里内。

盖尔从洗手间回来了。他坐下来,喝完了杯子里的啤酒,看了眼我的杯子,还有两厘米。他站起身。

"我们今天得不醉不归。"盖尔站起身来。

我曾经很喜欢他掌控局面的,提出自己的想法。

如果他愿意,他可以很善解人意,有同理心,善于倾听。不过大多数时候,他不是这样的。

我摇了摇头,站起身来。

盖尔把双手压在我的肩膀上,把我按了下去,让我坐下。我微笑了一下,几乎要笑出声来。他冲我伸着一只手,面朝我,背对吧台的方向倒退着走过去。我摇着头,继续微笑着。不想喝醉,今天我不想喝醉。他看着我的样子,让我想起快20年前在赫莱娜和金家里的派对。那时候我们整晚都在注意对方,不停地看着对方,安静的,快乐的,带着相互的了然。最后我们在走廊里那个只剩一把雨伞和粉色雨衣的伞架前碰头。盖尔问我:"我们走吗?"他等着我穿上外套,等着我余下的人生。

我看着他站在吧台前穿着T恤的背影,洗旧的牛仔裤口袋上圆形的痕迹，那是烟草盒留下的印记。对这个男人，我曾有过那么多温情。房间里有些暗，外面有很多人依旧坐在阳光下。两个男人走进来，从服务员手里接过自己的两盘食物。

  盖尔两手各拿着一杯啤酒，从两张桌子间走了过来，他中指上的伤疤变白了，他把一杯啤酒放在我的面前，我开始喝起来。

舒适和抵抗

2018年1月

我梦见了一种地毯的图样,也可能是桌布,底色是蓝色的,上面有红色和绿色的条纹。这是我整个童年时光中爸爸妈妈家里圣诞桌布的样子。我梦见爱丽瑟站在弗莱德里克斯塔德的广场上冲我大喊,说我欠了她很多建议、关怀和帮助。她手上戴着黄色的橡胶手套,就站在弗莱德里克二世国王的雕像旁边,人们从她身边走过,都绕道走,快速瞥上一眼。我是看着《扬·梵·海以森的花》(挪威诗人瓦格兰的诗集)睡着的,这里面的很多元素交织在我这个梦里:燃烧的房子,悲伤的父亲,一条雪白的裙子,一个失去的女儿,一片花海,灰烬,还有弗洛亚的圣诞娃娃不停地发出"圣诞快乐"的声音。

外面还很黑,地平线上有了一点橘色,房顶上积满了雪。我用水壶烧上水,把咖啡倒进手压壶。头两节课我有挪威语课,要讲浪漫主义,韦尔哈文和瓦格兰(挪威作家)。

我记得有一次爱丽瑟的一撮头发挡在眼前,她说发尾有点分叉了,问我能不能帮她剪一剪。那时候麦肯还是婴儿。我说我没有时间,我要带她去见安娜·洛维瑟。

扬·奥拉夫在走廊里刷墙,外头下着雨。

我不经常给爱丽瑟建议,她也不会问我的建议,或是请求我的帮助。我只记得有一次,我和她讲过煮羊肉的时长,不过我觉得她原本就应该知道的。我不清楚她和克里斯汀怎么样,不过我见过克里斯汀帮爱丽瑟做申请,还有一次教她怎么用新的手机。

爱丽瑟周一晚上给我打电话说发生了一些糟糕的事。那时候我的手机只剩下6%的电量了,拉尔斯说过手机最好一个月要完全放电再充电一次,所以我之前并没有给它充电。爱丽瑟说扬·奥拉夫在和老伙伴们踢球的时候被球踢到了肚子,导致心脏骤停,他死了。70岁的生日才过了半年。一个同伴当场给他做心肺复苏,但没有成功。救护车过了14分钟到的,但他们也没有办法让他醒过来。爱丽瑟是哭着和我说的,但这也没有影响她把话说清楚,让我明白发生了什么。她的啜泣声混在词语和句子中间。"他们……把白床单……盖在……他身体上。"我的姐姐啊。在那么多年辛苦之后,没有人能和她一起老去了。他们俩终于分开了,在那么多个年头之后。

"他们怎么在1月踢足球赛啊?"我问。

"他们愿意,"爱丽瑟说,"他们什么天气都踢,不管下雪下雨都会踢比赛的。"

"那你现在怎么样?"我对爱丽瑟说,"要我过去吗?"

她说不用了。不需要。她之后有什么进展再给我打电话,葬礼啊追悼会啊什么的。我说了两次我可以过去。"你真的确定不需要我过去?"最后,我只能说,"你要是改主意了就和我说"。她说她需要习惯自己孤独一个人的感觉。"我们在一起40年了。"

后来我打电话给麦肯。麦肯叹了口气。

"我倒不是说扬·奥拉夫对我有多重要。"她说,"我只是挺为爱丽瑟姨妈感到难过的。"

她的鼻子上穿鼻环的孔还没愈合,有个灰色的点。她在马约斯坦的学生公寓的小厨房看起来就和设计杂志里的一样。我不知道她会不会在那里做饭。她从来没请我过去吃过晚饭。盖尔说他觉得她有男朋友了,起码是"正在发展中的"那种。他是心理学专业的学生,叫阿米尔。我围上围巾,拿着咖啡去阳台上抽烟。楼对面阳台也有个女人,每次我都想着应该抬手和她打个招呼,但我从来没真这么做过。

我对扬·奥拉夫最后的印象是夏天在他们弗莱德里克斯塔德的房子的花园里。他对爱丽瑟说:"你是不是瘦了?体重是不是轻了?"

当时爱丽瑟脸上的表情就和一个小姑娘一样。骄傲和尴尬,掩饰起来的骄傲和掩饰起来的尴尬。她迅速否认,"没有,没有。我不觉得瘦了。没有。"

"你今天称体重了吗?"扬·奥拉夫说,带有一点严厉的口气。我觉得他说的是对的,我能看到姐姐已经变成了一个老太太。她手臂和脖子上的皮肤松弛了,肉确实少了,只是不在对的地方:屁股上的肉少了,但肚子上没有,她的皮肤已经失去弹性,不能做出相应的变化。

扬·奥拉夫点了点头。"你该多吃点,"他说。来自男人的爱的宣言:担忧混合着赞赏,他算是努力过了。最近20年爱丽瑟都觉得自己太胖了,她终于听到扬·奥拉夫说她瘦了。那种可以谦虚一下的甜,我太了解那种感觉了。

又开始下雪了,大片大片的。我对面那个抽烟的邻居进去了，一辆车缓慢地开过楼下的索菲亚大街，背后的拖车里有张倒扣着的双人床，雪在床架上积了薄薄一层。有人要搬出去了，带上了自己的床。或者也可能是有人要搬家进来。下雪的日子，在这里停车更难了。我很庆幸自己没有车。

星期三晚上爱丽瑟又打电话来，这次她很平静，事务性地交代了一下葬礼和追悼会的事宜，问我们几点过去。"最糟糕的是，我突然不太确定他是不是真的信教，"她说，"不过起码我知道他想被火化。克努特会来吗？你们俩还在一块儿吗？"

"拉尔斯。"我说。

"哦，对不起！"爱丽瑟说。

"没什么的，没事。"我说。

我说我们还在一起，不过他现在去柬埔寨出差了，要下周五才回来。"麦肯和我一起来。"我说。

我和麦肯约好周五早上一起开车回老家，麦肯向朋友借了一辆车。

"你不带盖尔一起吗？"爱丽瑟说。

"不了，我觉得这样不太好。"我说，"你想让他过去吗？"

"不了，你自己决定就好。"爱丽瑟说，"我是觉得你们俩的关系还挺好的。"

我说我会再考虑一下。

"现在想起来，我们其实是有过预兆的。"她说，"上次我们去大加纳利群岛的时候。我们坐在游泳池旁边时，扬·奥拉夫要起身去拿一瓶啤酒，但他突然倒下了。他整个人都很苍白，手臂麻木。不过5分钟之后，他就继续坐在太阳伞下面,打开了一瓶啤酒。松德勒开始问扬·奥拉夫有没有买一种他要求的汉堡酱,我觉得那样也好,让我们去想点别的东西。第二天,扬·奥拉夫去看了挪威医生,诊断是轻微中风,不过他后来一直看上去很健康的样子。"

拉尔斯出差一个星期了,周五晚上回来。他是可以打电话,不过因为有时差,所以也不太方便,而且和他在电话里讲话也不是特别吸引人。这些天,在听说了扬·奥拉夫的事情之后,我感觉有点想念他。和克里斯汀聊天的时候,我有想把这种感觉告诉她的冲动,但忍住了,这种脆弱的感受,最后还是留给了自己,我得自己消化,如果它变得更强烈,那就更糟糕,如果它有可能会变得更强烈的话。我从克里斯汀那边知道爱丽瑟后来同意她过去陪她了,不过克里斯汀也是可以非常坚持自己的想法的。

我熄灭烟头,站起身,向楼下积了雪的大街看了一眼,车在雪堆之间停着,开关的车门,发动的引擎。那辆带着拖车的小车停在了马路对面,一边的轮子轧在人行道上。一个女人站在车门边,望着一旁的房子。

我刚进教师休息室的时候,塔勒在楼道里叫我的名字。她的头发漂得很白,几乎是银灰色的了,她把额头前的头发撩起来,用皮筋扎了起来,嘴唇上涂着唇膏。她身边站着的是哈迪娅,她戴着粉色的头巾,穿着长长的黑色毛衣和运动裤。她因为失恋,消沉了整整半年,现在刚刚缓过来。

"我的特别作业决定写维格蒂斯·约尔斯,"哈迪娅说,"你觉得这行吗?会不会太难?"

"维格蒂斯·约尔斯是个特别好的选择。"我说,"我们能周一再聊这个吗?我现在有个约,明天我时间也不行,我要回弗莱德里克斯塔德参加一个葬礼。"

"哦，"哈迪娅说，"这是很让人难过的吧？"

她们的大眼睛啊。那么天真，那么充满同情心，她们是如此单纯、聪明。

我冲她们笑了笑。

"是有点难过，"我说，"不过也没有那么痛苦。"

哈迪娅喜欢上了一个不是穆斯林的男孩，被父亲威胁了，不过几个星期之后她就被这个男孩甩了。她的整个世界都崩溃了，看不到任何光亮。这个年纪的孩子是这样的。

"我是那么爱他。"她在办公室里对我哭诉，"爸爸只会用那种眼神看着我。我没办法告诉爸爸，一切都已经结束了，我不能给他这种胜利感。"她用拳头猛捶了一下椅子的扶手，大声抽泣起来。

"相信我，一切都会过去的。"我说，"这不是说我不理解你现在有多痛苦，但之后一定会好起来的。"

那个男孩是三班的菲利克斯，一个没什么吸引力的男孩。真浪费！浪费的感情，浪费的反抗。或许也不是浪费的感情，或许她因此打下了未来对爱的探索的基础，她与父亲的关系，在我看来，还安然无恙。

我和托勒夫约在玛约斯坦路口见面，他带着一条嘴巴总是流口水的斗牛犬——布鲁托斯。路上结着厚厚的冰。托勒夫刚出版了一本关于18世纪白人奴隶贸易的书，他要把书送给我。书上写着：亲爱的莫妮卡，将近40年的友谊——那是意义非凡的友谊。拥抱你，托勒夫。在我弄明白这些文字的意义之前，我的嗓子已经哽咽，眼睛里满含泪水。托勒夫环抱住我，紧紧地拥抱了一下。他变成了一个成熟、给人安全感的男人，他一直是个成熟、给人安全感的人。

书上有雪，风冰寒刺骨，我们走进了佛罗格纳公园。

"卡莎现在工作比任何时候都投入，"托勒夫说，"孩子们搬出去之后，我以为我们俩会有更多时间在一起的，结果她完全投入工作里去了。"

托勒夫转身看着我。他脸上的表情和声音并不匹配，他不是在抱怨，他是骄傲的，快乐的，整个人都在闪着光。我能想象出卡莎戴着眼镜，身形苗条，几乎有点瘦骨嶙峋的样子，她的头发几乎全白了，也没有修饰出什么造型，但却以自己的方式显得很有魅力，非常性感。

托勒夫把布鲁托斯放了出去。布鲁托斯的鼻子上沾着雪，跑走了。我看到有三个狗主人同时蹲下来，捡起狗拉的便便。一条小哈巴狗嘴里叼着个绿色的球，旋转着。哦，渴望，嫉妒，但更多的是为了托勒夫感到高兴：他是一个与人白头偕老的人。真好，能看到他这样，真的很好。

"我真高兴，我们终于有了一个像样的冬天，"托勒夫说，"去年我根本都没能去滑雪。你上班怎么样？现在还感觉这是个正确的选择吗？"

"这是我能做的最好的选择了。"我说，"比起25年前，我现在更适合做老师了，没那么自我。没有那么大的野心，所以不会觉得痛苦。"

托勒夫笑了。他的眼睛比从前小，或者是说周围的皮肤变多了，他笑起来都快看不到眼睛了。他的头发几乎还和年轻时候一样多，是金色的，刚开始有些发白。

他从身后的背包里面拿出一个已经被咬掉一部分的飞盘扔了出去，布鲁托斯迅速地飞奔出去。"我今年去滑过两次雪了。"托勒夫说，"我给自己放了个假。工作日的时候,东郊那边人很少,特别好。啊,莫妮卡。"他看到了我在哭。

托勒夫靠近我,拥抱住我,抚摸着我的背。布鲁托斯跑回来,松口把飞盘放在他的脚边,闭上嘴盯着他看。

"星期一的时候,爱丽瑟失去了她丈夫。"我一直哭。

"扬·奥拉夫。"托勒夫说。

北风把树上的雪吹落在我们身上。无论我的感受多强烈,都没有太多话能说。托勒夫问爱丽瑟怎么样,我说应该还好。这种答案其实不言而喻。我的感触如此多,都不知道应该拿自己怎么办。我看着雪,到处都是雪,所有的雪。"他其实是个好丈夫,好父亲,是吗?"托勒夫停顿了一下,说。

是的,其实他是。

托勒夫的父亲酗酒,打老婆,他死的时候还不到50岁。我记得我第一次在梅洛克见到托勒夫母亲的时候,碎石车道上有很多轮胎印。有人在那里转圈、挖洞,那是托勒夫弟弟。他的妈妈很瘦,有点颤抖着微笑。她一直都在抽烟。

托勒夫的生命中有种注定。一次我们喝酒的时候,我想和他讲的,和他分析一下。

"它多大了?"一个女人问托勒夫,"是母狗吗?"

"不是,是公的。"托勒夫说,"8岁了。"

我希望托勒夫可以喜欢我,和他在一起,我更注重自己是个怎么样的人。或者说,我希望他喜欢我,让他可以不要评判,批评我做的决定。和托勒夫聊天的时候,我说话的方式会更谦虚,聊到别的人的事情,我也会更包容。我们有很多方式让别人失望,而我让他失望的方式,其实是最糟的。

"布鲁托斯明显是条公狗吧?"托勒夫对我说,"只要往它肚子下面扫一眼就知道了。"

有一次,我和托勒夫一起去酒吧,那时候我刚认识盖尔。卡莎正处在怀着英格丽的孕晚期,我正处在被追求和热恋的感觉中,距离洛阿尔抛弃我回到安的身边过去了几个月。在我身上发生了太多事,一切都可能崩塌,我几乎没办法看向托勒夫的眼睛,哪怕我只想将自己抛向他,寻求他的安慰和建议。我不应该喝酒的,但我喝了。我深深地需要肯定,需要别人的赞同。我希望托勒夫能肯定我对盖尔这份新鲜的爱。托勒夫不能喝酒,他说他得保证卡莎有什么状况的时候能开车。我有点受伤,觉得自己被忽略了。我知道这是不讲道理的。在他们家的公寓里,卡莎正挺着大肚子,陪着小小的西古德睡觉,托勒夫是要为他们负责任的。他已经给卡莎打过电话,把酒吧的电话号码告诉了她。我不需要为任何人负责,那个时候,我还不知道为别人负责是什么意思。托勒夫激起了我那种被拒绝的恐惧,我很害怕我对盖尔的感情只是因为这个,怕被拒绝的焦虑。我很需要讨论洛阿尔这件事情,分析它、剖析它,托勒夫有着天使一般的耐心。他喝茶,喝咖啡,最后喝橙汁。后来能很清楚地看出我们几个人中谁喝酒了,谁没喝。在内心深处,我还是觉得如果有条件的话,他还是会要我的,只可能是这样。

托勒夫指了指一张长凳,用皮手套掸掉落在上面的雪,我们俩坐了下来。布鲁托斯的嘴巴咧着,眼睛圆圆的,一眨不眨。

"麦肯怎么样?"托勒夫问。

"尽职的好学生,"我说,"她现在念双学位,法律和心理学。有个男朋友，名字听上去像是穆斯林。"

"对这个你会担心吗？"托勒夫说。

我看着托勒夫微笑着，他也冲我微笑着，眼睛仿佛嵌在皮肤里。

"不，你当然不担心。"他说。

我摇了摇头。

我把手插进口袋，给他看我的羊毛大衣。

"看，"我说，"我找了很长时间这样的大衣。你觉得好看吗？"

"嗯，"托勒夫说，"很适合你。"

我很快知道穿这个会冷。天空一片白茫茫，我们周围的地上也都是白茫茫的。托勒夫看到我在发抖。

我们站起身。

"哦，我的屁股。"托勒夫走前几步的时候姿势有点僵硬，不过之后就正常了。我不记得我见过卡莎化妆的样子，除了在特别的场合涂个口红。那时候的嘴唇会鲜艳夺目，就好像一个小孩偷用妈妈的口红一样。

"我想到自己的人生，就觉得如此……悲剧。"我说，带着那种戏剧化的、挫败的口气，像是写好的台词，等着他的回应。"失败的人生，悲剧的人生。"我挫败地说。

"哪里失败和悲剧？"托勒夫问。

我叹了口气，又快哭出来了。

托勒夫摇了摇头。

"我不明白，"他说，"你有麦肯。你所有拥有过的，哪怕现在已经没有了，也都是有价值的。你身边还有我，有妮娜和你的姐姐们，还有很多别的人。你现在还有……拉尔斯是吗？"

我点了点头。我有拉尔斯。

我拿出手机看有没有收到他的短信，没有。

我年轻的时候，经常会想象自己会遇到爱上我的男人。他会长得很好看，接受过良好的教育，喜欢大自然，很容易让人喜欢——被我的家人和朋友接受。拉尔斯就是这样。如果他对事业更上心一点儿就好了——拉尔斯差不多就是这样。

"我不觉得你一直都是这么想的。"托勒夫说，"你的人生是既丰富又有意义。"

"你说服我了。"我说。

"大概有点吧。"托勒夫说，"而且我不觉得你现在的感觉可以说明你的生活一直是怎么样。还有你现在手里拥有的。我们的生活并不是为了留下精华。"

我很担心托勒夫是在努力用他自己也不相信的事来说服我，因为他在反省自己的生活的时候，也会想起自己犯过的错。

"你是特别的。"托勒夫说。

我把手机放进口袋，看着托勒夫，用祈求的目光看着他，想让他多说一点儿，告诉我，我有多特别。

"我应该见见拉尔斯。"托勒夫说。

我点点头。

我有麦肯，我起码有她。我不应该抱怨的，麦肯其实比我值得更好的。我想，在还不太晚的时候有孩子，真的是我偶发的运气。纯粹是运气。

丽芙姨妈说我小时候就是个特别的孩子。在露台上，我对妈妈和丽芙姨妈讲，美莱特说我特别会带波尔·马丁，她完全可以放心把他交给我带的，虽然那时候我才14岁。

"那是个多可爱的孩子啊。"丽芙姨妈说。

"这是很大的责任呢。"妈妈说。

"你长大了想做什么？"丽芙姨妈问我。

"和动物或者孩子有关系的事情吧。"我说，"或许可以做兽医。"

"我要学法律。"克里斯汀说。

"我一直很好奇，莫妮卡将来会成为什么样。"丽芙姨妈说。

这时候克里斯汀站起身走进房间去了。

"你为什么会好奇？"妈妈问。

"那个孩子很特别。"丽芙姨妈说。

我努力想要回忆她这么说的根据是什么，但我没有想起来，或许她说这句话并没有比说波尔·马丁是个可爱的孩子更认真，没什么特别的分量。我觉得自己是特别的，所有的孩子都是一样的。

天黑下来了。我问托勒夫英格丽怎么样了，他说她现在住在英国，刚交了一个爱尔兰的男朋友。

"卡莎和我圣诞节后去看过她，那时候我们见到他了。"他说。

"他看起来是个好人吗？"我说。托勒夫叹了口气，望向天空，点了点头，又想了想，再点了点头。"是的，"他说，"是个好人。"

我们走过两边都是雕塑的桥，地上的雪薄薄一层，有些粗糙。

"他上的学比较杂，不过也没什么关系。他有那种很聪明的英国式幽默，我觉得我将来是会欣赏的。"托勒夫说。分开的时候，托勒夫抱了我很久。我总有一种冲动想留住他，再说点什么，让他再说点什么，从托勒夫身边离开，我总觉得好像什么被割裂了。就像我的整个人生，或者说后半生，一直在缓慢却顽强地希冀认可，一点一点，带着希望，相信着可以达成和解。但这样的和解没有发生，我还在这里。

托勒夫带着布鲁托斯走向教堂大街，他身穿灰色的大衣。托勒夫真好。

星期五早晨，麦肯跑着上了楼梯。

"我们能快点走吗？我不太确定那个地方可以停车。"

圣诞节以来我还没见过她。我穿上新的羊毛大衣，是粉色的，我拿上包，锁上门。麦肯穿着深灰色的外套，腰间束着腰带。

树上被雪覆盖了，有霜。阳光让砖房上闪着光，屋顶上都是积雪。那是辆黑色的欧宝车，作为一辆学生的车，看上去还挺新的。麦肯看上去是个熟练的司机了，但我不太习惯看她开车，我从来没坐过她开的车。

"我之前没注意到国家石油的加油站都不见了。"麦肯开出奥斯陆的时候说。

"嗯，说消失也不算消失。"我说，"它们只是换了名字。"

我在想她，还有我，是不是知道我们要去做的事情的严肃性。感觉上我非常缺少经验，我的人生经历太少了，我不知道爱丽瑟正在经历什么。麦肯当然也不知道，不过她还只有21岁。

麦肯说她买了苹果电脑，虽然她的钱其实不太够，不过所有人都说苹果是最好用的，比普通笔记本用的时间更长。

"爸爸赞助了我5000克朗。"

"苹果电脑是不错。你开学了吗？"我说。

她告诉我下周开始上课，但她已经自学了很多内容。

"夏季前的每周三我都会在大学城的幼儿园上班，"她说，"我替带班老师代班。"

"那你要做带班老师吗？"我问。

"不是，另外一个老师做带班老师。"她说，"我是助手。"

"那是不是不会那么忙？"我问。

她摇了摇头，手放到了变速箱的把手上，她的手很瘦，手指修长，皮肤很白，能看到血管的颜色。

我问她是不是有男朋友了。

"没有。算有个，也不是。"

"是谁？"我问。

"谁？谁是谁？"她说。

"就是可能是，也可能不是你男朋友的人。"

"他叫托比亚斯。"她说。

"托比亚斯？"我说，"你爸爸说他叫阿米尔。"

"不是，他叫托比亚斯。"

"他是学心理学的吗？"我说。

"不是的，"麦肯说，"他不上学了。不要问了。是个新认识的人。这辆车就是他的。"

麦肯的车速刚刚超过限速，她从变速箱旁边的小格子拿出口香糖，左手放在方向盘上面。她问我要不要。她挤出一颗口香糖，丢进嘴里咀嚼起来。

"我都反应不过来你已经有驾照了。"我笑着说，"我都忘了，你什么时候考的驾照？"

"我记得好像是你请病假的时候，"麦肯说，"在你和爸爸终于结束尝试重新复合做男女朋友的死亡戏码之后。爸爸给我付的钱，一次通过。"

"不是吧？"我说。

"爸爸陪我开了一段时间。"她说，"所以我上了12个小时就考过了。你知道克里斯蒂上了多少个小时吗？"

那时候还发生了很多事情，一切在短短几个星期里变得异常黑暗。加布里埃拉，我很多年的同事，诊断出有白血病，三个月之后就去世了。还有和盖尔的事情，对我的打击最大，虽然我们决定不要抱有太大希冀，保持最低限度的期待，但那是一种羞耻，转化成了焦虑。那种羞耻完全占据了我的心神和整个人生。

麦肯说克里斯蒂上了超过30个小时的课。

"第一次她还没考过，因为她红灯没停车。"

"啊，真的这样啊？"我说。

我去看了妮娜姐姐推荐的心理医生。她叫苏妮娃，一小时收费1000克朗，她的工作室在弗洛格内的一间公寓楼里。

"不是因为爸爸。"我说，"发生了太多事情。我的同事去世了。换工作对我有很大的帮助！我现在挺好的。"

"那就好。"麦肯说。

那时候我真的情况很不好，看不到生活中的任何光亮。我情况最不好的时候，我想吃抗抑郁药，但苏妮娃不赞成："它会带走你的低谷，但也会带走你的高潮，所有的热情、创造力，所有对真理和意义的追求。"

我一直做噩梦，不太清晰，基本上都是关于麦肯的。从远处看着她穿过马路，风吹着头发，或是在路边阳光下的咖啡店，穿着尼龙丝袜，半高跟鞋，喝着拿铁。神情骄傲，自信，没有思念，没有需求，就像在一个真空泡泡里。

我说不了话，不存在于那个世界里，就好像我已经死了，是从另外一个世界看着她，感觉麦肯可以是任何一个人，就是一个成年女性，在这个世界上，做着成年人的事情。梦里没有发生什么不好的事情，但我醒来时总是满头大汗，或是哭泣不止。我和苏妮娃一直讲我和爸爸和妈妈的关系，以及和姐姐的关系，我的女儿，盖尔，还有我的工作。我说得越多，就越普通、越平庸，可是用语言把它们表达出来是有用的。不，或许没有人曾经真的看过我、理解我，不过他们可能也没有真的看过彼此、理解彼此，或许我也从来没有好好看过他们、理解过他们。

"我经常跑步。"麦肯说，"一个星期最少跑三次。"

"我也是。"我说，"或许哪天我们可以约着一起跑？"

麦肯点了点头，挺兴奋的。

"我早上很早去跑的。"她说。

"挺好的，"我说，"不过我肯定比你跑得慢。"

"那没事。"麦肯说。

她慢慢嚼着口香糖，一只手握着方向盘。

我记得当我告诉她我和盖尔的事情时的样子，她就好像还是孩子一样："你们现在还要做男女朋友？但是我刚刚从家里搬出去了啊！"

"我其实挺喜欢在幼儿园工作的。"她说，"那里有个一岁半的女孩，特别漂亮，她叫哈娜。每次我进门她都会冲我伸出手来，她还不会走路呢。"

"你还记得住在乌尔斯路的那个哈娜吗？"我问。

"当然了，"麦肯说，"她搬走之前我们是朋友，不过她比我大一岁。我经常被比我酷的人比下去。她那时候其实对我挺刻薄的。"

我记得麦肯小时候，有一次妈妈来看我们，她就不太看好这段友谊。"那个邻居家的小孩支使得麦肯团团转。"她说，"你没看到麦肯对她唯命是从吗？你不担心在大家看不到的时候她们会怎么样吗？"她是聪明的，她会说这些事情。

我不去妈妈墓地时候的感觉就是：不会发生什么，我去不去给她扫墓，并没有什么区别。她生命中最后的时光就是这样：我一直推迟时间去看她，而当我真的去弗莱德里克斯塔德或者去医院看她，我从玻璃门进去通过走廊，看到她躺在病床上，就好像我昨天来过，前天也来过，或者也可能是我从来就没有出现在那里一样。

去看她就像是少女时期要去洗碗，或是给整个房间吸尘那样。那是想要推脱的责任，我一直想要在不造成任何后果的情况下逃脱。我应该在看到她的眼镜脏到看不清的时候给她擦的，虽然这应该是护工的责任。在感觉到她脚冷的时候帮她暖一暖，她一直不喜欢自己脚冷的。我应该再多握握她的手。

"你在害怕吗？"麦肯问。

"害怕？"

"你太安静了。"她说。

我微笑着摇了摇头。

"我希望爱丽瑟还好。"我说。

"是啊，天哪。"麦肯说。

阳光和冰霜太美了，到处都是雪，如此明亮。

"哎，他们失去了自己的父亲。"麦肯说。这是我第一次想到他们那些孩子，失去了父亲。"真奇怪，"爱丽瑟有一次说，"我一直想着这几个孩子和我的关系肯定比和扬·奥拉夫亲密得多,但其实他们从家里搬出去之后,正相反,他们反而想要和他见面,谈话,听取他的建议。"

"你爸爸给你付钱考驾照的条件是什么?"我说。

"要我答应他不能尝试比大麻更重的毒品。"麦肯说。"爸爸说他年轻的时候用过LSD[①],有过特别可怕的经历。你不要和他说我对你讲了。"

"这事情我知道。"我说。心里有点不舒服,就像一道闪电,觉得我不再是他唯一分享这件事情的人了。

"你爸爸在我们刚成为男女朋友的时候就和我说过。"我说,"我知道这对他来说是极其痛苦的经历。"

我们11点半的时候到了爱丽瑟在弗莱德里克斯塔德的家,门口停了两辆车,麦肯把车停在了外面。走向门口的时候,她看上去有点紧张,甚至是有点害怕,我自己也感觉很不安。

克里斯汀和爱丽瑟站在厨房里做派。房间里满是烘焙的香气。

"每次不幸中总有幸运。"爱丽瑟眼睛湿润地说,"斯蒂安和玛丽要有孩子了。其实现在原本还不到说出来的时候,不过他们觉得我需要一个好消息。"

我拥抱了她。

"太好了,爱丽瑟。你要做奶奶了。"

松德勒、斯蒂安和玛丽从客厅走进来,麦肯和我分别拥抱了他们,然后尼亚尔和贾德走进来了,这时候,感觉最糟糕的时候已经过去。

"奶奶,"爱丽瑟,"感觉做奶奶好奇怪,我曾经其实一

[①] 类似致幻剂的一种药物。

直觉得我会像妈妈一样做姥姥的。"

"那我是什么？"麦肯说。

"你会是姑姑！"爱丽瑟说，"你们肚子饿了吗？你们要不要在去教堂前先吃点什么？"

我看到爱丽瑟厨房里黄色的乳胶手套的时候，心里感觉有点不舒服。我想起周三做的噩梦，梦见爱丽瑟在广场上的样子。桌子上放着还没有压好的做派的面团。克里斯汀站在一边在大碗里搅拌着什么。

"一切都好。"爱丽瑟说，"昨天晚上我们过得也挺开心的，有酒，有美食，儿子们都在家，克里斯汀和尼亚尔也在。伊瓦尔和贾德是今天来的，就比你们早了半个小时。我知道的，生活是要继续下去的。"

克里斯汀在圆面包上面撒了花椒。

"地下室的厕所堵了，"爱丽瑟说，"你们别去用。伊瓦尔出去买通厕所的药剂了。"

"想着我有可能也很快会成为奶奶辈，这种感觉真奇怪。"克里斯汀说，"不过尼亚尔和贾德现在都还没有女朋友呢，他们还挺挑的。"

"你也可能会很快的，莫妮卡。"爱丽瑟。

"不可能，这是不可能的。"麦肯说。然后麦肯、爱丽瑟和克里斯汀一起笑了起来。

"可惜扬·奥拉夫没赶上知道自己要做爷爷了。"爱丽瑟说。

然后她望向我。

"不过这也没什么特别的关系吧？他知道或者不知道？"

克里斯汀停下了手里的打蛋器。

"我对死亡的态度比较中性。"爱丽瑟说。克里斯汀把蛋液倒进了派的盘子里。

很多年前,我们在爱丽瑟和扬·奥拉夫家里的圣诞派对上,爸爸说,"欢愉,欢欣,传达的是冰冷苍凉的真相",这是一首圣诞歌曲中的话。

"我们活在这里的一瞬啊,"爸爸说,"它是那么短暂。一切的繁杂,一切的痛苦。"

爸爸笑着,除了欢欣,笑容里还有些别的东西。爱丽瑟在清理桌子,想拿走他的烈酒杯,不过他抓住杯子不放手。我想到那一排圣诞小精灵,它们想说服自己和彼此,生活是多么美好,多么有意义,可其实正相反。让我们快乐,让我们善良又快乐,因为一切都会很快结束。麦肯穿着红裙子和丝袜站在地板上,膝盖弯曲着砸着核桃。我问爸爸是不是年纪大一点儿就会更好地处理和死亡的关系。他看着我,微笑着摇了摇头。

"不是的,正相反。时间会加速,"他说,"生命永远都太短。"

他将酒杯里最后几滴酒倒进嘴里。

在我人生的各个阶段,我都觉得自己是成熟的,好像都能理解身边的人的状况,只不过这从来都发生在我回头看的时候,而不是在当下那个时候。我总是不会照顾别人,不会从别人的角度看问题,不会推己及人。很显然,爸爸是害怕死亡的。那时候,每当他说起死亡,我总是很不安,但这种不安又让我有些享受。我其实并不太在意他的不安,我的不安主要是因为我自己。

妈妈的钢琴现在放在爱丽瑟的客厅里,麦肯一个一个按着按键,弹出《上学歌》的旋律。我想着妈妈总需要别人央求她才肯弹琴,虽然她自己其实是愿意的,这让我从很小的时候就很焦虑。我们有客人的时候,这个过程太长了,爸爸脸上会有很不耐烦的神情,觉得她这么做太傻了。

有一次妈妈对爸爸说:"或许我是有才华的?"但爸爸几乎是立刻摇头,然后妈妈也摇头,她对自己一直没什么自信。"或许吧,起码你挺勤奋的。"不过爸爸接着又说。在我搬出家里前一年,她不再做音乐老师了,只是因为爸爸在吃饭的时候说:"你也不是非得要工作。"我不知道为什么他要说这句话,不过这就像是给妈妈解封的命令一样,一切就这样决定了。那是晚春时节,枝头樱花盛放,学校只剩几个星期就要放假了,之后她就再也没有去过学校。

海格和尤纳斯从楼上走了下来。尤纳斯个子很高了,也很强壮,不过不是胖,我拥抱了他。他是三兄弟里面最矮的,她女朋友和他一样高。

"可惜我们中没有人会弹。"爱丽瑟说,"我们的孩子也不会,不过海格会弹。"

"你夸张了。"海格说。

"才不是。"爱丽瑟说。

"你不觉得我会弹吗?"麦肯说,"你们没听到刚才我弹《上学歌》时一个音都没错吗?"

伊瓦尔走了进来,拥抱了我,手里拿着通马桶的药水。

现在,一切亲密的联系都是好的,所有身体的接触。

他举起手里的瓶子给爱丽瑟看。

"我不确定这个能不能用在厕所里。"他说,"瓶子上面写的我看不太明白。"爱丽瑟拿起瓶子看了看,眉头皱了起来。

"它上面没写,"她说,"不过应该没什么伤害吧?"

伊瓦尔看上去有点怀疑。他说不管怎样,可能不太有什么用,因为很难让这个药剂到达堵的地方。

"尤纳斯!"爱丽瑟大声喊,"你能不能谷歌一下?这个普路博能不能通厕所啊?"

听她讲"谷歌"有点奇怪。尤纳斯去拿他的手机了。

"人们在互联网出现之前都是怎么生活的?"爱丽瑟说,"我现在没有网都没办法生活。什么事情都要谷歌一下。"

她第二次说谷歌,还是听起来很奇怪。

我想起特隆德·亨里克曾经说我在网上查他,给他下定义,他叫我谷歌姑娘,他说:"别人上网查东西是为了拓宽自己的视野,而你是为了缩小它。"他是带着亲昵用开玩笑的口气说的。

切好的南瓜放在炉子上的锅里,发出嘶嘶的声音。爱丽瑟说大多数东西都是从餐饮服务公司订的。"除了这些派和小圆面包。"她说,"还有各种蛋糕,世界上有那么多理由烤蛋糕。你明天带个蛋糕回家吧,肯定会剩下很多的。"

我想着明天有那么多剩下的菜,还有扬·奥拉夫的东西,还会有很多不同的信件寄给他。订阅的期刊,牙医协会的杂志,他的电话还会响起。还有他的船,他的车,之前几乎只有他开的车。还有在西班牙的公寓。最后一次清洗他的衣服。

"有好些地方说这个不能用在厕所,"尤纳斯说,"不过我没找到原因。"

"好吧。"爱丽瑟说,"那你就在门口贴张条子说明一下吧。"

我把烤好的南瓜条密密地放在派上面。

"妈妈,你知道吗?特隆德·亨里克的小说要出版了。"

麦肯说，"我在《晚邮报》上看到的。海格还问特隆德·亨里克是谁。"

"是我曾经的男朋友。"我说，"我们在一起同居过一段时间。"

"嗯，还有我。"麦肯说，"我也和他一起住过，还有他女儿。她简直是个噩梦。那整个地方都是噩梦。妈妈，是不是？"

"不是的，"我说，"那不是噩梦。你不能这么说。"

尤纳斯把苏打水的瓶子放进了冰箱。我看到冰箱里有一瓶开封了的猪肝酱，那是扬·奥拉夫最喜欢的。

"哦，我超级讨厌芙萝娅。"麦肯对尤纳斯说，双手捧着脸。"我经常把她关进仓库里，她超级害怕，还尿裤子呢。"

"你一直都是个邪恶的表妹，"尤纳斯对麦肯说。"啊，你可别这么说！"麦肯说，"她尿裤子，我只是笑话她一下，这有什么好邪恶的。"

爱丽瑟把两个派盘塞进烤箱，它们并排放着，一个是长方形的，另一个是椭圆形的。炉子闪闪发光，特别干净。我看了看她的脖子、耳朵、脸庞，整张脸局促地挤在一起，她终于哭了出来，双手挡在脸的前面。

"哦，爱丽瑟。"我说。克里斯汀张开手臂，爱丽瑟把头靠在她的肩膀上，哭了一会儿，然后直起身子，擦了擦眼睛。

"啊，等过了葬礼就好了。"她说。

松德勒穿着西服走进了厨房。麦肯很兴奋，聊着天，笑得很开心，就好像她想给尤纳斯和海格留下个好印象。她戏剧化地拍了一下手："松德勒！我从来没见你戴过领带,还以为我永远见不到了呢!"她说。然后举起手去帮他紧了紧领带,低声地笑着。

"这样,"她说,"这样才帅。"

"妈妈,我们是不是应该换衣服了?"尤纳斯说。

"不着急。"爱丽瑟说。

松德勒的领带有对角线的条纹,他把两只手伸到脖子那里,看上去领带结太紧了。我曾经对芙萝娅说:"你是个大姑娘了,你得自己记得去上厕所。如果你在要尿尿的时候不记得上厕所,那你就不能和麦肯去谷仓玩了。"

"你现在怎么样,麦肯?"克里斯汀问,"我听说你学法律还不错?"

麦肯转身看着克里斯汀点了点头。"嗯,不过我也不想把鸡蛋都放在一个篮子里,我同时还在学心理学。"

"听起来这挺困难的。"克里斯汀说。

"我想尽量试试看。"麦肯说。

我记得在我决定从小农场搬走的时候,我把芙萝娅放在院子里的秋千上。我脑中想着,我现在要告诉你,我要放弃一切了。为什么我要这么做?或者说我怎么能这么做?我曾经向特隆德·亨里克承诺,我会陪伴他一辈子的。他也说过害怕失去我,他不知道如果失去了我,他要怎么办。

"可是,你不会失去我的。"我那时候这么说过。

我把两只手放在轮胎秋千上,一下下地推着芙萝娅。她挺直身子坐着,速度太快的时候会发出"啊啊"的声音,不知是高兴还是不高兴。我大概又一次打击了你的童年。我后来知道,芙萝娅的童年确实遭受过不少打击。

在很长一段时间里,我都觉得我在一段关系里最希冀最需要的是平等，对生活、世界和所有的意义的共识。"我爱的是你的头脑。"特隆德·亨里克是这么说的。但这对他有什么用呢？这种相爱？我们要这样头脑中的恋爱做什么呢？两个封闭的硬脑壳，两具柔软的身体，如此多的需求。他会在打开酸奶盖子、从袋子里拿出芙萝娅的厚外套的时候惊恐发作，我看到的时候，我也理解他，理解他的惊恐症，但这些都是他的。他站在书架面前叹气，仿佛整个世界的凄惨都藏在这些书里面，他必须一点点地将它们扛在自己的肩膀上。

我唯一一次看到爸爸哭泣，是在哈尔沃盖上的棺材前，周围都是花朵。我不理解所有这些人都是哪里来的，哈尔沃认识那么多人吗？爸爸说我们对哈尔沃的悲剧做不了什么。他很少这么说话，就像他思考了很久，这就是他得出的结论。他说哈尔沃的悲剧和世界怎么样，事情怎么样，他做了什么，没做什么都没太多关系。"是大脑里的控制面板出了问题。"对于哈尔沃的自杀，爸爸只说了那么多。

教堂里死寂，让每个坐在长条凳上的人挪动身体发出的吱嘎声和翻动节目单的声音显得震耳欲聋。我们坐在爱丽瑟还有带着女朋友的外甥的后面，玛丽的手一直摸着自己的肚子。麦肯坐在我的左边，克里斯汀坐在我的右边。节目单的首页有张扬·奥拉夫裸着上身的照片，他在船上微笑着，胸膛上满是胸毛。他旁边是条小小的胳膊，照片上的孩子被切掉了。管风琴发出的第一个音符仿佛重击我的胸口，我并不对此感到惊讶，现在我哭出来了。爱丽瑟转过身，看到我的样子，这一刻，她好像很开心我在哭泣。爱丽瑟的脸如此平静，但并不像是她在刻意控制着什么。这种平静，仿佛与生俱来。克里斯汀看着我温柔地笑着，仿佛我还是个小孩子一样。

我曾经一直觉得,爱丽瑟值得比扬·奥拉夫更好的男人。

但是,在斯蒂安和玛丽的婚礼上,当上完甜点,讲完所有的话,大家还在桌子边坐着的时候,我匆匆去了洗手间,意外地看到扬·奥拉夫坐在爱丽瑟身后,在她呕吐的时候,帮她拢着头发。爱丽瑟跪在厕所旁边,脚上穿着的尼龙丝袜已经被拉到小腿边。她还穿着高跟鞋,但脚腕扭曲着,短裙的开衩处都快裂开了。扬·奥拉夫拢着她的头发,等待着,没有一点儿不耐烦,没有一点儿生气的样子,没有一点儿嫌弃。拢着她的头发,再撩起一绺落在额头上的头发。就像这件事是他当前的任务。爱丽瑟的事情,就是他的责任。她的背弓着,干呕着,他的袖子卷了起来。

我们站起身,唱着"请握住我的手,引领我,直到我终于来到天国。我不能独行,不能,独行。"我哭泣着,双手支撑在我面前的椅背上。我们之间有过的联系、摩擦与和解,可是,在我脑海里出现的却是最平庸的话语:你不能就这样死了。我都没有说再见。克里斯汀抓住我的胳膊,抱着我的手臂。赞美诗和管风琴的音乐冲击着我的身体。大家站起身,头顶是高高的穹顶。我的姐姐独自一人走在教堂的过道中,身后是三个儿子,尤纳斯、斯蒂安、松德勒。我不停地抽泣,仿佛身体空了一块。麦肯笔直地站在我身旁,不知道要做点什么。我也不知道我该说什么,要怎么解释这一切。如果我早知道会这样,我也说不出来什么。我们跟在他们身后,走在排排长椅之间,一直走到外面去。

雪又下了起来。教堂墙外停着一辆货车,脏得不行,连公司的名称都看不清楚了。我收到一条拉尔斯发来的短信,他刚刚降落在奥斯陆机场。我能想象他的样子,走进免税店,选几瓶红酒和烟。拉尔斯57岁,和我一样大。他很强壮,不胖。他是红十字会的特别顾问,做援助工作。他是个很平衡的人,把工作和自己的私生活分得很清楚。几乎有点愤世嫉俗的冷漠。他从来不会把工作带回家来。我和他是在商店里遇到的,在临期肉的柜台旁边,那些肉打五折,拉尔斯说:"现在的肉才是最好的。"

广场旁边有几群人站在车子旁边。麦肯站在离我几米远的地方,她脸别过去,没有看任何人,伸长了脖子,面色苍白。她是我的。在过去的几年里,我看她长大成人,感觉突然成了另外一个人,成为自己,一个知道承担责任、有点神经质的人?所有我不明白,无法理解的东西。所有不像我的,像我的。所有像盖尔的,像盖尔的妈妈,盖尔的姐姐的东西。

我走到麦肯旁边,微笑着说:"嗨。"她的脸上突然扭曲成一种就像她不到12岁时的神情。风把她的头发吹到面前,我把她拉过来拥抱了一下,她柔软的身体靠在我身上,抽泣声排着长队倾泻出来。我更用力地抱着她。爱丽瑟站在白雪覆盖的停车场上,和一个又一个人告别,接受他们的哀悼和祝福,一次又一次的拥抱。每个人在上车前都像鞠躬一样。麦肯一直哭。

"亲爱的,"我在她耳边轻声说。心中有种甜甜的、平静的感觉,感觉如此亲近,被需要,一切都刚刚好。那些年里她叫妈妈的所有方式,在你知道你需要我之前,我是不会放手的。

有烤牛肉,虾和鸡肉,三文鱼卷饼,不同馅料的派,五六十块小甜点和各种蛋糕。对于一场葬礼来说,食物似乎有点过于精致了。爱丽瑟在四处移动,和很多人讲话,但她走得很慢,满怀心事。她让我想到一直在思考着这场意外的人,有很强的冲动想要谈论它,但又有些说不出来。她经常说着说着就停下来,掂量着要怎么继续说。你就说吧,我想,你现在想说什么都可以,说多少都可以。我听到她第二次说,她觉得现在一切比预期中好,但她觉得之后几天可能会更艰难。

爱丽瑟走过来低声对我说:"顾妮拉来了。"

她的目光投向客厅,说:"就是那个站在红头发男人旁边的人,他是扬·奥拉夫的合伙人——吉奥格。佩尔退休的时候,扬·奥拉夫得到了那个位置。"

扬·奥拉夫的助手顾妮拉站在客厅的大窗户边。我认出了她。她穿着黑色的衬衣,黑色的外套,头发是银色的卷发。

"我无法忍受将来会为这件事后悔,"爱丽瑟说,"而且,人家也会奇怪为什么她不来,她给扬·奥拉夫做了快20年的助手。我也没有对她生气,从来没有。她能来是好的。"

这应该是自欺欺人的慷慨了。不过也或许这是在斩杀顾妮拉,或者说顾妮拉所扮演的角色。

我想到洛阿尔去世的时候,安给我发的短信。

"他老婆是不是太有肚量了?"我喝着啤酒,吃着花生米问托勒夫。第二天我打电话给克里斯汀,"安是不是太有肚量了?"

"是吧,"克里斯汀说,"确实是。这不是很好吗?"她说,"你人生中糟糕的一章终于彻底结束了?"

或者说是重新被掀开了，整个夏天我都被笼罩在这种情绪中。

洛阿尔死了。

洛阿尔的死亡。

我没有去葬礼，但我给安发了一条热情洋溢、充满感恩的信息，我后来对此十分后悔。

"想到一切错过的东西，我肯定是会觉得非常难过的。"我听到爱丽瑟对扬·奥拉夫哥哥的妻子说。

"我妈妈总说世上没有比扬·奥拉夫更靠谱的男人了。"她对伊瓦尔说。

麦肯和克里斯汀很认真地聊着天，她非常像大人的样子，个子那么高了。我听到她说："我想过要如何在法学院生活，你和姥爷都是我的榜样。"

"真高兴听到你这么说。"克里斯汀说，"不过也不是所有事情都让我很骄傲的，人很容易太过于关注一些不太高尚的动机。"

"我对心理学也很感兴趣。"麦肯说。

麦肯11岁的时候，有一次她哭着说："一切的意义究竟是什么？我们为什么要生活在这个星球上？"但我无法想象14岁、15岁、18岁的麦肯说出这种话。可是现在，或许吧，21岁的麦肯。

麦肯看到我，走了过来。她问我她可以不可以先走。她涂上了新的唇膏，几乎是紫色的。

"我有约了，"她说，"和他。"

"约翰，"我说，"哦，不对，托比亚斯。"

"托比亚斯。"她说。

我突然有种奇怪的想法，不想让她离开我的身边，不要把我一个人留在弗莱德里克斯塔德，留在这群参加葬礼的人中间。我现在觉得我才是那个最难过的人，或者说有最多理由感到难过的人。

麦肯13岁的时候，有一次在学校从树上掉了下来，扭伤了脚。学校打电话给我，虽然那个星期她住在盖尔那里，但是一出什么事情，学校首先联系的都是母亲。那时候我们刚刚搬回奥斯陆，我还没有车，所以我打了个车去接她，然后去了急诊室。在那里上好石膏，借了拐杖，她还是想回盖尔那里。

"这个星期应该在爸爸那里，我今天要去爸爸那里。"我让她去了，请出租车司机开车送她过去。小草坪上还有一些残雪，花园的家具上罩着防水布。我不经常来这里，现在麦肯基本都是自己来回去我们两个家。她不想让我帮助她上楼梯，她想自己用拐杖上去。护士教了她怎么用。她单腿站在台阶的顶端，找着钥匙，我看着她开了门，让出租车司机开车。随后我给盖尔发了条很短的信息。那时候，我们的联系总是很短暂。

过了好一会儿我想起来我把她左脚的鞋子和袜子都放在包里了，白色耐克袜子，脚指头有点发灰了，跑鞋也是耐克的，这让我想起我15岁的时候，他们要结束我们家狗的生命。爸爸和我一起去的兽医那里，我手里拿着它的脖套，绕在手上就像是一个过大的手环一样。这时我才意识到它的脖子原来那么细，一下子想到我们曾经埋葬过的那些鸟。我们在雨中穿过停车场，我一直抽泣着，爸爸的眼神很黯淡。他打开车门，我多么希望他能说点安慰的话，就像那种：是啊，它作为狗的一生还是很美好的那样的话。但他什么都没有说。

"我觉得你很快就可以走了，"我对麦肯说，"不过你最好等到第一个客人离开再走。"

"但要是大家都这么想呢？"麦肯说。

克里斯汀坐在沙发上和扬·奥拉夫的哥哥说话。托尔·阿尔内和扬·奥拉夫正相反，他毛发特别多，像是灰色的鬃毛。他也有三个已经成年的孩子了，不过其中两个是女儿。两个女儿长相都不错，穿着很传统，看不出年龄。我觉得她们的年龄在松德勒和斯蒂安之间，我还依稀记得她们在松德勒洗礼的时候穿着蓝色条纹的裙子。

"那就等半个小时吧。"我对麦肯说。

她走到松德勒那边，和另外一个用食指和中指夹着小糕点吃的表姐站在一起。为什么我从前没烤过这样的蛋糕？为什么没人让我帮忙，做点儿贡献？

爱丽瑟冲我走来，一脸神秘的样子。

"忘记我说我要做奶奶的事情吧，"她低声说，"玛丽流血了。"

麦肯张开涂着车厘子色口红的嘴唇，对着正张嘴吃蛋糕的松德勒说了什么，听到麦肯说的话，他笑了起来。

我想让爱丽瑟不要说了，起码保持点距离。我并不需要知道这些，我也不想把这第一手的消息传给任何人。

"出了点问题，"她说，"不过这也没什么。这是很正常的事情，她刚怀了9个星期，而且她只有28岁，起码现在知道他们是可以生的。这种事情总是会发生的。"或许，对任何事情爱丽瑟都会这么说吧。一个胚胎没有好好发育成长，是正常的。一个70岁的男人心肌梗死死去，是正常的。在妈妈去世的时候，她说："人年纪越大，越能与失去父母这件事情和解。"

"那玛丽情况怎么样?"我问。

"她精神还行,"爱丽瑟,"但还是受了不少打击。"

"唉,爱丽瑟,我都不知道该说什么。"我说。

爱丽瑟摇了摇头。

"唉,真是不幸。"她说,"玛丽把自己锁在地下室的厕所里,我很担心,在外面敲门,说厕所堵了不能用。"她就坐在那里面,流产了。

我看到斯蒂安走出了阳台,他和几个人坐在外面抽烟。爱丽瑟脸上的妆只剩下了脸颊上的腮红,一直延伸到耳朵。

"我有点遗憾丽芙姨妈没有在这里。"她说,"她和扬·奥拉夫一直有种特殊的联系。不过我觉得她来这里会让她很不安、很困惑。"

我又生出小时候那种的脾气,几乎全身通红。我觉得她在编造那种联系,我根本不相信。我从来没见过丽芙姨妈和扬·奥拉夫有过任何特别的联系,我根本不记得他们有在一起说过话。我记得姥姥葬礼那天,我们班有个聚会,那时候我15岁。我恳求妈妈让我在葬礼之后去那个聚会,但妈妈不同意,而且言辞很激烈。我说:"可是,我根本不认识姥姥啊!"

"你当然认识。"妈妈说。

我继续缠着妈妈,结果爸爸说:"莫妮卡,你不要烦你妈妈了。你是什么人啊!你姥姥去世了,但你一直在唠叨着派对!"

这时候爱丽瑟走下楼梯,对我说:"莫妮卡!你当然是认识姥姥的!"

我上一次去养老院看丽芙姨妈的时候,我很惊讶她看上去那么清醒。

"嗯,我过得挺好的。"她说,"这里的饭很好吃,护工也很好。"

一个非洲裔男子拿着拖把用八字拖地法拖着走廊的地面,每个八字都重叠在一起,转折换方向的时候拖把就会发出啪的一声。我们聊起了爸爸妈妈,还有哈尔沃的事情。丽芙姨妈说的大多数内容都是合理的,除了她有时候会重复几次一样的句子。

"他选择放弃自己的生命,我至今也没有办法释怀。"

丽芙姨妈一直没有提起贝内迪克特。她想聊聊爸爸去世的事情,在他过世前两个星期他住进了医院。

"艾尔瑟比我大8岁,"丽芙姨妈想了一会儿,又说"所以我比她漂亮也不奇怪。"她的眼神有点放空,接着说:"他去世的时候,我握着他的手,他走得很突然,但也不是那么突然。"她说话的时候有点神秘兮兮的,就像个小姑娘,身体蜷起来,迅速往左右看了一眼,她的头发像是白色羽毛一样覆盖在头皮上,就好像童话书《强盗的女儿罗妮娅》里面的佩尔,不过是胖乎乎的版本。

"我不希望艾尔瑟在那里,"她轻声说,"在最后的时光里,我希望让他只属于我。"她微笑着,梦幻的表情,她的肩膀上下起伏,眼睛闭了起来。"他抓着我的手,就像永远不会松开那样。"她说,"虽然他已经没有意识了。我知道那是他在人间最后的几分钟了。他几乎已经没有气息了。"丽芙姨妈学着那个样子,浅浅地急促地呼吸,就像一只兔子。

"艾尔瑟坐在那里好几个小时了,她肚子饿了,她需要动一动,所以她去餐厅吃个面包,我没有去找她。"

一个穿白衣服的人推着晚餐的餐车走进了玻璃门。阳光照在金属餐具上，闪闪发光，这就像是喂狗的餐具一样。

"嗯，我没有去找她。不要告诉别人哦。"丽芙姨妈说。

护士们一个个走进厨房，打开容器的盖子，食物的香味散了出来。他们把食物盛到白色的盘子上。"艾尔瑟比我大8岁，所以我比她漂亮也不奇怪。"

当我对她道别的时候，她说：

"哦，艾尔瑟。我应该为周日的晚餐准备肉排，但我觉得我买少了。克里斯汀星期天回来吃饭吗？"

"没事的，我们的菜够吃了，"我说，"别担心，我会准备好的。"

"但这个事情应该是我做的，"丽芙姨妈说，"你看上去有点累。艾尔瑟，我觉得你应该好好休息下。"

其实应该累的人是她，她已经80多岁了，大脑正在逐渐崩溃。但她看上去并不疲劳，她看上去很健康，神采奕奕，很高兴的样子。我真的觉得累了。我走之前说："因为你，我才有了个快乐的童年。"

"啊，是吗？"她说，身体紧锁着，又骄傲，又快乐。

"你是一个很棒的人，丽芙姨妈。"我说，她的脸上满是温柔和幸福。我觉得世界在她身边打开了，她能收获所有她播下的种子，她有那么多爱她、需要她的人，他们都深深地感谢她。她知道这一切，她能在这其中安歇，享受它。这时候本特走了进来。

丽芙姨妈深深吸了一口气，微微叹了口气。

"亲爱的，"她说，"你能来真好。"她转过头看向我："我是如此被爱着。"这几乎是一声叹息。

本特送我走出了走廊。他刚刚刮过胡子，我几乎看不到他的胡茬儿。他在毛衣下面穿了件牛仔衬衣，我觉得毛衣是丽芙姨妈织的。他说："她的病情发展太快了，像雪崩一样。我就要失去她了。我真不知道要怎么办才好。"

我走出两道玻璃门，走下楼梯，走出房间，沐浴在9月的阳光下。我想抽根烟，四处找便利店。白桦树上的叶子黄了，阳光照在便利店门口的招牌上，有点刺眼。便利店里的气味让人感到温暖、熟悉和安全。收银台的声音，塑料包装的摩擦声，丽芙姨妈的声音充斥着我的耳朵和脑海。真好。

麦肯开车回家之前换掉了裙子和衬衣，换上了紧身牛仔裤和短皮夹克，按下车钥匙上的按钮，发出哗的一声。她的臀部在牛仔裤的包裹下显得形状很好看。她看着伊瓦尔和克里斯汀的车往外倒，然后开出去了。

在麦肯小的时候，抚养她长大就好像是要破解她的意识。我一次次成功地让她意识到自己没有任何权力或是影响力。这给我一种胜利的感觉。然后她就会停下来，惊奇地看着我，看着我的胜利，好像我不是她的母亲、她的基石，永远是可以依靠的、安全的，无论何时都会比她强大的人，不需要一次又一次用打击和羞辱她的方式向她也向自己证明这一点。

所有的客人都离开了。松德勒坐在客厅里，手里拿着遥控器。斯蒂安和玛丽也开车回奥斯陆去了。克里斯汀、爱丽瑟和我在客厅里团团转，把剩下的食物包上保鲜膜，把盘子、碗放进洗碗机，在杯子磕碰的叮咚声里听到钢琴的声音。

"扬·奥拉夫一直不会用保鲜膜。"爱丽瑟说，"每次他都会撕得乱七八糟。他说这是魔鬼的发明。"

海格在客厅里弹钢琴。我听出了那个旋律，是古典音乐——巴赫。

爱丽瑟把清洁块放进了洗碗机。

失去伴侣是什么感觉？

我觉得在适当的年龄失去母亲应该比这个好，但好像我所做的一切，我所有的努力都是为了她。失去了背景，失去了原点，失去了原因和动力，任凭偶然和自己的心血来潮左右。

克里斯汀把果酱从一个大碗重新倒回塑料的小瓶。

"伊瓦尔和我可以留到明天。"她说，"如果你不想赶我们走的话。"

"哦，当然不，"爱丽瑟说，"你们能留下来太好了。但我不想让你们觉得这是个负担。"

"是我们自己想留下。"克里斯汀说。

克里斯汀盖上了果酱瓶子的盖子，将它拧紧。她擦了擦厨房的料理台，洗好抹布，把它搭在桌子边上。爱丽瑟从客厅里拿着三个红酒杯走了进来，从冰箱上拿下来一桶红酒。她把酒杯递给克里斯汀和我。我感觉这之中有种仪式感，有些刻意："现在，姐妹们要一起喝酒了。"

我们围着厨房的桌子坐了下来。

"我觉得葬礼挺好的。"克里斯汀说。

我点了点头。爱丽瑟把酒倒进酒杯里。

"是的，"爱丽瑟说，"我曾经希望有人能为扬·奥拉夫说点什么。我自己是没办法说的。哪怕最了解他的是我。"

我们举起杯子，克里斯汀闻了闻自己的酒，喝了一杯。

"不过，我也觉得为扬·奥拉夫说几句应该挺容易的。"爱丽瑟说。

"爱丽瑟,你其实应该提前说想让人说点什么的。"克里斯汀说。

她抬头看了一眼客厅,听了听,然后说:"她弹得好吗?"

爱丽瑟点了点头。她几乎已经喝光了杯子中的酒。她看着酒桶,心生向往,不过不行,今天晚上不行,她得保持清醒。哪怕现在,红酒仿佛能让一切变得好起来。

"你也留到明天吗?"她问我。她去补过妆了,眼睫毛又黑又密。

"我想过,"我说,"不过还住得下吗?要不我还是回家吧。"

"你想怎么样都可以。"爱丽瑟说,"我也很欢迎你留下的。"

我们围坐在厨房里的料理岛边上的吧台上。爱丽瑟和扬·奥拉夫去年装修房子的时候装了这个料理岛,这是爱丽瑟一直想要的,但我一直觉得这挺傻的。在自己家弄个吧台很傻。

"我要看一下所有的照片。"爱丽瑟说,"其实我想这么做已经很久了。现在大家用数码相机也很麻烦,照片太多了,十几张照片几乎是一样的,要选出一张最好的也要花很多时间。以前人们没有那么多选择其实也不错。"

洗碗机发出嗡嗡的震动声,然后是哗哗的流水声。

我拿出烟盒,走出去抽一根烟。

寒冷刺入鼻腔。我看到打开的车库门里面的车子,我几乎没看爱丽瑟开过车,铲雪的铲子靠在墙边,有两个不同大小的铲子。花园用的户外凳子叠放着,一个黄色的塑料箱子。我一只手拿着烟,一只手给拉尔斯发短信,我说我今天晚上想回家。"你确定吗?"拉尔斯问。"嗯,是的。"我回答。"你姐姐不需要你在那里吗?"他写。"不,她比预想中好很多。我想你。"我写。作为回应,我得到了三颗红色爱心。

爱丽瑟给我的杯子里倒了更多的红酒。有趟火车在15分钟后出发。这样我可以在11点之前回到奥斯陆。今天晚上我就可以见到拉尔斯了。

"我没事,莫妮卡。"爱丽瑟说,"你能回去我觉得挺好的。克里斯汀和伊瓦尔今天会留下来,明天再走。我给你叫个出租车吧。"

她身后的料理台很干净,烤过派的盘子已经干了,放在沥水架上,窗框上放着做调料的植物,我在这一切之外。一种轻松和自由的感觉,但与此同时:"他们是不想我在这里吗?我在不在这里并不重要吗?难道不应该是我们所有人在一起吗?"

"如果你有需要的话,你一定会说的吧?"我说。

"我会的!"爱丽瑟说。

我收拾了自己的东西,懒得换下黑色的裙子了。我给拉尔斯发了条短信,说我坐下一趟火车回奥斯陆,大概11点到中央火车站。我很难过,但我不知道自己究竟在为什么事情难过。

火车踩着轻柔的节奏开走了,离站台越来越远。坐在过道另外一边的年轻男人的耳机里透出有节奏的声音,和火车平稳的声音混合在一起。窗外的一切都一闪而过。我面前的靠背在颤动着。

一个男人坐在对面,看着昨天的报纸。两个年轻女孩在嚼着口香糖,动作几乎是一致的。一条黑色的拉布拉多俯卧在地上，毛色油亮。我想明天早上我会在索菲亚大街的公寓里醒来，和拉尔斯一起喝咖啡。报纸，书，安宁。一起去购物，一起做晚饭。在遇见拉尔斯之前，我以为我的性欲已经减退，甚至消失了。但在和拉尔斯在一起的前几个月，我们做爱的频率和我当初和洛阿尔、欧恩斯坦、盖尔、特隆德·亨里克一样频繁。我喜欢拉尔斯做爱的方式，他没有一定要怎么样，没有要控制，他不会进入另外一种状态。他知道自己在做什么，他也一直都做得很好，很完整。他喜欢做爱，也选择做，一次又一次，他很擅长于此。他做爱的方式就好像和他做比萨或是组装架子一样。

白雪皑皑的田野和森林，家具店和花卉店都在黑暗中一闪而过。我想起丽芙姨妈和本特在卡尔·贝尔纳的公寓，我记得看到两个老年人的生活，这让我想过，如果我一切的梦想都破碎，那如果能和这样一个男人过这样的人生，我也会满足和感恩的。这样的日常生活，一同起床。如果两人中的一个人说错什么，做错什么，忘记什么，或是谈话默默结束，不知所终。他们做的都会是：接受和支持，而不是为此感到气愤。那种持续的、包容一切的爱。

让我们的人生安放在一起。

我真希望我是在自己年轻的时候遇见你。

所有的一切我们都可以一起做。

我见过拉尔斯和女儿和前妻的照片，拉尔斯带着孩子采梅子，手里拿着装蓝莓的桶，拉尔斯和一个女儿的侧脸相对，进行着严肃的谈话，还有拉尔斯的妈妈的肖像照。在她过世前，我差一点儿就见到她了。

上个星期拉尔斯很惊奇地发现我染头发。"这我之前没见过！"他说。

"哈，你还没见过我刮腿毛呢。"我说。

"确实，"他说。"你会吗？"然后微笑着看着我。

"所有人都会的，"我说。他歪着头看我，好像发现了新的视角。

我找到两张妈妈的照片，推翻了我对妈妈所有的印象，不过那已经为时已晚。在妈妈去养老院之后，我和爱丽瑟第一次去妈妈的阁楼做清洁，我是在一个盒子里找到的照片，其中一张是妈妈在希腊的裸体海滩上的照片，和两个女朋友在一起。三个女人大概是40多岁，臀部又大又白。妈妈侧着身，能看见一边的胸，和我的很像，她在微笑着。另外一张照片是在山里的小木屋或者在那附近，就在树林旁边，光秃秃的桦树枝丫。她穿着灰色的外套，太阳照在脸上，脸上一点儿没有自怨自艾的神情，充满了欢欣和满足。我从来没在妈妈身上看到这样的快乐和满足。这是她和我完全无关的一切，我真的很羡慕她。

到了莫斯站，有一对推着婴儿车的夫妻下了车，就在我坐着的位置外面。女人让男人停下，她在婴儿车前弯下腰，把孩子的帽子整理好。

我想到我曾经答应要给妈妈买够针线，她当时坐在爱丽瑟和扬·奥拉夫的客厅里，整个新年的下午都在钩针。

我应该在去托勒夫和卡莎家看他们第一个孩子西古德的时候，多夸夸他们的公寓的。托勒夫当时新刷了墙，卡莎也参与了，他们是如此同步，克制地相爱，一点儿都不勉强。

我应该放弃同事的聚会，去看麦肯演出的。她在豆蔻镇那部戏剧里扮演警察局长的太太。

我应该让洛阿尔有空的时候自己待着，赴和妮娜的小木屋周末之约的。

我应该对盖尔催促我们的旅行态度更积极的。

门关上了，火车继续开。

我是适合当老师的，我现在就在做这个，我喜欢走进教室。这是我现在的形象，我可以这么想，我的责任，我生命的意义。我再一次看到《扬·梵·海以森的花》的喜悦胜过了学生的抵触。"这很美的。"我想说服他们，"这是很有意义的。"我第一次读这部作品还是在和托勒夫一起上文学史课的时候，我清楚地记得老阿德里安在被烧毁的房子里，在灰烬的花朵中认出全家人的那一幕。教室里的第二排坐着哈迪亚，阿德利亚的克拉拉。老阿德里安已经忘记了克拉拉，因为他女儿错爱上了一个男人，让他极其失望，但是后来他看到了那朵白色的玫瑰。"我那老父亲的心如磐石，却爬满青苔。我怎么能够忘记我自己的血肉：可怜的克拉拉垂死的痛苦就苍白地映照在这朵白色的玫瑰上，这就是她，就是她自己啊。"

在爸爸去世前，我倒数第二次去医院看他的时候带上了麦肯。我们从那里出来的时候，麦肯很沉默，她的羽绒外套没有拉起来，手放在口袋里，我们路过很多空床，还有穿着白大褂的人，有时候她会抬眼看我一眼，就像她在等我说些什么，好像她觉得作为母亲，在这样的场合我应该说点什么的。爸爸已经说不出话了，他的嘴一直张着，成为一个圆形，头侧向一侧。麦肯走着的时候，眼睛一直看着地面。我很害怕如果我想要说什么就会开始大哭起来。我也觉得我现在无法考虑麦肯的年龄，不知道她能不能接受我说的话。

后来我再去的时候，爸爸已经没有意识了。

冬天的阳光透过丝萝的窗户照进医院，这让我想起我小时候的冬天、教室、滑雪、滑冰，还有橙子。整整两天都是大晴天，雪都开始化，一切都在闪闪发光。他是在丽芙姨妈的陪伴下去世的。

我在奥斯陆中央火车站站台上的人群中看到了拉尔斯，我有种特别强烈的感觉，是一种安宁且熟悉的感觉，我觉得自己已经忘记这种感觉很久了，并且无法忍受逼迫自己想起来。我把头靠在他穿着大衣的肩头。不是激动，是种疏离但舒适的感觉，我整个人都进入一种梦游的模式。我们之前不会发生什么事情，没有不安，没有挫败，没有极乐，没有什么任何事任何人生意义上的发展。拉尔斯的手放在我的背上，在我耳边轻轻地说："见到你真高兴。"

在那么多人那么多箱子之间，我们几乎没法找不到路。有个女孩还在手里拎了个笼子，里面有个小动物。

我们穿过中央火车站的时候，我给拉尔斯解释我有多想回家，这个决定是多么正确。

"葬礼很好。"我说，"我和爱丽瑟也聊了聊。"

"挺好，"拉尔斯说，"听上去她身边有家人陪伴。"

"是的。"我说。

我们上了有轨电车，并排坐在双人座位上。拉尔斯的手放在我的手上面，灯光很亮，有些发蓝，外面是一片漆黑。

"柬埔寨还好吗？"我问。

"嗯，"他说，"不过第二天索尔维格给我打电话了，米娜从学校退学了。还有半年她就可以高中毕业了。这半年是浪费了，最糟糕就是两年半也浪费了。所以我和她们俩都打了很长时间的电话。"

"你难过吗？"我说，"还是生气？"

拉尔斯摇头。"我不可以那样,她自己已经很混乱了。"他握了握我的手。我也握了握他的手,把头靠在他肩膀上。拉尔斯说她希望能改变主意,不过他觉得给她施压也不会有什么作用。

有一次我和拉尔斯说我爸爸曾经这么说:"我就是没有儿子啊。"

"这不是很伤人吗?"拉尔斯问。

"不会,不伤心。"我说。

"我也没儿子。"拉尔斯说。

不伤心。相反是一种奇怪的胜利记忆,我的出生不是爸爸希望的那样,我生来就是个破碎的梦想。想象爸爸因此被伤害,被我伤害,就好像我从一出生就是个英雄人物,让人受伤,让人充满了敬畏。但同时也有种让人厌烦的错过的感觉——我可以成为爱丽瑟和克里斯汀的反面——就像个天使,就好像是我选择放弃成为一个男孩一样。我自大地相信我就是第三个女儿。

"但你的表弟几乎和你们一起长大的。他难道没有在某种程度上成为你爸爸想要的儿子的替代?"拉尔斯问。

"没有,我不觉得。"我说,"不过爸爸后来倒是有了5个外孙。"

爱丽瑟在我生完麦肯之后来医院看我的时候说:"你生了个女儿,真的太幸运了。"

回到家,我给拉尔斯倒了红酒,然后一起蜷缩到沙发上。他看到我穿着的黑裙子,几乎是虔诚地抚摸着我。

我一直知道,拉尔斯每次都会在他说好的时候出现,我也知道他的感觉。这种感觉不强烈,不复杂,是稳定的,很容易琢磨。不需要任何战术或是手段,他给人安慰和关注不是为了获得什么，他这么做是因为这样感觉好，或者是他认为这是一种责任，在一段关系里应该要做的事情。他会带着这种理所当然的平静走进房间，也会带着同样的平静走出去。从来不会侮辱人，从来不会发脾气。他有一颗金牙，小腿上有一道伤疤。他有三个女儿，我都没有见过，他和女儿们的关系都很好。我并不害怕他会离开我，因为难以想象他会这么做。我也不能想象自己会离开他，我为什么要那么做呢？

我继续讲葬礼，讲追悼会，讲玛丽流产的事。我讲述的时候，胸口和嗓子仿佛被堵住了，我不知道想要喷薄而出的是哭泣还是笑声。我就是很想讲出来，讲教堂，讲墓地，我如此坚强的外甥们，那些好吃的蛋糕，我觉得爱丽瑟之后会怎么样。爱丽瑟之后会怎么样呢？

我带哈尔沃去过垃圾场，时不时地，在我觉得他可怜，或是没有别的人可以一起玩的时候。不过实际上，没有人像哈尔沃那样能和我在垃圾场一起度过美好的时光。这就好像是进入了另外一个世界，在这里我们是自由的、平等的。这就像是我们自己创建的王国，丑陋的、没有价值的国家，但充满了机会和冒险，没有规律，没有责骂，没有催促，没有作业，没有洗澡，没有消毒水，没有鳕鱼配水煮胡萝卜，没有克里斯汀。哈尔沃让这个世界变得神奇，什么都会发生。他会受伤，会生气，会快乐。我们的感觉，会发生在我们身上的事情，完全没有边界和限制。他会让我扮演角色，我就演。一切外在的东西都失去了意义，垃圾场尽头的灰色水泥地，我的朋友们、家人、学校。那种感觉就是一切都是可能的，什么都可能发生，我能感觉到深沉的悲痛和绝望，这让我几乎相信这就是真的。眼泪含在眼眶里。那时候他就是仗义的、愤怒的、关怀的。他冲着阳光的方向，鼻梁上满是雀斑，门牙很大。或者我会被一种跳跃的幸福充满，让除此之外的生活显得灰暗，没有意义。不过等我们上中学之后，这一切都没有了，那时候只剩下了卡多的马还有女朋友们。我每周五要负责整理自己的房间，布置餐桌，在妈妈催我的时候洗碗，还有在放学后去遛狗。有时候我会让它在花园里自由跑跑，然后说我去遛过狗了，它如果不是忍不住的话，是不会在草坪上排便的。我很清楚哈尔沃是我的责任，虽然没有人这么说过。在我不承担这个责任的时候，也没有人会说什么。我会在教室里，或是在新学期开学之后骑车回家的路上突然想起这个责任，手刹发出尖锐的响声，让我几乎屏住呼吸。哈尔沃在暑假之后回奥斯陆去了，他上了新森中学，教室里是灰色的地板和绿色的黑板。有人欺负他吗？他有朋友吗？老师善解人意吗？他内心是一片空虚吗？他要上台在黑板上用粉笔做数学题吗？我躺在床上想：放过他吧。我们距离那么远，一天天，一星期一星期，时间就这样过去了。下次他来弗莱德里克斯塔德的话，我或许会很友善地陪着他，或许会冷淡地嘲弄他。我从来不知道会怎么样，他也是一样。

拉尔斯躺在我身边，手摸着我的脸，两个指尖在我的太阳穴边。他的胡子有些发灰，黑色的胡茬儿在有些发红的皮肤上钻出来。

他的金牙和眼睛都发着光。

灯泡发出的光透过床头柜上放着的透明水杯，里面的水冒着泡。

拉尔斯是个和谐的存在。他不会因为我失去平衡，哪怕我想要挑战这种平衡。他在我的阳台上抽烟斗，喝加奶的咖啡，会忘记把用完的杯子放进洗碗机。很简单，很好，真的很好。

我们在计划复活节的旅行，去撒丁岛的阿尔盖罗。我的热情差不多够让我每晚上床睡觉，每天早晨起床，推动我去上班，在那里想办法让我的学生们保持精神，消减他们的抵抗情绪，找到所有的机会向他们证明生命总体来说还是美好的，充满了可能性，因为它真的是这样。

拉尔斯吸了口气，嘴唇亲吻了我的太阳穴，我的耳朵，他的气息在我的头发边。

"或许，有一天，我会想每一天早晨都和你一同醒来。"他说。

我微笑起来，感觉我的脸在他手掌下蹭了蹭。

"好的。"我轻声说。

床头柜上的灯光洒在被子和拉尔斯的身体上，每个不规则的棱角投下倒影。我喜欢他抚摸我的背和屁股，然后手停下，低声说："我要睡了。"

我关了灯。

克纳腾冲着哈尔沃大叫，追赶他，动物总是会欺负弱者。哈尔沃跑向阳台的门。我大笑着。克纳腾在阳光里躺下，舌头拖在牙齿外面，它喘着气。妈妈和丽芙姨妈坐在遮阳伞下。为什么克纳腾不躺到阴凉的地方去呢？阳台的门打开一条缝，哈尔沃往外看，克纳腾一下跑到了那里，双脚就想要扑腾上去，门一下子关上了。克纳腾又向我们跑来。丽芙姨妈拍了拍它，然后拿起放在地上的链子，把它固定在柱子上。

"哈尔沃什么都怕，"我对丽芙姨妈说，"雷声、马、蜘蛛、骑车，还有蚯蚓，他怕蚯蚓，你知道吗？"

丽芙姨妈在忙着给克纳腾系上链子，固定在边上的环上。我冲它伸出手。

"他还会怕这么个小家伙。"我说。

"哈尔沃是容易焦虑的人，是吧？"妈妈说。

"他有一次被狗吓到过。"丽芙姨妈说。

我抱起克纳腾，它灰黑色的毛发被太阳晒得很热，我把鼻子探进去，有淡淡的阳光、石头、尾气和鸟的尸体的气味。哈尔沃那天早上在垃圾场埋了一只鸟的尸体，它撞到我们厨房的玻璃窗，然后掉下去死了。这是两天里面的第三只了，丽芙姨妈把我们的玻璃窗擦过了。在毛茸茸的羽毛底下，鸟的身体非常瘦小，我用钉子戳了戳它，有些红色的东西流了出来，闪亮亮的，骨头是白色的。我们把它装进一个小的油漆桶，放在绿色的防雨布下面，位置就在牛奶盒和咖啡渣旁边。我听着下面海滩上海浪拍击的声音，看着芦苇随风摇晃着。8月的大海看起来更灰暗，更沉重，哪怕阳光一直照射着它。海滩边上长着一片片的海藻。海鸥飞得很低，大声叫喊着。哈尔沃在"墓地"那里说的话让我印象深刻，我至今还记得："出于尘，归于尘，解脱于尘。"那时候他8岁，我7岁。我们接着唱《上帝的爱》。我一直哭，一直哭。

"北欧文学译丛"已出版书目

(按出版顺序依次列出)

［挪威］《神秘》(克努特·汉姆生 著 石琴娥 译)

［丹麦］《慢性天真》(克劳斯·里夫比耶 著 王宇辰 于琦 译)

［瑞典］《屋顶上星光闪烁》(乔安娜·瑟戴尔 著 王梦达 译)

［丹麦］《关于同一个男人简单生活的想象》(海勒·海勒 著 郗旌辰 译)

［冰岛］《夜逝之时》(弗丽达·奥·西古尔达多蒂尔 著 张欣彧 译)

［丹麦］《短工》(汉斯·基尔克 著 周永铭 译)

［挪威］《在我焚毁之前》(高乌特·海伊沃尔 著 邹雯燕 译)

［丹麦］《童年的街道》(图凡·狄特莱夫森 著 周一云 译)

［挪威］《冰宫》(塔尔耶·韦索斯 著 张莹冰 译)

［丹麦］《国王之败》(约翰纳斯·威尔海姆·延森 著 京不特 译)

［瑞典］《把孩子抱回家》(希拉·瑙曼 著 徐昕 译)

［瑞典］《独自绽放》（奥萨·林德堡 著 王梦达 译）

［芬兰］《最后的旅程：芬兰短篇小说选集》（阿历克西斯·基维 明娜·康特 等著 余志远 译）

［丹麦］《第七带》（斯文·欧·麦森 著 郗旌辰 译）

［挪威］《神之子》（拉斯·彼得·斯维恩 著 邹雯燕 译）

［芬兰］《牧师的女儿》（尤哈尼·阿霍 著 倪晓京 译）

［瑞典］《幸运派尔的旅行》（奥古斯特·斯特林堡 著 张可 译）

［芬兰］《四道口》（汤米·基诺宁 著 李颖 王紫轩 覃芝榕 译）

［瑞典］《荨麻开花》（哈里·马丁松 著 斯文 石琴娥 译）

［丹麦］《露卡》（耶斯·克里斯汀·格鲁达尔 著 任智群 译）

［瑞典］《在遥远的礁岛链上》（奥古斯特·斯特林堡 著 王晔 译）

［挪威］《珍妮的春天》（西格里德·温塞特 著 张莹冰 译）

［瑞典］《萤火虫的爱情》（伊瓦尔·洛-约翰松 著 石琴娥 译）

［瑞典］《严肃的游戏》（雅尔玛尔·瑟德尔贝里 著 王晔 译）

［芬兰］《狼新娘》（艾诺·卡拉斯 著 倪晓京 冷聿涵 译）

［挪威］《天堂》（拉格纳·霍夫兰德 著 罗定蓉 译）

［芬兰］《他们不知道做什么》（尤西·瓦尔托宁 著 倪晓京 译）

［丹麦］《无人之境》（谢诗婷·索鲁普 著 思麦 译）

［挪威］《柳迪娅·厄内曼的孤独生活》（鲁南·克里斯蒂安森 著 李菁菁 译）

［瑞典］《大移民》（维尔海姆·莫贝格 著 王康 译）

［挪威］《我曾拥有那么多》（特露德·马斯坦 著 邹雯燕 译）

图书在版编目（CIP）数据

我曾拥有那么多 / （挪威）特露德·马斯坦著；邹雯燕译.
北京：中国国际广播出版社, 2024.11. -- （北欧文学译丛）.
ISBN 978-7-5078-5663-7

I. I533.45

中国国家版本馆CIP数据核字第2024JQ9596号

著作权合同登记号 01-2021-0083

Copyright © Gyldendal Norsk Forlag AS 2018 ［All rights reserved］
Simplified Chinese Translation Copyright©2024 by China International Radio Press Co., Ltd.
All rights reserved
This translation has been published with the financial support of NORLA.

NORLA

我曾拥有那么多

总 策 划	张宇清　田利平
策　　划	张娟平　凭　林
著　　者	［挪威］特露德·马斯坦
译　　者	邹雯燕
责任编辑	梁　媛
校　　对	张　娜
封面设计	赵冰波

出版发行	中国国际广播出版社有限公司［010-89508207（传真）］
社　　址	北京市丰台区榴乡路88号石榴中心2号楼1701 邮编：100079
印　　刷	北京启航东方印刷有限公司

开　　本	880×1230　1/32
字　　数	350千字
印　　张	15.5
版　　次	2024年11月 北京第一版
印　　次	2024年11月 第一次印刷
定　　价	68.00元

版权所有　盗版必究

ل